白浮泉

星竹 / 著

北京出版集团公司
北京十月文艺出版社

元代皇帝忽必烈，与元代怪才郭守敬，都被同一个疯癫和尚开示过，疯癫和尚赠予他们同样的话：

人常常生活在自己的欺骗里。世上没有人强迫你信什么，喜欢什么，做什么。这是你自己的事。自己欺骗自己最随时，最方便，最坚定，也最醒不过来。因为自己的认定和以为，自己才最相信，才真相信！真能醒来，是大造化，大福气！

目录

第一章

一

1231 年，深秋的一个夜晚，在河北邢台的郭村，时至半夜，突然风起，风钻进门窗，于是那细细的缝隙里，便响起一声声纤细的柳笛声，很是悦耳动人。

然只是一刻，那柳笛声就变得异常粗暴。世界山摇地动，所有人家的窗户，都哗哗啦啦地抖动起来，一种鬼哭狼嚎般的声音，也细细长长地从门窗的缝隙里钻进来，是那样的刺耳而又可怕。

接着，一场百年罕见的风暴带着漫天黄沙从天边袭来，顷刻之间，整个村子便被埋在黄沙里，树木被连根拔掉。整块的房顶，轻易地被掀飞。牲畜被整圈整圈地卷到了天上，牛羊仿佛都长了翅膀，漫天飞舞。

然而这似乎还不够，还不新鲜，让人不可思议的是，待第二天早上，人们发现，村外大片大片的庄稼，被扫荡得一棵不剩，平平整整的田地上，留下了巨大的、齿轮形的图案，整齐无比，小的也有一亩地大，鬼斧神工一般，一共七个。

村人围着这七个巨形的齿轮图案，目瞪口呆，满脸的惊惧。

人们不自觉地都仰头望天，似乎是在寻找着那鬼神妖道或巫仙怪灵的光影。是的，除了鬼神妖道，谁还有如此的能耐，改天换地呢！

然而没有，什么也没有。县府和省府闻讯也来了人，看着这如此的奇观异象，除了呆住，又能找到什么呢？最后是朝廷的官人也到了此地。然而没有人能解释这是怎样的一个究竟。只是同样的惊异和深深的恐惧罢了。

不过，有人却以为，如此奇特的天象，毕竟要有与此相匹配的事件发生，应该同样是在郭村出现才对。

然而没有。

只是这年的冬天，下大雪的日子，郭村的一户人家，出生了一个有点不大一般的小孩儿，这孩子的眼睛特别地明亮，闪闪发光，似能看到千里万里，以致人们谁也不敢跟他对视。村人都奇怪，天下怎么会有这么明亮的一双眼睛。

于是人们想到那个可怕的天象，难道这就是与此相匹配的事物吗？

这孩儿五岁之前却不会说话，别人跟他说话的时候，他总是眨着那双明亮的眼睛，像是全都听懂了。以致他的父母一直以为，他是一个哑巴。

直到五岁之后，他才突然说话。且是一下子什么都会说了，真是贵人语迟。可人们很快又发现，他是一个傻子，很多孩子该懂的事情，他一律不懂。许多孩子都感兴趣的事物，他也都不感兴趣，比如和泥玩土，追逐打闹，别的孩子玩这些时，他就那么木木呆呆地没有反应，不是傻子是什么！

可后来，人们又发现他绝顶的聪明，他七岁的时候，便会用田地里的草梗、草叶子编些小猫小狗小动物。十二岁那年，他便和爷爷学会了木雕，一块木头，他一会儿的工夫，便能刻出个小人儿来。

他的木雕可以拿到集市上换吃食，换柴米，足足地顶了一个村里的壮劳力，竟然可以扛起养活一家人的重担。这让村人惊惑不已，许多人家暗中都希望与他们成为未来的亲家。

这孩儿很早的时候，就跟着爷爷学习些天文地理知识，据说十四五岁时，便能看到一般人看不到的星空夜海，还能察觉到脚下哪儿有江河湖泊，哪儿有水怪洪峰，听得很是吓人。

可面对生活中的常识，他又呆得纯粹像一个傻瓜。

他家在村里，是少数能够穿得起布袜子的人家，他却常常把两只袜子穿在一只脚上，以致一天都找不见那另外的一只，就一只脚穿着两只袜子，另一只脚光着。

他一般不和其他孩子游戏，甚至一句话都没有。他只和他喜欢且说得来的人来往，村里符合他心意的孩子少之又少。遇见志趣相投的孩子，他又要和人家整天地死黏在一起，一刻不分不离。

他和村中一个叫林青草的女孩儿便是这样，无话不说，时时要说。整天长在青草的家里，或让人家长在自己的家里，这不是缺心眼儿嘛！

天下不缺傻子，也不缺精明人，只是很少有两种现象聚于一身的人，然而这孩儿就是。所以村人一致地以为，他是一个很少见的怪物。

这孩儿十六岁时，还得了一种罕见的怪病，凡是腥味儿的食物，他闻一下便会过敏，浑身奇痒不止，甚至喘不上气来，如半天不救，便会喉头水肿，将自己堵死。因此，这孩儿的身上每日必带有一种草药，以备救命之急。

后来，他又对某些植物过敏，痛苦不堪，要死要活的那种。看来，凡天下的怪人，必有其特别之处。

二

这孩儿姓郭，叫守敬。此孩儿的命运也很不济，七岁那年，父母便一前一后地离开了他。他记得清楚，那是夏天的一个正午，天气暴热异常，大地蒸笼一样，哪里都冒着热气。那天他娘大汗淋漓地窝着身子，在西屋里烧火做饭，灶膛里柴草的爆裂声与屋外树上的知了声连成一体，分不出哪个是哪个。

娘说肚子疼，说真的好疼呀！

娘就窝成了那么歪歪扭扭的一团儿，歪在了灶膛的边上。娘的叫声，让他闻到一股柴火的味道，味道浓重地包裹着娘，那正是娘身上一生都有的气味儿。

郭守敬跑去叫父亲。父亲不以为然地放下手中的线装书，走进西屋去拉娘。娘伸出的手，还没有够到父亲的手，就又缩了回去，那样子仿佛永远想够，却永远也够不到了，留下了满脸的遗憾。从这一刻起，娘再也没有起来。

也是郭守敬七岁的那年，只是天气入了秋，是个阳光很好的正午，对了，也是正午，父亲正在读书，以至在郭守敬后来的日子里，他对父亲的印象就是什么时候都在读书，一直地，永远地都是捧着一本线装书。

当时父亲忽然大声地啊了一声，说是头疼，说是怎么这么地疼！

这声音竟然和母亲的那一声是那么地一样，且是在同一个时间，正午。

等郭守敬把一杯水端过去时，父亲手中的线装书，已经滑落在地上，两页黄麻纸，被痛苦中的父亲撕得十分彻底，成了再也粘连不上的两段历史。父亲也莫名其妙地离开了他，是同母亲一样在中午离开了他。

村人都说，郭守敬的父母死得很不寻常，是郭守敬吸走了他们的精血，夺去了他们的魂魄。否则他不会这样聪慧，又这样傻。就像两个不同的灵魂，在一个躯体里角斗来回，自然要消耗掉不少的精力气血。

郭守敬听着村人的说法，迷茫而疑惑。他也常想，难道自己真像村人说的，有神鬼附体，克死了父母吗？不过，在父母离去的那几年，他常能听到父母的声音，他们时常在不远的地方轻轻地唤他。

有时他会突然地站住，十分肯定地对村人说：“你们看，我娘就在那儿。”他伸出手，指着黑暗中他认为的那个物体或是那道影子，“在那儿，你们看，在那儿啊！”说得让人毛骨悚然。

村人都被他的神道吓跑，常常以为他就是一个鬼。只有女孩儿林青草不跑，任郭守敬随意地说去。有时她会问郭守敬：“你娘疼你吗？”

他说：“疼。”

她问：“你怎么知道疼？”

他用傻子一般的话说：“我娘每次打疼了我，就是因为疼！”

无论是母亲的离去，还是父亲的死，郭守敬的爷爷郭荣，都为他们请来了上师喇嘛，为他们作法，超度灵魂。这使郭守敬知道了爷爷是一位僧侣，一个佛教教徒。

他被喇嘛们为父母超度时的安宁、祥和之态深深地震撼。那是一种特殊的法门，是引导人的神识走过死亡、走进天堂的特别方法和过程。

在后来的很长时间里，他还记得上师喇嘛超度灵魂时的那首诗：

在自然的大安详中休息吧！
这颗劳累的，精疲力竭的心，
被业障和妄想摧毁的心，
在惊涛骇浪的无情中，
在轮回的无边大海中，
在大自然的安详中休息吧！

父母死后，郭守敬便跟着爷爷郭荣过日子。爷爷是当地的一名水利、天文的名士，也是一个书虫儿，天文、地理、数学都很好，常被县府、省府请去，参与水利的议论和修建。爷爷平日少言寡语，只有教他功课时才会说话，而那时就会说好多的话。就像他和女孩儿林青草说好多的话一样。

其实爷爷也是一个怪人，正如村人所说，他们这一家，没一个正常的！

爷爷郭荣常在夜深人静、当郭守敬睡着的时候，坐在他的身边，仔细地、长久地端详着他。只有爷爷喜欢他的傻和愚，知道也许这才是他一生中最大的造化和福分。所以爷爷也知道，郭守敬超于常人的智慧，并不一定都是好事，有可能正是给他命运造成坎坷与不幸的来源。这是爷爷的担心。

于此，郭荣想好了，要尽早地让孙子融入佛门，有备无患。因为智慧往往就是邪恶，用好了，人生会有几分璀璨，用不好，毁人毁己。

他要带孙子走入佛门的另一个想法，就是因为孙子总与村里穿红的女孩儿青草在一起，他觉得孙子正在被这个漂亮的女孩儿所迷惑。

那时的人，迷信深重，认为日常生活中，常要与妖鬼相伴而行。这就是所谓的精神生活了。郭荣常在暗中揣摩：这女孩儿或许就是一个妖！

女孩儿青草，长得眉眼生动，美貌过人，走到街上，让人眼醉。村中喜欢她的后生，就有八九个之多。她总爱穿红，风吹过，让人更加注目，红得撩人心肺，扎人眼疼，眼里还汪着两座清水池，真是让人受不了。一天到晚，声音清脆得铃铛样，好像伸手就能捕住。男人不分老少，尽被迷倒，这不是个妖，又是什么？！

青草十三四岁的时候，就有媒人登门说亲了。村人吴七，就是最早托人上门的一个。传言，他因说亲被拒而中病，弄得鬼迷三道，后就服毒自尽。据说死时，手上还紧紧地攥着一只送给青草而被青草所拒的白玉镯子。

吴七的死，让人惊骇，也为林家蒙上了一层阴影，有一段时间，只要有人为青草说媒，林家人便会提心吊胆，十分惶恐，担心事后别再有吴八、吴九那些事情。从那之后，林家父母恨不得青草早日地嫁了，省得闲言碎语、谁疯谁死的麻烦。

不过，村中男人并不受吴七的影响，仍是不屈不挠、前赴后继地踊跃，真个是天下无敌！只是青草不从，一个都不喜欢，只喜欢一个：就是郭守敬！

林家父母思来想去，办法倒有两个，道也有两条，或以父母之命，无论王家、李家、赵家，差不多就得，摁下拜堂就是。男女婚姻，家家大体也是如此，什么爱与不爱，爱来爱去，不成也是白爱。人间就是因了爱，才有了那么多的啰唆、那么多的麻烦！

再者，就依了青草，等着郭家人上门来娶，倒也不难。但郭家人偏又暧昧，郭守敬爷郭荣态度并不明朗，等来等去，连个信儿也没有。这一家人都怪，上天入地的事都懂，就是不懂日常生活这点事，让林家不好捉摸。女方总不能跑到男方家去求亲，那成何体统，再反了伦理道德，岂不天诛地灭！

如此，林家人也就失了左右，事就这么拖着。人们都说，别再等着死一个吴八或是吴九吧！

青草有个哥哥叫林玉堂，是个石匠，心很细，他一直朦胧地以为，将来的郭守敬，并不会真与妹妹在一起，因为郭家人不是傻，而是太有学问，与他们林家门不当，户不对。

正是这种担心，反使林玉堂加紧了对妹妹婚姻的促成，他在暗中做主撮合，为青草和郭守敬悄悄地签下一纸契约，让郭守敬盟誓：今生今世，一定要与青草成婚，娶她为妻，其他女子，一律不娶不妾。这一切，都是背着郭守敬爷郭荣所做，虽然是正事，却很有些孩子气。

林玉堂也知道，这种违愿父母的做法，大概并不靠谱，但他还是觉得，有了这张纸约，总也踏实一些。

只是谁也想不到，这却是一张没有年月、没有效力的永久契约。一张纸，到头来还是一张纸。

就在郭守敬对青草盟誓的那年冬天，郭荣带着郭守敬，来到了几十里外的大云寺。

三

那天的雪下得格外大，漫天漫地，无一处不白，白得让世间走了模样，仿佛到处都是天堂。那天的天气却不冷，人走在路上，身上还有阵阵的燥热。而庙里的香火也旺得热烈，似融融的一世春天。

俩人进庙后，爷爷便把郭守敬带到一位方脸的住持面前，把他的明天仔仔细细地托付给了这位住持。

郭荣对住持恭敬道："孙子的父母死得早，如果我也暴病而去，就请住持将他剃度，收他做个小和尚吧。愿庙里的香火能斩断他内心的牛鬼蛇神，让他的心，渐渐柔软。待将来，再让他去做他喜欢的天文、水利。"

住持似一尊永远的笑佛，同样双手合十，对郭荣道："放心吧施主，诸佛的世界，就是从无中生有，在没有意义的虚空人生中，找到生命的意义，去除烦恼。"然后就"阿弥陀佛，阿弥陀佛"地念个不停。

郭守敬却想瞌睡，因为瞌睡的时候，他就可以一心一意地去想青草，不再这样的麻烦。

平日，他总爱和青草说那些傻话，而青草却不觉得他傻。但青草却最喜欢叫他傻子。

"傻子！"她总这样叫。

他高兴得"哎"一声，觉得最亲切。

也正是那次在大云寺，郭守敬才知道，爷爷不反对他和青草说好多话，但爷爷却不赞成他和青草成亲。

爷爷忠告他：将来他会是天下的一个名士。他的命，是属于江湖涛浪里的命，不该待在这小小的郭村，不能耽搁了他。

他问爷爷耽搁了什么。

爷爷说：“命！”

从大云寺回来，爷爷便开始让郭守敬读经文，背心咒。仿佛他的将来，不是爷爷认定的去做天文、水利，而是去做一名僧侣，一个出家的和尚。

以至郭守敬再见到青草时，他竟然暗暗地想，她将来也许是要嫁给一个和尚。可和尚是不可以娶亲的，他有些进退两难。

这年的夏天，整个八月都在下雨，世界成了雨的世界，天上的雨水永远也下不完的样子，没有丝毫的疲倦。只是稍稍歇上一会儿，当人们以为总算停了的时候，老天便又是一场倾盆的大雨，下得没有了尽头。

郭荣被省府紧急地召去，和天下的水利名士们去燕京的昌平治理水患。据说每年的夏季，昌平白浮村一带，都要河水泛滥，洪水成灾。平日燕山山脉的无数涓涓溪流，便会在暴雨的作用下，汇集成洪水猛兽，先是在白浮村一带肆虐得漫天漫地，然后便侵入整个燕京城。

朝廷治水，非常坚决，屡治屡败，屡败屡治地不松懈。

郭荣走的那天，天气真正地放晴了，光芒万丈的太阳，给人以无限的活力，万物都苏醒了一般，让彼此都觉得新鲜。

早上，见晴的天空蓝得挂不住一丝云，这是一个让人一心过生活的好日子。

林玉堂和妹妹与郭守敬一起，到大田里去给庄稼放水。

路上，林玉堂告诉郭守敬，昨晚上，村里的王树家，又来他家催亲了。让郭守敬告诉他爷，最好也给他们林家一个准话儿。要是不行，青草腊月可能就真的要嫁给王树了！

林玉堂的话，有些咄咄逼人，让郭守敬仿佛看到一场婚礼正在举行，在一片吹吹打打中，村人王树胸戴红花，正牵着一身红的青草走入洞房。而那牵着青草手的，本应是他郭守敬才对……于是，他努力伸出手，然而他却找不到自己的手了。

这个景象让他好一阵难受焦虑，他终于醒来一般，举起了自己的手，痛苦地喊了一声："我的手！"他样子古怪，如睡梦中的挣扎。

青草和哥哥都听到了他在找手的叫喊，可不知道他是犯了什么神经。他常这样颠三倒四，匪夷所思。

林玉堂不满地道："你整天神神鬼鬼的，我爹妈真不放心。你要想娶青草，最好早些让你爷到我家去提亲。"

郭守敬嘴上说一定，心里却犯愁，爷爷是要让他走出郭村，去做一个名士，不主张他娶郭村的女人。累赘！爷爷总这样说。他不知怎样才能说服爷爷。但只一瞬，他突然灵醒：如若真是离开郭村，为什么不可以带着青草一起走呢！他心花怒放，拔起地上的草，眨眼之间，编了一只小兔子。

青草惊喜地叫着："快教我怎么编！"

郭守敬把手里的草叶拧在一起，一只小狗，又活灵活现地举在了他的手上。跟着就有汪汪的叫声，再一举，又传来汪汪的叫声。

"它怎么成了个活物？"青草吃惊。

郭守敬用手一指，原来是村头的一只黄狗在叫，配合得天衣无缝。

每当这时，林玉堂就觉得郭守敬是个鬼。郭守敬的身上，常有这些说不清的怪事。

而此时，村人冯老四正站在不远处，他正在打着郭守敬的主意。

冯老四饶有兴趣地看着郭守敬手里的狗，他想的跟林玉堂一个样：郭守敬就是一个鬼！

四

冯老四走过来，从地上捡起那只草编的狗："奶奶的猴！"他死瞅一阵，道，"守敬，你冯叔我也算是个走南闯北的人了，这辈子也见过不少奇人、怪人，可还是没见过像你这么能耐的！你知道你是个鬼吗？在你冯叔眼里，你就是一个鬼！"

郭守敬就笑。

冯老四道："说正经的，我想打口井。"

郭守敬说："我爷去燕京城昌平治水了。"

冯老四知道郭荣去燕京城治水了。他心里早算计好了，想捡个便宜，要是请郭荣看井，一口井，怎么也得给两袋玉米，如果让郭守敬看，他一个毛孩儿，不一定想到要玉米。

"你先给我看看，我的地里有没有井眼？"

郭守敬向冯老四家的地里望去。瞬间，他看到一条白色的水龙，在冯老四家的地里腾空转了一圈，然后又钻入了地下。

郭守敬对冯老四道："冯叔，您家的地里有一条水龙，好大的一条龙，就像是一条河。"

冯老四听懂了："你保证我的地里有水吗？"

郭守敬说："是，冯叔！"他接着走到冯老四的地里，说，"就在这儿！"他指着自己的脚下。

冯老四不放心："你怎么知道就在这儿？凭什么就在这儿？"他有点较真找碴儿了。

"冯叔，您看，这里的草长得最旺盛，地皮比哪儿都湿润，站在这里，您还会觉得比哪儿都凉，这就是水。"

冯老四笑了，是占了便宜的那种笑："你小子，还有这大的本事！"

青草看着冯老四的笑，突然有了一种不祥的预感，这预感来自她和郭守敬那颗离得很近的心。她觉得要出事，可她又说不出为什么会出事，出什么事。

郭守敬是个怪人，跟怪人待的时间长了，就会感觉到怪人的那些事。

五

冯老四不知自己迈出了多么糟糕又危险的一步。

而此刻，在燕京昌平白浮村，郭荣正和各地的水利名士及朝廷的官人坐着小船，在漫天漫地的大水中察看水情，天色灰蒙，看不到多远，仿佛到处都是灰色的墙。水面上不时漂来牲畜的尸体及一些日常杂物。

水面上，有许多地方都在冒泡，那是下面有泉水的地方，像是一片开锅的水，怪怪的，有些异样，也有些可怕。

人们表情凝重，小船驶了五里地，还没有驶到尽头，而平日的这里，都是村庄和田地。如此大的洪水，郭荣也不多见。他突然想，应该带孙子守敬来体验一番。搞水利，修河渠，必须亲眼见一见大的洪灾，如此才能理解水利，懂得如何规避风险。治水，曲曲弯弯的好多事，只有自家体会了。

在郭村的冯家田地上，打井的活儿，已经进行了两天。井口上，用于取土的木架，发出咯咯吱吱的响声，仿佛整个世界都在摇摇欲坠地难受。一筐又一筐湿漉漉的、带着寒气的新土被绳子绞了上来。那新土一露出井口，便因天气的炎热而冒起一层层白气，让人不适，想到冬天，想到那些寒冷的季节。

村人围在边上，看着新奇，热闹地说笑着，因为这是郭守敬独自看的第一口井。这再一次说明，他的聪慧有多么的不可思议。

“郭守敬比他爷郭荣还要强哩。人还不到二十岁，就会看井眼儿了。”

“你不知道他什么事上傻，什么事上精。”

此时，郭守敬和青草都在井边上，井下突然传来挖井人的惊呼声，声音尖厉而刺耳，充满不祥：“快，拉我上去。快，拉绳子！”

这声音让郭守敬觉得不妙，那顶着一头泥土的人还没把脑袋露出完整，便又慌张地道：“底下有鼓声，咚咚地响，吓人！”

郭守敬一把抓住绳子，急急地道：“放我下去。”

人们将郭守敬放了下去。在井底，郭守敬也听到让人心悸的咚咚声，声音怪异地充满四壁。

站在上边的青草也听到了，那声音像是女人的哭声。她的脸色顿时苍白了，急促地喊：“守敬，快上来！”

就这时候，井底突然传来一声巨大的崩裂声，一条水龙将郭守敬的身子卷了起来。顿时间，泥水淹没了他，随着一声惨叫，他被水柱托出了井口，腾于半空。

井上的村人吓得纷纷四散，郭守敬被狠狠地摔在了地上。

人们全都傻了，没有人知道发生了什么，井口不断喷出的水浪让人惊愕。冯老四傻着，好半天他才灵醒过来，是出事了！

郭守敬也灵醒过来，出事了！

一涌而上的水，猛然间打开了郭守敬的心智，惊吓中，让他什么都记住了，再也不忘。关于水，他一下子好像懂得了很多。

眨眼的工夫，刚打的水井，便变成了一眼挡不住的泉。

更多的村人听到消息，惊慌地跑来，瞪着惊疑不解的眼睛，闹鬼了，真是闹鬼了！有人担心道：“不会淹了整个村子吧？”这话让大地都在晃动。

冯老四娘们儿样地哭喊起来：“我的地！”

冯家的地，顷刻间便被淹没了。

早上，本是十分肃静的县衙门前，传来了沉闷的击鼓声，一声比一声急切。一个衙役跑出来，看是哪个死鬼这样催命，门外站着灰头土脸的冯老四。

县令听了他的述说，一脸惊愕，真乃天下奇闻，打井还能打出一条河来。县令拍案而起，立即带人赶往郭村，看个究竟，如此怪事，近于趣闻，谁不感兴趣呢！

县令赶到郭村时，那水井已经淹了村人的近五十亩田地，井口还在往外涌着白花花的泉水。百十名村人，神色焦急，有经不住事的女人，已经哭出了声。现在已经不是冯老四一家的事了，而是张家、李家、赵家，家家都有的事了。

县令见了真实情景，反而觉得虚幻，事情比他想得还要鬼邪许多，真乃不可思议。其实人人都与他一样地恍惚，怀疑是自己的不真。

村人将县令围住，让他快想办法，说照这样下去，怕是再有几日，全村人的田地都要被淹个干净。

县令抑制住心里的惊奇，下令先把这鬼邪之人绑了，带回大牢，压一压他的邪气！衙役们上来，当场将郭守敬锁了。郭守敬没有反抗，反把双手伸得服服帖帖，放在那木枷里，如此，他心里反而有了些许的踏实。

那一刻，他也纳闷好奇，这是打井吗？咋把自己打进了牢里。

六

村人围在路边，似看着一个怪物，难道不是吗？世上谁人打井会打出一条河呢。人们重新打量他，是从小到大，总也没有看明白过他。

劫难如此猝不及防地降临到郭守敬的头上，这让青草回不过神来。她看着戴了木枷，被衙役押解着的郭守敬，僵得没有一丝表情。半天，半天，她终于嗷地发出一声哭喊："你们不能关他，不能关他！"她奔出人群，疯跑着追在官人的身后，一路的哭号打破了刚刚才有的一点平静。

她的行为让村人诧异，仿佛她早就是郭家的女人了，先前人们还不以为然，还不这样觉得，现在谁都看清楚了，她仿佛真真的就是郭家家里那个烧火做饭、一脸灶灰的主妇。

青草的声音蒙住了郭守敬的眼睛，那是一层泪的雾，他紧咬住嘴唇，心里发狠地想，将来，一定要娶了青草，好好地对她！

这个情景，让在场的村人王树目瞪口呆，猝不及防，他还以为腊月就娶青草哩。一时间，他心里埋下了恶念的种子。他想，真该杀了这个傻子！

林家父母看着女儿为郭守敬如此的模样，同样吃惊。还说什么呢，女儿的人虽然还在林家，可心，却早就属于了郭家。而郭家人还不一定真要她哩！由此，他们对郭家更为不满，更怨女儿这般地糊涂，怎么就看不出郭守敬他爷，平日对他们有多么的冷淡和小瞧。

眼下，郭守敬因一口井把村人的田地淹成这样，林家父母的心里，更是对这桩双方并未说好的所谓亲事，失去了信心。

郭守敬被县衙带走后，青草每天都会跑到村口，焦急地等待着郭荣的出现。她现在才看清，自己是没有办法离开郭守敬的。见不到郭守敬的日子，她是那样地失魂落魄。

村口，这个平日里并没有什么特殊意义的地方，现在却在青草的心里，变成了离郭守敬最近的地方。

郭荣终于从昌平白浮村回来了。在村边，他第一个见到的人，并不是他想见的孙子，而是他一直让孙子疏远的人。以至当青草把郭守敬的事情说完之后，郭荣突然感到这个女孩儿才是离他们最近最亲的人，他被她所感动，像是刚刚才认识她了，内心涌起一股难以平静的愧疚。修行的经历告诉他，对这样一个纯朴慈悲的女孩儿，他不该有那么重的分别心。

这种特别的感受，比孙子被关进大牢，还要触动他。

郭荣没有想到，孙子会为人看井、打井。他来到那片被水淹了的田地边，井口还在往外冒水，孙子是把井打在了泉脉上。

郭荣面对这异乎寻常的景象，心里并没有旁人以为的那样慌乱。他反而以为，这正是法界所说的先行显现，正是一个人做大事、成大业的前奏。

郭荣谢了青草，匆匆赶往县衙。在县衙，他向县令赔了罪，说三天就可让水退去，只要再打两口新井。

县令惊得瞪大了眼睛："你不是戏弄本官吧，再打两口井，那不把整个村子都淹了嘛！"

郭荣告诉他：只要在这口井的上游再打两口井，水就会自动被截住，自然会退去，县令半信半疑。

郭荣回村，带人在那口井的北面，又打了两口新井，田地里的水便完全退去。郭守敬也被县衙放了出来。

对于这件事情，村人虽然惊恐，但也都原谅了郭家。只有那冯老四不依不饶，一定要讨个说法，自然是要赔偿。

晌午，村人站在大槐树下，树下摆了一张桌子，桌子上放着一块红布，很像是一场赌局，冯老四叫来了一村人为他做证。

一会儿，郭荣要当着一村人的面，赔冯家被淹了的粮田。

时节正是夏末，头上阳光，一抹一抹照在村外空旷的大田上，一股生铁的气味，以及隔年干草的气味，从村外荡荡地飘来。郭守敬立在桌边，神情恍惚，眼前又出现了一世的大水，那水铺天盖地，汹涌而来。他第一次对水有了惊惧，怕得身子绵软，原来天下之水，是这样的厉害！

边上传来老少村人惊惊乍乍的议论。有人说：“甭看守敬这孩儿，倒是真个出息哩，说是打井，打出了一条河，没准是个真龙身哩！”话里，似有教化自家的孩娃儿，日后也应努力效仿才是。

也有人叹息，说：“这孩儿命苦哇，老早就没了爹娘，本来就傻，又和他爷学了这一身邪门妖道，今后别再整出个好歹，丢了性命！”

人们随声附和：“是啊，是啊，傻人多被大火烧死，或被河水淹死！”

郭守敬听着自己如此的破烂人生，木着呆着，于阳光下戳成一根木头。这次的失误，让郭守敬终生难忘，刻骨铭心。其实，那天井水漫过他脚面的一刻，也就漫过了他的岁月人生，让他一下子懂得了很多，灵醒了很多，懂得了福祸原是一家。

第二章

一

赔了村人冯老四，郭荣便决定带孙子去看燕京城昌平白浮村的洪灾了。

这次打井事件，郭荣一句都没有怪罪孙子，心里反而隐隐地觉得，这次经历，是孙子的一种人生难得，不幸中，也有足够应该感激的东西了。

福兮祸所伏，祸兮福所倚，用佛眼去看，这背后，或许蕴藏着天大的好事、幸事。也就不该怨啥了。

大概，正是爷爷的这种宽容，这种超乎常人的善巧思辨，给郭守敬留下了宝贵的人生财富，而不一定是那些具体的知识。

收拾好村里的事情，两人骑上快马，一天多的时间便到了昌平的白浮村。虽然洪水已经退去不少，但被洪水淹没的痕迹，依然满目疮痍，随处可见，反而更加触目惊心。

郭守敬懂得爷爷的心思，他还是见识得太少，如若他见识得够多，就不会发生像给冯家看井这样的灾难。

当郭守敬看到方圆几十里的田野、村庄，依然被大水浸泡时，心里越加有了体会。治水，是天下多么大的事情。远比在村里打井更辽阔，更重大，更壮观。他甚至体会出爷爷许久的用意：他的生命，会因为治水而闪亮发光。

天下事，都是一件涵盖着另一件，看透一件的时候，也就看到了另一件，郭守敬望着一世的大水，一下子看到的，也是自己未来命运的无限丰饶与宽阔。

他也就一下子懂得了，爷爷为什么要让他离开郭村，原来他的生命是这样广阔的一片天地。

只是他放不下青草，青草怎么办？他本来是要和爷爷说说青草的，可他忍住了。

郭荣告诉他，如此大的洪水，是因为白浮村南边的大沙河地势太低。北面的水流到那里，便再也无法前行，全被拦住了。人往高处走，水往低处流。这是天下的一道难题。如果解决了这道难题，也就解决了天下所有相似的难题。

听着爷爷的感叹，郭守敬的脑子里，渐渐地浮现出一座桥，桥又变成一条贯通南北的河，河水一直向南，再无阻碍：“一定要有一条河。”他目光深邃，说得痴情。

在郭守敬的脑子里，常就是这样异想天开，不着边际。然而他却说中了几十年后的天下大事，鬼使神差一般。几十年之后，事情和他的想象一模一样，且是由他来完成的。

这个世上，确实有一些奇人，怪人，不寻常的人。

接下来的事，让全天下人都知道了邢台，知道了邢台有个郭村，村里有个郭守敬，他非妖即鬼，那是没有错了！

这天晚上，郭荣带着孙子拜见了刘秉忠。刘秉忠也是天文水利上的名士，不但是郭荣的老朋友，他还与朝廷众臣有着密切的来往。次日，刘秉忠便带着郭家二人，来到一个叫大宫殿的地方，看了几件稀世宝贝。

其中有一张专门用来制作计算时间仪器的工具图，叫“莲花漏”。

那时的天下没有钟表，人们计算时间，是看太阳，或看太阳投射在物体上的影子多长多短。

刘秉忠说：“这可是现今以来，天下最为先进的计算时间仪器的工艺图了。”

郭守敬看得痴迷，目光里充满神往。他听说过，只有朝廷里才有如此先进的计时器，原来就是这种“莲花漏”。它的原理是靠水滴来计算时间，但结构却非常的复杂。郭守敬伏在案头，久久不肯起身，似乎是要把图上的每一笔都牢牢地刻画在心里。

他问刘秉忠：“刘爷，按照这个图，就能做出‘莲花漏’吗？”

此话让刘秉忠十分吃惊。因为“莲花漏”是一个复杂的器械，仅凭着这张图，就能把真的“莲花漏”做出来的人，天下几乎没有。只有常年研究它的人，才有可能做出它来。

郭荣想不到孙子对此图如此着迷。他自然希望孙子能看出它的玄机。于是小心问道：“刘大人，此图是否可以借回去研究？”

刘秉忠心领神会，道：“这张图，就是供天下名士们借阅的，不过，要把它带走，一定要在二十日内奉还，且还要先押上五十两银子才行。”

郭荣不觉苦笑：“五十两银子，我怎么可能有。”脸上已经是作罢的表情了。

刘秉忠沉吟了一下道：“好吧，郭大人，我就为你押上四十两银子，你最少也要留下十两银子。”

郭荣就把身上翻了个遍，押下了十两银子。

郭守敬看着爷爷哆哆嗦嗦拿出银子的手，心里顿时涌出一股感激与悲怜，泪水都要流下来。爷爷为了他，这些年吃了多少苦，花了多少代价。而平日，爷爷却是省吃俭用，一件衣服已洗得薄如蝉翼。刚刚因他的过失赔了冯家，现在又为他拿出这么多的银子。

郭守敬如获至宝，小心地收起“莲花漏”图，和爷爷谢了刘秉忠，俩人一路回到了郭村。

二

到了家，郭守敬便迫不及待地研究起了这张图。他开始准备材料，按照图纸，做起了“莲花漏”。

郭荣不相信孙子会有什么成果。“莲花漏”不仅是宋代，也是全天下最为尖端的科技了，孙子敢试，郭荣已经感到孙子的了不起了。

青草来找郭守敬，这回郭荣并不阻拦，孙子打井失误，青草在村头焦急等待他的模样，依然让他十分感动。但他会不会让孙子娶了这个过于美貌的女孩儿，他仍然拿不定主意。

郭守敬告诉青草，他有一个秘密，几天之后，他要拿给她看。

青草感到郭守敬的神秘，笑说：“你不是又要犯傻，再把谁家的井打成河吧。”

郭守敬白牙一闪，笑说：“这次要关，县衙怕是关不下我了，该是朝廷关我才对！”

几天之后，郭守敬将桌子上的一块红布揭开，露出“莲花漏”计时器。郭荣完全惊呆了，他似看到了一轮太阳，金灿灿地晃着他的眼睛，他激动得说不出话来，尽管他知道孙子的智慧超越了一般人，但还是无法相信眼前的景象。

孙子竟然根据“莲花漏”的一张图纸，将一件完整的计时器做了出来。

是的，谁也无法相信！

因为这不可能！这是大宋朝当今最为高端的玩意儿，就连天下的一些顶级名士，也不一定能看得懂它，更何况将它制作出来。

那一刻，郭荣曾有刹那间的恍惚，他竟然觉到孙子并不是他的孙子，不是。而是人们传说中的妖鬼仙神，眼前的一切，只是一个戏法，待他梦境醒来，一切即将过去。

然而，让人醒不过来的却是一切都是真的！

郭荣简直不敢再认这个孙子了。

事情传遍了全村，接着又传得十里百里。人们说，郭家有个怪物，是由那个怪人做出来的怪物，它把太阳、月亮、星星以及一世的时间都装在了这个怪物里。

人们都来郭家看奇迹了，看这个听起来天方夜谭的“莲花漏”计时器。

这个怪怪的东西，竟然能计算出时间，跟太阳、月亮走得一模一样，一样的准。随着每一滴的滴水声音，它计算着一天到底是多少时间，一年到底是多少时间，一世到底是多少时间。

世上怎么会有这么神奇又怪异的东西呢！

人们都是看着太阳算着一天的时日的，是听着早起的公鸡打鸣起床的。

而这个东西，竟然可以代替太阳，代替月亮，代替公鸡打鸣。

二十岁的郭守敬不是神是什么呢。他是否属于人，人们都表示怀疑了。人怎么会有这么大的本事呢，何况他就在郭村，村人天天看着他长大的，他怎么就会一下子闹出个这！

人们反应不过来，接受不了他，想不出个究竟。连他爷郭荣都恍惚，都不敢再那么随随便便地对待他了。

青草同样没想到郭守敬会有这样大的本事，林家父母也没想到。谁也没有想到。郭守敬仿佛是天外来的，不属于这里！

至少眼下的这个郭守敬，不是昨天的那个郭守敬，是两个人，是两码事！天下肯定有鬼有神，有妖有孽。不然事情怎么解释！

人们的所有想法，都被这个怪怪的计时器弄得复杂了，搞乱了！

事情转变了，青草的母亲对女儿说："不管怎样，郭守敬他爷，一定得先给咱们一个准信才成！"

青草的爸说："你没问问郭家要等到什么时候，咱总不能等到你俩都老了吧。"

青草突然拿出郭守敬写的那纸婚约，那上面有他的盟誓。"这是郭守敬写的！"她说。

青草妈看了，青草爹也看了。

青草爹不大放心地道："要是他爷写的就算数了。"

青草妈小心地提醒："总得有个时间啊，这上面没提什么时候，人家王树那边，可也等着呢。"

青草说："是你们答应下的王家，我可没答应过王家。"

三

更远地方的人，也来到郭村看"莲花漏"了。这是又一拨又一批了。越来越多的是学者、文人、财主。人们把郭家挤得满满当当，询问声、惊讶声、议论声，一浪浪的燥热在郭家回荡。

人们一是来看“莲花漏”，二是来看郭守敬，无论人和物，都让来者觉得不可思议，两个都是怪物！

村人王树，知道因为这个鬼东西，青草离自己越来越远了，嫁给他，大概已经成为一种不可能。他心里满是仇恨，恨不得把那“莲花漏”砸了，一把火把郭家烧了。

这一天，他也挤进郭家，看着摆在案子上的那个鬼东西，很想找点什么解气的事做。

于是，他就找到了，他无意中看到了那张“莲花漏”的图纸。图纸被卷成了一卷，用一根红绳挂在了墙上。乡下人的家里都这么挂东西。王树想，这大概就是人们说的那张“莲花漏”图纸了。

图纸挂得很高，只有踩着椅子才能把它够下来。这么多人，怎么才能把它够下来呢？这几乎是不可能的。

然而鬼使神差，人们总是无法预料某些事情的来去，看不出事情的阴阳。人在心术不正时，恰巧就是被神鬼捉弄的时候，神鬼居然在帮王树的忙。

那时，郭荣正在给来者讲解这个计时器，他背对着墙，正好挡住了墙上的纸卷。王树看到墙角处有一根拐杖，像为他准备好的一样。这拐杖不是郭家的，郭家不用拐杖，不知是哪位来客落下的。

于是，王树挤过人群，悄悄地拿起拐杖，站在郭荣的身后，小心地用拐杖往上一捅，那纸卷竟顺利地脱离了墙上的木钉，掉在了他的手上。

屋里人很多，多得没有人注意他在干什么，何况又都是外来人。也许有人看到了那个纸卷从墙上掉下来，掉在了王树的手上，却以为，王树就是这个家里的人。难道不是吗？不是怎么可以这么麻利，这么公开地当着众人的面，从墙上取东西呢。也许，压根就没有人注意到王树的举动，甚至没有人注意到墙上挂着的那一卷纸卷。

王树将纸卷藏进了自己宽大的袖子里。

这就要了郭家的命！

也要了王树的命！

一连几天，郭守敬都沉浸在兴奋中而有些不能自制。每当夜晚，人们散去的时候，他都要再仔仔细细地观察这“莲花漏”。尽管他按照图纸制作出了这个奇物，但让他迷惑不解的，是那个研究出它的人。这个人才是天下最伟大的人。他郭守敬，将来就是要做一个这样的人，而不仅只是一个看图的制作者。

直到归还图纸的日期临近了，郭荣才发现挂在墙上的“莲花漏”图纸不见了。起初他还没有太理会，以为是孙子守敬把它放在了别的什么地方，可当他问孙子时，守敬茫然的表情告诉他，事情坏了，“莲花漏”图纸不见了，他惊出了一身冷汗。

郭家爷俩儿立刻把家里翻了个遍，他们终于相信，“莲花漏”的图纸就是丢了。

现在，爷俩儿都在想一个问题，谁最有可能拿走这张图纸。郭守敬回顾几天来的情景，可他想不出是谁。来得最多的是青草，前几天，是青草帮着他将图纸拴上了红绳，把它挂在墙上的，挂得很高，根本不会有人够到。

事情邪了。

郭荣道：“会不会是青草无意间把它拿了下来，又放在了什么别的地方？”郭荣说完，连他自己也不肯相信。

再有几天就是归还图纸的日期了。这是朝廷的宝贝，是通过刘秉忠刘大人才拿到的，丢了绝非小事。

郭守敬急急地去问青草了，青草听了后，却和他一样吃惊。她跟着郭守敬又急急地回到了郭家，就像一个一家之主那样，她说什么也要亲自再找一遍。她说女人总要比男人细致。她的样子竟然真就成了这个家的主妇。

或许，真是男人比女人粗了很多，两个男人的眼里又燃起了希望，他们自然同意在这个女人的带领下再好好找一遍。可是，也只能可是了……

三个人仍然没有找到那张图。这就要了命！

四

早上，县衙门外的鼓声响得急切，那击鼓报案的人正是郭荣。县令近日听说了郭村的这一奇人奇事，却想不到，那奇人就是被他关押的打井人郭守敬。天下怎么会有这么邪的人，昨日把井打成了河，淹了一世界，今天又把太阳、月亮装在了盒子里。这人一准就是个妖！县令这样断定。

其实，他也很想去郭村看看这个稀奇的玩意儿，可他关了人家几天，到底有些不好意思。何况，他得罪了如此神鬼般的一个人，心里也怕遭报应哩！

差人说那击鼓报案之人，就是那神人的爷，县令立刻接见。听了郭荣的讲述，县令才知道，那奇人手里的图纸竟然来自朝廷，而且已经丢失。县令听得两眼发直，哪敢怠慢，当即带上十几个衙役，赶往郭村查办。

村人这才知道，原来郭家的那张宝贝图纸的状况。郭荣怎么会认得朝廷上的人，怎么会认得皇上？整个世界都被这前后不等的消息搅得没有了安宁。

没人敢再去郭家了。郭家不但能装下太阳，装下月亮，还装着如此的凶险，如此的大风大浪，谁可受得了呢。郭家从热热闹闹的景象中，一下子回到了冷清寂落的世界。说了半天，还是闹鬼。这一家人还是鬼！郭守敬更是一个鬼！

王树是一个幼稚的人，他根本没想到那张图纸有多么重要，他以为重要的是那个“莲花漏”，想不到这张图纸才最要命！

他没有转过这个弯儿，他还挺高兴，更没有料到危险的来临。

黄昏，他匆匆忙忙地去找青草了，他要告诉青草，郭守敬还得被关入大牢。他又看到了青草嫁给他的希望。

那会儿青草下地了，是在大田里。王树便急急地来到村外的林家地里找青草了。

青草正迎着日落往外走，太阳晃住了她的眼睛，让她有点不好受。

王树似打赢了胜仗的英雄一般道：“青草，那张图，郭守敬还不了了，他肯定还得去坐牢！”他人还没到跟前，就迫不及待地说。他把青草当成了他的人，自家人，甚至是他的媳妇。

可青草不是！青草心生疑团，纳闷王树怎么敢这么肯定。

王树说：“郭家无论怎样也找不回那张图了。”

青草突然就猜到，或许就是王树偷走了那张图。她冷了脸，问王树是不是偷了郭家的图？王树这才感到自己过于冲动，太大意了。

他可真是找错了对象。他支支吾吾，不肯承认他偷了图，可是已经晚了。

青草说：“一定就是你，你偷了那张图！”说完她转身就走，要去告诉郭家。

王树想不到青草对他这么无情无义，这让他恼怒，他扯住青草。青草扭动着身子，呵斥让他放手！

青草的声音尖厉而又冰冷，惊得树上的麻雀四溅般飞散。

王树吓得喊：“你别叫，别叫啊！”急得伸手去捂青草的嘴，无意中却把青草绊倒在了地上。王树想去拉她，反倒摁住了她，是怕她再叫喊。青草不知道王树是要干吗，反而害怕地挣扎着，更大声地叫喊起来。

王树使劲地捂住了青草的嘴。

这一切对两个人来说，都来得过于突然，谁也没有料到，一时间，两人也就都失去了应对的办法。青草竟然被慌乱中的王树捂得失去了知觉。王树更没有想到，青草会没了气。

他站起来时，青草已经一动不动了，王树惊恐地以为，自己失手杀了青草。天哪！他竟然杀了人！他慌慌地跑回家去报信。

青草苏醒后，发现自己被绑在了王树的家里。

王树知道自己闯下了大祸，青草的苏醒才让他喘过一口气。王家人乱作一团，待冷静下来后，决定破财免灾。

当晚，王树和父亲跑到林家，双双跪下说明了前后，并答应将自家的财产全部给予林家。青草家人反应过来后，并不答应，却经不住王家父子的苦苦央求，加上两家人以往的情意都还不错，也就勉强答应下来。

青草被母亲接回了家，她却发誓一定要将王树偷图并险些杀死自己的事情报官。父母吓得够呛，暂且又将她反锁在了屋里，想等她消气之后，再慢慢缓解不迟。

郭荣嘱咐孙子守敬，在县衙没有找出偷图人之前，先不要与青草来往，以免节外生枝，再添麻烦。

谁想，这时青草却也不再登郭家的门了，突然失踪了一样，这让郭守敬惶惶不可终日，心里感到深深的不祥。

而县衙为了调查丢图一事，竟然派了暗探，守在郭家的门外，盯着郭家人的一举一动，郭家自己也成了被怀疑的对象，这个郭荣一点也没有料到。

青草被锁在自家的西屋，已经三天没有见到郭守敬了，她不知怎样才能告诉郭守敬这一切。

郭守敬见不到青草同样心神不宁。这天傍晚，他再也耐不住，便小心地溜出家门，避开县衙的探子，绕道奔了青草的家。

只三天，他就发现，他越来越不能没有青草。原来青草在他的生活里，是那样的重要。他这一整天，满脑子都是青草了，再也装不下别的。

他心乱如麻，心里总有一种不好的预感，他总是看到青草在哭泣，忧伤地离开了他，青草就像一团白色的雾体那样无法抓住地飘走了。那一刻，她的脸上苍白苍白，没有血色……

这让郭守敬感到绝望和难受。

五

北方的八月，地里已经有了空旷。郭守敬从家里走出来的时候，天色差不多已经黑暗，他走得很急，但很小心，他不时地回过头去，向身后看上一眼，其实他什么也看不见，但他还是担心会有县衙的探子跟着他。

这个时间，是庄稼人牢牢地待在家里的时间，就是串门儿，也要再等一等，所以路上的人很少。

现在，郭守敬也想到了，图纸很有可能是被王树拿去的。这让他感觉不好，一种要出事的念头在他心里十分强烈。

八月北方的夜晚，天气不再酷热，地里鸣虫的叫声也弱了许多，路上静得只有自己的脚步声，可郭守敬依然走得满身是汗。他七拐八拐就离近了青草的家。如果是在白天，这个时候他就会看到青草家的院子。

郭守敬突然停了下来，并仔细地听了听身后的动静，他似乎听到了身后有脚步声，他有些惊讶，难道真是县衙的探子跟着他吗？县令说过，让他这几天不要和任何人来往，否则就有与人串通，共同做手脚的嫌疑。

他愣在那里，虽然他是真实地听到了身后的声音，但连他自己也不敢相信这会是真的。他站着不动，耐心地听了好一阵子，身后却是一片寂静。

这会儿，他反而更加思念青草了。黑暗中，他的脑子里都是和青草在一起的情景。他奇怪地看到他正在和青草一起挖河修渠，地方就是他前些日子去过的昌平白浮村。

青草在往筐里铲土装石，他挑起担子爬上了河堤。时间却又是几十年之后的情景，是一个满地落叶的秋天。待他回身的时候，他却看到青草倒下的情景，是有人故意把她推倒在地……接着洪水来了，无边无际的那种。洪水将他俩淹没，他俩在洪水里挣扎着，顺水而下，待洪水退去的时候，他发现他俩原来就住在白浮村，而不是现在的郭村，那时他们已经结婚生子……

他不知道脑子里怎么会冒出这么一大堆不着边际、奇奇怪怪的情景。

他不再顾虑身后到底有人没人，坚决地向青草家走去。

郭守敬没有想到他的身后真的有人，是王树。王树也是来找青草的。现在，事情越闹越大了，他心里惶惶落落的，他不但没有娶到青草，还赔了自家的财产，如果事情败露，县衙发现是他偷走了郭家的那张图，一定还会将他法办。他真是倒霉！就在这时候，他看到了前边的郭守敬。他出了一身冷汗，他万没想到，郭守敬也会去找青草。他应该早就想到才对。

他不觉担心，还没有平静下来的青草，会不会把一切都告诉郭守敬，那样可就坏了。

一个可怕的念头突然在他的心里生了出来，杀了这该死的郭守敬。杀了他，也就了结了一切，不然事情怎么办呢，难道他真的要去坐牢吗？其实他什么也没想好，他怎么可以杀人呢，他不敢！

郭守敬已经来到了青草的家，院门紧闭着，但他轻轻推一下，门就开了。院里，几间房子里都亮着灯，平日青草住在西屋。

郭守敬心里一阵温馨，他轻轻走到青草的房门前，他看不到里面，可是奇怪，青草的房门却是被锁着的，这是怎么回事？

郭守敬顾不得许多，对着门缝儿小声地叫："青草，青草，我是守敬？"

青草听到郭守敬的声音，跑到门前轻声地喊："我娘把我锁住了，钥匙就在窗台上，快帮我打开。"郭守敬摸到了钥匙，开了门。

院门边站着王树，他手里不知什么时候提了一根棍子，是林家的院门闩。

郭守敬开门进屋，一脸的惊讶："青草，怎么回事？"他急急地问。

"是王树把那张图偷走了，他差点把我掐死。王家怕出事，买通了我爹妈，把我锁了起来，是怕你知道。快去让县衙抓他！"

门外，王树听得清清楚楚，他突然推开门，举起了手中的棍子，他不能让县衙抓住，不能让郭守敬说出真相。青草看到王树的棍子落了下来，她一把将郭守敬推开，王树的棍子落空了。

青草顺势拿起桌子上的茶碗扔向王树。

王树又举起棍子，郭守敬向后退着，用余光搜索着屋里有什么物件可以抵挡。在同时，他看到了柜子上放着的一把剪子，那剪子很长，是做家务裁布用的。青草顺着郭守敬的眼光，也看到了这把剪子，就这一瞬，两人都去拿剪子，青草是不想让郭守敬拿到剪子，她很害怕，觉得那样会出事。

郭守敬看青草去拿剪子，更不想让青草拿到。两人都去夺剪子，都是为了对方。身后，王树的棍子重重地打在了郭守敬的脑袋上，血水立刻流了下来，郭守敬的身子一晃，险些倒下。

就在这一刻，青草已经把剪子握在了手里。

青草握着剪子，对着又扑上来的王树喊："放下棍子，你再打，我杀了你！”她根本无心，完全是下意识的。

王树没看到青草手里有剪子，其实他害怕到了极点，心跳如鼓。他无法控制自己。

他再次抡起棍子，向郭守敬打去。这一回，郭守敬比他更快，抬起脚踢在了王树的肚子上，并迅速闪到了一边。王树向前一扑，脚下一绊，人就空了，正扑向迎面站着的青草怀里，青草紧张地握着剪子。

那剪子就正正地，一点不差地刺进了王树的胸膛。

这一刻，是那样的突然，整个世界都失去了章法，三个人谁都没有料到事情会是这样的。

那一刻，屋子里曾有刹那间的宁静。王树和青草互相看着对方，郭守敬看着他俩。三个人，仿佛是一种永恒的相对，谁都没有明白发生了什么。

青草松开了手，王树倒了下去。在他倒下去的一刹那里，他看出了青草决没有杀他的意思，他看出了青草只是因为害怕而拿着剪子。甚至看明白了，青草只是因为爱着郭守敬而不是他才拿起了剪子。

这边的响动，惊动了北屋里的青草爹妈，他们跑了过来。

六

青草爹妈跑进屋子时，王树已经倒在了地上，青草一手的血水，目光呆滞。郭守敬也是一头一脸的血。这景象吓得青草妈大叫：“杀人了！杀人了！”

青草这才灵醒过来，她杀人了，她杀了王树。她跨过王树的身体，像一股风，号哭着奔了出去。

呼号声惊动了全村，王树被青草杀死了，是用一把剪子。

又一个要被超度的灵魂倒在了那里。人，看不明白爱和欲望才是真正的元凶。看不明白爱与欲望有多么的邪恶。爱使王树去偷那张图。爱使郭守敬惦念着青草，并在不该来的时候出现在了不该出现的地方。爱和欲望使一切混乱了，变得不可操纵。于是，那把为祥和生活而准备的剪子，无辜地成了一件血淋淋的凶器。

看着倒在地上的王树，郭守敬的脑子里一片空白，他又看到了水，是好大的水，他正被一点点地淹没。他、青草，都在水里挣扎着。他突然觉得冷，是那么的冷……他又开始出现幻觉了。

像是过了很久，青草家人的哭声把他唤醒。他傻着，他不知道这是怎么了，这一切发生得太快了，跟他眼下关心的天文、水利、“莲花漏”，以及他的所想是那么的不着边际。

谁也没想到，这一晚上，郭村会闹出人命案。王树躺在地上，尸体已经被一块白布盖住。

几个女人扶着青草，她似乎弄不明白这是怎么一回事，王树的死，好像与她毫无关系，他像是被别人杀死的而绝不是她。她一点没有杀人的感觉。她喃喃地道：“我没有杀他，我没有杀人，你们没有看见……”

次日，青草和郭守敬被县衙双双带走了。

郭守敬依然像是在梦中。出村的时候，他看了一眼头上的天，这是一个很好的天气，天空蔚蓝，蓝得挂不住一丝云。通往村外的大道黄而明亮，如果身边不是一直有青草和她家人的哭声，以及爷爷叹息的声音，他还以为这是一个充满愉快、美好的秋日。

青草在他的身边，她的脸色正像他担心的那样，苍白苍白，没有血色。

县衙大牢里的一切，都是黑漆漆的难看，给人一种年深月久、沧桑凄凉的感觉。二十岁的郭守敬，于这一刻里，也就突然长大，有了阅历。他与青草的牢房很近，他却觉得那样的远，因为他们都会因为杀人而被砍头，并离开彼此，离开这个世界。如此，他就更想青草，想得那样彻骨，他觉得他对不起青草。如果他还能出去，一定要马上娶了青草，再也不等！

七

灾难把郭家与林家人又紧密地连在了一起，郭荣和林家父母商量，怎么才能救出郭守敬和青草，两家准备拿出全部家产，共同赔偿给死者王家。

王家人死了儿子，悲恸欲绝，愤怒之中，什么也不肯接受，只求县令快快杀了郭守敬和林青草，以给儿子偿命报仇。

多日之后，县衙查清楚了。王家也多少冷静了下来，毕竟是自己的儿子先偷了人家的图，并且已经烧了。这图，是朝廷的宝物，如果追究，王家也是一等的重罪了！

在事情不知怎么料理时，郭守敬的灵光闪现，他竟在牢房里看到自己绘制出了一张“莲花漏”图，和先前的那张一模一样。

于是他提出，放青草出去，他画出那张图，原样交给朝廷，如此，也可让王家减免一罪。

人们听了都眼睛一亮，僵死的事情又被郭守敬的智慧化开了一条缝儿。

可是别说县令，就连爷爷郭荣也不能相信，他怎么才能画出这张图，原图已经被死鬼王树烧了。

郭守敬说，他可以按照他做出来的“莲花漏”实物，把那张图一点点地复原。郭荣惊异，虽然道理上可行，但实物是立体的，图纸是平面的，这要比照着原图纸难画到了天上去。

几个衙役将郭守敬押回了郭村，将他锁在屋里。几天之后，奇迹发生，郭守敬还原了“莲花漏”的图纸。

这让爷爷郭荣久久地不敢相信这就是他的孙子。他觉得孙子是一个幽灵，他甚至不敢肯定，眼前的郭守敬真是降生在他们郭家的那个郭守敬。

经过这些折腾，王家人终于明白，只有接受郭家、林家的财产，才是最好的选择。王家就依了郭家、林家的条件，郭守敬被县衙放了出来。

郭守敬再次见到爷爷郭荣时，觉得爷爷一下子老了许多，走路的时候，爷爷浑身上下都似发出木板散架的吱吱声，细听，谁都可以听见。郭守敬的泪水，再也忍不住地流了下来。

他以为青草也从大牢里放了出来，可是没有，县令不同意放青草，因为她是杀人犯。

郭荣决定，这就送孙子到寺庙去修行，去做几年和尚。爷爷对郭守敬说，如若你真是郭家的人，你身上的业障就太重了，不然不会沾染这桩人命案子，去修行吧！只有修行才能拯救你，人在迷途，无法证悟，一切都是虚妄，更不可能去做什么大事。

爷爷郭荣，一心想着让孙子去做大事。

这一天，郭家来了一个和尚，郭荣对孙子说："守敬，这是悟境师父，你跟着悟境师父上路吧。"原来爷爷是要把郭守敬送到更远的地方去。

这悟境和尚，竟然是一个疯癫和尚，迷迷糊糊的没有正形，有时还偷偷地喝酒吃肉。

郭守敬想着青草，心里一阵阵地寂落惆怅。他告别了爷爷，这天早上，他与疯癫和尚坐上马车，一路离开了郭村。三天后，他们到了一个叫静山寺的庙宇。

当日，便有小和尚给郭守敬剃了头。剃头的时候，郭守敬有一种异样，似一下子变了人生。

他在镜子里看着光头的自己，一瞬间，这个郭守敬，已经不再是那个郭守敬了，这个世界，也已经不再是那个世界了。往日的岁月，全都远去了一般，简直就似失去了前生一样。

如此，他更想青草，想得那样猛烈，他的整个心，都在抖。

送走孙子，郭荣便带着后来绘制的"莲花漏"图，到燕京城见了刘秉忠，对刘秉忠说了前后事情。刘秉忠听得心惊肉跳，十分诧异。他没有想到出了这么大的事情。看着这张后来绘制的"莲花漏"图，刘秉忠恳切地道："你孙子确实是个天下奇才，你把他交给我吧。我尽量把他推荐给朝廷的朋友，想法让他进朝廷做事。"

几天之后，刘秉忠将郭守敬绘制的"莲花漏"图拿给朝廷里的朋友们看，并讲了郭守敬的神奇来去。众朝臣们也有与刘秉忠一样的认为：这是一个天下不可多得的奇人怪才。更何况，他学的是水利。大宋年间，天下洪涝尤多，水利人才极为匮乏，一定会派上用场。

几位朝臣，联名上奏皇上，希望朝廷能够启用神人郭守敬，也好为朝廷治水，还提到了燕京昌平白浮村的连年水患，那里更需要有人常年总结考证，以找到防洪、治涝的办法。

奏折上写得中肯迫切，句句说得扎实得体。而皇上元宪宗，登基即位还不到一年，内忧外患，哪里顾得上一个藉藉无名的民间秀才。

当他看到折子上，郭守敬才年方二十时，更是觉得推荐者的轻率和滑稽。他嗤之以鼻，反而痛斥老臣们的轻率。心中暗想，你们就会往朝廷里拉亲拽友，方便私利，当即扔了那折子。皇上完全把事情想歪了。

郭守敬并不知道，自己曾经差点便能走进朝廷治水，如若那时进朝，他很有可能第一个要治理的就是昌平白浮村的水系。冥冥之中的缘分，擦肩而过，竟然差了几十年。

在静山寺，开始的那些日子郭守敬心乱如麻，哪里念得下经。他实在忍不住，对疯癫和尚说，他要回去，要想办法救青草。疯癫和尚听了他的描述，轻轻一笑，根本不当回事，道："你如此心境，怕是连你自己也救不了，反而要再给天下添些麻烦！"

郭守敬问何以见得。

疯癫和尚说："当初如果不是你这颗迷惑不堪、散乱无比的心，你和那个叫青草的女孩儿怎么会落得如此地步，那个叫王树的人，又如何会丢掉性命……"

和尚的话，让郭守敬心里有了唤醒，如果那天傍晚，他能够克制自己，不去找青草，大概真的不会发生这一切。那天晚上，临去找青草之前，他的心，也是这样乱乱糟糟，也是非要不可的意念。

疯癫和尚道：“人的心，七上八下时，最不易去做事情，此时做事，必会埋下祸端，应按下念头，等待转机，如果一味去做，便是不祥之兆了。”

郭守敬抬起头，对面墙上，正挂着一副对子：“心载万物一切，万物从心而生！”

第三章

一

郭守敬到静山寺的第二天，后来的皇上忽必烈，也同样来到了此庙敬香，且是专门来拜见疯癫和尚的。忽必烈那时屡遇挫折，战场上败多胜少，阵营里且又内讧，处境岌岌可危。

由于他内心混乱，他向疯癫和尚提了许多无法解答又迫在眉睫的问题，疯癫和尚便送了他一段终身享用却不一定人人都能领悟的话：

人常常生活在自己的欺骗里。世上没有人强迫你信什么，做什么。这是你自己的事。自己欺骗自己最随时，最方便……也最醒不过来。因为自己的认定和以为，自己才最相信！真能醒来，是大造化，大福气！

同样的话，疯癫和尚也赠送给了郭守敬。

那一次，郭守敬就见过这位后来的元朝皇上了。可惜，那时忽必烈还不是皇上，命运还因战乱飘忽着，说不定还会是个阶下囚！郭守敬和忽必烈都没有理会彼此。郭守敬想不到，多少年之后，他会因为白浮泉，和这个人的关系那么密切，对方一会儿把他当成知己，好得欢天喜地，一会儿又要杀了他，把他赶出朝廷。

进庙好几日了，郭守敬每日与菩萨相伴，却仍是愁眉苦脸，人虽然是在庙里，心却还在青草的身上，没着没落的感觉。寺庙本是宽心解忧的地方，对他却俨然成了一座牢笼。

疯癫和尚道："人，心上的郁结不解，即便海角天涯、人间天堂，也是枷锁。寺庙也是如此，再大，也大不过这颗心去！"

说着，取下脖子上的念珠，捏在手里咯咯吱吱地响，对他说："这样吧，你和我去卖念珠，这珠子有真有假，你要尽量卖出那些假的。如果你卖的假的多，你就回去找那个女孩儿，也不必在这里受罪了，不然，你就跟我一心念佛。"

郭守敬看着那些精美的珠子，不明其意，一脸茫然。

疯癫和尚道："所谓真假，都是世人的执着所至。念珠本身，无真无假，但世人自迷，一定要分出一个真假，你若内心平静，没有散乱，事就好办。天下事，都属于心的拿捏，并非别的功夫。"

说罢，疯癫和尚取了一堆念珠来，在上面一一做了记号，外人看不出来，郭守敬却记着真假。

俩人到了镇上集市叫卖。人们看到疯癫和尚又来卖念珠，便渐渐围了上来。郭守敬出乎意料地紧张，他抑制不住地将真假珠子倒来倒去，想不到一会儿工夫，他自己倒先乱了，记不清哪是真的，哪是假的了。他心里焦虑，出了一身汗水。

一个上午，郭守敬卖出去六串念珠，回来查看，竟然卖的五串都是假的。他想不到事情会是这样。

疯癫和尚说："事情本来分明，你却自家颠来倒去，反而在告人真假。是你的心思，搅乱了你的分辨，本来不用分辨，这就是尘世间的问题。人，常处于自我搅扰的迷惑之中，你乱，天下自然就乱。你还能做什么呢？天下事情，只能先理顺自己，才能做好你想做的事情。这就是你爷送你来的目的。"

郭守敬恍然，疯癫和尚的话，让他心胸豁然敞亮。他这才真正敬佩起疯癫和尚，于是，便在静山寺里认认真真地学起佛来。

疯癫和尚在嬉笑怒骂之中，为郭守敬播下一粒粒智慧的种子。但在外人看来，他是更傻了。

静山寺位于半山腰上，沧海桑田，一览无余，是观测天象的极佳位置。郭守敬白天念佛，夜晚仰望灿烂星空，观测天象。平日无事的时候，他用木头、竹筒、铁皮、纸板，制作改造了一些观测天象的工具。它们可算得上是最早的天文观测仪，俗称简仪。后来世上出现了望远镜，就是根据简仪的原理制造的。郭守敬设计简仪比后来观测仪的发明早了近300年。这些在别人看来颇为费解的物件，却是郭守敬的宝贝。他爱不释手，没事就会琢磨、鼓捣这些玩意儿。这类观测天象、计算数字的工具，他一生做了上百件。这一日，他竟然找到了一颗难以发现的行星，他欣喜若狂，激动得将它标在纸上。次日早上，他兴奋得满院子大叫："我找到了一颗星星，我找到了一颗星星！"

院子里，和尚们担水劈柴，无人理他，谁也弄不明白，他疯在何处，为什么会疯。

在他的叫声中，想不到的意外发生了，正在经堂里念佛的住持，即悟玄和尚身子一歪，伴着他的叫声，倒地去了西方世界。

天上一颗星，地上一个人。人们都说，是郭守敬把悟玄和尚叫得去了西方世界，他的喊声，犹如神鬼妖孽的呼唤。于是，将他"逐出佛门，赶出寺庙"的声音四起。疯癫和尚拦住了。

又一日，他与几个和尚在山路上挑水。他突然手指远方道："火，起火了。”但谁也没有看到火，辽阔大地，晴晴朗朗，哪有什么火呢，这妖人！

过了几天，四十里外的村人来为死者敬香超度，说村里起了火，烧死了一家两女一男。

和尚们这才惊异，郭守敬看到的确实是火。他的眼睛怎么能看得那么远，世上真有千里眼吗？连整日陪伴在千眼千手佛身边的和尚们，其实也不相信。

又一晚上，郭守敬观测到了月亮上的一座山，他依然激动不已，将它画在纸上。次日他没敢大叫，而是按捺着兴奋，小声地告诉大家，月亮上有一座很奇怪的山。

他的声音不大，人们却听到了震耳的轰隆声，原来是大殿的后墙倒塌了，压死了静远和尚，还有前来拜佛的一个女人。怎么这么的巧，只要他张嘴说天上的事，地上就得死人。

郭守敬真的不能再在庙里待了，尽管八百年后，人们证实了这一切都是真的，并把月亮上的环形山命名为“郭守敬环形山”，把那颗小行星命名为“郭守敬行星”。可当时他是妖孽，念的歪经！不把他逐出佛门，房倒屋塌，人都死光光。

郭守敬的某些智慧，早于人世间几百年，谁受得了呢！他肯定就是个妖！于是，死者家人趁他出门的时候，将他绑了，要活活烧死他。

当疯癫和尚找到郭守敬时，众人已经用一根绳索牢牢地把他绑在了一堆干柴上，正要点燃，烧他狗日的哩！他也正在心上，与青草做着告别，发誓，今生虽已无望，但来世一定娶了青草，关键时刻，倒也儿女情长，句句真切。

疯癫和尚拼死拦着，并把那些值钱的念珠都当了赔偿。郭守敬死里逃生，人生又过了一劫！真乃福星高照。

而他看月亮、找星星的目的，是为计算天下的时间，几年之后，他是全世界第一个算出地球绕太阳转一圈是多少时间的人，准确到三千多年，只差半日。那时没有表，他不是鬼，又是什么，他就是一个鬼！

而当疯癫和尚把他再接回静山寺时，全体和尚都立在门上，不是欢迎，而是不让他狗日的进哩！静远和尚死了，悟玄和尚死了，都还没人偿命哩！

众人双手合十，一起念那驱魔斩妖的咒语。

说佛门净地，怎能养妖、收魔、藏鬼！

疯癫和尚最终妥协，让郭守敬住在寺外放柴草的小屋里，他愿意念经就念经，愿意数星星就数星星，但有约定，如果他再看到八百年之后人们才能弄懂了的事情，一律不准开口乱说。

很长时间，郭守敬成了一个哑巴。

二

佛的世界，把时间拉得既宽且长，静山寺院里的槐花盛开的第三年，爷爷郭荣与刘秉忠来到静山寺，将郭守敬接了出去。

于此，郭守敬脱下青衣长衫，重回故里。他谢了疯癫和尚，以为是要回到郭村。爷爷却告诉他，郭村早已无房无地，全都抵债给了死者王家。

郭守敬心里想着青草，迈出寺庙的那一刻，他心里突然有一种迈出法界，可以自由行走，没有了拘束的感觉，他的第一个想法，就是马上去找青草。这想法是那样冲动，让他心里怦怦跳个不停。

然而他却没有想到，爷爷要他先跟刘秉忠刘大人去燕京昌平治水。郭守敬以为又是洪灾，然而不是，燕京城今年异常干旱，人们急需找水。郭荣说："爷爷老了，今后已经无力胜任这些事情。爷爷的事，就全托付给你了。"

爷爷的话，让郭守敬猝不及防地感到爷爷真的老了许多。爷爷为他准备了一个更大的包袱，说了一些出息成人，将来锦衣荣归的话。郭守敬忍住泪水，走至百米来远，他回转身来，向爷爷挥手，见爷爷依然立在坡上不动，衣裤在风中抖着，如秋日地里谁家忘记割的一棵玉米枯秸。郭守敬心里一阵悲凉，他不忍再看，赶紧把头转了回去，两行泪水已经夺眶而出。

两天之后，郭守敬与刘秉忠直接来到了燕京城。城墙上贴着醒目的告示，上面斗大的字："治水有方者，朝廷重赏二十万两银子！"墨书淋漓。如此重的赏银，已到了吓人的程度。

在城门外，黑压压的人群挡住了俩人的去路。原来这里临时设了杀人的刑场，场面阴森，让人胆寒。

几个被五花大绑的犯人，已被官兵押到高墙下，准备处以极刑。模样凶残的行刑人，手握闪闪发光的鬼头刀，随时准备砍掉犯人的脑袋。

刘秉忠说，这些所谓的犯人，原是燕京城的几个"水霸"。

自去年以来，燕京城里，就干旱少雨，城内人家的井水本来就多为苦涩，如今的颜色又变得锈黄，不少水井里，水质已经发污发黑，味道难闻，无法饮用。朝廷无奈，这才广招圣贤，紧急征集治水的办法。此次刘秉忠带着郭守敬赶来，就是要为朝廷献上锦囊。

而城内的百姓，则越来越多地赶着马车，挑着担子，去城外取水。

一时间，找水，取水，在燕京城已经成为壮观的一景。于是，就有商贩做起了贩水的生意，拉着水车，沿街叫卖，水急缺时，便抬高价钱。昌平白浮泉的水，因为甘甜纯净，卖的价钱最高。卖水，也就成了燕京城的一项暴利行当。

这还不算，有的商家背地里还将一些本来可以饮用的水井，撒进杂物、死猫死狗，让井水变得不能饮用，逼得百姓不得不去买水，弄得雪上加霜。

官府三令五申，却制止不了这种疯狂的行当，无奈，这才抓了李友田等三个水霸问斩，以杀一儆百！

郭守敬万分感慨，想当年，他是为昌平白浮村的水患来到此地。那时朝廷千方百计，一心想着是如何让这里的大水洪灾退去。而今，他又为如此的干旱缺水来到这里。

刘秉忠告诉他，其实昌平白浮村一带，至今还是水多，只是流到沙河，便因地势过低被挡住了。

所以，无论是朝廷，还是百姓，都希望直接开渠修河，将白浮村之水引入城内。

然而，挡在郭守敬和所有名士面前的难题，是城内的地势比沙河高了很多，白浮村的水无法流入城内。自古水往低处流，世上没有人能够打破这个规律。

作为天下名士，谁不想化腐朽为神奇，谁又不想拿到朝廷的赏银呢，个个都挖空了心思，绞尽了脑汁，为民为己，为名为利，哪一样都很值得，只是事情如此之难，让所有人一筹莫展。

郭守敬围着白浮村，每天从清晨走到日落。反复来回。他神情怪异，两眼直瞪，像是病着，又像是疯癫神经的前奏。

没有人弄得懂他，刘秉忠奇怪地问他，你每天走这些来回，难道就能走出一条河来不成？

郭守敬说："学生几年前曾做过一个梦，梦中有一条很大的河，从白浮村一直通往燕京城。虽然是梦，学生却认为，它真实可靠。学生至今也无法摆脱它。"

郭守敬原来是在寻梦，是在梦里游走。可梦里的事情怎么可以认真呢。然而郭守敬给刘秉忠的感觉，就是那梦比现实更真实，更可靠。似乎只要他在这梦里走够了圈数，一条大河便可梦想成真。真是痴人梦想。

到了十月，秋天的时候，天下所有的水利名士都已精疲力竭，谁也没想出好的办法。看样子，就是腿肚子转筋，胃肠吐血，自家整死自家，也整不出个啥来。人们不得不以难堪的失败告终。大家一致采取了最笨的办法，在城里不断地打新井，以维持水源。

这期间，郭守敬确实有些疯疯癫癫，他经常自言自语，夜不能眠，深更半夜爬起来，不是来回走遛儿，就是在纸上画来画去。每晚画的图案，则是一条同样的河。

他将这些同样的图案，拿给刘秉忠看，说："看，刘大人，就是这条河！"他是那么认真，只是昨天的那一条，和今天的这一条却没有任何的区别。他是疯了！

刘秉忠不得不带他去看大夫，并把他的症状讲给大夫听。

大夫说，他确实已经错乱，早就疯了。只是这种疯，和满大街疯跑的那种疯，有所不同，要是有事儿，他也是自家作践自家，自家砍了自家。

刘秉忠就又带他去看更高明的大夫，更高明的大夫也说他疯了。只是这种疯，在常人里也是有的，不碍生活，不碍别人，就这么疯着吧，反正什么都不碍！

刘秉忠怪自己错了眼珠，收了这么一个怪异的另类做学生。他一度想放弃郭守敬，可后来他还是想通了，大概天下怪才，都是这样，你不可以只要他的才，而不要他的怪。事情是有了这样，才有了那样。

从此，刘秉忠和这个半疯半癫又半仙的郭守敬关系更好了。

三

郭守敬从燕京城回到邢台，是两个月之后了，他急迫地直奔青草的家，出来迎接他的却是一位姓张的人家。他这才知道，青草虽然已经出狱，但林家也已经把家中的财产田地全都变卖了。一无所有的林家，不忍心再住在这个随时都会让他们痛心的地方，也早早地搬出了郭村。

郭守敬找遍了附近的村庄，却打听不到林家的一点下落。无奈的他，又回到了刘秉忠的身边，开始了走南闯北、治水修渠的民间生涯，从一个秋天走到另一个秋天，从一片片落叶之时，走到又一个满树新芽的来年，没有止境。

看似每天闹热的他，却因为找不到青草，内心总是与世隔绝的滋味。天下客栈都是他的家，却因为没有青草，到哪儿心里都是荒落的感觉。

青草出狱的那一年，郭守敬就已经离开了邢台。那是冬天，下雪的时候。走出高墙大狱的青草，知道郭守敬竟然做了和尚，她感到诧异和古怪。她回家的次日，便去附近的寺庙打听郭守敬的消息，却没有一点下落。

自从失手杀了村人王树，青草的精神就有些失常，加之她对郭守敬的痴迷，人已经非常憔悴。这让哥哥林玉堂很为她担心。而青草的父母又因为如此的打击，双双病魔缠身，只有林玉堂照顾青草了。

林玉堂憎恨郭守敬。他对青草说，你为了这么一个怪人，连命都差点搭了进去，为何还如此痴情！

青草却充耳不闻，还是见庙就进，青草的恍惚让林玉堂害怕，他只好把妹妹带在身边，一边以打石头为生，一边去找郭守敬。

不知不觉，俩人已经离家有了几百里路。这一天，俩人来到了昌平白浮村的龙山。山虽不高，却长满了青松绿柏，风从辽阔的远方吹来，山林树木发出沙沙的涛声，似浪，似海，让人心里感到阵阵的爽然。山顶绿荫中，透出一片红墙绿瓦，显然是一座寺庙。

青草和哥哥即刻上山，烧香后，青草问一小和尚：这里可有一个叫郭守敬的僧人？并将郭守敬的模样形容了一番。

小和尚听了道："这里都是法号，不用真名。有一个叫空性的和尚，和你说的人很是相似，也是姓郭。"

青草心中大喜，她千辛万苦，终于找到了郭守敬。

小和尚却道："空性和尚是个云游和尚，只有秋天才会到此庙住上一阵，这会儿不在本庙。"

青草听了心里又一阵的冰凉。如果郭守敬是个四海为家的云游和尚，她还到哪里去找呢？

青草哪里知道，郭守敬虽然不在这龙王庙里，却也来过这白浮村多次了。

青草怏怏不乐地下山，林玉堂跟在她的身后却想，一个满世界跑的云游和尚，妹妹还上哪儿去找呢，事情总算结束了。

在山下，俩人听到一股清澈的流水声，循声走去，竟是一座好大的泉，靠着泉边不足三米的地方，还有一座庵。庵的四周苍天古树，开满了一层层粉红花，人间仙境一般美丽。一位尼姑正在泉边洗衣服。

青草惊奇地像是自语："这泉水怎么这么旺盛！这么大的水，是往哪儿流呢？"

尼姑笑盈盈地接过话头："一直向南。这泉叫白浮泉，终年流淌不止。"

在小尼姑的话里，青草似看到那年，郭守敬给村人冯老四打井的情景，这景象是那样的真切，井下冒出的泉水竟与眼前的泉水那么的相似。她仿佛又看到村人惊呼四散的情景，接着便是一片汪洋……郭守敬站在水里，泉水淹过了他的脚面，她看到了郭守敬迷茫无助的眼神……

青草眨眨眼睛，望着眼前的白浮泉，她突然就有一种特别的感觉，她感到了郭守敬的存在，闻到了郭守敬的气味儿，甚至触摸到了郭守敬的体温。他就站在这里，站在泉边，他的影子就贴在石壁上，也许是在树丛中，反正他就在这儿。

人的神识，是否真能捕捉到什么？在这之前，或多少年之后，郭守敬确确实实就在这里。

这使青草突然萌生了一个从没有过的想法。这想法让她吃惊，让她瞬间得助：如果自己也做一个尼姑，就在这庵里等着郭守敬，等他回到山上的龙王庙，她不就能见到他嘛。

一时间，她竟看到自己也穿了一身青衣，戴了尼帽，俨然已是一位尼姑了。

于是她便大胆地对小尼姑道：“这位师父，我随便问一句，如果有人想在这庵里待上几日，可否收留？”

小尼姑温和地笑道：“想在此庵住的人不少，都是看到这里清静，是可以的。只是这里十分简陋，住在这里，也要干些杂活儿，自己烧火做饭，还要维护山林。”

小尼姑的话，让青草心里一阵喜悦，她把林玉堂拉到一边，说出了自己的想法，她很想留下来，在这庵里住上几天。

“你怎么会有这么荒唐的想法？”林玉堂心里很不是滋味。

青草平心静气地道：“我总不能和你这样天天没个归宿。如果不是为了我，你能走得这么远吗？这样下去，哪一天算是头呢？再说，你也要回去看看咱爹娘啊。”

其实，林玉堂的心里，何尝不是这样想，如此下去，走到天边怕也到不了头。他突然隐约地感到，妹妹不是也想做一个尼姑吧？

小尼姑抱着洗好的衣服走过来，笑道：“这位姐姐，不然就先在庵里住上几天，想走随时都可以走的，不用想得那么多。”

青草对哥哥道：“你看，人家师父都答应了啊。”

林玉堂无奈，这些日子，他的心里也确实感到十分的疲惫，就和青草说好，先住上一阵，过几天他就来接她。

四

青草就如此意外、没有准备地住了下来，就在这白浮泉泉边。事情很像是一种巧合，但如果按照佛经所说，心的诚见如果足够深，就可以让人的神识感知到时间中的某些事物。现在，她已经离郭守敬很近了。

而此时的郭守敬，正在各地治水，他也曾一路打听青草的下落，但希望却越来越渺茫。不过，他对青草的思念，却是根深蒂固，不可动摇。他永远记着青草摘花时的那张笑脸，仿佛摘下一世的快乐和太阳。以至这一路多少人为他提亲，都被他所拒绝，青草让他苦着，也美好着。

他是修过佛道的人，懂得执着就是苦，放下就是福，但他却修不过青草这道坎。

他心里还有另一件抹不掉的事，就是早晚有一天，他还要回到昌平白浮村去治水。这个天下的难题，成了他心里解不开的结，一直折磨着他，让他无法翻身。难道白浮村的水，就永远流不过大沙河，进不了燕京城吗？

这一年的秋天，郭守敬在宁夏治水，竟然遇到了与白浮村相似的一条河，当地人叫它北湾河，同样是流到低洼处，便再也无法前行，每年暴雨一来，便要形成洪灾。

郭守敬围着这条河，就像当年在白浮村一样的上瘾着魔。这条河关键的地段只有三里长，多年治水，已经让郭守敬积累了不少经验，他很想在这段三里长的河渠上，利用海拔的高度试一试。

他想得入了迷，中了邪，再也挪不动步。

结果，当他走至省府大门时，竟忍不住地不顾一切要进去见官，说是修河的事。门前的兵丁差人觉得他是胡言乱语，将他拦了。此时正有官人刘大人从大门里出来，问说何事？

兵丁道：“此人颇像疯子神经，无理搅闹。”

郭守敬拦住刘大人，说来说去，是想让省府拿钱治水。

他的言语让人匪夷所思，搞不明白，都是没鼻子、没耳朵的话。还说水可以往高处流。等刘大人有了明白，便相信此人确是一个疯子，神经了！

刘大人想，这个疯子有点特别，水怎么可以往高处流呢！可郭守敬仍是纠缠不休，追着刘大人，要极力地说服他。逼得刘大人无处躲藏。郭守敬看不出来，刘大人已经面红耳赤，急得想跑。人家是躲着疯子哩！他却见了亲娘老子一样亲得不放手。

忍无可忍的刘大人终于爆发了，对门前的兵丁道：“押进去，先打十板子！”

郭守敬就这样挨了一顿板子，真是自家找上门的作死！

可他这怪人，只要遇到看星星、修河渠的事，就来劲，就疯癫。本来一个文弱书生，瘦得搓板骨，却变那么难缠，甚至有点无赖，劝也劝不走，拦也拦不住，打也打不死，怎么就那么扛造！

下面的事，是郭守敬这一生当中最疯狂、最痴呆、最不靠谱的一次行为了。

次日他拉着胯，弯着腰，又来了。他左左右右地想了一晚上，心急似火，天下像北湾河这么短，这么合适，可以一试的河道，怕是再也没有了。这是天赐良机，不可失去。如果找一条长河去试，不但代价无法承受，且还要冒着巨大的决堤风险。

挨一顿板子算什么！郭守敬衡量了，估算了，这是最小的代价，最值得的付出，且是一百个划算！何况他知道，别人是把他当成了疯子神经误会了。再说，谁相信水往高处流呢！连他不是也在试嘛。

他不当疯子神经，谁当呢？

这样前思后想，挨顿板子，反而成了幸事。就是十顿板子，又算得了什么呢！他不愧是佛家弟子，明明是吃了亏，挨了打，却千方百计把自己绕成是得了福分，赚了便宜。赚了便宜，还不来吗？他又来了。

真是巧，在门口，他又碰到了刘大人，见他如此这般地还敢来，就把刘大人惊住了。害怕的不是他，而是刘大人。别的神经早跑了，躲得远远的，他却又来了。

他面带微笑，一脸的不计较，反让刘大人毛骨悚然。更让刘大人震惊的，不是他的这种疯样，反倒是他冷冷静静、声音不大的一句话，他说："刘大人，我可以自己出银子修这条河，只要省府同意。"

那是深秋，天气已经很凉，当他说出这番话时，刘大人的脖子后头就冒出了汗。谁见过这样的疯子神经呢？刘大人围着郭守敬，小心翼翼地转了两圈，上上下下地打量他，看他为什么会说出这番话，是要害人呢，还是要害己，抑或隐藏着什么不易被看破的诡计？刘大人真怕遭了暗算。

他想，这人是疯子神经吗？疯得这么高级，简直是在和他斗智。

再说，他也看不出郭守敬会有那么多的钱。他要自己出钱挖河修渠，这不同于置房子买地，钱要像流水一样，见天都得哗哗的才行。

不过，在郭守敬的人生中，那是他最有钱的一段光阴，那时他确是属于富人的行列，他年年给人勘河修渠，确实挣了不少钱，最少相当于一个财主。

可有钱人或赌，或抽，或嫖。虽然说玩什么的都有，但也没听说过要挖河修渠，让钱打水漂的。这算是哪一门子玩法呢，郭守敬不是疯子、傻子，又是什么呢？！

但郭守敬坚决，是真疯！

刘大人思量一阵后，让郭守敬在门外等着，他进去找几位同僚，让大家判断一下这是个什么人，天下怎么会有这么斯文、这么高级的疯子。大家听了，也有些莫名其妙。终于有人想起来，说好像听说过郭守敬这个名字。于是，差人出去传话儿，让郭守敬后儿个再来听便。

省府派人去查，果然说确有此人，此人也确是一位天下的水利名士。

几个官人这才认真，前后思量，觉得没有坏处，不妨就让他一试。人不可貌相，也许他真是拥有金山银山的主儿！如若没有，如若他是疯子，赶走也就是了！

郭守敬再来见刘大人，刘大人便和他签了一纸文书，这文书似乎跟修河无关，而是些出了事情郭守敬要全权负责的责任书。

当郭守敬将这份省府的签约书拿给刘秉忠看时，刘秉忠完全惊呆了，半天半天回不过味儿来，这回刘秉忠相信他是呆子了！天下谁能做出这等的荒唐事，怕是只有郭守敬吧！

郭守敬说："刘大人，您还记得白浮村吗？您不是说，解决了白浮村的难题，也就解决了天下类似的所有难题吗？我不是在修这条小河，我是在修白浮村的那条河，在修天下所有这类的河啊。"

刘秉忠正不知怎好，想不到郭守敬还有一句话："学生这次还要向刘大人借钱，学生的钱怎么会够！"

刘秉忠也傻了，跟郭守敬在一起的人，都被他带傻过，都不能不跟着他一起傻，一起做傻事。

刘秉忠一脸的苦涩，遇到这样的人，或是一脚把他踢开，就像那位官人，先打他十板子再说！或是跟着他一起活受。

其实刘秉忠明白，就是成功，也不一定能在白浮村复制。而郭守敬自已，却要因此赔上所有的财产，背上一身的债务。但事情已经无法阻止了，郭守敬已经和省府签了约。况且，郭守敬在这类事上是个亡命徒，只是斯文的形式掩盖了他疯癫的本性。

最后，刘秉忠也拿出了钱，他完全是被郭守敬拉下了水！他既无奈又玩笑地说："我就陪你打个水漂吧！"

五

整个冬天，郭守敬都在这条三里长的河渠上，和劳力们一起挖河运土。周围的村人都知道了他的事情，站在河堤上，对他指指点点看笑话："这人，天下最傻的傻子！"

新的河道一直向西，确实是一点点地在向上抬高。谁都摇头，水不可能向高处流，这是倒行逆施，冒天下之大不韪！

他或许不只是一个傻子，还是一个浑蛋！

春天，当放水的时候，郭守敬的想法得到了证实，事情真的成功了，北湾河被引入西边的高坡，再拐弯儿向南，绕开了那段低洼地，顺畅地向前流去。水是可以向高处流的，虽然只是高了一点点！

为了这条河，已经变成了穷光蛋的郭守敬欣喜若狂，多年在他心里形成的疙瘩，终于被解开了，他找到了答案。阴晦无着的日子，终于有了敞亮透明，温暖的阳光金子般地洒了进来，

省府官人们这才惊讶，原来他是智者、高人。为了奖励他，官府为他补偿了部分资金。可郭守敬还是成了一个穷人。他乐意，自

家找的，上门讨要的！

只是白浮村的水，要比北湾河复杂得多，也长了很多。或许，这还不是一码事，但却挡不住郭守敬心中的欣喜，让他看到了希望。

在这样的日子里，郭守敬想到最多的就是青草。他想和她分享，告诉她这里的一切。似乎只有她知道了，事情才算有了圆满。不然就是欠缺的、不完整的。这些年，他都是在心里与青草一起，分享着他的一切的。

但他怎么也想不到，青草就在白浮泉，就在他命运的核心里。从某种意义上说，青草依然是离他最近的人。人生千变万化，一个情字，却把所有的变化都拴死了，固定了。这，或许才是人生最奇妙之处，也是最为鬼邪的地方！

青草已经出家了，做了一名尼姑。

青草最初住进白衣庵时，并没有打算要做尼姑，即便是有这想法，也是模模糊糊的那种。只是，当她住进白衣庵后，一颗终日恍惚的心，渐渐地安定了下来。是佛家的阳光雨露，一点点融化了她心中的坚冰，让她一天天平静了许多，人生是这样开始了转机。

庵里的尼姑每日教她认字、讲经、学佛，给她点亮了智慧的明灯。青草是个自悟很高的人，她从经文里很快悟出了，自己对郭守敬的思念，正是一种执着，没有人伤害她，是她自己的想法伤害着自己。正是如此，她才深受其苦，这般地病着。

这认识，就像一服良药，解救了她。为此，她的精神有了很大的改变，像是又活过来的另一个她。这大大出乎她的意料，惊喜充满了她的全身，她看着自己，就像看着一个在摇篮里的灿烂婴儿。

虽然她还恋着郭守敬，但心里却是那样的平静，不同以往。

林玉堂很不放心，一直后悔把妹妹一个人放在这个人生地疏的白衣庵里。他本想速速地回去，接走青草，却又被一件事情耽误了，以至他二十多天后，才匆匆赶来。

当他再次见到青草时，他也有些愣怔，不能明白，妹妹明显地换了一个人，像是大病复出，完全康复的那种人。她的脸上一片晴空朗日，灿烂地挂着温和自然的笑，简直就像庙里的菩萨。这是林玉堂许久没有看到了的景象。他张着嘴，半天都没有说出话来，他担忧的那些，准备的那些，都对不上号了。

以至他不得不想，是不是青草已经遇到了郭守敬。但是没有，什么也没有发生。妹妹只是从那些历尽风雨而总结出的人生经文中苏醒了过来，是菩萨的无声开示让她得到了上天的甘露。“问渠那得清如许？为有源头活水来。”这真是神奇无比的事情。

青草没有和哥哥走，她漾溢在脸上的微笑，已经在那一刻说服了林玉堂，也说明了她的全部。

事情发生了让人意想不到的改变。青草就在庵里，每日读经念佛，她能听到自己心里的生长，是万物拔节一般的吱吱咯咯声，纯正而旺盛。又一个春天的时候，她也成了一名尼姑，就在白浮村的龙山，就在这白衣庵里。

她初起的动意，是在这里等郭守敬，但人生中，却存在着无数个想不到，郭守敬没有等到，却等到了自己命运的改天换地。

到了这一年的秋天，龙王庙里那位云游和尚回来了，他并不是郭守敬，而是另一位姓郭的和尚。这对于青草，已经不再是那么重要了。她已经变得开朗快乐，已经是另一个青草了。她在努力精进，让上天的阳光彻照心田，以脱离尘世的无边苦海。

刘秉忠把郭守敬在宁夏的奇迹，转告给了朝廷的朋友，拜托他们一定禀奏皇上，可以在昌平白浮村以同样的方法开河修渠，解决燕京城的缺水问题。这是几代朝廷和百姓们的希望，事情真是天大了！

可天大又怎么样？！

朝廷众臣，都无法相信水往高处流，如同太阳不可能打西边出来一样。再说，民间总是充满了怪异荒诞的鬼事。上奏皇上的内容，臣子们虽然做不到一五一十，但至少也不能以讹传讹——干这种既冒险又有些愚蠢的事。

郭守敬的努力，没有引起任何的反响，因为他的理论和整个天下人相悖，谁见过太阳打西边出来呢，谁见过水往高处流呢？真没见过！

北湾河虽然就摆在那里，但真用肉眼去看，哪边高哪边低，又看不那么清楚。何况它只有三里长，能说明什么呢。而从白浮村开河修渠，最少也得五十里才能到达燕京城，真能行吗？还是笑话吧！

自从治理了北湾河，郭守敬就一直等着朝廷的音信，等着去治理白浮村。燕京城的百姓不是已经等了许多年吗，朝廷不也是治理了许多年吗，大家不是多次为白浮村的洪灾、城里的缺水出谋划策多少年而不灵光吗？

现在好了，他找到办法了，至少可以试一试。

可是，没有人理睬郭守敬的这次奇迹，一个气泡都没冒。这就是历史，也是人生，更是天下事！

郭守敬无形地被打击了一次，摧残了一次，他病了好多天。这一回，他多少有些明白了，许多事，并不是你成功了，事儿就能成了。你做对说对了，事就对了，不是那事儿，没那么简单！成功的人多了，能耐的人也多了，该受委屈的，继续委屈着，该干吗的，你还干吗！

第四章

一

岁月更迭，草木绿了又黄，黄了又绿，不经意间，天下已经改朝换代。本该是轰轰烈烈的事情，却更像是在悄然之间：宋朝，已经被元朝所取代。当朝的皇帝，也已经成了元世祖忽必烈。那墙上贴了多少年的画像，百姓们都熟悉了的那张皇上的脸，换成了另一张画，另一张脸，另一个皇上。

人们似乎好久才醒悟，才有了疑惑，真的改朝换代了吗？

世人不得不琢磨，这一张脸，和那一张脸，渊源何在，今后会有何种的不同。都是皇上，皇上和皇上却大不一样！

燕京城的城墙上，也换了旗幡，从原来的黄，改成了现在的蓝。燕京城也不准叫燕京城了，而是改了称号，成了元朝的首都，改名为元大都了。

皇帝忽必烈，信教敬佛，信鬼信神，十分的迷信。于此，他登基之后，便四处开始修庙建寺，大兴佛道。佛讲五行，讲天地。他掌管天下之后，就非常重视农业，看重水利，并在民间广招贤能之士，共谋天下的大农业。

当忽必烈知道，刘秉忠不仅是一个不错的僧侣，还是一个天文、水利等方面的人才时，便非常地器重，他把刘秉忠请进朝廷，上等的待遇，让他为朝廷献策献计，为大元朝的天下贡献力量。

从此，成为朝廷官人的刘秉忠，也就更加繁忙，他常要穿梭于朝廷与民间之中，陪伴郭守敬的时间也就非常的少了。

这时的郭守敬，也已人到中年，他常在河南、河北、山东一带治水，并深入地研究天文，在这两个领域，可谓身怀绝技，无人能比。

这一天，他去见刚从元大都来河南的刘秉忠。两人在县城里，竟遇到一件稀奇之事，县城的城门下，围着许多看热闹的百姓，两人走近，只见高墙上，贴着一张醒目耀眼的告示，众人仰着脑袋，指指点点。原来是当地的官府要找一条百年前的旧河渠，以便重新开挖。

告示上说，如能准确提供线索者，赏银五十两。这种办法，郭守敬和刘秉忠都很熟悉，在旧的河渠上建造新的河渠，自然是省力省钱，又十分的保险。只不过，要找到百年前的旧河渠，绝非一件易事。

何况，那所谓的旧河渠，离现在已有三四百年历史了，早已经没有了痕迹。是不是真有这条河，也很难说，如果只是人云亦云的民间传说，那就更没有谱了。

不过，高墙之下，每天都有来揭榜的人，自然是为了得到那五十两银子，错了也无妨无罪。于是，这张告示，便成了人们寻金探宝的地方。只是好几天了，揭榜人中，没有一个说对地方。

于此，官家便将告示上的内容有所改动：如果揭榜者找错了地方，反要赔偿省府五两白银。此款也就防止了瞎说胡闹之人。

至此，再没有人敢轻易揭这告示了。街人围着，都当个乐子，看有哪位英雄好汉或找死的主儿，还敢来揭这告示。

从告示上看，旧河渠是在一个叫大杨村的地方附近，方圆二十里的范围都有可能，这就难找了。如果是民间的传闻，就更滑稽了。

只是，每当遇到与水利有关的荒诞怪异之事，都会调动起郭守敬的神经，让他神不归位地着迷。

刘秉忠看郭守敬犯了大烟瘾一样的劲儿，知道他又被这件事套住了。摇头道："这就是给你摆的棋，让你钻的阵，你不上当，谁上当呢！方圆二十里，你愿受，就去受吧。我去办我的事，给你三天时间。三天你找不到，咱们走人！"

郭守敬满足地一笑，拱手谢了刘秉忠。他知道，刘秉忠拗不过他。于此，俩人分手，各奔东西。他当即便雇了一匹快马，像是有魂儿牵着，一鞭子倒先跑了。

二

大杨村只有稀稀落落的几户人家，土坯的矮墙，豁牙露齿，老旧的房屋离了歪斜，随时都会砸死人的那种。别说旧河渠，现在的村子都旧得要被埋哩！

到了大杨村，郭守敬站在一块高高的坡地上，先往四下死瞅一阵，像是要把周围的高高低低、一坡一脉，全都吸进五脏六腑一样。

瞅够了，瞧足了，没啥落下的了，他开始向东，向西，来回走遛儿。这里站站，那里刨刨，一走就是十几个来回。两天的时间，他就那么走，走着走着，他心里也就有了些味道。渐渐地，他看到了一条河，听到了流水声……

他开心地咧开嘴，少有地笑了起来，五十两银子到手了！笑后，他觉得还是应该干点什么，似乎是要以示庆贺，可能干点什么呢？四下空旷一片，除了他玉米秸秆一样地戳在那里，也就再没啥了。

于是，他疯跑起来，一圈两圈，跑够了，疯完了，证明这地方有个活物了，他得意扬扬地解开裤带，快快活活地尿了一泡，然后系上裤子，仪式结束。他知道，事情妥了！

他还知道，自己身上有个魂儿，这魂儿，平日静静悄悄，只有他需要时，它才出来和他交流，与他暖热，死去活来，总会帮他！

郭守敬回到县城，走到高墙下，当着众人，不慌不忙，慢慢悠悠地去揭那告示，唯恐那告示被撕破撕烂，其实那就是一个意思，只要他告诉官府，他发现了河渠也就是了。可郭守敬认真，他的认真让周围的人也都认真起来，为了不把告示揭坏，连那守候的差人也帮着他一点点地揭。

终于又有人揭榜了，人们围过来，又都有了兴趣，不知这是哪儿来的神。

也有人摇头，说一个外乡人，不可能知道本县的底细，多半又是个神经。

这话提醒了差人，他一把夺过告示，攥在手里，啐一口道："一张烂纸，你斯文个啥，撕下来也就是了！"说罢，带着郭守敬回府见官。

到了省府，郭守敬将自己绘制的河渠图，交到了官人手里。官人没想到，此人已将旧河渠画在了纸上，心中颇感惊讶。

官人问了来龙去脉，照章办事，先让郭守敬付五两银子，待挖到那条河时，他可再来领五十两赏银。

郭守敬就没想到自己先要掏五两银子，他翻了翻身上，一两银子都没带。

官人阴了脸道："你没有看那告示上先要付五两银子吗？"

郭守敬说看了，可他忘了先要付银子的事。官人弄不懂他了，没见过这等的呆人。心想，这人不是油嘴滑舌的街头混混吧？官人本想发怒，又多了心眼儿，让郭守敬先在府里歇着，说用不了两个时辰，就会有准确的消息。如果真挖到了旧河渠，必赏银五十两，如没有挖到，他一定得付够五两银子再走。

官人走了，郭守敬的左右多了两个衙役，衙役横眉冷眼，一脸凶煞。郭守敬这才明白，他竟成了被人看管的犯人。他心里不觉憋屈，他为官府做了这等好事，竟如此对他。但没有办法，这是他自家不守规矩，怪不得别人！

在大杨村，劳工们按那图上所画，挖了半天，并未找见所谓的旧河渠。官人听了，也就真的怒了，对郭守敬大吼："你敢拿本官戏耍，本官要罚你五十两银子，再关你三个月大牢！"

郭守敬温和且认真地道："不可能，能否带我亲自去看个究竟？"

官人冷笑道："你不是想跑吧呆子！"

郭守敬也气了，道："要跑，也得领了银子再跑才对！"

官人见此人口出诳语，更像一个街头无赖，这类人的特点，大都是腿快，爱跑，疯跑起来追不上。官人的判断有一半是对的，郭守敬没人的时候，确有疯跑的爱好，最少心里常想要疯跑。"你跑了咋整，我看你还是想跑！"官人说。

郭守敬没招，想想，突然有了灵感，建议道："你可以给我戴上枷锁，那样我还咋跑。"他真个会替人家着想哩！

官人其实不敢，郭守敬又没有犯法，怎么可以乱戴枷锁。说："百姓无罪，官府无权乱动枷锁。不过，既然你自家这样要求，可怪不得本官了。本官就按你说的，给你戴上枷锁？"

郭守敬道：“当然是我说的！戴你的，这不省时省事，有个信任！”说着，他伸出两手，做出戴枷锁的样子。

官人便让衙役刑具伺候！

衙役将郭守敬锁了枷锁，与那犯人没有两样地押着他，一路去了大杨村。

路上，人们纷纷围观，不知这是何等的罪犯，是偷，是盗，是奸，抑或是杀了人。

一会儿工夫，便有人认出他来，惊惑道：“这不就是那城门之下，要得五十两银子的揭榜之人吗，原来又是个骗子！”

郭守敬听到骗子的说法，这才恍然，觉得自己不该被这样锁着。如此的景象，让他十分难堪，滋味儿不对哩！他心里更加憋屈。气愤地问那衙役：“我犯了何罪，怎么可以拿我当了犯人一般待遇？”

那衙役愣怔不解，不明白地回问：“先生，如此这般，难道不是你自家滋事，没事跑来，自讨要锁了自己吗？”

郭守敬被问得哑口无言，无话可说。想想，难道不是这样吗？就是这样哩，是他自己跑来，讨要这个，让官人锁住自己。还说省时省事信任。不然，衙役怎么会给他套上这么个东西！如此，他还怎能怪罪别人。要是怪罪，也该怪他自家才对啊！

三

罪犯一样的郭守敬，被人跟随追了一路，让人看够了新鲜，闲言碎语，为他编了一路的趣闻。

他再次来到大杨村，这才发现，原来受雇的劳工们没有一个会看图纸，挖渠处与他图上的地点差了二里地还多，自然挖不到那条河。

劳工们按照郭守敬的指点，重新再挖，很快，人们就挖到了旧日的河渠。

更让人惊讶不已的是，再往前挖，人们竟然挖到了旧日河渠上的一座桥，一座四百年前的白石桥。随着老桥渐渐地露出地面，人们的心里都跟着一阵晃动。事情惊动了四村八店的人，男男女女，全都跑来看这座四百年前的大石桥。这地方怎么竟会凭空出来一座桥呢！

看着这座整齐的石桥，郭守敬自己也惊惑不已，感觉也是怪怪的，这倒是啥个景呢！怎么会有这么一座大白桥？

人们既兴奋又惊惑，一时风传：说一个戴着枷锁的犯人，火眼金睛，鬼魂儿附体，突然间跨过了四百年，可以看到四百年以前的景物。于是，被官人押解到大杨村，他伸手一指，只说了一声“挖”，便挖出了埋了四百年的老物件。

总之，这会儿的郭守敬，就不再是人了，是什么都行，就是不是人了。人没有这大的本事，不可能眨眨眼睛便看到地下有一座桥。

人们全被这景象震住了，小心翼翼地围着郭守敬，上下打量他，看他为何戴着这枷锁，这真是个破不了的谜，不是鬼才怪！

郭守敬站在那里，被人围得里三层，外三层。他不无尴尬，他与这座四百多年前的旧石桥相互映照，彼此呼应，似乎是要看谁更古怪，更离奇，更匪夷所思。

一座老桥，一个戴着枷锁的犯人，真个是有趣有乐哩，让人饱足了眼福，想什么都不多余。

无数双异样的目光，让郭守敬越来越感到羞臊，都是因为这身刑具。他让衙役赶快把枷锁打开摘掉。

衙役苦着脸，说官人根本就没想放他，是拿他当了街头的地痞混混，所以也没让带那枷锁的钥匙。

一个如此有功有绩的人，一个本该被表彰、被感恩谢德的人，却戴着犯人般的刑具。怪谁呢！这世上，也就他郭守敬能闹出这一出吧！

当地官人闻之大喜，旧河道找到，就省了大量的银子。一时间，人们把郭守敬视为神仙道长，自然解了他的枷锁，向他赔罪，多加了不少银子给他。

这天晚上，刘秉忠回来，带来了好友张文谦。张文谦不仅是朝廷命官，也是天文、水利方面的行家。两人在路上便已经听到了满街沸腾的议论，都是关于找到旧河渠的事。在人们嘴里，被戴了枷锁的郭守敬更是神人、圣人、天下奇人，两人听了既感意外，又十分兴奋。

刘秉忠向张文谦讲了郭守敬的来龙去脉，说这人确实是个天下怪人。你看，街人都说是他自己主动讨要那枷锁，别人不信，以为是说笑哩。但我信，郭守敬做事，就能把事情做成这个样子，他太简单，太幼稚，太纯粹，有时也就很可笑。

张文谦心中充满了惊异，说："我一定要见见这个怪人。我们都不一定敢揭这样的榜，他不但敢揭，竟然还如此准确，这绝非凡人！"

张文谦说着说着，心里突然就有了要将郭守敬带走的想法。他对刘秉忠说，可以把郭守敬推荐给朝廷重用，天下这样的人才，真是太稀缺了啊。

刘秉忠说，你是朝廷的一品官员，一句话的事，带走便是了。张文谦反而犹豫，说事情不一定那么简单，你先不要透露我的身份，待我和他见一见再说。

当晚，张文谦在客栈里见到了郭守敬，他看郭守敬文文静静，不善言辞，十分拘束。直到张文谦提到天文、水利这些话题时，郭守敬才又变了一个人，兴奋而话多起来。

对于水利上的事，郭守敬的回答让张文谦十分满意。他更想不到，郭守敬还发现过新的行星，看到过月亮上的特别景象。眼下他正在制作仪器，为计算地球围太阳转一周到底是多少时间准备着。

张文谦心中暗想，这真是天下少有的一个绝人鬼才，民间的高手。但他也能感到郭守敬的怪异，除了水利、天文，郭守敬对于其他，认识似乎都是空白，他竟然不知道自己住的这家客栈该给他一床被子，人家忘了给他，他自己便花钱又租了一床。

然而，一夜成名的郭守敬，在地方上有了轰动，省府当天便决定，要让这个奇人来统管省内的河渠水利。事情真是来得太快了些。

正当张文谦盘算，如何告诉郭守敬要带他去见皇上的时候，省府的两个差人先到了，是请郭守敬明日到省府去见官任职的。凡天下能人，哪个能闲得住呢，都是让人惦念，让人抢哩！

四

事情来得实在突然。刘秉忠、张文谦都没有料到事情这样的巧。天上掉馅饼了。馅饼砸在郭守敬的头上，他完全不敢想，更不敢相信后面还有更大的馅饼等着他呢，是要去见皇上！

刘秉忠听到省府要召郭守敬，当即便想拦住，却被张文谦用眼神制止了。刘秉忠不解，但也只好忍住。

等两个差人走了，刘秉忠背着郭守敬问张文谦，为何又变了主张？张文谦说，我并没有改变主意，只是怕误了郭守敬的前程。

刘秉忠不解，问说："怎么会呢，你是朝廷的一品命官，只要你亮明身份，省府哪个还敢拦你，谁敢不服从朝廷呢。"

张文谦笑道："话是这样说，可我并没有十分的把握，不知皇上是否能看上这个怪人。皇上也是个特别之人，有不少癖好，在用人上更是非常慎重，凡天下诡异、怪诞者，一律不用。如果皇上没有看上郭守敬的灵智才慧，反而看到了他的古怪呆滞，不是误了郭守敬的前程好事吗？自古引人进朝，都只有皇上一人说了算，谁也无法事先知道皇上的喜好。所以，就是我和省府要人，也万万不能打着皇上的名义。"张文谦说得很有道理。

刘秉忠点头感慨："都说福无双降，可这郭守敬却是在一个节骨眼上，赶上了两件好事，且都是天大的好事。这真让你为难了。"

这一夜，郭守敬辗转反侧，听着窗外夜露的声音、树叶掉落的声音，思绪跑得无边无沿，难以入睡。在这之前，他这个所谓的天下名士，也不过就是个人奔波劳累，虽然也算是个天下稀缺之人，但终是属于民间颠沛流离的生活，并不稳定。如若能被省府召去，从此也就不再为衣食所累，一心一意地做自己想做的事情了。

这突然的变化，让郭守敬难以相信，一时半会儿，他怎么也醒不过闷儿来，其实他一夜还没睡呢！

这一夜，刘秉忠和张文谦也在商量事情怎么办。

张文谦说，如若省府真的要了他，我倒想以个人名义，先花点银子，从省府借下他，然后带他去见皇上，如果皇上没有看中他，他也还能回到省府，这样事情也就有了余地。

刘秉忠觉得可行，事不宜迟，次日早上，刘秉忠便托了人，找了个理由，去省府借郭守敬了。

事情原来是省府一个叫赵轩的官人定下的。定下之后，赵轩心中又犯嘀咕，怕自己是一时冲动，郭守敬只是一时幸运，并没有什么真的能力。但没想到，他还没上任，就有人来借了，这让赵轩又涨了精神，心想，这个奇人一定值钱！不然，人还没到，怎么就会有人来借呢。

赵轩有点忘乎所以了，他觉得这是一个一举双得的好机会。

赵轩身为省府官员，暗中却是一个赌徒，背地里掌管着地方上的赌馆。于是，当他见到张文谦时，便向张文谦提出，不如两人赌上一把，张文谦要是输了，不但不能借走郭守敬，还要给他六十两银子；如果张文谦赢了，便可以白白地将郭守敬带走，不用付银子。

张文谦还以为自己听错了，他实在想不到，这堂堂的省府官员，竟然会以此种方式下赌，他惊讶得以为自己走错了地方。

刘秉忠把他拉到一旁，告诉他，这是当地民间的习气。在民间，许多不好解决的事情，都是以赌为输赢，如此，事情便变得简单了。

赵轩摆下好茶，款待张文谦和刘秉忠，他不知道张文谦是朝廷一品官员，否则他哪里敢呢！刘秉忠只称张文谦为张先生。赵轩也不多问，道："张先生，你自己赌可以，找人来赌也可以，只是赌输赌赢，都要按照规矩办事。我给你两天时间。"

原来赵轩也并不是自己赌，而是暗中请那地界上的赌徒高手，替他来赌。于此，他还怕谁呢，几乎是每赌必赢。这也就成了他招财进宝的一个手段，一个乐子。

渐渐冷静下来的张文谦，突然有了主意，他答应赵轩，就按他说的，以赌为输赢。

回到客栈，刘秉忠告诉郭守敬，张文谦也是朝廷的命官，比他的位置还高，且与皇上关系更为密切，张文谦准备带他进朝试一试，谋个位子，却不提是去见皇上。

郭守敬既感意外，又有些糊涂，怎么一下子会有这些好事一起降临呢？且都是他想也不敢想的事。刘秉忠说，人的命，看不见，摸不着，有时走着走着，不定走到哪一步，就有了突然的变化。如果不行，至少他还可以到省府。郭守敬自然相信刘秉忠。

五

一时间，郭守敬也就成为了张文谦与省府双方的一个赌码。

张文谦答应赵轩后，便让人快马去大都城，请赌徒闫三。闫三是大都城里的一名赌王，开着一家最大的赌馆，名声显赫。

而成了赌桌上的筹码的郭守敬，心上却似长了草，他的命运从没有这般地飘忽不定，完全掌握在别人的手里。他和刘秉忠说，自己心里乱得很，找不见自己了。刘秉忠让他去附近的广慧寺，先去安安心。

在广慧寺的墙上，郭守敬看到一段话："如果把这个世界看成实有的，坚固的，把本来的无常，执于永恒，你便烦恼越多，不幸越多。"

在另一面墙上，有一句他更喜欢的句子："何须来问浮生事，只此浮生在梦中。滚滚浮生红尘事，浮生过后一场空。”

他还有什么不安的呢，只此两段话，他心里就干净了许多。他不过是一个乡间名士，心中何必如此劳累呢，随它去吧！

赌日到了，闫三连个影子都没有，真是让人焦急。赌局就设在当地的“一赌赢”赌馆里，赵轩见张文谦并没有请人，问他用不用在赌馆里请一个，张文谦说不用，他心里明白，这是在省府赵轩的地盘上。闫三不来，怎么都是输。他只好硬着头皮，自己上场了。

刘秉忠心里凉凉的，知道事情完了。

赌局开始，是抛色子。边上围着一些眉眼怪异、獐头鼠目的人，谁也不知道这些人是干什么的。张文谦哪里会赌，他的汗都流了下来。

郭守敬立在边上，看着赌场里那些怪模怪样、打扮少见的人，听着色子的哗哗声，好像置身于另一个天地里。一到这时，他就迷糊，就想瞌睡。他不知道自己是值了金山银山、让人抢的宝贝疙瘩，反而心里叹息，这是为何，不过浮生，不过浮尘呀！周围的人都瞪大了眼睛望着赌桌，他反而睡了一般，戳成一根再也不动的木桩。

第一局，张文谦自然输了。

第二局，眼看就要开场，闫三终于赶到了。惊魂未定的张文谦退到了边上，闫三走至桌前。对手知道，这才是真人、赌家，也就来了精神，撸胳膊卷袖儿，还甩了身上的小褂儿，不时从嘴里啐口响痰，自己和自己较劲。

站在角落里的省府官人赵轩也重视起来，嘴上拧支老粗的叶子烟，腮帮子嘬得一鼓一瘪，好似锣鼓家伙，才刚刚开敲哩。

闫三的一生，两手见天翻云覆雨，赌女色，赌财产，赌人命。天下能赌不能赌的，他全都赌过。而眼前的对手，不过只是地方上的一个小鬼儿，哪有闫三见过的海阔天空。

两人一来一往，也就显出了高低。色子翻上翻下，第二局落定，闫三眼见得对手脸上疙疙瘩瘩起来，失了先前的笑容，尽剩了青菜的模样。周围的人，也都嘘声四起，闫三赢了。

第三局，对手的脸更是硬成了冷石头。两局过来，闫三总是比对手的点儿大一个点，不多不少，只大一点，绝了！

对方傻着，琢磨不出道道。边上人也傻着，大家全都傻着，是从没见过这般的天地。

也就屁大的工夫，郭守敬就归了闫三，归了张文谦！而这时的郭守敬，好像还没睡醒哩，他心说，还未开始，咋就结束了呢。然事情已经落定，全都结束了。

省府官人赵轩，脸上拧成了干丝瓜，他这才意识到，这张文谦来头不小，一定是请了大都城的高手，但等他明白过来，事情已经晚了，全过去了！

张文谦上前攥住郭守敬的手，紧紧地抓着不放，郭守敬从这紧紧不放的手上，也就意识到，张文谦是多么地需要他，多么地亲近他，多么地拿他当了宝贝！什么都不用说了，一股感激之情猛然地涌上郭守敬的心头，他嗓子哽咽，眼睛也就潮了，他强忍住，一句话都说不出来。

那时他还不知道，张文谦是要带他去见当今皇上。他只是心甘情愿地想，自己这命，就随了这位贵人而去吧。

郭守敬的人生，从此也就山南海北地有了变化，有了等级。和朝廷有了关系。

当晚，客栈里灯暗人稀的时候，张文谦才对郭守敬说了是要带他进朝去见皇上忽必烈。

郭守敬听了，哪敢相信，心里突然就有些怕。他恍恍惚惚地想，他只是个喜欢看水、看星星的主儿，就为这，也可以去见皇上吗？皇上怎么会见他这么一个只懂得一点天文、水利的人呢？他弄不清楚自己了，也弄不清楚皇上了。

在他的脑海里，从没听说过皇上会见他这样的人。他声音颤抖，大着胆子问：如果进朝做事，人还自由吗？因为他还想着青草，想着有了时间，他还要去找青草，也许，这一辈子，他还能在什么地方见到青草。因此，他得是自由身，不能没了自由啊！

张文谦笑了，告诉他，文官只是给朝廷做事，像他现在一样，十分自由，甚至哪儿都可以去。郭守敬放了心，他当然乐意了，他突然模糊地感觉像是在郭村，看到了爷爷。他暗想，这大概正是爷爷早年的愿望，想不到，那个时候，爷爷竟然就看得这样远，就想到了他早晚有一天要去见皇上。

他的思绪又开始不着边际了，这两天的事情，比他一生经历的都多，都不可思议，且又是这般地没头没脑，太像梦了，不真！

六

张文谦回到大都城，向皇上进言，把郭守敬的情况禀告了皇上忽必烈。

忽必烈听后也颇有感慨，感叹道："真是高手在民间啊，这人可有神通？"忽必烈作为一名敬佛者，知道高人常有神通。

张文谦一时语塞，见皇上一脸祥和，道："微臣不知，只知道他除了有这些才能，还做过两年的和尚。”

当和尚的经历，无意间把郭守敬与忽必烈的距离拉近了许多，让忽必烈感到亲切，他不觉满意地笑了。

张文谦趁机赶紧道：“此人只是有些怪异，较为天真，但确实是个有灵性的人。”

忽必烈点头，但他并没当即答应，而是说，近来众臣知道朕要选些天文、水利上的名士进朝，也就有人闻风而动，你这已经是第五个向朕进言的人了。

张文谦暗暗吃惊，心里立刻也就明白，这个位子，朝廷众臣也都惦记着呢，这的确是一个肥差，进了朝廷就可以吃皇粮，领官饷。这种事，大家怎能不盯着呢。当下，张文谦也就想到，怕是又有混饭吃的主儿，暗中活动，用银子贿赂。

忽必烈沉了沉道：“朕想定个日子，到时让五个人全来，让他们各自说说对水利、天文上的见解，朕要亲自听听，再从中选上一两位进朝不迟。”

张文谦道：“皇上英明。”心里却想，不会再有谁能超过郭守敬了，绝不会了，然而他还是想错了。

朝中之官人，都是些聪慧上等的人中极品，懂得世事无常，更懂得做人做事，并非是在本事大小，而是方方面面能否做得周全体贴到位，这才是功夫。

每每朝廷进人，有人靠嘴，有人使钱，有人用色。真正的人才，往往被挡在三层以外，未必能够进来，倒是那一知半解者，似懂非懂的人，常常钻了空子，占了位子。

这次自然又是皇上身边最亲近的几位大臣，最先向皇上推荐了自己的人选，全都沾亲带故。至于懂得多少水利、天文上的知识，就为皮毛了。到了时候，翻翻书本，死记硬背，临阵磨枪便是。

一时间，皇上的左右，也就又复杂起来。

在朝廷，每逢忽必烈的臣子们笑脸一多，皇上便要小心警惕了。作为皇上，谁敢对他怒呢，无论什么情绪，什么想法，人们最终只能化为一张笑脸。皇上防人，便是要看谁脸上的笑最多，为何而笑？至少，他会从这笑中知晓，身边又有了一些企图之人。

皇上要召见的五个人里，户部大臣王柄南的儿子王炎，算是最有真才实学的一个。在张文谦没有推荐郭守敬之前，王柄南是手拿把攥，可以让儿子登上朝廷的这一宝座。如果还敢往宽里想，今后工部的权印，恐怕也该在儿子王炎的手里才对！

可他却没有料到，张文谦竟会推荐一个天下奇才，此人在民间的功绩，远远在其他四位之上。尤其在天象、天文的研究上，这四个人连郭守敬的皮毛都赶不上。这对于王柄南，如同平平坦坦的路上，有人突然拦了他一道一样，事情让他恼火。自从听到这个消息，他便像吃了一顿死苍蝇，整天把个旱烟袋嘬得刺刺啦啦，火星子直冒，他真想找张文谦打一架！或干脆问张文谦，要多少银子罢手！

其他几位大臣也都感到事情不妙。私下里最着急的，一个是工部的齐英田，一个是刑部的白启林，两位都是收了别人银子的。皇上要招两个人，现在却有五个人等着。

五个人真要比试，郭守敬犹如一头大象，其他人也就是小猪崽儿！

齐英田、白启林两人私下以为，最少要先干掉两个才成。于是，各怀鬼胎的两位大臣，相约着来到王柄南的宅子，三个人共谋怎么才能扳倒张文谦，先挤掉这个郭守敬，别人才好有个相互较量的机会。

在朝廷，凡权力之争，大家都是如此，求大同，存小异，先联手干掉那个最强的，然后再彼此厮杀，这就叫公平公正，否则一点机会都没有。

事情正中王柄南的下怀。老谋深算的他，早看清了儿子将来的处境，如果郭守敬被选进朝廷，他儿子王炎即便进来，日后也会因技不如人而被压制。所以他提议，要做就做得狠一点，三个人便制订了一个周密的计划。

郭守敬还没进朝，便先要尝尝朝中的角斗是个啥滋味儿了，凡是朝廷之人，哪能不尝尝这个滋味呢，全都要尝的，全都尝过的。

忽必烈召见五位名士的日子说到也就到了。

头一天晚上，郭守敬便从外地赶到了大都城，住在城外的一家客栈里，以便明天一早进朝去见皇上。这一晚上，新奇与兴奋，陌生与茫然，使郭守敬一夜未眠。他闭着眼睛，竟看到了皇上长着不同的脸，一会儿慈眉善目，一会儿又是凶神恶煞，他不知哪个是哪个。明天一早，皇上就要听他讲天文、水利方面的见闻，他怎能不紧张呢。皇上都会问他些什么呢，皇上是坐在高高的龙椅上吗……直到天快亮了，他才把自己折腾得迷糊睡去。

他做了一个梦，梦见了大都城北面的昌平白浮村。梦见了他正向皇上讲，怎么才能治理白浮村一带的水患，梦见皇上原来是他的同路人，他与皇上坐在露天的草棚里喝酒。皇上说，郭守敬，你要是能把白浮村的水患给我治理了，你要啥，我就给啥，要银子给银子，要美女给美女。郭守敬说，我要青草行吗？皇上问，青草是谁？

关键时刻，他却说不出话了，干张着嘴巴没有声，他急得喊，却还是出不了声。皇上突然说，我知道了。皇上挥挥手，穿了一身红的青草就从皇上身后走了出来，光影里，那身红还是火辣辣地烧人眼疼，红衣红裙，红在风口上，摆得噼里啪啦响，一直红到他的怀里。他就哭了起来，呜呜呜的，说这些年啊，我找你这些年啊……

早上，第一声鸡鸣响起的时候，郭守敬就醒了。窗外，天色刚刚有了一点蒙白，疲弱的星星正逐一地退去。远天透出一点太阳的红亮，红得那么困难，看着它，等着它，它就是不肯痛痛快快赶紧红，还没等到红，它又白了起来。郭守敬还想着夜里的梦，想着青草，梦里他们是在白浮村，他抹下眼睛，脸上竟然还有泪。

清晨，张文谦早早地就让差人来接郭守敬了。差人见了郭守敬，向他交代了见皇上时要注意的事项，告诉他：何时见了皇上，何时都要单腿跪地，要低眉顺眼，就是皇上让抬头的时候，也不能把头仰高了，更不能和皇上对视。就是站着，身子也要小心缩着，随时准备后退让步那种。记住，咱永远都是皇上的奴才。

差人的话，说得郭守敬心里咣咣地颤，两人边说边往城里赶。时间还早，街角处小店里，传来卖包子的叫喊声。那热气腾腾的包子气味儿实在诱人。

店门对子写得更有意思——左边：路分南北，总得坐一会儿，聊两句儿，各奔东西。右边：天大事大，总得吃一点儿，歇一会儿，后会有期。中间横幅：缘缘堂。

郭守敬喜欢这类有内容的对子，他看着往心里记。差人道："郭先生，时候还早，不如进去吃几个包子吧。"俩人便进店，在桌边坐下，吃起了包子。

两个包子下肚，郭守敬就觉得困得不行，那差人比他还困，俩人先后就趴在桌上睡了过去。伙计叫了几声，不见动弹，也就不好再催，任他们睡去。到了要收摊的时候，太阳已经老高了，俩人还睡着，伙计不得不推醒他们。

差人睁开眼睛，看看门外日头，突然想起正事，惊慌地大叫：“不好了，不好了，全晚了！”拉起郭守敬就跑。

郭守敬激灵一下，想起这是去见皇上，急得丢了魂儿，当下直想尿。

第五章

一

早上，在文思殿，皇上忽必烈已经就座。文思殿是忽必烈专爱接见文人墨客的地方，这里长年累月都会散发着一股浓重的书香气。忽必烈没事的时候，也爱来这里翻翻书，写几个字，或是静静地想些问题，多是关于佛教和经文的，所以他将此殿命名为“文思殿”。

张文谦作为考官，也已经站在了忽必烈的身边，其他几个大臣也都站在左右。四位被推荐者，依次站在忽必烈的对面，就等他发问了。昨晚，忽必烈已经从张文谦选好的问题中挑出了几道题。

此时的张文谦伸着脖子，不断向殿门外张望，显得无比地焦急。一缕阳光从殿门外方方正正地照射进来，刀切的一样齐整，明亮处，却没有郭守敬的影子。

站在边上的王柄南和齐英田看着张文谦，都是一脸的轻松，俩人会意地一笑，齐英田小声耳语道：“王大人，看来他是来不了了。”

王柄南也压低了声音，话里有话地说：“咱不让他来，他能来吗！”他高兴得真想唱两句。

忽必烈把目光从殿门处收回来，哼了一声，是让大家静下来，问张文谦：“张文谦，怎么还差一位啊，是不是到时间了？”

张文谦擦一把脸上的汗水，小心而紧张地说：“是皇上，时间差不多了，是还差一位。”他深深地感到不祥。

忽必烈略有不满地问：“是谁推荐的这一位啊，怎么这么不守时啊？”

张文谦脸色难堪：“皇上，正是微臣推荐的。大概，大概是遇上了什么事情吧。”张文谦回答得结结巴巴。

忽必烈听到是张文谦的举荐，有些惊讶，接着把不快的神情缓了一缓：“你推荐的人选？应该可靠啊，那就再等一等吧。”

在城外，郭守敬正被差人扯着袖子往前跑，两人跑进了城门。郭守敬实在跑不动了，站着哈下腰，张着嘴喘个不停。

差人一脸慌张：“郭先生，咱得跑啊，这是见皇上，晚了要被杀头的！”

郭守敬却想呕吐，死的心都有了：“杀吧，杀吧，不杀也得跑死！”

文思殿里，皇上的神色再次露出些许的不快，张文谦更是一脸的罪人样，他低着头，不敢看皇上。几个相关的大臣，你看我，我看你，相互示意，都想让对方开口说话。

刑部官员白启林终于忍不住了，上前一步，对张文谦道：“张大人，这样等下去，也不是办法啊，皇上在上，就让皇上这样等吗？”

张文谦受到白启林的夹击，更加不安，惶恐道：“皇上，那就开始吧？”

忽必烈就等着大臣们这样逼迫张文谦呢，道：“好吧，那就不等了，一个个地来，先从右边开始吧。”

张文谦一脸的绝望，他无意中扫视了一眼王柄南、白启林等，突然感到了一股强烈的敌意。于此，他又感到朝廷里最可怖、最惯常的那种阴谋。他忍住：“好吧皇上，从右边开始。”他心里想的却是，开战了，有人已经向他开战了！

忽必烈拿起案边上的卷子："右边的第一个，可叫王炎？"

王炎向前一步："皇上，晚生正是王炎。"

忽必烈心里有些不悦，他知道这是大臣王柄南的儿子，他暗中责怪王柄南，不该把儿子如此明目张胆地推荐给他。可他又有些无奈，王柄南毕竟是跟随他多年的朝中老臣。

忽必烈看着手中的卷子："你听好了王炎，朕要问你，有些地方，水源十分充足，却不适于挖河修渠引水，这是为什么？"忽必烈挑了一道最难回答的题给王炎，实际上也是在难为王柄南。

王炎始终低垂着头，真是很懂规矩的那种："回皇上话，那一定是在土地极为松软的情况下……因为在如此松软的土质上挖河开渠，淤泥将很快使河道堵塞，不但不能引水，还会因河道的堵塞，而造成周围的水患。"

忽必烈万没想到，这王炎回答得妥妥帖帖，简单明了，又很有道理，且比张文谦卷子上的回答还要让他满意。忽必烈不免暗中自责，自己还是看歪了王柄南，这王炎如若没有真才实学，第一次站在他的面前，回答这类生僻的问题，神情不会这样坦荡自信。

忽必烈点点头，不觉道："好，回答得好！朕再问你一个……"忽必烈竟来了兴致。

城内，郭守敬和差人已经远远地看到了文思殿的红墙金瓦。差人拖着哭腔儿催促道："郭先生，快点啊，前面就是了。"

郭守敬累得一屁股坐在了地上："我死也走不动了！"

文思殿内，忽必烈已经问完了最后一个被询问者。此刻的张文谦仍不甘心地向大殿的门口张望，可除了阳光更加强烈照眼，门口处还是那么空空荡荡，一无所有。

忽必烈似乎有些累了："今天就到这儿吧，各位的回答，还算令朕满意，不过，有些还不理想，等事后议一议，你们听话儿就是了，都散了吧。"

张文谦还伸着脖子往门口张望，他能看到远处太和殿上的一片红瓦与那红瓦檐上更远处的一抹天空，他满眼都是失望。

忽必烈也下意识地往门外瞥了一眼："张文谦，你推荐的那一位，就不必等了，这么大的事，他都能晚了，这样的人，朕还能用吗？！"

张文谦小心而努力地辩解着："皇上，一定是另有原因，一定是另有原因。"他的声音变得急促，心里的烦躁终于摆在了脸上。

忽必烈不满地哼了一声，轻轻慢慢地道："有什么原因也算了吧。"

其他的大臣们都附和着："就是就是，能有什么原因呢。这是进朝见皇上啊！"话里的口气都是在给他上药。

这样的话让皇上的脸上露出了些许的难堪，他不想让众臣们看见，迈开步子先离开了。

王柄南站在后边讥笑地对张文谦说："张大人，不是根本不行，是不敢来了吧。"

齐英田嘴茬子更损，有点公开地与张文谦对着来了："或许是吹过头了，会吹不行，这种事可吹不得！"

张文谦的脸上红一阵，白一阵。

二

夜晚下了雨，淅淅沥沥地不停，整个大都城都处在烟雨的朦胧中，让人心里充满了惆怅。空气里透着一丝丝的凉意，竟然让人有些寒。

在张文谦的宅子里，郭守敬和那位差人站在张文谦的面前。张文谦来回踱着步，满脸疑惑，三个人已经沉默了好一阵子，谁都不想说什么，似乎都在专注地听着窗外的雨声。

张文谦终于站住脚，转过身问那差人："你确信，是被人下了迷魂药？"

差人坚定地道："是，张大人，一定是有人下了迷魂药，您说，大早上的，都刚刚睡醒，怎么会一下子又困成那样，还一下子就睡着了，而且我们俩人都睡着了。"

张文谦点点头："他们可真够胆大的，竟敢玩这种手段！就不怕露了底儿掉脑袋！"

郭守敬一脸的茫然，窗外的雨滴似滴在了铁皮板上，有节奏地发出一阵暴烈的声响，每响一阵，他心里都不大好受，但只能忍着。他想不通，他已经来到了朝廷，门槛都看到了，可就在他要迈进去的一刹那，又只得把脚缩了回来，这就是朝廷！人生竟有这样的事，被人下了迷魂药，多么可笑，多么不可思议啊。原本梦一样的好事，又这么梦一样地完结了。不多不少，至尾，还是一个梦！

此刻，在王柄南的宅子里，窗外的雨滴同样似落在了铁皮板上，发出同样的暴烈声。

王柄南喝着茶，不知是在想什么。儿子王炎站在他的边上，道："爸，您说，只要那个郭守敬不来，我就十拿九稳，肯定会进工部？"

王柄南的耳朵还听着窗外的雨声，似乎是在等着那下一个暴烈的雨声赶紧下落或是停止，儿子的话让他惊了一下，他赶紧把魂儿找了回来：“你说什么，噢，没错，你肯定进工部，今天你回答得最好。你没看出来吗？皇上对你很满意。齐大人、白大人推荐的那两个人，纯粹就是狗屎，顶多是个小小的天文爱好者。这样的人，怎么可以担纲起朝廷的重任，这俩可真是敢干，一看就是收了人家银子的。他们这些人，胡来已久，早晚要出事，出大事！”

王炎疑惑地问：“爸，张大人推荐的那个郭守敬，怎么会没有到呢？”

王柄南愣了一下，他很不情愿回答这个问题，但还是缓了口气道：“甭管别人的事，今后你要进了朝廷，心要明，眼要亮，但嘴上却要做哑巴？懂吗，哑巴！”

王炎敏感地感到了什么：“爸，不会是有人对这叫郭守敬的人做了什么事吧？”

王柄南怒了：“你什么意思，他真的来了，还有你的好！怕是你们几个都够呛。在这件事上，咱是得利者，你就不要多言多语了。这里你岁数最小，将来好事都是你的，记住，我刚刚说了，今后你要做个哑巴！”

一夜的透雨，使五月初的大都城到处都显得格外清新，街边的绿草丛中，还挂着昨夜的雨滴，晶晶莹莹的好看。路旁已有不少花朵开放了，很是引人注目。在大明殿的后花园，忽必烈正弯着腰赏花，在他眼前，是几朵硕大怒放的粉红花，这与刚刚到来的五月季节很不相配。张文谦站在一旁。

忽必烈的眼睛不离那花，嘴上道：“张文谦，你看这花开得多好，闻到香气没有？是淡淡的一股香气……”他话一出口，便觉得此时这话不大妥，张文谦正一脑门子官司呢，他改口道，“你能确定，那郭守敬真是被人下了药？”

张文谦努力强调道：“皇上，谁刚刚睡醒，吃个包子，就又会趴在桌子上呼呼大睡呢，况且是在街上的小店里，睡得着吗？再说，这是要见皇上您啊，是他郭守敬自家命运的头等大事，但凡有一点的可能，他也不会在小店里睡着啊。”

忽必烈直起身子，轻叹一声：“如果真按你所说，那肯定是有问题。你是说，有人怕他进朝见朕，被朕选中，挡了别人的道，是这样吗？”

张文谦冤屈地道：“皇上，臣不敢瞎说，事情明摆在这儿，请皇上明察。恳请皇上，再给郭守敬一次机会。”

忽必烈点点头：“朕听懂了，按你这么说，挡着郭守敬进朝的，给他使绊子的，也就是这四个人里边的一个了？”

张文谦道：“皇上英明，望皇上明察。”

忽必烈一笑，又板了脸：“真要有人敢这么做手脚，按我大元朝的法律，应该严办，这是掉脑袋的事。可是你知道吗张文谦，自从朕打下这江山，朕就有了一个认识……”

忽必烈沉了沉，闻一闻花的香气，又道：“这朝廷上下，从来就没有消停平静过，就是朝里进来个小丫头，人们也要暗中争斗一番。这等事，本来都是芝麻粒大的小事，可要是真查办起来，却要费老大的劲，且又复杂得难以想象。真查出来了，不是事就完了，反而像是才刚刚开始，愈演愈烈，闹得满城风雨不说，小事还酝酿成了大事，你死我活一场。不知要连带上几条性命，结下多少冤仇。所以，依朕看，就算了吧，不要因小失大。朕说的这些，可是肺腑之言了，也只对你说说！”

张文谦心里一阵地叹气，他知道，皇上如此之说，一切也就结束了。郭守敬的事情也就结束了。

三

五月的夜晚，空气中还含着雨后的些许凉意。郭守敬所在的客栈里，灯光微弱，气氛凝重，一只小虫，在灯影里飞来飞去，它的嗡嗡声，反而让四下显得更加安静。郭守敬在默默地收拾着行李。

张文谦看着他道：“这事都怨我太大意了，把你从那么远的地方弄来，让你本来平静的心，倒海翻江一场，你本来很好的日子，都让我给你搅乱了。”

郭守敬笑了一下，又像是没有：“张大人，您言重了，我虽然不能为朝廷做事，但也算是长了见识，本来也没有什么损失，我还可以回省府。”

张文谦道：“是的，是的，我只是为你，也为朝廷惋惜。”说着，他拿出一些银子，让郭守敬带上。

郭守敬惊着，感动地道：“张大人，您为了我，已经费了不少心思，现在您反而还要搭上银子，万万不可。”郭守敬说什么也不肯要张文谦的银子。

张文谦只好作罢，道：“明天一早，我还有些事情，就不送了，你多自珍重吧。”

郭守敬再次谢了张文谦。

早上，太阳在雾气里透出橘黄，后又变得红而白，远处，辽阔的田野一片明亮。郭守敬背着个小包袱，骑着马，在晨光里走出大都城，他打算先回邢台，然后再去省府找那赵大人，只是，他不知道赵大人还肯不肯认他。头上的天空蓝得像水，微风轻柔地拂在他的脸上，让他心里有了一种辽阔舒适，一时间，他也就摆脱了两天来的内心拖累，心无挂碍，他一下子轻松了许多，愉快了许多。

忽必烈昨晚睡得不好，夜里有许多事让他思忖，忧心忡忡。想到张文谦一事时，他的心里竟动了一下，似做错了什么。早上起来的时候，他面对着佛龛，双手合十，闭眼默了好一会儿。

太阳还没升到一竿子高，总管太监何方续便来到张文谦的宅子，叫张文谦速去见皇上。张文谦有些愣怔，想不出皇上这么早找他何事。他随何方续匆匆来到紫檀殿，一路上心里七上八下的不安稳。

紫檀殿平日既是皇上议事的地方，也是皇上所住的宫殿，气势恢宏，在几十米开外，便能闻到清香的紫檀木味。据说这味道十分的养人，闻一闻，便能去掉人的烦躁心火。

此时，忽必烈正伏在案头，聚精会神地看着一张图。张文谦进来，忽必烈仍在低头看着那张图。张文谦不好吱声，站在一旁候着。

忽必烈头也不抬头，道："张文谦，你还认得这张图吗？"

张文谦这才小心地凑上前去，看那张图。

忽必烈的语气略显激动："这是前两年，你给朕绘制的，是元大都城的水系图。大都城的水太少了，河道连南方城镇的七分之一都不足，这对大都城的运输十分不利，朕昨晚还为这个发愁。"

张文谦感到了忽必烈的烦恼，随声道："是，皇上，现在每年仅运粮，就要从南方运进三百万担还要多，虽然是通过漕运水路，但这水路，也只能到达通州的码头。”

忽必烈深有感触地道：“到了通州，漕运就断了，还要靠人运马驮地走上那么远的路才能到达大都城。”

张文谦感到了忽必烈的情绪，小心道：“是，皇上，只能全靠陆路了。”

忽必烈深情地道：“除了粮食，还有城内百姓们的各种物资，费用真是太昂贵了。朕是想，何时要能有一条河，接上通州的漕运，一直通到大都城，畅通地行船走舟，把粮食、物资直接运进大都城，该是多好啊，也就省了朝廷每年大批的银子。”

张文谦同感地道：“皇上，臣也有这个心愿，只是大都城的水源匮乏，不足以开河造渠。”

忽必烈怅然地道：“朕为什么要招收天下的水利名士，就是朕总有幻想，如有天下的奇人，可以帮着朝廷解决这个问题，那就了却了朕的一块心病，乃是天下百姓的幸事。朝廷这几年，光赔偿运粮累死的骡马，每年就要花掉上千万两的银子，真是花不起啊。而运粮运货的劳工，每年也要死伤千人，代价真是太大了！”

忽必烈翻阅着已经泛了黄的图纸，犹如翻阅着泛了黄的一部辛酸史，脸上的愁容，恰似大都城外缺水的沟沟壑壑，皱得舒展不开，看不到希望。

张文谦小心地问：“皇上，您找我，就是为这事？”他有些疑惑。

忽必烈似乎这才想到正事：“不不，朕只是看到了这张图，才说了这些。朕找你，是要问你，你推荐的那个郭什么来着，就是那个没有赶上朕询问的秀才，朕还想见见他，问问他。你不是说，他是最好的人选吗？”

张文谦心里略感惊惑："皇上，他叫郭守敬，可是，他人已经走了。"

忽必烈像是冷不丁地没有防备："走了，昨天不是还在吗？"

张文谦道："走了，皇上，今天早上走的。"

忽必烈提高了声音，急切地道："赶紧把他找回来啊，他是不是被人下了药，朕就不追究了，朕就信你一回，不能冤枉了你这人选。朕昨晚上想了一夜，朕要重新给这五个人出一道题，一道实际的题，你去把这叫郭守敬的找回来。现在！"

张文谦喜上眉梢，他万没料到，事情又活了，他朗声道："谢皇上！臣这就去。"转身就走。

忽必烈又叫："等等，你看朕出的这道题怎样？"

张文谦站住。

忽必烈侃侃地道："朕要让这五个人，去勘查大都城四周的水系，如果谁能找到水源，为大都城解决开河挖渠的大事，朕就让他进朝，不但进朝，还要赏他官做！"

张文谦眼睛一亮，激动地道："好，是真好！皇上英明！真是英明！只是，大都城四周有多少水源，大家似乎都知道，发现新的水源，可能性不大。"

忽必烈掏心窝子地道："这个朕也知道，朕现在就是死马当作活马医！盼着能有奇迹出现，朕在梦里，常常梦见大都城多了一条河。浩浩荡荡，或是由北向南，或是由西向东。虽然是个梦，但朕就是不甘心。什么叫梦想成真啊！朕早年一直梦想着一统天下，当皇帝，不也是个梦吗？谁能想到，这梦就真的实现了呢！"

随着这些暖心、开朗的话，忽必烈脸上的表情也开朗了许多。

张文谦道："皇上说得真好。我这就把郭守敬找回来。"

忽必烈大声道："快去！"

四

时间已是晌午，太阳白花花地亮，远处的天地却因雾气而显得朦胧模糊。这会儿，郭守敬已经走出了大都城外三十里地，突然身后有两匹快马赶到，一人问："先生留步，您可是郭先生，郭守敬？"

郭守敬见两位的打扮都是朝廷差人的模样，道："在下正是郭守敬，有什么事吗？"

差人道："奉皇上口谕，请郭先生回大都城议事。"

郭守敬本来清醒，听了这话，又有了糊涂，不觉恍惚起来，如又坠入梦中。事情如此来来回回，变幻无常，如不是在梦里，又是什么呢？

差人见郭守敬目光呆滞，怔着不动，又提醒道："请先生随我们一起回城。张文谦，张大人，让我们无论如何也要把先生带回城去。"

随着差人的话音，郭守敬有些身不由己地掉转了马头。人生在这一个早上，竟是如此的天上地下，两重天地！

郭守敬想，既然是梦，再做一阵又何妨。

回到大都城，郭守敬见了张文谦。张文谦笑道："别以为这是梦，不是。朝廷中人，命运就是这样一早一晚！"

隔日的早上，文武百官匆匆赶往大明殿上朝。大明殿外的两侧，站着百名兵丁，一派森严。大明殿是忽必烈登基时的宝殿。所以，每有上朝，都是在这大明殿里进行，以象征皇上的威严，皇位的长久。

此刻，王柄南、齐英田几位大臣同步而行，赶往大明殿。王柄南看到前边走着的太监何方续，便追了上去。王柄南压着声音，急急地唤着：“何公公，何公公，听说今儿个皇上有重要的事情宣布？”

何方续回头见是王柄南，故意机密地道：“王大人，想知道吗？”

几位大臣也都追了上来：“何公公，你就甭卖关子了，今儿个皇上一准是有要紧的事吧？”

太监何方续故意谨慎地：“今儿个是有关大都城水源的事，皇上要亲自给几个水利名士出题，进考。王大人，你儿子王炎难道不知道吗？”

王柄南闻声有点傻：“我还真不知道，这小子没跟我说呀，你瞧瞧，这么重要的事，他一句都不说。”

太监何方续更神秘地道：“还有一件你不知道，告诉你吧，张文谦张大人推荐的那个人，就是叫郭什么的那一个，又被皇上召了回来，一会儿你们就能见到。”

几位大臣不约地都一愣，脸色一起泛了黄。

王柄南几乎停住了脚，心里一阵别扭，反而故作淡漠：“何公公，你听到的消息可是真？”

何方续很有内容地笑了，他知道，此刻最难受的就是王柄南了。如果没有更大本事的人挡着，他儿子王炎，今后就该是被朝廷宠着的一位高人了。可惜，现在又有了更高的人。何方续以百分百确定的口气道：“王大人，千真万确，一会儿你自己瞧！张大人多有脑子啊，人家从来都是不声不响，步步为营。”

在皇上的身边，何方续虽然只是个太监，但权力却大得很。平日，他是很会在大臣们中间相互挑唆的一个人，且技能娴熟，让人抓不到把柄，自己每每却乐在其中。这会儿，他就是要故意让王柄南难受。如此，王柄南才能拿他当事。

王柄南站在原地，忘了往前迈步，心里涌出一股苦水，心想，儿子的江山，怕是今后不保啊，一阵毫无防备的沮丧突然向他袭来，他再也遮掩不住脸上的愁容。

齐英田还追着太监何方续：“何公公，怎么回事，一定是张文谦在背后捣鬼。皇上心血来潮，中了他的计！”

白启林感叹道：“皇上总爱突发奇想，让人料不到的事，隔三岔五就得有一件。”

后边有人叫道：“王大人，愣着干什么呢，不走了？”

王柄南这才醒了，慌忙收拾起脸上的不快，强笑着跟上来。

大殿内，一片肃穆，忽必烈端坐在高高的龙椅上，俯视着下面的众臣。众臣静着，全都低眉垂眼，用余光注视着他。忽必烈默着，好一阵子不说话，这使众臣不免心里打战，不知皇上这是怎么了，气氛一时间显得有些紧张。

忽必烈很喜欢这个景儿，他就喜欢看到众臣这种诚惶诚恐、蹑手蹑脚的样子。这样他才有威严，众臣才会仔细地听他的训斥。怕和威严是在静里产生的，越静的时候，人才越怕，那由自己想到的怕，才是真的怕！忽必烈清清嗓子，反而柔了声音，温慢地道：“让他们进来吧。”

太监何方续提高了嗓子：“传五位名士进殿！”

五位在大殿外面候着的人，一一走进大殿，由差人引着，站在该站的地方。

郭守敬这是第一次迈进如此豪华气派的皇家大殿，他心里充满了莫名的异样和胆怯。

他心想，这就是乡下百姓们说的所谓的朝廷了。他偷眼细瞧，身边的柱子又大又粗，是被纯金包裹着的，头顶上一层又一层的天棚，高大宽敞得令人眼晕。所有的木梁上，全都描着红红蓝蓝、紫紫绿绿的彩绘，有飞禽，有猛兽，或展翅千里，或张牙舞爪，凶神恶煞可怕，你想什么感觉，它就是什么感觉。整个大殿庄严而肃穆，让人心灵震撼。身边的文官武将，穿戴得格外整齐，站得有模有样，全都木桩一样，微垂着头。

郭守敬再往对面看，就看到端坐在大黄龙椅里的那个人，这人一定就是皇上了。皇上被埋在一堆黄色里，头脸都陷在一堆绢布中。郭守敬想看个仔细，可惜那一堆的黄，实在是黄得浓灿耀眼，人都被染杂得不知哪儿是了哪儿，也就瞧不太清楚了。他心里感叹，皇上怎么会是这么的黄。他心里惊奇，似乎就因为这么的黄，而让他的一颗心没有了着落，没有了去处。

正在此时，皇上开口了，声音是从那黄的一团里发出的："朕今天要当着各位爱卿的面，为这五位名士出一道题，是关于水利的。大家都知道，在他们当中，很有可能，就有日后为朝廷掌管水利的人才。不过，自从朕召见他们的那日起，就开始闹鬼！有人竟然下药，使得其中的一位不能见朕。而有人又在背后告诉朕，这五位当中，不乏滥竽充数之人。"

众臣的头垂得更低了。王柄南、齐英田几个心里怕得要死，不知道皇上这是要治罪呢，还是要查案子。

忽必烈看着众臣如此乖巧，心里一阵得意自在，道："朕这次选人才，是为元大都效力的，不是来朝廷混饭吃的。下面这五个人，你们到底怎么样，到底有多大本事，现在谁也闹不清了。所以，朕要亲自给你们出道题，看看你们的真本事。”

郭守敬站在下面，皇上的声音有一种凌驾于一切人之上的威力，且洪亮而有质感，整个大殿里都有回响，都在微微地发颤。实际上没有哪里发颤，是人的心里在发颤。

郭守敬知道皇上说的下药，是指给他下药。他很想抬头看看皇上是个啥样子，刚才他还敢抬头，这会儿就不敢了，是皇上的声音震住了他。他来时已经被告知，是不能抬头正对皇上看的，那是有杀头之罪的。他就学着众臣的模样，低下头，其实用余光眼角，也已经能看个够了。

皇上的训话，让郭守敬有些不适。他不知道，皇上其实就是要让众臣不适，就是不能让人那么舒适，这就是皇上的威严。不过只一会儿，郭守敬又恢复了他自己的天性，皇上讲皇上的，他想他的，他有点想瞌睡了，眼皮开始往一起粘了。

五

忽必烈道：“朕出的题目是什么呢？咱们大都城一直缺水，漕运只能到达通州，无法直接进到大都城。不但劳工、骡马要受劳累之苦，朝廷每年还要花大量的银子，所以，朕要派你们五个人去找水源，如能找到合适的水源，甚至是可以引水开渠的水源最好！尽管这个可能不大，但你们如果有好的议论或见解，也算是为大都城添砖加瓦了。”

郭守敬听到要引水开渠，他激灵一下子醒了，猛然间就想到了白浮村，想到了那一带洪水泛滥，连年成灾。在那里，有无数的山水从北面的山脉汇涌成溪，遍布着几百个大大小小的泉眼。他的心跳在加快，他竟然一阵激昂，无法自制。

从白浮村开河建渠，是他多年的梦想愿望啊！

皇上真的要开河吗？

他抬起头，看着皇上，他想对皇上说，昌平的白浮村，有的是水！他想告诉皇上，他曾经设想过，要从那里开一条河，一条很大的河……

他就那么直勾勾地望着皇上，不错眼珠地直视着皇上。现在他看清了皇上，原来皇上长的是这样。

忽必烈突然就看到了下面有一双炯炯发光的眼睛，那眼睛直直地瞪着他，是那样的明亮，一点也不回避，眨都不眨一下地看着他。忽必烈先是被吓了一跳，竟然有了要躲闪的惶恐。接着，他又一阵恼怒，他看清了，这瞪着眼睛的人，就是张文谦举荐的那个所谓的天下奇人。他的眼睛怎么这么亮，这让忽必烈走了神，打了磕巴，他不知道说什么了，他忘了自己讲到哪儿了。

众臣不知道发生了什么事，都用余光看皇上，又顺着皇上的眼神去找，也就找到了郭守敬。这个该死的！他竟然高高地抬着头，仰着脸，直着脖子，两眼瞪着皇上，和皇上对视着！众臣无不为他担心淌汗。他在找死呢！

张文谦吓坏了，汗水从他的脸上落了下来，冰冰的凉。

太监何方续更是吓得脸色苍白，这不懂规矩的！皇上一定会怪罪他没有交代清楚进朝的礼仪。一时间，他知道这全是自己的错！

这一刻，整个大殿里一片奇静，人们等着发生事情。

忽必烈完全忘了自己是在讲话，他也盯着郭守敬，在想，这个人真是有点意思，难道不怕朕杀他的头吗？怪不得有人要给他下药……忽必烈完全走神了。

太监何方续再也忍不住了，他尽量不引人注意地快步奔到郭守敬的跟前，低声而严厉地道："把头低下，快把头低下！"那声音是从牙逢儿里挤出来的，又狠又急又恨。

郭守敬这才找到自己，回到了自己，慌忙地把头低下了。

忽必烈也醒了："朕讲到哪儿了？"

无人敢应答，都默着。

忽必烈想起来了："朕给你们十五天的时间，调查整个大都城外围的水系，每人派两名助手，五匹快马。十五天后，朕要看谁的谋划最好，谁的发现最有价值。"

张文谦也从刚才的惊吓中缓过神来，他觉得忽必烈的这个主意很有远见，又很实际，这比提问一般性的水利、天文知识要有价值得多，而且也避免了抄袭书本、死记硬背者钻空子。

皇上该怒而没怒，这让众臣们也都轻松了下来，相互窃窃私语，下面有了些嗡嗡声。众臣知道，这轻松是皇上需要的，众臣们每时每刻，无论是欢笑，还是愁苦，常常都是为了配合皇上的，这种细腻的磨合，到了几乎没有痕迹的程度，绝不是一天两天的工夫了。

而下面的齐大人、白大人却神情紧张，他们推荐的两个人，全属浑水摸鱼的主儿，怎么可能胜任这么实际的任务。皇上的提议，让他们心里充满了担忧和恐惧。

退朝之后，张文谦两步奔到郭守敬的跟前，嘱咐道："再不敢直视皇上，无论是在任何时候！”

郭守敬也已经从刚才众臣们紧张的神情中，意识到了自己的过失。短短的一瞬间，他似乎已经领略到了朝中千百条复杂而又不易说清的规矩，明白了那些需要很深的功夫才能弄清弄懂的所谓皇宫等级。

他虽然很不适应，但心里依然很兴奋，鼓鼓躁躁的那种，因为皇上要修一条河。皇上的提议，竟然是多年以来一直埋在他心里的梦。天下事，怎么会这么的巧，他的梦，竟然也是皇上的梦。这让他难以平静，他与皇上的距离，一下子竟比任何人都近了许多。

现在，这个陌生的、一切生疏的地方，却是那么符合他的胃口，举手投足，都让他觉得暖暖热热的亲。

他似乎不用十五天，他现在就可以告诉皇上，白浮村一带就有水源，应该是那里，一定就是那里。尽管他好多年没有去了，但那里有他的魂儿，魂儿这东西才是最灵验的。

可他还是忍住了，他要先找出大都城内外的其他水源，这样才能对比出白浮村的价值，这是他多年的经验。

六

次日的天气格外好，阳光灿烂得史无前例。站在大都城内任意的一个高点，都能清楚地看到西边青色的辽阔远山，心情再沮丧的人，也会被如此的晴朗灿烂所感染。

在这个极为重要的日子里，张文谦来为郭守敬送行，他的心情从开始的愉悦，竟然变得有些沮丧了，因为他突然意识到，如果皇上真的是要一条河，那么大概谁也办不到，也就是说，十五天后，大家全要失败而归。

到时这五个人，又怎么能比出谁高谁低呢？所谓的真本事，又怎么体现呢？这种担心，让他心里迷蒙着一层化不开的雾。

他尽量平静地对郭守敬说："这半个月，就全靠你自己了。皇上的用意，最好是能找到足够大的水源，能开凿一条河。不管怎样，你不能空手而归。"他搁下许多鼓励的话，说得十分浅白扼要。

郭守敬却心潮澎湃，心中正像有一条河，不住地翻卷奔腾。皇上的旨意，让他的内心不免有些悲壮，他无法克制自己的激动："张大人，我会尽量去做……"他想说的很多，要表达的很多，却因为多，反而不知怎么说，说些什么了。

郭守敬用了五天时间，跑遍了大都城外的其他地方，他是怕漏掉什么，然后他才来到最关键的北面昌平。这里的一切，依然如他当年来时一模一样，从北面燕山山脉汇集而来的千百条小溪，在他脚下涓涓地流淌。

在白浮村的周围，最少有二百多个大大小小的泉，这些泉眼星罗棋布，纵横交错，虽然分散，但却形成了很大的水源。

郭守敬站在白浮村的高坡上，心里十分地感慨，似乎看到了一只扭转乾坤的手，正搬动着这些泉，使千沟万壑的水，变成一条大河，款款地流入了大都城。

这一天，郭守敬和助手们来到了白浮村的龙山，这里的泉眼似乎更为稠密，一个挨着一个，整座龙山都被泉水所环抱，迎面扑来的是因清凉的流水而爽人的阵阵清风。

龙山被绿树红花所簇拥着，不时有飞虫彩蝶从百草中惊起，树影中，透出山上寺庙的红砖绿瓦，真是万绿丛中一点红。郭守敬很感意外，想不到，山上会有这样一座漂亮典雅的寺庙。他多次来白浮村，却是第一次到龙山。

他与助手爬上山，进庙敬香后，郭守敬问一个小和尚："请问师父，可知道这一带哪一个泉最大？"

小和尚往下一指："在这龙山山脚下，就藏着方圆三十里最大的一个泉啊！"

郭守敬心里咣当一声，他要找的，就是这几百个泉中水量最大的那一个，想不到，就在这龙山下。他谢了小和尚，沿着小路飞奔下山，人还没有走近，已能听到哗哗的流水声了。

眨眼之间，他就看到了此生见到的最大的一眼泉。泉水如注，喷涌得又急又猛，欢畅得就像一座关不住的闸门。一时间他看得呆了，那雾一般的水花，把他的视线朦胧，他的脸上始终厚着一层惊白，半天都醒不过闷儿来。他眼前一片幻觉，泉水穿过片片林地，千回百折，汇成一条大河，浩浩荡荡，一路进了大都城！事情就是这样，一定就是这样！

他想大声地喊叫，他已经找到了大都城的水系源头，就是这里，就在眼前！

他无法自制，浑身都颤。许久，他才平静下来，他才发现，这泉池的边上，竟然还有一座庙，他仔细再看，原来不是庙，而是一座庵，院门上大大地写着三个字"白衣庵"。

这庵就像一座恍惚飘至的仙境，突然降至在此，让人疑惑它的真假。郭守敬绕过泉池，小心地走进庵，院里很静，树上的麻雀比叶子还稠。脚下一溪泉水，在庵中的小院里转了一圈，又流回外面的泉池，真是绝妙的设计。

此刻，庵主林青草正在殿里，她听到院里的脚步声，正要出来迎候，却突然听到有人叫："郭先生，你看这泉，竟然在这庵里转了一圈。"

郭守敬道："真是绝妙。"

外面的声音让青草本能地停住了脚步，这声音怎么那么熟悉，她从窗棂上向外看去，这一看让她更是惊得呆住，她望着院里的这个男人，这人太像郭守敬了。

尽管岁月的风尘使她心目中的那个模样有所改变，虽然早已不是了那个年轻的容貌，但只要细细地瞄上几眼，还是能找到当年郭守敬的特征。一点不错，这就是她梦里的那个人，就是郭守敬。他怎么会在这儿？她心跳如鼓，多年的修炼，竟在一瞬间里被瓦解。

郭守敬已经迈入了庵堂，青草下意识地躲到了大佛的身后。郭守敬似乎听到了殿里有人，却不见人的身影，他不觉问了一句："有人吗？"

大佛的后面，青草百感交集，狂乱的心火，全是因为眼前的这个人出现得猝不及防。

现在，离别了多年的人，离她只有一步之遥，为了寻他，她死过活过，活过死过。以至她此时此刻的命运，也是因了他而变成这个样子。现在，这个人就在她的跟前，她却慌得不知怎好，没了主见。

尼姑小雪走了进来，她站的地方，既能看到青草，也能看到郭守敬。她看到藏在大佛后面的青草，一时惊讶不解，她从未见过庵主这样的失常，她愣在门前，不知发生了什么事，庵主这是躲谁呢？

青草也看到了小雪，她挥手示意小雪，让她上前拦住郭守敬。

小雪顿了顿，突然间也就有了明白，她上前挡住了郭守敬，笑问：“施主，是要敬香吗？”

郭守敬爽然地道：“是，师父，就敬三炷香吧。”

大佛后面的青草这才安顿下来。

小雪笑着，引郭守敬走到佛台前，将一把长香递到郭守敬的手上。郭守敬将长香点燃。青草就在佛的后面，尽管她年年月月伴着这长香的味道，但这一炷的香气还是那么与众不同，浓浓地撩拨着她的心扉。她屏声敛气，在这浓郁的长香味道中，听着前边的一举一动。

这会儿的小雪，已经完全猜中了眼前的这个男人是谁，或许，他就是青草曾经说过的那个旧日恋人？想到此，小雪上下打量郭守敬，目光充满好奇。

郭守敬被看得有些不自在，他正要退出殿门，小雪却笑着道：“施主，本庵自修建以来，常显神通，香火很灵，可否让我借助佛的法力，猜一猜你的姓氏？”小雪的话，突然而又随意，让人不能拒绝。

郭守敬奇怪地随口道：“我姓什么？”

小雪极力搜索着往日和青草的对话，她终于想了起来，目光闪耀，笑一下道：“你是姓郭对吗？”

郭守敬顿然失色，他怔在那里，完全是被吓着了的样子。

那一瞬间，郭守敬有一种自己的一切被人洞悉、彻底把握并左右的感觉。他不明这是哪家的神通如此厉害，让他回不过神来。好一阵他才惊奇道：“我、我是姓郭，这位师父，你难道有什么法力神通吗？”

尼姑小雪嫣然一笑：“小尼并没有什么法力，全是这庵里的灵气所致，离开了这个庵，所有的灵气也就消散了，进了这庵，所有的灵气便会聚集。愿施主常来敬香吧。”

郭守敬诚惶诚恐：“一定，一定。”

大佛后面的青草听得心惊肉跳，她知道，小雪这是有意帮她问个底细，可如此问话，也让她汗下。不错，这就是郭守敬，就是她终年终年藏在心里的那个人！

第六章

一

郭守敬跨出庵，竟然出了一身的汗，他心神不定，转身回头，定眼看那门上的大字“白衣庵”。良久，他终于缓过神来，心里还在奇怪，天下怎么会有这般灵验的地方？天下诸神，真可了得！

在白浮村的几天里，郭守敬像是被妖孽拿住了一般，在长短二十几里的路上，他每天从早走到黑，一趟又一趟，就那么走，只有走，一心要走死那劲！两个助手都在心里咒他、骂他、恨他不死！

他在计算着从白浮村往西，一路上的高低落差，他随时会铺开黄黄的马粪纸，蹲在地上，掏出笔墨，蘸着路边的溪水或自己的唾液，记下若干的数据。他疯疯癫癫，一会儿精神抖擞，健步如飞，自家笑个不停；一会儿又脚步凌乱，一脸沮丧，被谁捅了一刀的模样。神了鬼了，活了死了的自家折腾。

有时半夜三更，他会突然惊醒，急急忙忙地爬起来，披头散发，赤着身子，像是尿急，憋得不行。但不是，他是要看白天记下的那些数字，那一行行，一道道，密密麻麻，鬼符样的东西。看得他心里或是一阵冰冷，或是一阵暖热。他颠三倒四，两眼血红，魂飞游荡。

通过这些鬼符般的数据，他早早地看到了千帆驶过的壮观景象，一条大河正款款地流进大都城。河水两岸，山清水秀，田野如歌。

他要让皇上知道，大都城很快就会有这样一条河！

兴奋与激动，使他惴惴不安，他感到自己的身子总在颤抖，不能自制，且浑身充满了热血，就像某种挡不住的喧嚣，让他总想疯跑一圈或是两圈。他彻夜难眠，但却不困，他异常劳累，却仍想走动。

回到大都城，他按捺不住地立刻跑去见张文谦。他气喘吁吁地站在张文谦的面前，他的神态让张文谦惊惑，以为是出了什么事情。

他如数家珍，将自己的发现和想法讲给张文谦听。讲得滔滔不绝，美轮美奂，就像那条大河不但已经修成，而且已经行船走舟一般让人欢呼。

随着郭守敬的讲述，一切都似已水到渠成，顺利得不在话下。

张文谦听得十分震惊，几乎不敢相信自己的耳朵，因为郭守敬要解决的是整个人类的难题，完全是一个破天荒的神话。

张文谦极力掩饰着内心的震荡，努力让自己平静下来。他突然就想，眼前的这个人，非神即鬼！太不寻常了。

以致张文谦的声音也在发颤："好，好，郭守敬，我听懂了，全听懂了。如果你真能把北边的水源引入大都城，你就是历史上的功臣！知道吗，这是没有人能办到的事情，天下没有人敢这么去想。这是让水往高处流，该是神鬼妖孽才能做的事情！你或者是一个疯子，或者是一个圣人鬼才！"

郭守敬笑了起来，孩子一样幼嫩地笑，笑得那么干净、纯粹，花一样开着。

接着他又神色紧张，突然问："张大人，我是要讲给皇上听吗？要让皇上知道，会有一条这样的河对吗？"

张文谦使劲地点着头，只是，这点头之间，他突然意识到，皇上未必会信，其实谁也未必会信，因为这太不可思议了。于是他坚定地道：“一定要好好讲给皇上听，一定要让皇上相信才成！”

张文谦的语调，让郭守敬感到千钧重负，他也突然想到，皇上未必会信吧。这让他不觉打了一个寒战。

早上的白衣庵，格外肃静，更显出院外泉声的欢畅响亮。一世的水声，均匀柔软地把某种韵味儿铺满人间，让人感到美好的绵长和生活的珍贵。阳光强烈如金，照射在庵顶重叠的瓦檐上，灿烂的金色，把天空映衬得更蓝更纯。尼姑小雪正在庵堂里上香，青草在打扫着佛台。

小雪语带埋怨地道：“庵主，你那天真不该躲着他。那天你一点不像你了。”

青草一笑，诚实地道：“我当时没有丝毫的准备，太突然了。这么多年，谁想他就这么一下子站在了我的面前，我还以为是个梦，难道不是吗？多像梦，我怎么也反应不过来。”

“你找了他那么多年，他突然出现了，你却一个劲地躲他，慌张得丢了魂儿似的。人，真是难说。”

青草自嘲地道：“是，人就是怪，常常就是做不了自己的主。念佛学经，要的是个定和慧，可到了时候，这心还是如此的散乱，如此的无常。”

小雪意思一转，大着胆子道：“庵主，这些年，你无论什么时候，都是处乱不惊，一直都是在定慧之中，我也只见你这一次，露出了慌乱之色，可见你对他如何。我大胆问一句，今后如要机缘和合，你会为他还俗吗？”

青草被问得毫无防备，一时语塞。

问者则清，看来，小雪已经看透了她的内心。她多年的修慧，在小雪的话里，已经付之一炬。她也一下子看清了自己，坦诚地道：“老实说，一切随缘。我的功夫如果只是到此，也是缘，心真要想离开这里，大概也是缘。一切左右，都强求不得，这才能得自在。”

小雪道：“你说得真好，左右都是自在，这才叫想通。”

二

这天晚上，青草失眠了，窗外的一轮明月，贴在夜空中不动，有些矫揉造作，假的一样。青草看到田野上她和郭守敬在一起的情景，那是小时候，他们正用草棒编织着什么，一世的彩色，一世的美丽，一世的繁华想象，都在他们的两只手上。时令正是秋天，天空深广无边，收割后的大地变得异常豁达，与同样豁达的天空相视……

风不动，树不动，天空、大地都不动，美丽而纯粹，什么都停止着，只有或喜或忧的情感在这景色里让人无限地体会。这样的感受，让青草的眼角泪水盈盈，她不知道是否还能见到郭守敬。

而在大都城，半月的时间说到也就到了。这天早上，五位被推荐的名士以及相关的大臣们，先后来到文思殿的后花园，在太监何方续的引领下，大家站到了该站的位置上。忽必烈在差人的陪同下，一刻工夫也就到了，他径直走到那张摆好的龙椅前，面无表情地扫视了一下站在他对面的五个人，一声不吭地坐了下来。

立在一旁的王柄南和几位大臣，机敏迅速地将目光投向皇上，飞快得让人没有察觉。大家都想看出皇上今早是喜是忧，以便应对，这是朝廷上的功夫，众臣们在朝一天，这功课便要认真地做上一天。然而，忽必烈的神情却让人难以捉摸，面儿上没有任何的表情。忽必烈就是要这样与他们隔着，让他们猜不透！

太监何方续将茶杯递到忽必烈的手上，忽必烈接过来，喝了一口，慢声道："那就开始吧，你们这半个月都看了些什么，发现了些什么，大都城的四周，还有没有水源可以利用？都给朕说说吧。"忽必烈的声调没有精神，让人觉得他并有没抱太大的希望，抑或他是有意压制着自己的情绪。

五个人谁都不吱声，郭守敬按捺住内心的冲动，眼睛看着自己的脚尖。他实在想立刻告诉皇上，大都城可以马上就有一条河，是一条很大的河！可他记着今儿个早上，张文谦对他的嘱咐，一定不能太激动，更不能失了常态。在皇上面前，什么事，都不叫事。就是天塌下来，要死要活的时候，你也要克制，不能惊扰了皇上。

郭守敬只好忍着，认真而专注地看着自己的脚尖。这是张文谦的要求——你就看着自己的脚尖吧！

只有在朝廷，人才能被规矩成这样，比被捆绑着还要难受。

忽必烈看看没人开口，故意语带责备地道："难道你们都没有什么新的发现吗？那就从左边开始吧。"

左边的一位，是工部齐英田齐大人推荐的李相坤。齐英田为此收了五万两银子，还有一张去胭花楼乐呵儿的年票。如果李相坤顺利进朝，后边自然还有内容。

这半个月时间里，李相坤暗中花钱，找了几位水利上的前辈，以给自己出谋划策，为他临阵磨枪。本来总能说上几句靠谱的话，谁想，一见到皇上，他就心虚，两腿打战，张嘴便有些哆哆嗦嗦了：“承禀皇上，晚生这些天，跑遍了大都城外的山山水水，可以引进城的水源，都因水量过小，无法作为大都城的补水。依晚生所看，只有多打井，打深井了……”他搜肠刮肚，本想多说几句，说得好一些，可毕竟是背台词，心里一慌，有些乱套，把最关键的给忘了，只说了一个尾。说到哪儿了呢？他竟想不起来，接不上茬儿了。

忽必烈等着他继续往下说，没想到，等了半天，他却没了词儿，忽必烈不觉有些恼怒：“没有了？”忽必烈冷不丁地问了一句，语气里透着不满。

李相坤憋得一脸红痘膨胀，惶恐地回一句：“没有了，皇上。”刚刚还想多说几句，转眼已变成了恨不得赶紧结束，可见心里真是没有底。

忽必烈突然就寒了脸，将目光转向齐英田。齐英田已吓得面色土灰。皇上的目光，像掴在他的脸上，让他无地自容。

忽必烈厉声道：“齐英田，这一位可是你推荐来的？怎么会让朕打井呢，这是哪儿对哪儿啊！要是打井，还用请天下的名士吗？”

齐英田汗下，面露恐惧，极力恭敬地道：“回皇上话，是臣推荐的，他书本知识不少，今后如能多跟前辈们学习……”

忽必烈重重地哼了一声，没好气地打断齐英田：“好了，这样的人，怎么能担当朝廷重任、为元大都做事呢？朕往好里说，他顶多还是个学生，你怎么就推荐给了朕呢？朝廷眼下是需要真才实干的人，是马上就能用的人，不是找打井的！”

齐英田被皇上训斥得下不来台，脸上红一阵、白一阵地难看：

“是，皇上，都怪奴才眼拙，都怪奴才！”

忽必烈不耐烦地道：“下一个吧！”

皇上的威严，让大家惧怕，剩下的四个人，谁还敢张嘴呢，可又不得不跟着讲下去。太阳的光芒，变得有些刺眼，不知不觉已经挪到了大殿的上方，照在地上有些烤人了，人被禁锢在炎热里，是一种逃不出的感觉。需要风的时候，风反而静止了，突然就让人觉得燥热难耐。忽必烈先还跟着讲述者思索着，渐渐地就眯起了眼睛，不知是在听，还是不在听了。

到了郭守敬这儿，忽必烈真的有些要睡着了。郭守敬往前站了一步，亮了声音道：“皇上，晚生以为，大都城可以再添一条河！”他倒是干脆！

郭守敬的话，让快睡着了的忽必烈一下子睁开了眼睛，是激灵的一下子。他虽然想要一条河，却从不敢相信，会真有一条河。

郭守敬可以再修一条河的话，震惊四座，所有人其实都在昏昏欲睡，这下子都醒了。人们瞪大了眼睛看着郭守敬，不知他在说什么，仿佛是听到了一声不该有的梦呓！怎么就可以再添一条河？！

忽必烈一下子来了劲头，身子往前一探，瞪着郭守敬，是那样地努力：“你说什么，大都城可以再添一条河，朕没有听错吧，那真是太好了！你快说说，怎么会突然从天上冒出这么大的水源，朕确实没有听错吧，你是说修一条河吗？”一向疑心很重的忽必烈，每一句都是大大的问号，却又追得很紧。

郭守敬毫不含糊地道：“是，皇上，在北面四十里的昌平白浮村，有无数的溪水从山上汇集而下，虽然是涓涓溪流，却有相当的水量，还有近二百个大小泉眼，分布在方圆十几里的地方……”

本来十分专注、神情紧张的众臣们，听到郭守敬说的是昌平白浮村，神情又都松懈了下来，王柄南嗤之以鼻，露出一脸的不屑。

众臣的表情被忽必烈看了清楚，忽必烈心里好生奇怪，问道："王柄南，朕看你发笑，你能给朕讲讲，为何发笑吗？"忽必烈问得突然。众臣的讥笑扫了他的兴。

王柄南一愣，不知道皇上是对他不满呢，还是真不明白。他迅速地调整了一下自己的表情，他觉出皇上是没有明白，他很有信心地往前站了一步："皇上，微臣可以大胆地说吗？"

忽必烈认真地道："说，怎么想的，就怎么说！这是朝廷大事。说透了才好！"一个总是有怀疑的人，时时需要的都是所谓的天下真相。然而所谓的真相，却常让忽必烈更迷惑。

王柄南剜了一眼郭守敬，又看了一眼边上的张文谦，他骨子里就是这般地盛气凌人。他不客气地道："皇上，这万万不可，昌平白浮村，是在大都城的北面，中间隔着两条河，一条是大清河，一条是大沙河，两条河的地势都低于大都城，自古以来，北面的水，就一直被这两条河挡着，流到那里，便顺流而东去了。由于大都城的地势高于这两条河，北面的水，根本流不到大都城！微臣刚才笑，是笑这个连孩子都明白的道理——人往高处走，水往低处流——一个天下的水利名士，怎么都不懂呢！不过，臣还是不该笑。只是刚才没有忍住，才笑了。还请皇上恕罪！"

忽必烈又探了探身子，若有所思地道："有道理，有道理，王柄南，你要不开口，朕还真就信以为真了。"他转向郭守敬，"是啊，水怎么可以往高处流呢！怎么可以流进大都城呢？朕也知道大都城北面的地势低于城内，你是要让水往高处流吗？"

郭守敬一点也不示弱，声音干脆而又肯定：“是的，皇上，是让水往高处流，水是可以往高处流的！”只要说到水，他的声儿就高，就洪亮，就有盖世一般的自信！

其实只这一声“可以”，又把忽必烈惊呆了。他眨着眼睛，这一次他真不敢相信自己的耳朵了，满带疑问地道：“朕是问你，水怎么能往高处流。你是说，水可以往高处流，对吗，朕没有听错吧？”

众人的脸上也是又惊又疑。一时间，场上静静的，所有人的眼睛都注视着郭守敬，琢磨着这是怎么一回事。因为这一刻，大家都有点糊涂了，郭守敬说的事，是属于耗子吃猫了，是太阳可以打西边出来，属于胡言乱语、狂妄无边的鬼话了！

这是个什么人？这可是在当今皇上的面前。要么，他是个闻所未闻的天下奇人鬼才，要么，他就是个不懂人间世故的疯子神经！

当然，还有一种可能，此刻大家都在梦里，远离了尘世的真相，不真！

三

谁料，这关键的时刻，郭守敬突然沉默了，好一会儿，他没有说话，人们都等着他呢。时间一秒一秒地过去，郭守敬又像是要瞌睡了。

忽必烈等了一会儿，难得他这样耐心，这样宽容，这样和平日的自己不一样。今儿个他也不是他了，他还以为郭守敬在找什么词儿，以便说服众人，可等了半天，还是不见他张嘴。这个时候，他怎么会哑了呢？这人是邪！世上怎么会有这种人！

忽必烈相当地困惑：“朕在问你话呢，你是睡着了吗？！”忽必烈甚至忘记了生气。要是别人，他早怒了，可这会儿，他却被郭守敬搅得与往常不一样了。

张文谦神情紧张，心都悬了起来，他本该呵斥郭守敬，可又怕惊了皇上，不得不轻着声音道：“守敬，皇上在问你话呢，郭守敬！”

郭守敬醒了，他是刚刚闻到了鱼腥味儿，这儿离御膳房很近，正是做午饭的时候，鱼腥的味道顺风飘了过来，那么浓烈。郭守敬想躲一躲，以免过敏，可他能往哪里躲呢，这里没有人知道他对鱼腥味过敏，所以他不敢出声出气。还有，他又在心里计算着，白浮村向西二十里，地势高低落差的尺寸。也就是那个没人知道的，全天下，全世界，他第一个发现并利用的海拔依据。

他是在想海拔的事。

郭守敬平静地道：“皇上，水是可以向高处流的。”他想和皇上说，他已经用海拔的方式测量好了，可那时全世界都没有人懂得海拔是什么，所以他又说不得。再说，那时他还不能提供海拔的精确数字，他只能用最简单的描述：“我计算过了，皇上。可以先把白浮村的水引向西面，引到西山脚下，绕过沙河和清河，再向南拐，这样便可以利用西山的高度，让水进入大都城。”

他说得是那么轻巧，解的是一世的谜，可谁能听得懂呢。他的智慧，远超于别人几百倍。所以，在别人听来，他是在放屁！

他一生与别人的摩擦，让人困惑、误解都是因为这几百倍智慧的差距。

王柄南再也按捺不住了，抢白道：“皇上，西边的地势也高过白浮村，越往西走，越靠近西山，地势也就越高，难道水真能往高处流不成？！”他的言外之意，谁都听了明白：郭守敬就是一个疯子！混蛋！该立刻赶出朝廷才对！还跟他废什么话！

场面有些乱，连差人们都在交头接耳，一片嗡嗡之声，大臣们也个个地摇头否定。除了张文谦，没人站在郭守敬一边。

好在他从来都是孤立的，一辈子。因为他的本事太大！

忽必烈受到了众人的感染，他完全冷静了下来，意识到这可能是个天方夜谭：“郭守敬，你不是痴人说梦吧？大家都无法相信水往高处流，朕问你，你拿什么说服大家、说服朕呢？”

这会儿，郭守敬似乎真真切切地看到了白浮村的水在向西流，因为这会儿，他又计算了一下这段路上的落差。没有问题，他也醒过味来，确实不用废话，告诉大家可以就成！

于是，在这一片质疑的嗡嗡声中，郭守敬反而有了轻松，他旁若无人地站在那里，想他自己的事。他甚至奇怪地看到了青草，青草还是穿得那样火红，红得在晨风里燃烧，红得刺人眼疼。她正站在西山口上，向他招手哩。那清亮的泉水，正顺着这一团火红，一路向西……郭守敬的意识又跑了，跑得很远很远。

忽必烈看着郭守敬呆滞的目光，觉得奇怪有趣，这个人怎么又像是睡着了呢。这一回忽必烈不但没恼，脸上反而浮现出了些许的笑，他觉得好笑。他突然有点喜欢上这个不搭调的人了，因为他实在与众不同。

忽必烈也突然想到，不能再认真了，或许这个人不大正常，脑子有些问题，这想法让他心里猛地惊了一下。不然，天下谁敢在朕的面前，一会儿信誓旦旦，一会儿又要瞌睡呢。这是个什么人呢？“朕在问你话呢，你怎么不回答呀？”忽必烈的语气是相当的容忍，甚至想和他玩笑。

张文谦早急了："郭守敬，快回皇上话！"

郭守敬噢了一声，像是这才想起皇上的问话，朗声道："可以的，皇上。"他倒先不废话了。

王柄南紧逼一步，恶狠狠地道："郭守敬，你用什么担保？"

王柄南如此咄咄逼人，句句带血，郭守敬却没有一点反应，更无一点不快，像没有听见一样平静着，一脸的祥和。

忽必烈看着这一幕，心上突然惊讶，这是禅功啊！他发现郭守敬的身上有一种禅力。他想起张文谦说的，郭守敬做过两年的和尚。

忽必烈莫名其妙地笑了，一是笑郭守敬竟然有这么大的禅力，二是笑这个人有趣儿，他太有趣儿了，就像敢说太阳是打西边出来一样。他的声儿还不大，轻轻慢慢，从从容容的，至少让人在这一刻里不得不相信他。

"是啊，不是朕不信，是所有人都不相信，你用什么担保呢？"忽必烈笑问。这会儿，他全把郭守敬的话当作了一种趣闻。水能不能往高处流，似乎不大重要了。

郭守敬与朝廷这些人比，实在是太单纯、太幼嫩了，甚至是太美妙了。他竟然回答："皇上，我可以用脑袋担保！"他用手指着自己的脑袋，那个认真劲，像是怕皇上不接呢。

此言一出，所有人都愣了，众人都吓了一跳，郭守敬的声儿并不大，却像一股巨大的轰鸣声，在人心里震荡。在皇上面前说了这话，也就等于真的不要脑袋了。场上又一片静，众臣看看皇上，又看看郭守敬，没想到这人不要命！且是这样的不动声色。

忽必烈也没想到郭守敬有这么一句。自从他登基以来，这还是第一次有人在他面前，敢用脑袋来担保一件事的。大家平日都想方设法保着脑袋，郭守敬却这样轻率，没带脑子一样。忽必烈挪挪身子，一时间也找不到合适的词了。

有好一会儿，众人和皇上一样，都有些反应不过来，忽必烈努力思索着这是一个什么样的人，他确是与众不同，至少忽必烈这一生都没有见过。

忽必烈终于缓声道："好吧，郭守敬，杀头的事，一般不能随随便便地说，你既然说了这话，朕就不知道说什么了。但朕今儿个真是听了一件新鲜事，就是水可以往高处流，就冲这个，朕留下你，恩准你进朝，为元大都做事……"

众人谁都没有想到，皇上一瞬间，竟做出了这样的决定。众臣全都惊着傻着，闹不懂了！皇上如此，也就不像了皇上。一向严谨、苛刻而又复杂缜密的皇上，今儿个这是怎么了？

王柄南实在是想不明白，这是哪对哪啊，一个人可以胡言乱语，听的人明明不信，却先收了此人再说。今儿个皇上也变得怪怪的了，太阳真是打西边出来了。

"不过，"忽必烈又道，"朝中无戏言，到时水要不往高处流，朕要砍下你的脑袋！当着这么多人的面，你是用脑袋担保的，朕不能儿戏！"

边上的张文谦一直在擦汗，他心里充满惊恐。此刻，他几乎又和众臣一样，并不相信水往高处流了。

王柄南一脸的鄙夷。心说，皇上今儿个真是疯了，怎么可以跟这么个疯癫之人唱双簧呢。不过，用不了多久，这个郭守敬不是被砍头，就是得被赶出朝廷！他想，甚至想和谁打个赌。

郭守敬突然道：“皇上，晚生是有证据的，十年前，晚生在宁夏治水，曾在一段叫北湾河的河道上尝试过，就是水往高处流，不过那段只有三里长……”

“你说的，确有其事吗？”忽必烈振作起来。心想，这么稀奇的事，朕怎么没听说过呢？

“是，皇上，就在宁夏的李县。那里的人，全都知道。”

忽必烈大声道：“来人，火速去宁夏李县查实！”

四

这一上午，忽必烈亲自定下了两个人，一个是郭守敬，一个就是户部大臣王柄南的儿子王炎。王炎的观点，皇上与众臣听得也还靠谱在理。

人生命运，变化有时就在眨眼之间。就这么忽地一下，郭守敬就成了朝廷的人了，还是在皇上没有完全想好的时候。

而郭守敬自己，似乎还没有这个感觉。直到傍晚，他被安排在了北海的一座小院时，才恍然觉得命运不一样了，才震惊在这个突然到来的奢华转变中。

红墙绿瓦的小院，门窗明净光亮，四周古树苍柏被修剪得齐整艺术，一条鹅卵石铺成的小路，不过七八米远近，却被故意蜿蜒得七拐八拐，一看就不是一般的人家。从此的生活，也就如同这院落一般，告别了粗糙，转为了精细，是另一个景了。

当郭守敬听到，此院完全属于他私人所有，是皇上赐给他的时，他愣了许久也不敢相信自己的耳朵，就像谁也不相信水往高处流一样。

是的，忽必烈一时高兴，赐了他一座小院。这事让满朝文武都不自在。从一开始，众臣就看了出来，皇上对这个不搭调的人有点偏爱袒护。

那一刻，郭守敬站在院子里，望着高墙之外渐渐疲弱的夕阳，几乎不敢挪步，也不敢去推那静静等候着他的房门，仿佛这一切，都还是别人的东西，不能随便碰哩。他看着夕阳从浅红到了暗紫，又到了一层灰蒙，直到天际完全黑暗了下去，差人已经走了很久，他才战战兢兢地去推那房门，似推开未知的命运一般，两手都在颤，内心充满了新奇与忐忑。

面对这一切，他哪里敢往真里想呢！

这天事后，忽必烈留下了张文谦，忽必烈仍然有些兴奋，对张文谦道："朕看好你推荐的这个人，这真是个奇人怪才。这样的人，世上不多，朕也是第一次见，你看他那样儿，在朕的面前，老像睡着了一样，天下哪个人，敢在朕问话的时候瞌睡呢，有意思，太有意思了！不过朕明白，凡是这等古怪之人，都应该有大本事罩着，没有一点儿绝的，早被人当作了街头疯子，怎能活到今天！"

一直提心吊胆的张文谦，这会儿终于松了口气，道："皇上说得极是，他确实很怪，还望皇上原谅他的无知。他在某些方面，是无法教化的，而在有些方面，却又跟开了天眼、有了神通一般。"

忽必烈感慨道："朕今天可是收了一个怪人，朕不会是做得太草率、日后要后悔吧？"忽必烈感觉到了自己的矛盾。

张文谦不语，只是笑，一切都已经无足轻重了。他发现，虽然只是一会儿、半天，但皇上对郭守敬拿捏得很准，凡是和郭守敬在一起的人，都会想，要不要和这个怪人相处？

忽必烈语气一转："昌平白浮村一带，年年闹灾，都是因为水大、泉多，每年都要死人，这个确实让朕头疼，而城内又是这般的缺水。先不说开渠，如果郭守敬能把白浮村一带的水系治好，也是一功！"

张文谦道："皇上说得是，只有先将北部的水系规划调理好，今后才有引水建渠的可能。"

忽必烈点着头："今儿个朕让这个怪人闹得心里欢喜，十分愉快！这些年，没有人敢这么痛痛快快、明明白白地和朕说可以修一条河了。他引水向西，再进大都城的设想，真属开天辟地，前无古人。他的话，震动了朕，扫去了埋在朕心里的阴云，让朕看到了光明。不过，如果他真有把握，你就让他先画好图，倒是怎么个走法，给朕一看。"

张文谦嘴上说："好，一定！"心里却突然为郭守敬担忧，这事真是天大了，他不知道郭守敬到底有多大的把握。他了解皇上，皇上今天高兴，明天不一定还高兴，皇上是多变的，易怒的，是常翻脸的，甚至是会杀人的！而王柄南等人在皇上面前，对他和郭守敬的公开不满，也让张文谦嗅到了一股血腥的气味儿。

而此时此刻，郭守敬的主张，已经在朝廷上下引起了不小的波澜。张文谦的担忧，还来自各位大臣的不同利益。人心叵测，咬牙切齿的声音已越过宫廷的座座高墙，让冷风萧萧，寒意集结。

起初，王柄南几个人，只觉得郭守敬如此这般并不靠谱，甚至完全当了笑话，但随着他被皇上录用，王柄南也感到了自己对这件事情的轻视和低估。

皇上决不会那么玩笑地招收这么一个人，皇上那天虽然有些随意，却是粗中带细的，是比众臣都要敏感上心的。

王柄南在细细琢磨郭守敬之后，开始不安起来，因为他感觉到了郭守敬看似呆滞愚钝的外表里，深藏着某种可怕的智慧。他的儿子王炎，虽然也已经进朝，但日后毕竟要受到郭守敬在才能、技术上的压制，要想高官厚禄，这便是一道障碍，这比他事前的想象还要让他担忧，儿子今后的路，并非顺利平坦。

而对其他的朝廷官员来说，事情已经不再是自己的人能不能进朝廷、捞肥差的事了，而是闹不好，还要有更大的麻烦和损失在后面等着呢。

首当其冲的，是工部的吕万荣吕大人，他掌管着朝廷从通州陆路运往大都城的所有粮草和物资，两只手上，每天都翻金覆银地滚钱。一个劳力，他吕万荣一年就可以向朝廷索取八十两银子。一头骡马，一年可向朝廷索要四十两银子。如果死一个人，还可向朝廷索赔三十两银子，给死者家人二十两，他从中克扣十两。如果死一头骡马，他便可以向朝廷索取十五两银子，从中克扣五两。靠着源源不断的陆路运输，他左一笔，右一笔，明一笔，暗一笔，每年不知从中赚了多少，可谓触目惊心。他贪婪，贪婪到想和世界拥有的一样多！

在元大都的官员中，这吕万荣才是最富有的一位，也是权势最大的一个人。只是这如山般沉重的银子，不能不把他压成了低调，在众臣中，他将自己埋得很深，平日说话做事，谨小慎微，尽量避着躲着藏着，把自己包个严实，只露出两只眼珠子看着。

如若真的修了河，断了陆路运输的大军，损失最惨重的，自然是他吕万荣了，这如同要了他一条命！

“狗日的！”他有了新的口头语。

五

在朝廷，人们都把心藏在箱子底儿，相互防得很严。大臣们之间，都是面上的事，彼此不一定有多少来往，但谁又都懂得谁的心，只是平日不去触碰，不去打扰罢了，而眼下就不一样了，在这紧急的时刻，吕万荣扯下面纱，来找王柄南了。

不用说啥了，彼此心里都透亮，都知道为啥，也都知道该怎么做。

吕万荣说："狗日的！应该有个比那狗日的更好的招数，你懂得我的意思吧？这事就得靠你儿子王炎了。"

王柄南更为简捷，先在心里骂一句，老东西，终于坐不住了！接着道："招儿肯定是有的，难在得让皇上认可。"

吕万荣道："一个虚招儿也成，幌子也成，只要先挡住那狗日的就行！我愿出三万两银子助驾！算是对你儿子王炎的补偿。"

于是，几天之后，又一个奇迹出现了：王炎向朝廷提出了从河北的丰宁将滦河水引入大都城的计划，并火速绘制出了一张完整的河渠图。

看似是出于王炎之手，实则却是众臣的推波助澜，献给皇上的是一张河渠图，可真正献上的，却是众臣们的一派诡计！

王炎将这张图描绘得有根有据，有声有色，而实际情况却离现实很远。王炎几乎是冒着被杀头的可能在铤而走险。

王柄南始终都在为儿子捏着一把汗，可他进退两难。在朝廷，人拼的就是一个心计，举步维艰，常常不得不提着脑袋，走险棋。

忽必烈本已经定下了从白浮泉引水开渠，想不到天外有天，人外有人，这个时候，太监何方续将王炎的计划呈递了上来，并转弯儿抹角儿地告诉皇上，郭守敬真正的能耐不在水利上，而是在天文上。他正测量计算的地球绕太阳的时间，才是一个天下的奇迹。

忽必烈听了何方续关于郭守敬对天文的描述，很是惊讶，他没有想到，郭守敬在天文上的能耐如此的举世无双。这使他在惊叹之余，减轻了对郭守敬在水利上的认可，郭守敬在白浮泉上的所见，也就被打了折扣。

何方续的如此，正是吕万荣、王柄南等人的策略。皇上还是中了圈套。

忽必烈把王炎的设计与郭守敬的提议相比，郭守敬的“水往高处流”，就显得不符合常理了，且更为冒险。而王炎的计划，因平稳老套，反而更胜一筹。何况，满朝文武因为自己的私利，对王炎的提议一片赞赏，对郭守敬的想法十分地冷落。

忽必烈开始摇摆不定。这时从宁夏李县传来了消息，给了忽必烈最重的一击：郭守敬当年修的北湾河，也就是水往高处流的实例，早已经被大水冲垮了。

这让忽必烈再也无法相信“水往高处流”的可能。

没有人敢想，北湾河的决堤，就是这几天的事，就是在朝廷的信使到达李县的第二天发生的。天下不会再有任何一个地方，比朝廷更险恶的了。

忽必烈被蒙在了鼓里，他做出了错误的选择，他选择了滦河，并让郭守敬等人也去丰宁勘查。

关于白浮泉的设想，完全被忽必烈搁置了下来。水往高处流，真是太难了！

皇上要犯错误，通常都是致命的。这看似是皇上一个人的决定，其实皇上再一次被大臣们愚弄左右了。

郭守敬心里万般地感叹，但他拿不出更多可以说服皇上的依据。皇上要的是“水往高处流”的实证。而众臣们的反对声，更如江河涛浪一般，轻易地便吞没了他的声音。连他自己也感觉到了，在朝廷，他是那么孤单、渺小、脆弱。

多大本事的人，在这里，都有可能不是人，都有可能没人拿你当人！

“水怎么可以往高处流呢！纯粹一个傻子！”朝廷议事的时候，众臣都在拿这话说笑，都是一脸的鄙夷。郭守敬在人们眼里，不仅微不足道，还是一个小丑。用吕万荣的话说，他就是一个屁！

郭守敬虽然被皇上招进了朝廷，却因为要引入白浮泉之水，而被人贬成了疯子、傻子。

多么真诚、严谨、科学的设想，却在一场笑话与鄙夷中破灭了。

朝廷原来是这样？朝廷就是这样！

由于开发滦河的计划本身就带着欺骗的色彩，自然也就行不通，在勘查中被郭守敬等人否定了。于此，王炎在皇上眼里也失去了光芒，成了“昙花一现”的人物。

事情明明是王柄南指使儿子所干，苦果是他自己酿造的，他却更加怀恨郭守敬，把账都算在他的头上。

郭守敬进朝得到了什么呢，谩骂、讥讽和被人挤对。他不会还击，不知该怎么办，他开始在街上跑圈。元朝没人习惯这样在街上跑，那是疯子！郭守敬跑，他在出火、解忧，他也憋屈！

不管怎样，在朝廷，郭守敬的能力还是无法埋没的，他是能人、鬼才，许多关键的事、迈不过去的坎，他云淡风轻般地说上两句，便化解了要命的来去。他一句话，便给朝廷省下几十万、几百万两银子的事是常有的。人们不想用他，可没有办法不用，众臣一直都在压制他，可又压不住他。

因此，十几年下来，他先后被任命为副河渠使、都水少监、工部郎中……从表面上看，倒也还算顺利，实则却受到吕万荣、王柄南等朝廷老臣们的暗算，为了让他不再提什么白浮泉，他被长年派往各省，以治水、建天文站为由，远离了大都城，远离了皇上，也远离了白浮泉。

郭守敬怎么能斗得过那些朝中老臣呢，就连一品官人张文谦，面对如此也很无奈。

一场风，一场雨，有时是风在前，雨在后；有时是雨在前，风在后。而每一个新春，又都像是又一个前生，让人恍惚疑惑，这便是轮回了。一眨眼，十几年就这样过去了，人生真是好快啊！

这些年里，郭守敬仍然在研究海拔的问题，他要精准地说出，某地是高出多少米，低出多少米。世上没人对这些感兴趣，这叫啥，不能吃不能喝的。只有他鬼迷心窍，抽四六疯！

他仍然在为开发白浮泉寻找着理论依据。同时他也感到，朝廷的压迫就像一座山，他很想打开这座牢笼，可他找不到钥匙在哪儿。

这十几年中，青草再也没有见过郭守敬。她不知道郭守敬就在朝廷，就在离她几十里远的地方，反倒是山穷水尽的感觉。郭守敬自然也不知道青草就在白浮泉。他想她，却老梦见她在天边，总也走不到头的那种。

在静静的深夜，青草常会拿出当年与郭守敬签订的那张婚姻契约，看了又看，每当此时，很远的郭守敬，就会离她很近。那发了黄、带了霉味的纸页，就会泛出年深月久的温暖。她似乎在凭着这个度日、取暖、快乐。

郭守敬与她一样，岁月中，会时常拿出那张契约，有时是无意间触碰到了它，有时就是心上的想念了。他端详着这本该早就到来，却变得无踪无影的一纸婚约，百感交集，人，怎么会这样……

这一年的夏季，天气特别地炎热，大都城里几个月都没有下过一滴雨。从通州漕运变为陆路的这段路上，累死了更多的劳工和牲畜。劳工们因为受不了监工们的鞭子，竟然谋划了一场骇人的惨案，将十七八个监工一夜之间全部杀死，然后逃之夭夭。

这一切让朝廷花费了更多的银子和精力，更糟糕的是，找不到监工了，谁都不敢再去做运粮运货的押差。

皇上忽必烈几日不眠，他再次想到了白浮泉，想到了一定要开发一条水路。

时间总会让人在悄然之间明白些什么，他知道上一次，他是受到了众臣们的牵制。这一次他决定听从自己的声音，他慎重思量之后，单独传唤了郭守敬，这让事情变得很不寻常。

这一天，忽必烈将郭守敬叫到紫檀殿询问，十几年来，郭守敬也一直等待着这个机会，而这个机会，也只有皇上能够成就。

忽必烈见了郭守敬，便单刀直入，像是把十几年间的问题都凝练了干净，只剩下了简单的一句："郭守敬，朕问你，你有多大的把握，让白浮泉的水流进大都城？"忽必烈的声音不高，却急切，却要命。

这个时候，郭守敬已经完全掌握了海拔的精确原理：“回皇上，应该是百分之百！”他说。

忽必烈听了百分之百，既兴奋又犹豫。兴奋的是，这个郭守敬还是那么有把握，当年他提出以脑袋担保，失败了可以砍他的人头，现在他似乎更不怕杀头了，还百分之百！但忽必烈犹豫的也是这个，一个人对某件事情太有把握时，反而让人生疑多虑。何况，忽必烈就是一个多疑的人。

但忽必烈还是决定一试：“好，郭守敬，你准备吧，朕明天就在朝廷宣布这件事！”

等了那么久的事，却来得这么突然。如此迈不过去的坎，却只是一句话的事。这天下，还有什么准儿呢！

隔日早朝，在大明殿，忽必烈突然当着文武百官道：“朕今天要说一件事，朕还是想将白浮泉的水引入大都城。”

下面众臣一片奇静，心里却都在咣咣当当，倒海翻江地动。

忽必烈料到了这个场面，默了一下，他当众问郭守敬：“郭守敬，你可有把握？”

郭守敬明白，皇上这是要让他当众盟誓，他向前跨一步：“回皇上话，微臣有把握。白浮泉之水一定会流进大都城！”

皇上如此这般，以及郭守敬的如此表态，让众臣在震惊的同时，措手不及。众臣都看了出来，皇上已经和郭守敬在私下定好了这件事。皇上如此突然地宣布此事，说明皇上不愿意再受到众臣的干扰和摆布。皇上在防着他们。

只是这一次，郭守敬并没有像第一次那么激动，他不知道忽必烈是否还会反复，光阴使人接受了很多，也改变了很多。

郭守敬，已经懂得了隐忍。

吕万荣如坐针毡了，他与众臣一样，一直都不相信水往高处流，儿戏！他总这样说，心中也这样以为。但不知为何，这次他却深感不妙，皇上的态度已经和十多年前大不一样了。何况，天下总有一个万一，万一呢！他想。

吕万荣放弃了谨慎小心的做人态度，放弃了他一生的准则，他准备站出来，公开地反对从白浮泉修河建渠了。他也痛苦，但他坚决。人，真是可以改变的！

而户部官员高素仁，在白浮村龙王庙前，有一座不小的琉璃窑。此窑生产的砖瓦，都是专供朝廷建筑及官员们的私宅所用，每年利润可观。

还有户部的杨永年，在白浮村一带，有几百亩上好的粮田果木。这两天，他也是不无担忧，一旦真的从白浮泉开渠，他不知道自己有多大的损失。

更让人们焦虑不安的是，白浮泉一旦开工，在这大约四五十里长的渠道上，所涉及的房屋、田产、树木、坟场，就都要被占用。这牵扯到朝廷中几十位官员的利益，绝非小事。

而自从忽必烈登基以来，一贯的做事方法就是，凡官员的利益有碍公务或被侵占时，一律充公，不得讲价，不予理赔。

郭守敬，再一次搅起了千层浪！

几乎不用商量，众臣们已经紧紧地绑在了一起，抱成了一团儿。一夜之间，郭守敬再次成了大家的仇人！

张文谦虽然已经捕捉到了这种危险，感觉到了四周深深的敌意，可他束手无策，只能等待着风暴的来临。他不好与郭守敬透露交流。尽管这些年了，但郭守敬还是不懂得宫廷斗争，更不会拿捏这么复杂的人际关系。如果告诉他，反而等于帮了那些人，给他设置了障碍。

作为郭守敬，要想学会这些，恐怕用尽毕生的经历，也不一定能行，他的脑子不在这些地方。因此，张文谦也只好装作什么也不存在，什么也没有发生一样。

但什么都已经开始了！

第七章

一

这天早上，天气阴沉得厉害，大明殿的红墙也因为光照的不足而失去了平日的光彩，显得又灰又暗。是要下雨了，空气里透着丝丝的凉意，太阳已经被厚厚的云层遮盖住好几天了，让人有股透不过气来的感觉。

这会儿，吕万荣、王柄南、高素仁、杨永年等几位大臣，一起向大明殿走去，他们要抓紧一切机会，商议如何说服皇上，阻止这个愚蠢的举动。

在吕万荣的心里，甚至准备着一场鱼死网破。他竟然主动以自家为轴心，拉帮结伙，无论如何，也要扳倒郭守敬。他边走边给众人打气：“诸位，今儿个无论怎样，也不能在乎什么了，我先开口，你们一定要跟上。放心，我这一把老骨头了，还怕什么呢！”

王柄南叮嘱而带煽动性地道：“今个儿谁也不能夙了！都是大家自己的事！皇上就怕人多，这么多人张嘴，皇上也会含糊。”

杨永年表决心一般：“放心吧，这是什么时候，什么事，还能忍吗！绝不能让郭守敬得逞。只要咱几个开头，刘大人、齐大人、孙大人等也都会跟上，他们的利益也都明摆着哪！不比咱小。咱们只要开了口子，带了头，他们自然心领神会，都会跟上，不然就是装傻！”几个人就这样边说边走地迈进了大明殿。

大明殿内，众臣已经到齐了。忽必烈也已经就座，他想不起来今天该有什么重要的事，只是下面有人要递折子。他望着大臣们道：“就要下雨了，这雨憋了多少天了，看来一定还是大雨，各位可有事议？长话短说，无事退朝，省得一会儿各位挨了雨淋。”

吕万荣看看左右，刚刚说好的一齐开口，可王柄南等几个都没事人似的。吕万荣心里突然有恨，暗骂道，还真都等着老子第一个开口亮相啊！个个都是保全自己的家伙，平日吃了我多少！今后对他们还是适可而止为好！他这样想着，上前一步：“皇上，微臣有话想说。”说这话时，他瞟了一眼几步远的张文谦。这一眼又狠又急，眼神里的话，是告诫张文谦，一会儿你少插嘴。

张文谦看到了吕万荣眼里的火焰，不免一愣，也就飞快地意识到，吕万荣要开始发难了。

忽必烈看了吕万荣一眼，心想，今儿个怪了，这吕万荣从不发言，属最没事的一个，平日老实忠厚，一向都是避着躲着，今儿个这是怎么了，忽必烈也就来了兴趣，道：“吕万荣，你可是朕少见的要说话了，你有什么话，说吧。今儿个也算你难得开口啊！”

平日不说话的人，今儿个竟也要开口说话，自然显得重要了几分。众臣也都关注着，目光全都投在了吕万荣的身上。

吕万荣道：“谢皇上恩准。微臣以为，有人日前提出要引用白浮村之水，造河修渠，先往西，再向南，最后进入大都城一事，十分不妥。”

忽必烈万万没有料到，有人会反对从白浮村造河修渠，他不免一怔，心想，这吕万荣怎么会提这个事儿，缘由何来呢？嘴上却道：

“是吗？你说说看，朕听听怎么个不妥法？”

吕万荣做出一脸的谦卑，其实他最会演戏：“回皇上话，微臣说的，还是人人都知道的老话题，这事怕是行不通，从白浮村向西，地势明显越来越高，水怎么会向高处流呢。这是个人之常情，就像太阳每日从东边升起一样，是个定律。突然有人说，太阳可以从西边出来，话虽然新鲜，但不一定真的能从西边出来。还望皇上三思。”

话音未落，王柄南也迈上一步，故意显出按捺不住的样子，心里想的却是豁出去了，反正有吕万荣打头阵，要掉脑袋，也是先紧着他：“皇上，微臣与吕大人的看法一致，事情不能仅此一说，应拿出实证。”

忽必烈心里有些不快，问道：“照你这么说，该是事先要修一条河了？”

王柄南感到了皇上是在抢白他，对他已经有了不满，但这节骨眼儿上，他清醒地知道，这时决不能退缩。于此，皇上才不会小瞧你，才会改变对你的看法。他反而亮起声音，理直气壮地道：“皇上，微臣以为，引水建渠之事，属朝廷大事，关系到整个大都城内七十万人的生活，说是挖河开渠，少则也要动用银子几十万两，或是更多。如果只是某人一说，就兴师动众，难免过于草率。自古以来，谁也没有听说过，水往高处流的道理，如若轻易行事，怕渠成了，水不到，事情就太晚了些……”

王柄南说得慷慨激昂，他真是豁出去了。这反而让忽必烈没有了底气，加上听到要动用几十万两银子的话，他心想是啊，这么多银子，可是花费巨大啊！

众臣愕然，神色紧张，没有想到今儿个吕万荣、王柄南竟然敢与皇上对着来。但也只是一瞬，便全都点头呼应着，那脸上的表情，全是在向着吕万荣、王柄南说话。

杨永年更是老奸巨猾，知道这时表态，不会太显露，他是跟在别人后头，既表明了他的态度，皇上又不会太怪罪他，他也迈上一步："皇上，微臣也有同感，怕是到时河挖了，而没有水，这种尴尬之事，在各省也是发生过的，全因当初不慎，草率开工而致。"

忽必烈心里好一阵惊奇，他实在没有想到，十几年过去，众臣竟还是一股脑儿地齐心反对从白浮泉引水，且个个出言诚恳，言之有据。平日一些唯唯诺诺者，今天也变得踊跃大胆起来。他不觉想，莫非是众臣事先在下面串通好了的？

忽必烈正暗自思忖，户部的高素仁也上前一步："皇上，微臣也想说两句。"

忽必烈有些茫然了，他机械地点点头："难得啊，难得高素仁今天也想发言了，你说吧，朕听着呢。"

高素仁道："皇上，其实事情很简单，眼下就可以验证，现在就取一盆水来，倒在地上，看它是往高处流，还是往低处流。微臣以为，这可能是个笑话。十几年前，郭大人提出此意时，微臣也在场，当时就以为是个笑话。"

众臣开始交头接耳，纷纷小心地称赞："是啊是啊，现在就可取一盆水一试嘛，这是一目了然的事，不必争论。"

二

忽必烈突然感觉到了前所未有的孤单。他开始找郭守敬，巧了，今天郭守敬竟然没有到场。他看到了站在众臣里的张文谦，他不觉疑惑，平日张文谦与郭守敬关系甚密，现在众臣如此反对郭守敬从白浮村引水修渠，都当了笑柄，张文谦怎么不为郭守敬说话呢？

想到此，忽必烈清清嗓子，道："张文谦张大人，你也是朝廷的水利名士，虽然现在管理着刑部，但你还是最有发言权的，你对此怎么看呢？"

皇上叫到张文谦，众人便都闭了嘴，看着张文谦，等着听他的反驳，那个四六不靠谱的郭守敬，当初就是他推荐来的。人们知道，一场舌战终于要开始了，人们已经闻到了火药的味道，突然的静默是因为紧张。

皇上要听反面的意见了。

然而大家都想错了，张文谦本不想说话，他知道现在是寡不敌众。从一开始张文谦就知道，这些人一定都是在背后捏咕好了的，可是皇上点了他，他不得不开口："回皇上话，微臣也有同感，大家说得极是。"

众臣都打了愣，瞪着眼睛不明其意，琢磨不出个究竟了。张文谦竟然也站在了众臣的一边。

忽必烈也糊涂了，他看着张文谦，一脸的不明白，没好气地道："张文谦，你说什么，你既然同意大家的说法，为何不早说呢，为什么还让朕听信水往高处流的歪道呢？张文谦，你一向站在郭守敬一边，现在你和众臣一起，又推翻了郭守敬的设想，你居心何在？"忽必烈暗想，这张文谦今天也和朕玩开了把戏，这葫芦里卖的都是什么药？！

张文谦缓了声音道："请皇上息怒，微臣不是那个意思，只是在没有拿出实证之前，微臣确实以为大家说得有道理，水是不是往高处流，也不用试了，拿盆水倒在地上，水当然是往低处流。只是……”他故意停顿着不说，等着皇上发问，这样他才显得谦逊，不勉强。

“只是什么？”忽必烈紧逼着他。

张文谦用余光扫视众臣，一字一句地说：“只是修渠挖河，有所不同，河水是有堤坝护着，水是被规划好了的，不能随意流，不像是把水泼在地上那么任意。所以，是不是能往高处流，微臣也没有实践过，不能乱说，正像大家所言，得有实证。”原来他还是向着郭守敬在说。

张文谦的话，让忽必烈心里有了分寸。刚才他的心都凉了，这会儿多少又让他看到了一点希望，可这希望又是那么的渺茫，就像黑夜里远远看到一点微弱的光，不能确定。

大殿外传来了雨声，豆粒大的雨点使劲地落在石板地上，让人担心会砸出坑来，噼噼啪啪的声音响成了一片。是大雨，让人想到江河泛滥的景象，心里不免惊惧。

忽必烈抬起头，看着大殿门外雨水掀起的雾蒙，心中感慨多多，他一时间拿不定主意。他不想再问了，反正几乎是人人反对。于此，他赶紧宣布退朝了。

这天的事情，让忽必烈内心很是惊异，当着众臣的面，他不得不故作镇静，回到紫檀殿，他一个人的时候，便恢复了满脸愁容。他来回踱着步子，是想不到，会有这么多人反对从白浮村引水。作为当今皇上，平日他并不在乎什么，唯一能让他感到被动压力的，就是所有人都敢公开反对他的主张。他最怕的就是这个。

如果长此以往，人们便有暗中谋反的可能。作为皇上，要防的不是一两个人，而是那个随时都能达成共识的一大片。

所以，当他重新思量这件事时，还是屈服了众臣，尽管这违背了他开始的意愿，他甚至感谢吕万荣与王柄南几个。他意识到，对这件事情，他还是有些轻率了，他只顾了要解决大都城漕运的事情，却没有好好揣摩事情行不行得通。水往高处流？这确实是个很明显的不可能。幸亏今天还有几个肯说实话的人，关键时刻提醒了他，不然，几十万两银子扔下去，打了水漂，岂不成了儿戏！

更重要的，是作为当今皇上，他怎么收场！

一时间，忽必烈感到后怕，对自己颇为不满，在如此重大的事情面前，自己怎么能没有了思考能力，迷迷糊糊的。这怪不得别人，全怪自己要引水开渠的愿望过于迫切了。这让他心情低落，甚至有了几分凄凉的滋味。

他又想起疯癫和尚的话：人常常生活在自己的欺骗里……因为自己的认定和以为，自己才最相信！

他想，自己难道又欺骗了自己吗？他真想能够醒来，可他又不知道对错。

次日早上，郭守敬刚刚睁开眼睛，太监何方续便来传皇上的口谕，让他即刻去紫檀殿后室，皇上要亲自问话。此时的窗外，空气里还弥漫着昨日雨水的清新气味，阳光四射，天空明亮，给人一种一切都在重新开始的感觉。

夜里，郭守敬再一次计算了从白浮村到西山口的海拔高度，这会儿，他的脑子里，还被那些欢快跳跃的数字所左右着，他一点也想不到，昨日朝廷上，众臣们已经开始向他攻击，让皇上有了疑惑。

皇上已经再次准备推翻从白浮村引水的计划了。

郭守敬不敢耽误，跟着何方续，匆匆赶到了紫檀殿。何方续将他引进后室，郭守敬发现张文谦已经在这里了，就站在皇上的身边。室内的气氛有些凝重，飘散着一股阴雨天里潮湿的霉味儿。

忽必烈的脸上阴沉着，不大高兴。张文谦则两手垂着，站得溜直，那神色就像犯了什么错一样。

郭守敬给皇上行礼，忽必烈则开门见山："郭守敬，昨儿个众臣对你提议的从白浮村引水一事，颇有微词，都是不同的看法。尽管十多年过去了，可朕想不到，众臣还是一片反对之声，这让朕忧心忡忡，很是不安。"

郭守敬眨着眼睛，不明其意，更想不到皇上是要变了。早上的空气是这样的好，一切都是好兆头才对，所以他依然是在自己的所想所及里。他的世界，总是单纯而透明，既没有皇上的烦恼和担忧，也没有众臣的利益得失，也就缺少了变化的理由。他是一如既往的样子，昨天和今天，当然还有明天。他是简单的人，简单的人是世上变化最少的人。

忽必烈看着郭守敬一脸无知无觉的表情，突然感到，眼前的这个人，是那么的与众不同，仿佛任何时候，他都沉浸在自己的世界里而不受打扰，真是佛的世界！忽必烈竟然一阵羡慕。

这一刻，忽必烈反而因为郭守敬的单纯而心里有了安静，不觉柔和了声音道："郭守敬，朕昨晚思索了一夜，朕现在问你，白浮村西边的地势，要比白浮村高出不少，自古水往低处流，这么多的水，真的可以流得上去吗？朕的意思是，你可真有把握，让水往高处流？"

郭守敬看看张文谦，张文谦神情复杂，看不出来啥。

郭守敬很明确地回答："皇上，微臣经过反复勘查和计算，得出的结论应该是可以的。白浮村的地势确实低于西山口，正是这样，才要把水引入高处，然后利用西边较高的地势，再让水流入较低的大都城。这是唯一可以把北面的水，引入大都城的办法，此外再没有别的可能了。"

忽必烈一字一字地听着，觉得还是有道理，还是找不出毛病，只是需要实证。郭守敬如此简单、直白的表述，那么容易就击碎了忽必烈的复杂。忽必烈用了一夜的思索，却顶不上郭守敬直直白白的两句回答。

三

忽必烈又没了主意，他又信了，又是一下子就信了。但他强扭着自己，提醒自己，不要信，一定不要信，否则他一走，自己又要后悔："那么朕再问你，你是用什么法子，能让水流入地势高于白浮村的西山口呢？"

郭守敬朗朗地说："皇上，是用水本身的落差。还有，就是通过河渠的围堰，不断把河渠的底部抬高，水位也就被抬高了。西边的地势确实要比白浮村的地势高一些，但只要河渠的位置有所抬高，加上水的高度，这个问题就可以解决。"

忽必烈看着郭守敬那张坦然无邪、真挚的脸，似看到他干干净净的内心。心想，这个人确实特别，在他的脸上，一点儿也找不到一般人的畏惧。朕要是如此再问别人，他们个个都会神情失色、内心慌张。郭守敬就一点儿没有，他没有这个感觉，仿佛他和朕是平等的，天下一切都是平等的。此刻，他的回答是那样从容，流畅而又得体，仿佛一切都没有问题，事情是一加一等于二的清白清楚，言简意赅。再问什么都是多余的了！

忽必烈不得不又信了，可只一转念，他又警觉起来，心想不对，怎么又这么轻易地信了他。他怎么一到朕跟前，朕就踏实得无事，就觉得他说得可行，都对。可他一走，朕就疑虑重重，没有了主见呢。朕不能再后悔了。

于是，他高了声音，又追问下去；“你说得倒是十分轻巧，朕也听懂了，可你走了，朕又不懂了。这样，你得拿出让朕信服的实证来。不然，朕怎么能说服众臣呢。开渠挖河，是天下何等的大事，朕要挪动多少银子你知道吗？几十万两，甚至是上百万两啊！”忽必烈竟然因自己的声音而动了情，感慨起来。

郭守敬一时语塞，他颇感意外，皇上这是怎么了，这样一条河，当然得花银子。难道刚刚才知道要花这些银子吗？他不了解皇上，不了解皇上是这个世界上出尔反尔最多的人。不了解皇上会一夜一夜地睡不着，不知道皇上会有那么多的心事、猜疑、不放心！他也从没有想过，挖河修渠还要拿出什么实证。

张文谦看出来了，他担心郭守敬拒绝了皇上，于是忍不住地道：“皇上，水往高处流的道理，只有在修渠的过程中，一点点随着围堰、堤坝的抬高，才能被看到，很难事先被证实啊。”

忽必烈觉得张文谦说得是理儿，可又不想承认，于是面露困惑，实话实说地：“朕如果事先不能看到水往高处流的景象，又怎么能说服众臣呢？众臣看不到实证，又怎么能拥护朕呢？”

郭守敬终于顺着皇上的思路去想了，这思路让他看到很远的地方有一条渠，渠水正缓缓地从低处流向高处，其实可以给皇上先做一条渠的，他想。于是道：“皇上，给我几天时间，我可以让皇上看到水往高处流的实证。”

忽必烈反而愣了。

忽必烈的心里并非抱着多大的希望，并非是真的让郭守敬拿出什么实证。他只是想让郭守敬用什么办法让他相信，他再去说服众臣。郭守敬却答应他，可以先有实证。忽必烈怔着，心想，这个郭守敬，竟然答应可以拿出实证，且如此平静坦然地答应了。他就没想到，朕是在给他出难题吗，他要是拿不出实证，就不怕朕杀了他吗？

忽必烈满心的纳闷，他发现，他根本对付不了眼前的这个人。说实话，郭守敬的态度及他的平稳倒更像是个皇上，而忽必烈反而像是他的乖臣。

一个是想了那么多，还是没有想全。一个是还没有开始想，却全想到了一般。两个人，完全不同的两个世界。于是忽必烈道：“好啊，那朕给你多少时间呢？”忽必烈心想，朕就随了你，倒看看你能走到哪一步！

郭守敬反而轻松着，仿佛那实证就在眼前：“皇上，微臣需要五六天的时间。”

忽必烈心想，他怎么什么都敢答应，难道他要先挖一条河给朕看不成！就是挖河，六天的时间怎么可能呢。忽必烈突然又有些泄气了。是想，这郭守敬，不会根本是个不靠谱儿的人吧。忽必烈的念头走了小差儿。

忽必烈的心思被一旁的张文谦看得分分明明，他一阵焦虑，心想，再这样待上一会儿，皇上非恼怒了不可，郭守敬却毫无察觉。张文谦想说点什么，却不知此时此刻，什么样的说道才能让皇上开心，又能缓解一下气氛。

郭守敬天生的愚钝，除了做学问，他很少去揣摩别人心里的弯儿转。

此刻的忽必烈，因为内心的反复而又无奈，显得有些疲惫了。他本想再换一种方法，用自己的威严压一压郭守敬，可他发现，天下人都吃的那一套，郭守敬不吃，因为他根本就不懂，这让忽必烈束手无策。

忽必烈突然不想再说什么了，只想看到结果："好，朕就给你六天时间。六天后，你要拿出可以让众人信服的实证，今儿个就到这儿吧。"最后的两句，忽必烈说得缺力短气，像是突然不适。

张文谦和郭守敬谢了皇上，退出紫檀殿。张文谦一路提醒郭守敬，如若到时拿不出实证，皇上可是要杀头的。郭守敬只是听着不语，并未当事。

自从郭守敬进了朝廷，张文谦从没有向他讲述过在朝廷中做人的复杂与危险，是怕给他添了负担，也是知道讲给他听，他也听不懂。十几年过去了，郭守敬除了研究天象和水利，其他还是一片空白。

此刻，张文谦把杀头二字说得很重，是为了提醒郭守敬，在皇上面前，说话做事都要小心，谁知，郭守敬仍然没有这个意识。他脑子里似乎永远都不进这些东西，在这方面，他是一个弱智，纯天然，让人无法张嘴。弄得张文谦竟然也有些生他的气。

晚上，在北海西街的"一醉楼"里，食客爆满，店小二有意拉长的吆喝声，在楼下都能听见。伙计们或端着茶水，或端着盘子，在桌与桌之间快步而小心地穿梭着。

在一单间房内，吕万荣、王柄南等七八位大臣在座，一副热热闹闹的场面。大家在相互敬酒，庆贺一般。皇上的转变让他们内心有了释放和轻松，事情不再那么要命了，一切只是虚惊一场的梦。

皇上太矛盾了，根本不会真的修什么河渠，皇上的猜疑和寡断，让事情走不到那一步。这是众臣的看法。

王柄南很有兴致地道：“听说没有，皇上还给郭守敬出了一道难题，让他拿出水往高处流的实证。”王柄南似乎告诉在座的各位，皇上已经置郭守敬于死地，杀头的日子指日可期。

吕万荣不屑地道：“我就说，皇上怎么能听信这么一个神经的哄骗呢。稍稍动点脑子，也不会听信如此的歪理邪说，实在是歪理邪说！”

齐英田接过话茬儿：“就是就是，当初让他进朝，皇上就大意了。这些年，他神神道道，大家都容忍了他，他如此之呆，皇上其实也知道，听说也后悔过。你们瞧着，不定哪天，找个碴儿，把他赶出朝廷！”

吕万荣嘲笑地：“这次他可又是用脑袋担保水会往高处流的。谁见过水往高处流呢？水不往高处流，他就要被砍掉脑袋，诸位等着瞧就是了。因为水不往高处流，而掉脑袋，这可是新鲜了！”吕万荣说得自己心里好生畅快，哈哈哈地笑了起来，笑声像是踩了鸡脖子，听着让人心里发寒。

杨永年起身给各位满酒：“皇上只给他六天时间，难道他能挖出一条河来不成，皇上就是找碴儿断了这念想！”

刘大人喝得一脸通红，剔着牙，站起身，拉了长音，唱戏般道：“除了神仙，恶鬼，谁能办得到呢。儿戏，儿戏而已！且听我给诸位唱一段，换换口味吧！”说着，他便扭起身子，那花脸的调调儿，哩哩啦啦，从他少牙的嘴里流了出来。只听咣的一声，他把碗摔了一个粉碎。原来他已经醉了。

有人大叫：“喝酒，喝酒！甭替古人担忧，都醉了才好！”

一时间，人们已经卸下了千斤重担。在一片欢笑中，一切的担忧都化成了乌有。天晴了，日出了，一切就都过去了！

四

在郭守敬的北海小院，他找来些木头、皮胶，拿出多年不用的工具，把院门反锁起来，任何人都不见。他又当起了木匠，他又沉浸在自己的天地里，他喜欢这种静静的、在一个人的世界里做事的感觉，这样他才安逸，舒适，想哪儿是哪儿地自在！

一时间，他的世界充满了刨子的声音、锯子的声音，此声落去，彼声又起，此起彼落。空气里弥漫着木屑的清香气味和皮胶的苦艾味道。随着木头的拼接、黏合，郭守敬痴迷在一条未来的河渠中，河水畅流，浪花四溅，锣鼓喧天，鞭炮齐鸣。大都城的百姓站在插满彩旗的两岸，与河水一起沸腾。浩浩荡荡的运粮船，一路前行，天地一派繁忙热闹。

六天的时间，眨眼就到了，忽必烈心里惦记着这件事，他一直奇怪，郭守敬怎么才能拿出实证让他看呢，这实证到底又是什么呢，不会真是一条河吧！如果不是一条河，那又会是什么呢。忽必烈怎么也想不出来，越想不出来，他越要想，越想还越好奇。

这一早上，忽必烈传唤张文谦，问郭守敬那边情况如何，可否能拿出让人信服的实证？

张文谦回话，说他早上刚过去看了，郭守敬没有让他进门，他不知道那实证是什么。

忽必烈听了眉毛就打了疙瘩。

张文谦注意到了皇上的不悦，找了可人疼的话给皇上："皇上，郭守敬说了，皇上随时都可以看他的实证，他是要让皇上第一个看，所以他才挡住了臣，不让臣看。"

忽必烈听到是要让他第一个看，这才转怒为喜。如此，忽必烈心里更是一团浓浓的好奇了，道："好，好！那朕现在就看，不但朕要看，满朝文武都要看，眼见为实，都要看个仔细明白才好！快去通告众臣上朝！"

身边的差人转身跑去通告众臣了。

"这实证在哪儿啊？"忽必烈急切地往大殿外走。

张文谦道："皇上留步，一会儿臣就让他抬过来。"

忽必烈怔住："那倒是个什么东西？"

张文谦道："他说可以抬来！"

时间早过了上朝的时候，都快晌午了，众臣们却纷纷接到了上朝的通知，都丢了魂儿似的慌慌地往大明殿赶，不知皇上这是闹的哪一出，又有什么紧急的事。

郭守敬接到皇上的口谕，便与几个差人抬着他的制作，匆匆地赶往大明殿。一街筒的人，看着几个差人扛着一块木头，都觉稀奇，不知道这是何物，都追着跑。

时间接近了晌午，金灿灿的阳光把大明殿前铺上了一层耀眼的暖色，明媚的金光在琉璃瓦上跳跃，反射出一片片刺眼的光芒，让人感到威严而庄重。

这会儿的忽必烈，竟然又换了一套穿戴，显得十分整齐，他在重要的日子里一向如此，看来今天确是个很不寻常的一天。其实从早上起，他的心里便有一种按捺不住的渴望，这渴望在他心里火样地燃烧。这会儿，他放弃了平日的矜持，不顾旁边人怎么看待，径自来到大明殿前的空场地上等候了。

先赶来的众臣们都觉得奇怪，皇上今儿个穿戴得如此整齐，却不在殿里坐着，而是在这门前来回溜达，倒是啥事呢？众臣都绕着皇上走，唯恐自找麻烦。

忽必烈刚刚得到消息，原来郭守敬是做了一条木渠。木渠？他想不出来什么样子，更巴望早一点看到了。

转眼间，他就看到了郭守敬的身影。他装作没事人似的，反而向边上溜达，但眼睛却盯着郭守敬，在郭守敬的身后，差人们抬着木渠的模型，晃晃悠悠地来到了近前。殿前早已摆好了一排长条案子，差人们在郭守敬的指挥下，将木渠小心地放在了长案上。

忽必烈不再装了，他急不可待地紧走两步，来到了木渠前。第一眼看去，他便惊讶得不敢相信，这木渠上竟然还有拱桥、树木、凉亭……原来竟是一件完整的工艺品。

忽必烈看得两眼放光，竟忘记了上朝的仪式。这是多年来，他第一次忘记自己应该坐在殿内的那张龙椅上。他不但忘了该坐在哪儿，还忘了自己是皇上，他从木渠的这一头走到那一头，又从那一头走到这一头，小孩子一样兴奋，摸摸这儿，动动那儿，一脸的天真模样。

这时众臣也来得差不多了，不知道皇上是否忘记了进殿，都站在殿外，先进去的，也又出来，散散乱乱地站在远一点的地方等着皇上。也有人伸着脖子，够着看那木制的河渠。

忽必烈则立在木制的水渠边上，看得不错眼珠。木渠是从东向西，然后拐弯儿向南，足有七八米长，与实际要修的河道一模一样，东边低，西边高，到了最高处后，便从高处向南拐去。

忽必烈看得入神，好一阵，他才发现众臣都站在他的身后。他立即招呼："都上前边来，靠近一点，都来看看！"

人们这才围拢上来，议论纷纷，脸上都露着好奇的惊讶，说这河渠做得逼真、精细。但也有不少人怀疑，它是否真有流水的功能？

听着众臣的夸奖，忽必烈的心里有了一些踏实，脸上不觉露出了暖色。他走到郭守敬跟前，语气里透着愉快："郭守敬，这就是你说的可以让朕眼见为实的东西吗？"

郭守敬道："是，皇上，这是一件河渠的模型，东面最低，也就是白浮村最低，西面最高，也就是西山口最高，然后向南，流入大都城，跟实际要建的水渠一个道理。"

忽必烈眼里闪着喜悦的兴奋，多日积攒在他心里的阴云，这会儿被一扫而空，他精神抖擞，充满了期待："好，好！这是谁帮你做的？不错，真不错！"他说。

郭守敬腼腆地道："皇上，是微臣自己。不成样子，只想说明这个道理，让皇上见笑了。"

忽必烈闻声惊得呆住，他万没想到，这是郭守敬自己做的，这是多么聪慧灵巧的一双手！一时间，忽必烈的心里便有了震荡，他眯起眼睛，又看郭守敬，像是远远地端详着什么，像是要重新认识眼前的这个人。他在想：朕平日真是小看了他，他竟然还有这个本事，真是了不得！

忽必烈因为自己的身世，从很小的时候，就喜欢木制品。他一眼便知，一般的木匠，怕是做不出这么精细的木工活儿。他心中感慨，这世上确实是有奇人！眼前的这个人，不显山露水，你很难看得出来他是啥样，原来却是个深不见底、多才多能的人，可有时他又是那么的愚钝呆滞。忽必烈心里的惊讶凝在脸上半天不化。

五

此时，众臣都围拢在木渠前，如此新鲜的玩意儿，让人投以惊奇的目光。

忽必烈饶有兴趣地朗声道："诸位都看看啊，好好看看，这就是将来大都城河渠的模型，是从北面昌平的白浮村开始，先向西，然后拐进大都城。"

众人惊叹声不止，一片喧哗，空气里流淌着轻松欢乐的气氛。

吕万荣却拧着眉头，像是看着一件从没有见过的怪物，脸上寒得能掉下水来。

王柄南站在吕万荣的身边，酸溜溜地道："这家伙还有这一手，这玩意儿行吗，能灌水吗？"

吕万荣咬着牙："这该杀的，咋弄出个这！"

忽必烈则目光炯炯，眼中燃烧着希望，高了声音道："郭守敬，不能就这么让大家干看着吧，朕问你，可以放水了吗？”

忽必烈的话很像是一种仪式的揭幕，显得庄重而有分量。

郭守敬被忽必烈激动的语气所感染，本来他觉得没有什么，就是一个模型，试一试的事，皇上如此兴奋，也让他突然觉得此时此刻是那么的不同寻常。

差人们早已将水桶放在一边等候了。

郭守敬也清一清嗓子，壮了声音道：“皇上，可以放水了。拿水桶来！”

两个差人提起了水桶。

人群里突然高起一嗓：“慢着，慢着，皇上，是不是要拿尺子，先量一量，看看是不是东边低，西边高，倒是高了多少，低了多少？”说话的原来是吕万荣。他真是忍不住了。

忽必烈这才想起来，道：“对，对，一定得先量一量，一定得量好了，不能光用眼睛看，快拿尺子来，量一量是不是东边低，西边高。看看是不是水往高处流！”

围观的众臣都点头。差人飞跑着去找尺子了。

忽必烈像是漏了多大的事情，夸赞道：“好，吕万荣，想不到你还这么细心，你提醒了朕，不然朕还真是忘了。一定要当着大家的面，好好量一量。”心里却想，看这吕万荣，平日少言寡语，虽然说得极对，但看来也是个滋事难缠的主儿！朕平日怎么就没有看出来呢。

说话间，差人已经拿来了布尺，人们都安静下来，谁也不出声，都等着测量的结果。两个差人拿着尺子，从东到西，一点点地丈量着，不断地报着数字：“东边，一尺三寸，西边，一尺六寸……南边又低了，是一尺一寸……”

声音撞在大明殿的墙壁上，静谧中，有些嗡嗡地回荡，又似回荡在整个大元朝的时代里，记载着什么，预示着什么，有些不朽的味道。

忽必烈满意地点着头：“看来果然是东边低，西边高。郭守敬，这与实际尺寸差了多少？”

郭守敬胸有成竹地道：“皇上，这个尺寸是测算过的，比例虽然缩小了很多，但根据这个尺寸，应该是准确的。现在就是东边低，西边高了。”

忽必烈转过身子，目光扫过众臣，他又是那种威严、那种高高在上的皇上了，他知道，今儿个他这么气盛，都是郭守敬在给他提气！无意间，他把目光落在了吕万荣的身上，他突然清醒到，众臣里的反对者，该数这吕万荣是领头的了，道：“谁还有什么疑问，都可以提，现在就提，提什么都成！今天是大事，是关系到大都城、大元朝的大事！不能有闪失。”

场上却是一片肃静，人们都无话，眼巴巴地瞧着那木渠，这一刻，人们都急切地等着放水看结果。

然而众人也是各自心情，各不相同，有希望成功的，更有希望失败的。有兴高采烈的，有痛苦骂娘的。一条水渠，已经牵扯了众臣的各种利益。

就这时候，人群中挤进来两个黄头发的主儿，竟是两个来自西欧大国的使节，都是忽必烈几天前请来与朝廷议事的。俩人刚刚听说了此事，也跑来看个新鲜。

忽必烈看着这两个黄头发，道：“今儿个巧了，还有外国使节。

正好，都一起来看看吧。”场上还是那么静，没人说话。阳光烈烈地照射在头顶，有人的脸上已经挂了汗水。可在这不寻常的日子里，人们似乎都忘记了热，没有人意识到该去躲一躲。

忽必烈的脖子、脸上早就是汗水了，但他没有感觉，反而又想起点什么，对郭守敬道：“你先给大家讲讲，如果将来真要修建这条河，是不是和你今天给大家展示的一样，有没有什么区别？”

经过这一来一回地折腾，郭守敬心里更坦然了，他站在模型前，口气平和，尽量提高了声音：“这条木渠，和实际要开挖的河渠是一样的，从东向西，从白浮村的源头，走上十几里，快到西山口时，也就到了最高处，然后河水向南，绕过沙河与清河，拐进大都城。一会儿向木渠里灌水，看看水会不会流到高处，如果水不向高处流，或者水到了高处从木渠两边溢了出来，就算失败了。这条木渠，就是证明，水能不能往高处流。”

两个外国人听到此，又挤到木渠的跟前，用手当尺子，大概量了一下高低。

忽必烈耐心地等着，他倒希望这时有人多量一量，多找点不是。可是没有人再说什么了。等两个外国人量完，忽必烈道：“好，今天能有外国贵使真好，这就不是咱自家的事了，外国人也能给咱证明。现在大家就好好看看这个奇迹，是成是败，现在就往渠里灌水吧！”

人们忽地一下，本能地又往木渠跟前挤了挤，甚至带了一股风过来。张文谦也挤到了前面，他为郭守敬捏了把汗。

一个使节突然道：“皇上，我有问题，请问郭先生，你怎么得出的实际情况会与这木渠一致的？我很好奇。”

人们都愣了，忽必烈也愣了，心想，是啊，这是怎么计算出来的呢？这木渠不过七八米长，而实际河渠，从白浮村到西山口这一段，就有十多里长。尤其是那个实际的高度，这木渠怎么就会和实际高低比例一样呢？

空气静止了一般，这外国使节提得太好了，郭守敬是怎么得出来的这个比例呢？

吕万荣、王柄南等人又都喘过一口气，如同又活了过来一般。大家都等着，突然意识到，这个高低，是不可能测量出来的。郭守敬是在闹鬼，所有人都被他骗了！

忽必烈的脸色都变了，因为他也意识到：实际距离的高低，是不可能被测量出来的，天下没有这样的工具！

所有人都等着，等着郭守敬怎么说，更多人是等着他完蛋！被皇上砍头！

郭守敬却没有这些感觉，他平静地道："这是利用海拔的高度测量、计算出来的。"

什么叫海拔？谁也听不懂了。全天下，全世界，除了郭守敬，没人懂得海拔是什么，郭守敬好像在说一把尺子，可谁也没见过。

这是一个天下奇迹，由于这个奇迹没有人懂，也就没有人可以和郭守敬对话。大家都傻着。

忽必烈高了声音："郭守敬，你不许装神弄鬼，什么叫海拔，你说清楚！"

"是，皇上，海拔就是以大海的平均高度为准……"郭守敬解释了什么是海拔，犹如在说鬼的故事，还是没有人能听得懂。

事情有些尴尬了。

倒是王柄南的提问给了郭守敬一个机会。王柄南不怀好意地道：“郭大人，我们不懂你说的这些，你这人一向神神道道，事情到了你这儿，就都变得怪怪的了。我只问你，你说东边低，西边高，我们也知道，你能说出高多少、低多少吗？”

连皇上都觉得这个问题提得太好了，真是关键的关键。

谁想，郭守敬飞快地说了一声：“能！”

郭守敬的这一个“能”字，让皇上惊了，所有人都惊了。

“这就是利用海拔高度测量出来的！”郭守敬说。

王柄南笑了：“我就问你实在的，你能说出高了多少米，低了多少米吗？”

所有人都点头，这会儿的王柄南真是机智英明，不愧是朝廷里脑瓜子最好使的一个！所有人都觉得郭守敬再也回答不上来了。

第八章

一

郭守敬开口了，这回真真的让全天下的人震惊了："白浮村的海拔高度应为五十二米，化庄村的海拔高度应为五十四米。再往西这十来里，也有低些、高些的。但西边的白虎涧村，海拔高度是五十九米……这就是东边低，西边高的具体数字。"

没人能知道郭守敬是怎么得出来的这些数字，他与在场的各位，好像差了几百年的光阴。几百年后，人们才普遍地懂得了海拔是怎么回事，才知道是怎么得出来的。而郭守敬是它的创始者，是全世界第一个发现并应用它的人。

没有人说话，大家都蒙了，智力挡住了人们。没有办法再提问题了，也没有办法弄清他说的这些是真是假。

忽必烈看着郭守敬，心里好一阵感慨。他想，这郭守敬就是一个怪物！他不属于这里，无法与他沟通。他说的这些，也无法让人明白，于是道："郭守敬，你怎么得出来的这些，朕和大家都弄不懂了，你或者是个骗子，该千刀万剐的死罪！或者是个圣人，比谁都高。不过这些咱都先放着，到时如若不成，你就拿脑袋来！是这样吗？"

"是这样，皇上！"郭守敬说，说得平平静静，仿佛那脑袋是别人的。

“好吧，大家就不和你纠缠什么海拔的事了。朕再问你，西山口是多少米，大都城又是多少米，这个你知道吗？”

郭守敬道：“知道，皇上。”他什么都知道，真是个神，或者就是在胡言乱语的不正常。

“那你说是多少？”忽必烈盯着他。

“将来西山口的出水口，海拔应该是六十米左右，瓮山泊的入水口，海拔应为四十八米上下。大都城的海拔，大约也是在四十八米上下。所以水可以流入大都城。”

人们已经是各种表情，全都云里雾里了。几百年后，郭守敬的这些全被证实了。可当时谁懂呢，谁也不懂他说的都是些啥！是人话还是鬼话！

忽必烈深深地叹了一声，这一声叹，是那么悠长而复杂：“那就先放水看看吧。”忽必烈说。他突然意识到，现在大家都是瞎子，只能先听郭守敬的了。他给大家引到什么地方，就是什么地方。

边上的两个差人，再次提起水桶，开始往模型里一点点地灌水。文武百官，全都屏住呼吸，瞪大了眼睛，注视着木槽里溅起的小小水花。那一刻，大明殿前静得出奇，不大的水花声，竟然似滔滔巨浪，淹没了周围的一切。一时间，天下再没有了别的声音，只有这流水声，只有这小小的浪花声。

倒入模型的水，向远端流去，平平稳稳，一直流过最高处，又缓缓地流向另一处，一直流向尽头的大木桶里。一切是那么顺畅，自然，没有一点问题。

这一切的过程，不过分分秒秒，也可说是一瞬间，然而对所有人，却显得有些漫长，一切都似停止了，不再存在了，只有这流水，从这一头流到那一头，是跨越了多少年的意义。

尤其是皇上忽必烈，这一刻，他的脑子里一片空白，十分紧张，他唯恐水会溢出木槽，那样也就完了。他的眼睛始终一眨不眨，直到水花流进另一侧的木桶里，也就是流进了假设的大都城，他才长出一口大气。事儿是真的，一切都是真的！

他激动得拍起手来，失了常态地叫："好，真是好，真是太好了！天下奇观，天下奇观啊！真让朕开了眼，长了见识！"

众臣也都兴奋得拍起巴掌。那两个外国使节，则跑到郭守敬的身前，勾着脖子，从上到下地看他，仿佛在看一个怪物，一个不可能！跟着叫道："世上奇迹！世上奇迹！"不知说的是郭守敬，还是说的水可以往高处流。

吕万荣、王柄南等人，脸上却浮着一层死灰，冷成了硬石头。

此刻，王柄南的儿子王炎，再也抑制不住自己的激动，他走到郭守敬的身边，向他祝贺。尽管父亲一再嘱咐他，最要防备的人，就是这个郭守敬，郭守敬就是他永远的冤家，但这一刻，他还是忘记了敌人，他握紧了郭守敬的手，惊喜地道："我读了那么多关于水系的书，从来没有听说过这个道理，今天真是开了眼，日后还望多多指教！"

郭守敬道："其实围堰与河堤起到了很大的作用，水的本身高度也起到了不小的作用。"

王炎道："我看到了，真是眼见为实，眼见为实！你创造了天下奇迹，这就是一个奇迹！你说的海拔，更有意思。"

外国使节突然走到太监何方续的跟前，低语了几句。何方续面露难色，像是回不过闷儿来，他思索片刻，才凑近忽必烈，向他耳语了几句。

忽必烈听着皱了眉，脸上浮出不快，想了想，故意大声地道：“你说什么，洋人要买郭守敬，把他带走？荒唐。真是天大的笑话！太天真了吧！”

众人闻声又静下来。

忽必烈神色愤然，不高兴地看着外国使节：“他想什么呢！告诉他，多少钱都不卖，这是元大都的宝贝。跟他说清楚，今后不能再随便提这类事情！”忽必烈忘了洋人懂得中国话。

洋人直接对忽必烈道：“对不起殿下，不卖就算了，这个模型卖不卖？我要买这个模型，这个模型多少钱？”

另一个使节也跟着凑风：“这是工艺品，工艺品还不卖吗？”

众臣谁也没想到会有这一出。一时间，忽必烈也没有了主张，心想真是够讨厌，不懂规矩的！他看着众臣：“这个能卖吗？”他不知是在问谁。

无人敢作答。

忽必烈有些尴尬，目光在人群里扫视，他看到了张文谦。张文谦会意，凑上来，小声地：“皇上，可以竞价出售，不成让郭守敬再做一个，反正他们也看到了这个东西，不用惹他们生气。”

忽必烈点点头，勉强道：“好吧，有人想买，就竞价出售。一半价钱给郭守敬，一半价钱归国库，就这么定了。”他换了声调，喜悦地道，“今儿个可真是个大喜的日子，朕当初收留郭守敬，让他进朝管水利，有人还说朕草率，朕也以为是草率了，这十几年过去，尤其今儿个看来，朕真是选对了人！你们说呢？”

众臣一片呼声："皇上圣明！"

二

这一天，郭守敬从一个怪人，变为了元大都真正意义上的名人。

人们重新审视他，评价他。人前背后，再不敢小视他。甚至有人开始谈论他的起居生活，他的嗜好习惯。这才发现，他这大的岁数，还是一个单身，竟然还没有一个女人！

这可真是邪性，在朝廷，除了太监，绝不可能再有这样的人。众臣都是妻妾成群，他却还是一个光棍！这可真是新鲜了，甚至人们怀疑，他是否真是一个光棍？人们打听一通，他还真就是个光棍。这家伙竟然没有女人，这郭守敬尽是不可思议的地方！

于是，有人动起了脑子，在朝廷，什么都是可以利用的，利用女人就更是常见的事情。谁给谁送个漂亮的丫头，乃至送个夫人的事都是有的。

水可以往高处流的事实，让吕万荣、王柄南等人非常地忧虑了。还说什么呢，没有人再说从白浮村引水是不可能的了。一夜之间，不可能全都成为了可能，耗子也能吃猫！

天下事，常常就是这么的不可思议。平常没事，百年千年都没事，可有些时候，却是咔嚓一下子就都变了！这让谁都有些回不过味来。

焦急烦躁的几位大臣，当天便来到了王柄南的家，是要商量出一个怎么办。还能怎么办呢，大家只是心有不甘罢了。说是再想办法，其实只是在一起叹气骂街而已。此刻的几个人全是灰头土脸，恨不得这就掐死郭守敬！

吕万荣已经眼睁睁地看到了自己的损失，如若真的修了这条河，断了从通州运粮的陆路通道，他将结束富贾的生活，结束子孙几代人富丽堂皇的日子。这真是在抽他的筋，扒他的皮！

这会儿，他真怕自己经受不住，或是一个暴怒，自己先要了自己的命！所以，他尽量让自己平静着，坐在椅子里不吭气。他在慢慢地缓着，心想，只要自己还活着，总还会有机会。

杨永年一脸的苦色，他不信这么多人就想不出一个好主意。他嘟嘟囔囔，怨天怨地："难道事儿就这样定了，真的没有办法了！王大人，你一向智谋过人，这关键时刻，你就真的没有一点招儿，就这么眼睁睁地看着不成？"他拉了长音，对王柄南不满起来。

王柄南紧皱着眉头，心里也是烦得很，如果郭守敬真的如此改天换地，让水往高处流，那今后朝廷里，还有他儿子王炎什么位置，儿子永远都成了一个配角。此刻，杨永年的话让他更为烦躁，他没好气地道："这不还在想呢吗！你有本事，你倒说一个主意让我们听听呀！"

这一刻，所有人的话都带了火药味儿，气儿都有点不顺。

高素仁走来走去，伤心叹气地道："我是没辙了，我的琉璃窑怕是非得搬家不可了。这一折腾，几万两银子怕是挡不住！"

杨永年完全愤怒了："这都明摆着，如果白浮村作为开河的源头，最少也要占几百亩地蓄水存水，别说你的琉璃窑挨得那么近，我的田地果木怕是也要被占了。这个该死的郭守敬，得罪这么多人的事，他也敢干！"

吕万荣厌烦地道："他就是个屁！可懂得这些？现在还说这些

有什么用，要比损失，你们还不如我的一根手指头，赶紧想办法才是最主要的！”

王柄南目光里闪着凶光，低了声音：“现在还能有什么主意，除非杀了他，你们哪个敢下手，哪个敢？！”他扫视众人，像是在找刽子手！

高素仁沉了沉，哼一声：“皇上正在兴头上，这时下手，皇上能干吗？还不翻个底朝天！这时杀他，就是大家一起找死！”

吕万荣转着眼珠儿，好像想到了点啥，缓缓地道：“我倒有个馊主意，这王八蛋还是一个光棍，不行就先给他说个女人怎样？”

几个人都一愣，不明其意，但也只是瞬间，大家立刻也就明白了吕万荣的用意。

王柄南思索了一下：“最少算是一个下策吧！”

刘大人一直不说话，把烟嘬得嗞嗞啦啦，这会儿终于开口道：“就先这么走一步看吧，总比干等着强。”说完，他一脸古怪难拿的表情。

王柄南道：“刘大人，你没憋好屁吧？”

刘大人狠了声：“我是想，不如找个女人给他下药！”

高素仁怀疑地说：“他一直就没有女人，会不会是不要女人，或者裆下那玩意儿不灵啊！”

刘大人摇着头：“是男人，哪有不喜欢女人的！甭管他以前那段，也甭管他裆下那东西怎样，咱说咱眼下的事！太监还找女人呢！我刚才说的那手，兴许真是个办法……”

没人接他的茬儿，他是在说下毒杀人。

这一夜，郭守敬失眠了。他闻着院里飘进来的槐花香，一直担心自己会过敏，可是没有。

院子里几棵高大的槐树，花儿正开得鼎盛妖艳。不过，也只差那最后一下的怒放，也就即将衰败了，这满院子四溢的气味，已是最后的芬芳，最珍贵的时节了。

这会儿，浓烈的香气顺了夜风，从门缝儿、窗眼儿里使劲地钻进来，谧静中，更显得甜腻。这味道与去年、前年、多少年前是那么的相似，把人带到更早的年月，让郭守敬回忆起许多在槐花开放时的事情。他老早就梦想过，要修一条这样的河，一条大河，可这梦让他等了这么久，以至他越来越只能当作梦了，不敢想象它会有梦想成真的时候。

此刻，白天里众臣们站在木渠边上惊讶议论的情景，似乎还在延续着。皇上充满喜悦的神情还在他的眼前，他的脑子里，还是皇上说着笑着问他关于河渠的那些情景，他好像还在回皇上的话，只是，当时没有来得及体验的激动，这会儿正在体验，当时没有回答妥帖的问题，这会儿正在补充。一切是那样的美妙，这会儿，他反而可以细细地品味这种特别的感受。

尤其是他提出了海拔的问题，他本不想说这个，他知道这个世上，除了他，还没有人知道海拔是怎么回事，可王大人竟然引着他提出了这个问题。他很想今后写本书，向世人公布他关于海拔的研究……

他反反复复让自己在这些情景里纠缠着，忘了此时已是深夜。

不过，在这美好的场景里，他仍然觉得缺少了点什么，对了，是缺了青草，如此重要的情景中，是不该缺了青草的。如果青草现在就在这里该是多好啊！他一天天千百回地重温着与青草的梦，似乎就是要与她分享这一刻的人生辉煌。可是，她却不在这里。

朦胧中，在该梦醒的时候，他却进入了梦乡。

三

这一日，郭守敬准备出城去绘制实际的河渠图了，皇上等着哩。

他没有想到，此刻，张文谦和吕万荣会脚跟脚地迈进他的院子。两位平素并不往来的人，这会儿却一起走进了他的宅子，这让郭守敬感到十分的意外，他愣在那里，觉得有什么地方不大对劲儿。

张文谦看到郭守敬一脸茫然的样子道：“顺便，我们只是顺便来看看你。”

郭守敬这才灵醒过来：“二位大人，快请屋里坐吧。”

张文谦不想误会，边往屋里迈脚，边道：“守敬，吕大人拉我来，是想给你做个媒。我和他说过了，你不想找女人，可吕大人是好意，说你近六十岁的人了，怎么能不要女人呢。”

吕万荣堆了一脸的笑，迅速地接过话茬儿：“郭大人，老夫虽然和你来往甚少，但你的才华令老夫佩服之至。要是一般的女人，老夫决不会为你张罗。可巧的是，老夫给你说的这位佳女，也是人间极品，琴棋书画，样样精通，又是对人温柔有加的一个好女子。老夫这才冒昧唐突而来，只因机会难得，机会难得，恐怕过了这村，没了这店，所以这才拉上张大人突然造访。”

郭守敬道：“谢吕大人，郭某实在不想考虑女人的事，这些年，自家一人，早已经习惯了。”郭守敬的话，缺乏了应有的热情，神情更是一百个不从。

张文谦笑道："吕大人，不是我说吧，你看，他真的是不想要什么女人。"

吕万荣轻轻地摇着头，并不勉强地："好吧，老夫也是为人作嫁衣，既然郭大人这样说，老夫也就不再勉强。不再勉强。"心里却骂，这该死的，真是不知好歹！

郭守敬再一次谢了吕万荣。三个人又说些无关紧要的话，吕万荣、张文谦便告辞了，事情就这样过去了。其实这些年，为郭守敬说媒的人，就没有断过，郭守敬心里，却装着一个林青草，别的女人也就再也进不了他的心了。青草是一堵墙，挡在他的面前，也挡着天下众多的女人。

不过，朝廷是一个很不一般的地方，朝廷中的任何事，都会被人注入不同的色彩，都要比民间复杂了许多。朝廷哪有什么真正的自由呢。所有人的意识、情感都会被左右、摆布，甚至是被践踏。

只隔了一日，皇上便将张文谦、郭守敬一同传到了紫檀殿，两人一路猜疑，不知道什么事。到了紫檀殿后室，看到吕万荣已经站在那里了。

张文谦便一下子明白过来，郭守敬的这桩婚事，怕是就这样定了。只是张文谦十分惊讶吕万荣的手段。如此这般的一个人，在朝廷里，还会有什么事情做不成呢！

张文谦、郭守敬给皇上行了礼。忽必烈一脸盈盈笑意，神情透着轻松，直奔主题，道："郭守敬，你也这把年纪了，朕想不到你还是个孤家寡人。如今你要为大都城修河引渠，这是个很大的工程，朕怕你吃不消，心里也想着要给你派个抄抄写写的人，当然是个女人。同时也能在你身边服侍，这就算是朕对你的犒劳吧。”忽必烈说到此，打住了话头，等着郭守敬感恩。

郭守敬榆木脑袋，竟不知道说啥，他想不到皇上也会给人做媒。要是别人，他也就即刻回绝了，可这是当今皇上，他多少有了些顾忌，但还是想跟皇上说，他不要女人。

张文谦就怕他如此不省事，慌忙拉一拉他的袖子，小声而急切地：“还不快谢皇上恩赐！”

郭守敬恍惚了一下，机械地道：“谢皇上恩赐！”心里想的却是，我不用抄抄写写的人，我要女人干啥！

忽必烈道：“好，好，这就对了。这儿正有个机会，吕大人把他的侄女、叫佳芳的姑娘介绍给你。这女子朕见过，想当初，是要送给朕，进宫当丫头的。人相当不错，长得有模有样，又温柔得体，只是人家才二十几岁，差了你三十多年，你看怎么样啊？这可是既为了朝廷的事业，又为了你个人的生活，一举两得啊！朕就算是给你吃偏饭了。”

张文谦心想，这该死的吕万荣！竟然搬动皇上，强加于人，可又知道此事皇上开口，怕是躲不过去了。张文谦更怕郭守敬回绝了皇上，皇上之命是不能违抗的。他在郭守敬还未开口说话之前，抢先一步：“谢皇上恩典，我先替郭守敬谢皇上。感谢皇上大恩大德！”说着，他再次拉扯郭守敬，示意他快给皇上行礼。

郭守敬心里惶惶，一下子意识到了这是皇上给自己说媳妇哩，要感激皇上才对。可他心里抵触——这事万万不成，绝对不成。他想跟皇上说，他不要女人，真的不要女人！

可张文谦拉着他袖子的手，是那样用力，那样死命，一下子把他拖跪在了地上。他也就知道，这时他是不能乱开口的。张文谦的简单粗暴，每每都是为了他好，每每也都是在不容解释的关键时刻才这样的：“快谢皇上恩赐！”张文谦严厉地说。

“微臣郭守敬，再次谢皇上恩赐！”郭守敬还是说了应该说的话。

忽必烈没看出郭守敬不乐意，忽必烈根本没走这个心。他认为郭守敬该万分感激才对，作为一世的皇上，他给谁说过女人呢，这是第一遭哩！“今天你们就见见面吧，这女子十分不错！”心说，配你郭守敬，真是鲜花插在牛屎上了！

郭守敬木然。

忽必烈突然觉得，这郭守敬是呆，那表情竟然不是正常人的表情，怎么像个傻子。

郭守敬还能是啥表情呢，他的心里全是苦，脸上已苦得破破烂烂。他还没有这么难受过，这么让人作践过，而这却是恩典。“谢皇上恩典！”他又说。是张文谦又在掐他哩！

当晚，吕万荣便为郭守敬安排了与这叫佳芳的女子见面。郭守敬执意不肯，吕万荣却以皇上之命压他，硬拉着张文谦，带着这小女子来到了郭守敬的宅子。

张文谦的心里很是不安，他担心郭守敬见了这女子，再做出什么不合礼仪、让人难堪的事。

其实吕万荣的心里也在打鼓，他知道这是强扭的瓜，也怕闹出什么不快，可是俩人都想错了。连郭守敬自己也想错了，事情全不是他们想的那个样子。

郭守敬在看到这女子的一瞬间，竟然呆愣住，昏黄暗淡的灯光下，他竟恍惚地以为，站在他跟前的不是别人，正是林青草。他的心忽地一下像被打开了一般，天下怎么会有这样巧的事，这女人，个子、样子、眉眼之间，竟有几分相似了青草。她会不会就是青草托的相呢？郭守敬在那一瞬间里，竟然有了这样的心得联想。

张文谦与吕万荣看着郭守敬如此的痴相，也都有些愣怔，俩人都看了出来，郭守敬虽然第一次见这女人，却对这女人十分地痴情，事情真是怪了。

张文谦不觉就想，郭守敬从来不谈女人的事，可今天真的见了这女人，他的眼里却闪闪发光，说明他很是有意，且是一见钟情，真是鬼邪！

四

张文谦本来十分反感吕万荣这一手，不知他背后藏着怎样的花活儿把戏。可这会儿，他看到郭守敬痴痴愣愣的神情，一下改变了对吕万荣的厌恶，心想，人家毕竟是成人之美，善举也！

郭守敬直勾勾的眼神，把这叫佳芳的女子看得不好意思了，赶紧低了头。张文谦心想，这郭守敬，真是个呆子！怎么能这样直勾勾地看一个女人呢。本来还说不要，这会儿却是如此贪婪的嘴脸。

郭守敬确实心中疑惑：这女子就是青草吧！尽管他不信，但他常常就是如此这般地想象，在街上见了与青草相似的女人，也会这般地认为，甚至更深一步地感觉，青草会不会化了魂魄，变成一只蝴蝶，或一片白云，来到他的身边，与他相会，或就如现在这般，变为另一个女子，站在他的眼前。

人没了别的办法，便有了这无穷的思念与想象。

年复一年的想念，已经让郭守敬中了魔，捕风捉影，生拉硬扯，已经成了他的习惯。想起青草，他就不免神魂颠倒，反而弄得青草在他心里似妖似鬼，随时都在捉弄着他。这是他的自找，也是他的乐意！

吕万荣耽搁不起时间，他要紧紧抓住郭守敬，通过这场婚姻，找出可以扭转事情的机会。既然是皇上做媒，两人又见了面，还有什么好等的呢。当下他便快刀斩乱麻，掐算指头，认定三天之后，便是大吉的日子，不可错过。他还用皇上压张文谦，道："皇上之命，自然是越快越好，以免节外生枝。"

张文谦感觉到了吕万荣暗中似藏着什么用意，可一时半会儿，他又破不了这个谜，自然不好反对。

郭守敬糊里糊涂地便成了新郎，吕万荣把一切都包办下来。几日之后，在一片吹吹打打声中，郭守敬的命运，便被红衣、红花、红轿、大红灯笼支离得七零八落。在一片喧闹中，他与新娘佳芳举行了庆典。而这一切，都是在皇上旨意的不可违抗下进行的。

女人佳芳，除了对郭守敬的岁数太大有所不满外，对他这个人，心里倒也藏了三分喜欢。郭守敬在女人面前，其实也是长了一身可疼的肉！

人生在世，好多想盼、好多愿望，要慢慢无期地等待，就是等上一生，都不一定能够等来。而有些事情，却是迅速而又飞快地就来了，且就成了，轻易得也让人不敢信！

这之前之后，包括在婚庆上，郭守敬始终都没醒过闷儿来，魂儿都不在身上。他麻木着，瞌睡着，他认为这都不是真的，他早晚会从幻觉中醒来。可他又以为，对面的这个女人，大概就是青草的托相，就是要如此跑来找他。说不定真正的青草已经不在了世上，要是这样，就该如此了。

整个婚庆上，郭守敬就像一根木头，始终是飘飘忽忽的感觉。但是，他仍然想到了，如果对方不是青草呢，那么今生他和青草是不是也就彻底地完结了呢？在这大喜的日子里，他心里充满了凄苦。他再看这女子，一会儿像青草，一会儿又不像了青草，来来回回，一会儿这样，一会儿又那样，这全是他心上的幻化，全是他的思念所为。

婚庆刚刚进行了一半，郭守敬突然就想呕吐。此刻他正和女子拜堂，他使劲地忍着，可还是没有忍住，当一句“一拜天地”的喊声响起来时，他哇的一声将满腹的东西都吐了出来，脸色也瞬间变得惨白惨白。

一堂人大惊失色，不知发生了什么事。

原来，新娘佳芳自小有一喜好，就是爱涂抹胭脂。婚庆上，她在脸上抹了厚厚的胭脂，粉若桃花，那浓浓的香气弥漫在空气里，似一世的花朵争奇斗艳。旁人都感到清馨无比，郭守敬的心里却阵阵地恶心不适，他严重地过敏了。

他虽然闻得花香，却不适于闻这种混杂而又浓重的香味，他虽然努力忍着，却还是哇的一声吐了出来，更让人想不到的是，一刻工夫他的脸色便从惨白变成了土黄，他晃了一晃身子，便一下子昏倒在了新娘的身上。佳芳惊得大叫，进而郭守敬又摔倒在了地上。

新娘佳芳俯下身子，推他，叫他，他都不动不应，死了一般。

全场人惊愕不止，婚庆乱成一团，有人喊着“快去请大夫”，有人则端来一碗凉水，一口口地喷在他的脸上。新娘佳芳吓得哭出声来，这哪里是婚庆，简直就是要人命哩！

有人去摸郭守敬的鼻子，说是人已经没了气息。郭守敬死了！他咋就这样的死了呢！

边上的吕万荣两腿打战，他是媒人，是他生拉硬扯闹的这一切。他不怕别的，人死了，他怎么向皇上交代！

很久，郭守敬终于在一声长哼中苏醒了过来，似过了多少时间，他看到纷乱的场面，看到许多人的脸都在低头看他，他听到人们说他刚刚怎样不省人事。

他这才明白发生了什么，他觉得对不起新娘的家人。他说他一定又是过敏了，他是闻不得佳芳身上的胭脂味。

原来如此，人们才知道，他有严重的过敏症。

这一折腾，胆小的人早吓得悄悄地散了，婚事也就不像了婚事，草草地收了场。

五

事后，新娘子家人对郭守敬很是不满，本来这么大岁数，又有这病，为何事前不说，这要死了怨谁呢！这桩婚事，倒是像了郭守敬本人，古怪而又离奇。其实这和他的心情有关，如若不是复杂的内心变幻、不是压抑的情绪，就是过敏，他也不至于这么的严重。

新娘佳芳，从此不得不放弃自己的所爱，再也不敢抹胭脂了。事后，她为自己的命运大哭了一场，把心爱的胭脂粉都送给了姐妹。

那晚，郭守敬没有迈入洞房，反而躲着避着佳芳，说是一闻那胭脂的味道，还会要他的命！

如此，新娘子佳芳能说什么呢，这女人身上浓浓的胭脂味儿，让郭守敬彻底明白了，她不是青草，青草身上不是这股味道。他心里强烈地想着青草。他还以为，只要不和这女人同房，他与青草的今生就没有结束。新娘佳芳也看了出来，这姓郭的主儿，不仅只是过敏，心里还有别的问题，还有别的事情！

吕万荣那天被这突如其来的场面吓得够呛，他没有想到事情会闹成这样。不过，待他冷静下来后，他倒真心希望郭守敬就这么死掉。难道这不是他的希望吗？他的目的不就是要铲除他，改变他，甚至杀了他嘛！那还有什么比他自己死掉更直接、更痛快的呢！可郭守敬没有死，又缓了过来，真是烦人！

尽管新娘子从此不再敢抹胭脂了，但郭守敬说，还是能闻到她肉皮上的胭脂味儿，以此为理由，不肯和这女人亲近。女人说，我总不能扒了自己的皮吧！女人对他又气又恨，也想杀了他。

第三天，郭守敬就去白浮村勘查了，是准备画出详细的河渠图，也借故躲开了这个女人。到了晚上，他就随便地住在乡下集镇的客栈里，进城时候，就住在张文谦的宅子里，反正就是不回家，权当没有了这桩婚姻一样。

女人佳芳去找吕万荣哭诉，吕万荣看着侄女这般地伤心，也恨得咬牙。虽然这女子只是他的一个远房侄女，但这般情景，也让他没有面子，不觉道："其实我才是最想杀了他的人！你去杀了他吧。真去杀了他！"

吕万荣说的是真，侄女哪敢相信呢，朝廷人的心，百姓哪能弄得懂呢，侄女反而闪着泪水道："那你为何还要把我说给他？"

吕万荣无法说出心里的诡计，他只好让侄女忍一忍，他心里的想法还没有实施呢！

侄女却让吕万荣带她去见皇上，让皇上说服郭守敬，好好和她过日子。吕万荣千般推托，说这些来回已经够麻烦了，且是鸡毛蒜皮的事，皇上怎么会管这些。

不错，忽必烈只关心白浮村引水建渠的事，一点不知道郭守敬婚礼上的这番折腾。其实朝廷里的人，次日也就都知道了，人们又惊讶，又取笑，说这郭守敬，原来真是裤裆里有毛病！

太监何方续，给皇上传来了信，那水渠模型的拍卖会已经准备就绪，是定在大都城的“李荣典当行”举行。

“李荣典当行”是大都城里唯一的一家典当行，也是拍卖行。店内有一个不小的二层大堂，可以作为拍卖喊价时的场子。凡是拍卖，老板李荣都要百分之五的抽成。这次听说是皇上的旨意，哪里还敢要什么抽成，反倒将一切花费全都包了下来。

忽必烈还是不想将河渠模型卖给外国人，他对太监何方续道：“朕怎么觉得心里那么别扭啊，洋人那边，肯定没这东西，再让他们学了去，这是咱大元朝的玩意儿，不能轻易给他们。去转告他们，就说朕不让卖。”

太监何方续觉得不妥，温了声音劝忽必烈：“皇上，您是当着众人亲口答应了可以拍卖，昨儿个那英国人还问臣，什么叫金口玉言，也是怕有变故。我说，只有皇上说话，才属金口玉言。臣是觉得，还是不给外国人留下言而无信的把柄好。”

忽必烈觉得是理儿，但还是不想让外国人把模型买走。于是，他让太监何方续找几个大臣，授意他们：到时要出高价，谁喊多少价，都要接着，直到那两个英法使节住手为止，反正不能让他们把东西带走。何方续只能遵旨。

拍卖会这天，忽必烈亲自来到了“李荣典当行”，他坐在楼上，下边的人不抬头是看不见他的。老板李荣没想到皇上会亲自来，他诚惶诚恐，战战兢兢，给皇上伺候上茶后，便立在不远的地方小心候着，唯恐有所疏漏。

郭守敬、张文谦等也被唤来，安排在皇上的左右。郭守敬想不到，他的玩意儿还会如此隆重地被拍卖，不觉想起小时候，随着爷爷去镇上卖他做的小木人，身边总是跟着青草，那时他每卖一个，青草都会为他高兴。

那时他们那么小，天真无邪，青草头上留着一根小辫。他突然想得心酸，仿佛又看到那时的他们，是冬天，下雪的日子，天地一片洁白……想得他心里那么纯净，却又凄凉，泪水都要掉下来。

六

忽必烈今天很有兴致，对郭守敬感叹道：“朕其实就爱看个热闹，要不是朕的身份不便，朕隔三岔五就会跑到街上，去看点什么。可朕是皇上，皇上怎么可以这么随便地到处乱跑呢，这是朕的心里话，朕也不自由啊！”忽必烈的话，是掏了心窝子的话，听着让人就近。

忽必烈又道：“不过，今天这东西上了拍卖场，外国人更会知道这是咱的国宝，得让他们看看这宝贝多值钱、多新鲜！但就是不能让他们拿走！”

郭守敬不明白为什么不能让外国人拿走。其实他十分随意，谁爱拿谁拿，像他小时候，在街上卖小木人，不分你我，不分谁是谁！

此时，楼下已经坐满了人，城里的几位财主也不知深浅地来竞价了，随着一声咣当的锣响，拍卖会开始了，英法两国的特使喊价的声音一声高过一声，中间夹杂着几个财主的喊声。可每当无人再喊，眼看就要落锤的时候，便有朝廷的命官把价又喊上一截。

只几个来回，这件水渠模型就被喊到了一万两银子，财主们不敢喊了，闹不明白这东西值多少钱。喊到这个价，大臣们心里也开始有了含糊，一时间有点冷场，英法两个使节嘀咕了一下，又喊了一万二千两银子。

大臣们扭头看楼上的皇上，不管怎样，这也只是块烂木头，一万二千两银子，实在是太贵了些。

忽必烈有些生气，他本是只想看个热闹，助助阵，不想说话，没想到关键时候，大臣们竟然不敢应战，他不得不站起身子，对着几个大臣呵斥：“你们倒是应啊，你们还在等什么！”

大臣们被皇上如此喝斥，心里是又怕又火，一咬牙：“两万两银子，两万两！”

场上众人一时间都惊着傻着。财主们再不敢吱声了，本来乱哄哄的场子，突然静得让人不适，两位外国人这才意识到事儿不一般。老板李荣也才明白了个中曲折原委，他经得太多了，立刻灵醒到皇上这是要留下这件宝贝，于是，他冲着台上高叫：“落锤，快落锤啊！”声儿都岔了音儿。

那掌锤人吓得手起锤落，“当，当，当”地敲了好几下。

郭守敬的河渠模型，卖出了两万两银子！

忽必烈从“李荣典当行”走出来，心情大悦，问郭守敬：“朕用两万银子买下了你这木制水渠，你看你要多少钱啊？”

昨天张文谦已经在私下嘱咐过郭守敬，不管到时花多少银子，只要是朝廷买下的，问你要多少钱，你千万不能要。

这会儿，皇上果然问他要多少银子。他回皇上话：“谢皇上器重抬举，微臣一两银子都不要。”

忽必烈听后哈哈笑了，说：“看来，已经有人告诉了你朕的做法。你也知道了朕根本就没花银子。那朕就升你为太史令吧，从今往后，你也是朝廷的三品命官了。”

郭守敬的心里，咣咣当当的全是动静，他实在没有想到，皇上会如此突然地赏他官做，且是朝廷的三品官员。三品，作为一个文职，一个水利、天文的名士，在朝廷几乎已经是到了头的，郭守敬怎么能不震动，不吃惊呢！他弄不懂皇上这是咋了。

周围跟随的众臣、差人，都垂着头，听得心里也全跟着一阵震荡，却是各种滋味儿。

有人在皇上身边，跟随了一生，辛劳了一生，也未必能落个官做。有人潜心竭力，忍辱负重，伺候得小心谨慎、周周全全得多少年，皇上也没提携个啥。

这郭守敬，竟然凭了修河建渠，且还不知是成还是不成，只做了个榆木疙瘩的假河渠，一下子就被皇上提了三品官做，真个让人痛恨，让人咬牙骂呢！照这个速度，不知他要升到什么位子，实在是太轻松、太简单、太不公平了！

这一刻，有刹那的安静，旁人都默不作声，谁也不作声，都是在想自己的一生，在比别人的一生！静寂中，都能听到那来自自己内心的倒海翻江，倒是啥个响动，真是人比人该死哩！

忽必烈感觉不到这些，他是皇上，下边人的那些心思离他远着哩。他顺口又问：“那个新娘子佳芳可好啊？”

皇上拉家常一般的语气让郭守敬一阵感动。这种时候，他能说什么呢，他能告诉皇上，他心里有着另一个女人吗？他能告诉皇上，他就没想过，要跟这女人同房吗？不能，绝对不能！皇上刚刚提升了他做三品官，他郭守敬再傻再愚，也不能不懂得感恩啊，他支支吾吾地道：“好，新娘子人好，一切都好！谢皇上的恩典！”在皇上面前，谁能不说些假话呢？

就是老老实实的郭守敬，也是如此这般，那么还有谁可以不说假话呢！只要面对皇上，便都要说些假话的。

忽必烈就这么问着，郭守敬就这么答着，都有心无心着，随随便便着，走哪儿算哪儿那种。这让郭守敬突然有一种不寻常的感觉，平日高高在上的皇上，这会儿离他似乎很近很近，可以随便说笑，随便问答，说什么都不会过分，也不会在意。

是的，忽必烈心里也离郭守敬很近，这就是人心，彼此是可以触摸到的。这会儿的忽必烈，也再次觉得身边的这个人，是那么让他放心，简单得不会有任何意外，更不会给你找来不必要的麻烦，他自然也就不把郭守敬当作外人。

放下了威严的皇上，这会儿确实显得更加平易近人，他柔了声音，十分恳切地道：“这次大都城的水源，就从昌平的白浮村开始。你要好好设计这条水路，这可是百年大计，关系到大都城的方方面面。”忽必烈的话，是含了许多心事和情感的，是锦绣河山就差了这一笔的语重心长。

郭守敬心里涌出一股感激，此时此刻，他有一种明确的体会，现在，不是他一个人在完成大都城的水利设计，而是皇上在帮他完成这项大业，没有皇上，他便没有一切。在这件事上，他和皇上，比天下任何人都紧密，都一致。俩人是在相互依托，彼此依靠。一个鼻孔儿！一条板凳！如此，皇上才会赏他官做。

赏他官做，也才那么合了情分！

郭守敬什么都感觉到了，他个傻人，有时又比谁都聪明哩！

稍顿，忽必烈又问："朕听说，白浮村附近有座龙山，山上有一座龙王庙？"

郭守敬说："是，皇上，微臣去过，庙不大，但修得很有讲究，香火很旺，远近的百姓都到那里去进香，灵验得很。庙里供奉的龙王爷，专管那一带的水利，确有呼风唤雨之本领。"

忽必烈一脸的惬意："好，好！朕一定要去看看！"

凡是寺庙，忽必烈都是要去敬仰的。他认真地道："满朝文武，都知道朕敬神信佛。这么大的事，朕一定要先去龙王庙拜一拜，讨一个好兆头，好好敬几炷香。修建这样一条河，真不是小事情，你抓紧时间，把河渠图给朕画出来，哪里该拆，哪里该占，一笔一笔，都要清清楚楚，到时朕得好好看一看。不过，何时动工，一定要等朕敬了香，选个吉祥日子，再动手不迟。"

第九章

一

皇上下旨，要从昌平白浮村引水、修建河渠的事，传遍了大都城的里里外外。这是大事，让整个大都城都有了震动。

一夜之间，人们也就都知道了朝中有个修水利的名士，叫郭守敬。关于他的传说，纷纷扬扬，注入了很多鬼神妖道的色彩。有人说，郭守敬在天界的时候，是个光屁股的白娃，六十年前，投胎来到大都城，就是来专门治水的。也有人说，他的前世就是呼风唤雨的海龙身，最拿手的就是借了水势鬼推磨，可以让河水倒流，让海水干枯。

事情风一样地刮着，一股脑地也就刮到了白浮村，城里人欢天喜地，白浮村人却愁眉不展。惶恐让村人编出各种不利于自己的传闻，有人说，皇上已经下令，要毁田砍树，扒坟拆房……一时间，人心惶惶，大地乱颤，天都掀翻了个。

在白衣庵，青草和小雪也听到了消息。消息让青草惊讶不已，原来郭守敬就在朝廷，他已经是朝廷的命官了，且是做着他最喜欢的天文、水利。

怪不得十多年前，郭守敬会出现在她们的白衣庵，原来他是为白浮村的水源而来。原来她与他并非隔了千山万水，而是如此之近。如果真从白浮村引水修渠，那么郭守敬说不定还会来，他们相见重逢的日子，大概不会太远。

只是，这又太像是一场梦的结束，让青草不大习惯，甚至还没有准备好。她还是习惯于那个老早的、一贯的、彼此见不着的梦。而这习惯，也已经成为了她生活的一部分，成为了她的一种日月，没有搅扰，那么清静，何时想与他见面，何时就可以与他见面，轻轻松松，自自然然。如今这梦醒了，她却有些慌乱，有些不适了。她要真实地见到他，而不是再在梦里，甚至她可以去找他，随时，甚至现在。

在朝廷，吕万荣等几位大臣的命运，都系在了这条即将开挖的河渠上了，这让大家忧心忡忡，食不下咽。尤其是吕万荣，他已急成热锅上的蚂蚁，是的，只要这河渠一开，就会淹没他的一切美梦，现在的，将来的！

吕万荣本以为介绍了远房侄女给郭守敬，便可以找到摆布郭守敬的办法，延缓这一切的到来，甚至可以左右整个事情的来去，可他却想不到，郭守敬这呆人，竟然不与佳芳同房，闹成这狗屎婚，反而成为了朝廷众人的笑柄。

吕万荣又恨又气，嘴里整天叼着个牙签儿，咬得咯吱咯吱响，似咬着郭守敬的骨头哩！他心里不甘，一连几天，都夜不能眠。

那一日，他苦思冥想，终于偶得一计。那是夜半，他愣在这个想法里，半天半天都没有动弹，他就那么睁着眼睛，一直等到了天亮。

由于这是一步险棋，弄不好便要丢掉性命，他辗转反侧之后，还是希望通过别人的嘴将它说出来，并去实施。

于是，这天晌午，他相约了几位同命人，一起到“香满阁”饭店小聚。他说自家心中烦闷，请大家一起去坐坐，解解心宽，暗中却是想给大家以启发，引出那条见不得人的计划。

几个人凑在一起，话题自然还是白浮村的引水造渠，见面还是开骂郭守敬如何不是东西!

吕万荣渐渐地把话题扯到白浮村的龙山上，近而，他又说起山上的那座龙王庙，问诸位，皇上是否要去龙山，拜那龙王庙里的菩萨?

王柄南道：“听太监何方续提了一句，说皇上确实是要去龙王庙烧香的，但日子没定。”

话头一开，大家便围绕着皇上要去龙王庙烧香一事说起来。

忽必烈虽然性情专横，却在关键时刻，总是摇摆不定，是个连自己也不肯轻易相信的人。在决策事情之前，他常常要凭借着烧香敬佛时所得到的某种感应，来作为判断，决定事情的左右。

王柄南最先想到了吕万荣所想到的事情，猛然间，他的眼睛一亮，道：“皇上必定要去龙王庙烧香，如果赶在皇上去龙王庙烧香之前，咱们想出办法，事情大概还会有救。”

杨永年不明其意，愣愣磕磕地问：“此话怎讲，皇上烧香怎样，不烧香又怎样?”

王柄南不满地白他一眼，生硬道：“杨大人，你真的连这个都不清楚吗?皇上之所以要烧香敬佛，说明皇上还没有最后定夺此事。依照皇上的习惯，一准是要等到烧香敬佛的那一天，看他是否得到了什么暗示，才能决定修不修这条河。”

杨永年“噢”了一声，这才想起来，忽必烈是个信鬼信神、迷信多多的人。在历代皇帝中，迷信的程度是最为登峰造极的，一生凡遇大事，必定先要去求神拜佛、看天相，以从中获得某种启示。

忽必烈确实是一个很怪的皇上，他常常什么也不信，只相信莫须有的、尚未发生的事情。这一点，倒是与郭守敬的幻象如出一辙，俩人常常都有以幻觉代替实证的嗜好，并以此求解天下万事万物的道理和来去。

因此，忽必烈每逢遇到重大事件，都会去拜佛，在佛前敬香的那一刻，所得到的暗示往往会胜于他先前的一切谋划，甚至代替他的所有判断。

杨永年想到这些，也就明白了皇上为什么要去白浮村龙王庙烧香了。他像是一下子发现了什么，意味深长地又“噢”了一声，这一声把所有人都唤醒了：“那就赶紧趁皇上还没最后下注，想个好主意啊！”他兴奋地说。

高素仁急不可待地道：“白浮村我最熟悉，那是个神秘鬼怪的地方，妖魔很多，水浅草湿，苇岸中藏污纳垢。村里的一些人家，常会无明地染上疑难杂病，这一切都是因为水多而引起的阴邪。”

一旁的刘大人，终于点中了要害，他什么都想起来了，道：“皇上早年战乱之际，事先决定攻打的是边塞，也拜了庙，烧了香，谁知几天后，那庙子起了大火，皇上觉得这是对他的警告，放弃了攻打边塞，改打了襄阳。结果顺风顺水，后来一路坐上了皇位。皇上现在还常常说起这事，以为如果那次攻打了边塞，说不定便没有了今天，更不要说他的皇位。”

王柄南也想起一件事，一脸诡秘地道：“那一年，皇上不顾众臣的反对，要宣布吴棋雄为左丞相、王宝林为右丞相。众臣都以为不妥，皇上却执意，众臣想了很多办法，都没用。结果皇上也是去拜庙烧香。谁想，那庙里刚刚有个吊死鬼儿，一老者在庙前的槐树上自尽了，皇上回来便改了旨意，从了大家的想法。”

王柄南说得讳莫如深，正是吕万荣想说的一切。

吕万荣的脸上放了晴，他只听不语。不错，这就是忽必烈的怪癖，就是天下再大的事，忽必烈只要烧香敬佛时候感觉不对，也会毫不犹豫地放弃。

在座的人突然都明白了下一步棋该是怎么个走法。到此，反而谁也不敢往下说了。

王柄南眯着眼睛看着吕万荣，他这才察觉到，吕万荣为什么要把话引到皇上去龙王庙烧香的事上。心说，还是吕万荣够阴、够狠、够胆！关键时候，他恐怕连皇上都敢杀！

二

时令已经到了六月，四野碧草连天，一派郁郁葱葱、生机勃勃的景象，遍地的野黄花，开得夺目而旺盛。这个时候，朝廷里反对从白浮村引水的声音，随着官员们对利益的计算，还在不断地扩大。忽必烈的心里虽然也有犹豫，但表面上却不理不睬，提也不提，他只想着快去白浮村的龙王庙烧香。

从白浮村引水开渠一事，看似是定了，然而没有，所有人其实都在等待，皇上、郭守敬、吕万荣……心里都在等待着，都感觉事情还是没有到最后，因为还有一种未知的东西似乎还没有得到契合。

于此，皇上请人掐算了皇历，挑了一个吉祥日子，终于决定去白浮村龙王庙了。

这一天，天气果然不错，忽必烈出城一路向北，城外，满眼的浓绿与开阔的田野，让忽必烈的心情十分爽然。昨晚他睡得也好，精神饱满。将近晌午，队伍便赶到了龙山。忽必烈这是第一次来到龙山。他只听说这里因水多而遭涝，常有阴邪鬼怪之事，却没想到，这里原是这般的风景如画，美不胜收，让他赞叹不已。

兵部的先头人马，在皇上来前，早已将这一带封了严实，任何人都不得上山。青草他们也被告知，要待在庵里候着，皇上如果高兴，说不定还会进庵烧香。

青草和小雪自然没有想到，皇上会亲自到龙山来敬香。小雪问说："既然皇上是因为白浮村的水而来，那个郭守敬会不会也跟来？他现在可是为朝廷管水治水的官人了。"

青草却想，如果郭守敬来，她再也不会像十年前那样躲藏了，这一躲，竟错过了十几个花红柳绿的年份，躲过了十几个漫漫寒暑的春秋。

她有一种从那一端进去，从这一端出来的隔世体会，那么辛苦！

说话间，青草和小雪就听到了院外泉边响起的一片马嘶声和说话声。皇上已经到了。

此刻，郭守敬与皇上一行就在白衣庵的门外，皇上没有先上山，而是迫不及待地先来看这白浮泉了。

郭守敬也以为，来龙山，看泉才是大事，敬香应在其后，他和皇上再次想到了一起。

在白衣庵外，皇上被眼前的景象惊得呆住，清凉的泉水，在阵阵轻风的吹拂中，有细细粉样的雾气飘散在空气里，又落在他的脸上，让人觉得异样而又舒适。雾水在强烈阳光的照射下映出七色的彩虹，不是在天边，而是在近前，伸手就可以触到，犹如晴空出世的一条彩龙，万般夺目。

忽必烈望着眼前这白花花的喷涌，心中已是感慨万千，他想不到，这口泉竟会如此之大，这是他平生看到的最大的一口泉。他奇怪地想，天下怎么会有这么旺盛的泉，这样日夜奔腾流淌，是多么大的浪费啊！

而缺水的大都城，又是那样的干渴。如此的情景，他闻所未闻，如果不是郭守敬，他大概永远也不会看到这番景象。

直到太监何方续轻声提醒："皇上，该上山去敬香了。"

忽必烈才醒了似的，不由自主地道："好，好！这个泉，真乃天下奇观，发现得真好！郭守敬，你真让朕开了眼，如此旺盛的水源，如果不加以利用，真是太可惜了！"

"是，皇上，这个泉我也是后来才发现的。可当地人都知道，它就这样白白流淌了上千年。"

看了泉，忽必烈没有进白衣庵，而是直接上了龙山。青草与小雪隐约听着门外的声音，青草心想，哪个声音是郭守敬呢，他来没来呢？

此刻的龙山，已是一片盛绿，漫山的彩蝶飞舞追逐，空气里弥漫着浓浓的艾草气味，给人以万物峥嵘、时日不尽的感觉。

郭守敬引着皇上，沿石板小路而上，身边的林子里，不时传来大鸟的叫声，清脆而响亮，透过树木枝杈，可以看到山顶上红墙绿瓦的龙王庙，还可以看到远处壮观辽阔的蓝天白云。

忽必烈很是欣然，激动地道："想不到这龙山，竟是如此美妙、令人心旷神怡的一个地方，朕真是来得晚了。"

庙里的住持与和尚们，早已经在院门外迎候了。忽必烈走到近前，与和尚们打着招呼，而后迈进院子，住持阿弥陀佛、阿弥陀佛地行着礼，将忽必烈一行引入正殿。

前来的香客都已被闭之山下，整个寺庙，显得更加的幽静，到处打扫得干干净净、齐齐整整。忽必烈跨入正殿，仔细端详着供奉的神像。住持给他一一介绍："皇上，此庙共有三间神殿，东边殿里供的是财神，西边殿里供的是药王。这正殿供奉的就是龙王了，龙王右边的这两位神，一位是风神，一位是雷神；左边的两位，一位是电神，一位是雨神。此庙在这方圆二百里的地方，数最大最有灵气的龙王庙了……"

忽必烈不住地点着头，他知道，天下所谓的龙王庙，多为各村各店的小庙，象征性地建成一两米高。如此规模的龙王庙，真属于天下的大庙了。

住持道："此庙龙王，管着天下诸水，几百里外的众生，都来此庙求雨。当地之所以水大，就是千百年来人们不断供奉龙王所求而来，没想到求得过了。现在当地人反倒是求的防洪免灾，减少雨水。这几年，昌平地界，水灾确实有所缓解，小了很多。"

忽必烈在龙王爷前跪了下来，认认真真地拜了三拜。起身，接了小和尚递过来的长香，点燃，小心地插入香盘。看着袅袅的香烟徐徐上升，忽必烈的心中，情不自禁地涌起一股别样的喜悦与安详。

每当走进寺庙，忽必烈都会有这种难得的感觉，人生哪里还有比这一刻更温馨、更安逸、更舒适的呢。

如果他不是皇上，一定就是一个和尚，他想。

郭守敬与他的想法一样，如果他不是一个名士，一定还是去做一个和尚。

庙里的和尚们备下了纸笔，希望皇上留下御笔。忽必烈很高兴，很用心地挥笔写下“白浮泉”三个大字。余兴未尽，他又自告奋勇，写了四个大字，将“龙王庙”的牌子改成了“都龙王庙”。意思是：这是整个元大都的龙王庙，元朝最有价值、地位最高的龙王庙。

忽必烈放下笔，客气地对和尚们道：“这庙名不一定合适，你们愿改就改，不改还叫‘龙王庙’，随你们高兴，朕只是一时兴起，一时兴起！”

从此，这白浮村龙山上的“龙王庙”也就被忽必烈改成了“都龙王庙”。享誉天下，更有了威望和名气。

三

这一趟，前后左右，多少人都在暗里小心地注意着皇上，看着他的脸色，听着他的声音，都是揣摩着他对白浮泉倒是怎样的一个来回究竟。

皇上轻轻松松着，左右人却紧紧张张的。尤其是太监何方续，他还等着给吕万荣等人递话儿呢！

皇上对白浮泉很满意，对在龙王庙敬香的过程很满意，这个谁都看了出来。皇上的气色，是映了六月季节的丰盈，心里得到的是一个无比圣洁的好兆头，他要的就是这个说不清、道不明，却是自自然然而来的好兆头。

皇上迈出龙王庙时，对郭守敬愉悦地道：“郭守敬，朕就等着你的河渠图了！”忽必烈如此表态，也就说明了一切。

周围所有的人也就知道：事儿是定了，这回是真真地定了！

郭守敬的心里，本该安稳了才对，可不是，离开龙王庙后，他反而莫名地有些不安，心里似乎装着什么放不下。他想再去白浮村察看一下，马上就要绘制具体的河渠图了，他是担心白浮村的人是否已经做好了准备，因为接下来就要占地、拆房、搬村了。

他要去白浮村，皇上自然恩准了他。

可真剩下他一个人的时候，他又不知道该去哪儿了，因为该去的地方，他都去过了许多次；该办的事情，又并非由他去办。如果是因为还有疑问，那么就是心里的不安了。而生成不安的心，随时还有可能再生成，这不是具体的问题。

也许什么都没有必要了。这一切，只不过是一个修过行的人，每逢大事之前，总想把自己的心绪整理干净的习惯罢了。

于是，他没头没脑地想到一位活佛的话："人小的时候，玩具坏了，会哭闹，长大了就不会了，因为你知道了那是玩具。所谓有意义的事物，其实也是玩具。只有当你的智慧成熟以后，你才能看出它们是玩具。"

郭守敬知道，自己是把即将的引水开渠看得太重大了，以致他没有了轻松，如果真有什么不测的话，他这么重的心思，也未必看得出来。他的本能告诉他，他应该放松。

他走进白浮村的时候，才知道今天是白浮村的赶集日，人们从不同的地方拥向庙会，一街筒的热闹。到处都是女人们的身影和女人们的嬉笑声。这种地方总是女人最多，气温被搅得高了好几度。

郭守敬不喜欢嘈杂，他走进一条窄街，窄街的两旁都是卖鬼符、卖阴魂纸的，走进窄街的人，立刻有一种被浓重的灵鬼气包围的感觉。黄白两色的鬼符旁，坐着一个个等人上钩的巫术婆。走在这样的街上，人极容易怀疑身边的事物是否真实可靠，也弄不清哪是人，哪是鬼。

贫苦百姓，平日缺医少药，加之不幸的日月，人们每天都需要借助鬼神活着。求仙问术，相信神灵，在这里常常就是必备的良药。

于是，拜天、拜地、拜神已属十分稀松平常的事情。所以卖鬼符、讲巫术，也就成了一种常见的生意。

郭守敬正东张西望，迎面却慌慌地跑来一人，那人喘着，对路边的一位算命先生急道："宋先生，快给我娘念一咒吧，我娘病得厉害。"

那被称作宋先生的人，闻声眼睛一亮，是生意来了的那种精神："待我给你娘烧道黄刀纸，准救你娘一命，至少今天不死！"

郭守敬停下步子，看着这姓宋的大仙。大仙取了黄刀纸点燃，嘴里道："莫慌，莫慌，看这火头没有？正正地向上，你娘这就喘过气来了，一定是喘过气来了！"接着嘴里的声音便念经一般，又快又急，含混地听不清了。

那后生道："宋先生，您的天眼好，给我娘看看，我娘得的倒是什么病，还有救吗？"

那宋先生就闭了眼睛，默了一阵又睁开："你娘是侵犯了龙神，白浮村四外，共有一百零八个泉，个个都是龙眼。你娘一定是动了哪个龙眼。"

后生抢白道："宋先生，我娘没有动过龙泉，只是想把我家地里的那眼泉堵上，它出水太冲。"

宋先生不快地道："动了念头就是动，还要怎么动！动了念头比填了那泉更要命！等我为你娘念了这卦，再烧了这黄刀纸，你娘病就会好。如若不行，就是泉下的龙王爷不肯放过她了，这也是好事，就归了他去吧。天下人，能得此造化的倒也不多哩！你娘算是福中之人！”

说话之中，那病危的女人，已被人们用门板抬到了跟前，她脸色苍白土灰，没有了一点生机。宋先生看一眼，嘴里嘀嘀咕咕，又闭上了眼睛，不知念叨着啥。

那后生将几个大钱丢在宋先生的跟前，宋先生听到了钱响，睁开眼睛，看了看那钱有多少，又死闭上，念了起来。看来他并无别的办法，只有这神神道道一条道走到黑了。

四下里的人都围拢过来，看着那女人，不无同情，说万万不能冒犯龙泉啊！龙泉是不能随便动的，心里更不能有一星星儿的邪念。

郭守敬听着，心里惆怅感伤，这样的景象，他不止一次地看到了。白浮村一带，恶人、歹人、聪明人，天天在利用泉眼哄骗人们，设了许多五花八门的讲究，远近村人都深信不疑。这正是郭守敬心里的疙瘩，他自然明白，今后要在这里动泉修渠，该有多大的阻碍。

他不忍再看，匆匆离去。

四

此刻，青草与小雪也来到了集市上。一路上，不断有人和她们打着招呼：“林庵主，你们也来啦？庵里有人看吗？下次我去给你们看庵。”

青草笑着："李嫂正帮着照看着呢。"青草边走边说，可她突然愣住，两眼看着前方不动。

小雪顺着青草的目光向前望去，不明白地道："庵主，你看什么呢？"

青草不语，就那么看着。

小雪也向前看着，可她不知道看什么。

青草轻声道："你看那个人，像不像我十几年前躲着的那个人？"

此刻，郭守敬正向这边走来。

小雪恍然："庵主，我看不像。要是，你可不能再后悔了。"

街人拥拥挤挤，青草鼓起勇气，迎着郭守敬走去，心想，是他，实在是太像他了。一个抱小孩的女人，笑着拦住青草："林庵主，林庵主，阿弥陀佛，我正要去庵里请您作法事。"

青草道："你是要为谁作法事呢？"

"为这孩子，这些日子，他总是哭闹不停，尤其到了夜半，哭得声惨，吓人，不会是有阴魂附体吧？"女人说。

一旁的小雪道："庵主，他过来了。"

拥挤的人群中，郭守敬已经走到了近前。穿了一身青衫尼装的青草，在人群中非常地显眼，谁都可以看到，郭守敬也看到了，可是，正因为这一身打扮，郭守敬却没有在意。他万万也想不到，这一身尼姑打扮的人，便会是他夜思梦想的林青草。只要他稍稍再看上一眼，大概也能看出青草的几分模样，可他没有，他就那么从青草的身边走了过去，衣服擦着衣服。这缘分，死活就差了那么一点点。

此刻，"龙泉是不能冒犯"的话，还在郭守敬的心里震荡不止，让他心中隐隐地不安。

等青草和那女人说完话，郭守敬已经不见了踪影。小雪急得叹气。青草望着茫茫一街筒的人，脸上露出稍许的遗憾，后又爽然一笑，对小雪道："他走了？"

小雪道："可不走了，倒是走得真快！"

青草道："不知是不是他，要是，缘分也还差了那么一点儿。"

夜晚，四下寂静无声，桌子上铺下的白纸，似铺下的整个世界，从此的沧桑热闹，便从这一刻开始。郭守敬提了笔，心里有一些庄重的异样，他小心翼翼地描绘着，一笔一画。

河渠就从白浮泉开始，途经玉泉诸水，入瓮山泊、海子，最后再入积水潭。中间共有二十四座水闸……每画一笔，他都很轻很轻，这很轻的一笔中，却不知要投下朝廷的多少银子，又为他自己埋下多少凶险和仇恨。用后来人的话说：他是在给自己挖坑建坟哩！

笔下所到之处，常有房屋、粮田、树木、坟墓要被拆除、移位，是永远的都不存在了。寂静无声之中，却有轰轰隆隆的倒塌声、撕心裂胆的呼喊声。

郭守敬的所作所为，一笔一画，埋葬了朝廷上下二十几位官员的好日子，也埋葬了他自己，让他成了朝廷里最令人痛恨的人。

后来的很长一段时间，最少有几十年，不少人把郭守敬称为大元朝的恶鬼，而并非什么功臣！在民间，还有插满钢针的泥塑为证。

而在当时，怎么才能阻止他、扳倒他，甚至除掉他，已经成为众臣们日思夜想的内容。

人们已经知道他开始画具体的河渠图了：谁家的田地被占，谁家的老坟被拆……全在他的笔下。他不和人商量，也不打个招呼。

他个傻瓜、愚人、呆子！一点做人的常识都不懂，就是一个劲地作死！

这几天，也就不断有人向他打听河渠的具体位置，一切看似是在不留意间，甚至只是暂时地想起、顺便地一问，但却是事先早已准备好了的话，是在心里酝酿过多少遍的事。随意中，都是些至关紧要的问题。

郭守敬依然简单着，不过脑子，听不出话里的玄机，他将该说的和不该说的，要命的和不要命的，全都泄露了出来。

于是，皇上往往会在第二天，就莫名其妙地将他找去，问他，那河渠的路线能否可以做些调整？郭守敬总是丈二和尚摸不着头脑，他还没有画好呢，他还没有给皇上看呢，皇上怎么竟让他做起了调整。郭守敬觉得奇怪，一到这时，他的脑子就不够使。

朝廷的气氛让张文谦感到不妙，可他不知道怎么嘱咐郭守敬，因为并没有人真的提到修河建渠的事，都是暗流涌动，背后抄家伙。

要是别人，自己都能感觉到一些，警觉到什么，可郭守敬木头！一脸的天真烂漫，心里不装这些。

张文谦正不知怎好时，吕万荣又找上门来了。

五

这天退朝后，张文谦和郭守敬与众臣迈出大殿，没走几步，就被赶上来的吕万荣拦住。吕万荣把一张脸弄得比平日卑微了许多，道：“吕某这两天一直想和张大人聊聊，是有求于张大人。”

张文谦让郭守敬先走，他不知吕万荣的这个“求”字，背后有何弯儿转，又是何方的陷阱，心里警惕着，眼睛盯着吕万荣一言不发。

吕万荣看了出来，苦笑道：“张大人，不用这样紧张，我是成人之美。张大人能不能替我劝一劝郭守敬，该回家的时候回家，一个有妻之人，新婚没有几天，就这样整天待在外面不归，是不是有点不成体统。这些日子，佳芳总来找我，哭哭啼啼的，你说这叫啥事？这桩婚事不管怎样，皇上总还是媒人。”

张文谦听了，觉得吕万荣说的确实在理，他也觉得自己对于这事过于疏忽了，当下便追上前面的郭守敬，让他无论如何也要先回家去住。

郭守敬轻叹一声，叹声是那样悠长而又悲凉，天地都被他叹得有了绵软，他说自己与那女人一点也没有可说的。

张文谦心里有数，如此的郭守敬，又能与谁说到一起呢，道：“男女日月，天长日久，慢慢地磨合，总能适应。”

郭守敬沉了好一会儿，竟然表示，为了不拖累女人佳芳，他很想与佳芳分手，还让张文谦给他做证，能否写一份休书。

张文谦听着愕然，他没有想到，新婚才这几天，郭守敬便要休了这女人。张文谦冷了脸道：“这万万不可，万万不可！这是皇上之媒，你怎能随便休得人家！”

当下，郭守敬便被张文谦拉回了家。女人佳芳看到郭守敬被如此拉了回来，很感意外，一时不知怎好。张文谦逼着郭守敬，与女人佳芳和好，再不得随便离开这个家，如若不从，他就将事情禀报皇上。郭守敬无奈，只能听从张文谦的安排，但却和这女人别别扭扭，晚上也不与女人同房。

女人咽下了所有的委屈，心里是抱了嫁鸡随鸡、嫁狗随狗的想法，反而对他温温柔柔地体贴，也是想，日子长着哩，只要好好对他，他又怎能不回心转意。女人用如此的温馨对待郭守敬，也让郭守敬十分地感动，只是他的心里更苦更难，更不好办了。

这一天，女人在家里给郭守敬做了鱼，女人是尽自己的一切所能，想办法让郭守敬感到这个家的温暖。这是她的善良、纯朴和真诚。

只是，当鱼的香气漫延得到处都是时，女人才猛然地想到，郭守敬是不吃鱼的，他闻不得鱼的腥气味儿，闻到了就会过敏，甚至会昏死过去。这想法让她一下子愣住了，接着她迅速地将门窗大开，让鱼腥的气味早一点散尽。

然而，这一刻偏偏无风，空气稠密得一丝不动，连鸟儿似乎也飞得吃力，煮熟的鱼香气味儿，就在眼前弥漫着不走不化不动。

时候已是黄昏，太阳已被西山遮了一半，郭守敬随时都会回来。女人很是害怕，她想起婚礼的那天，郭守敬脸色苍白，躺倒在地上的样子，她急急忙忙地跑到街上，是去拦截郭守敬。无论如何，也不能让他闻到鱼的腥气，更不能让他走进这个家。

而此刻的郭守敬，却从另一条街上回来了，这就没有碰到在街上等着他的女人。他快走进家门的时候，便闻到了一股鱼腥味儿，他站了一下，想躲开，或赶紧绕过去，却发现鱼腥味儿正是从自家飘出来的，于是，他下意识地向后退着，不敢进家。他想，女人是知道他过敏的，怎么还会做了鱼，是不是忘记了。

这时女人从他身后匆匆地跑来，大喊着："你快躲开，快，我做了鱼！我忘了就做了鱼。"女人几乎是呼喊着。她是那么慌张、惊恐，脸上写满了犯了错误的内疚。

郭守敬望着大惊失措的女人，突然意识到，这个女人是那么地在意他，处处小心着。虽然跟着他就是在活受，明明知道他并不喜欢她，而她却在努力地维持着，甚至因为不知如何维持而出错——还给他做了鱼。她脸上的惶恐，让郭守敬一下子意识到，女人与他在一起是多么地紧张。而这一切都是因为他，是他让这个女人如此的左右为难、不知所措。

一时间，郭守敬愣在那里，心里全是对女人的愧疚和歉意。

晚上，郭守敬认认真真地对女人说："要不，咱们分手吧，咱们还不如分手更好些。分了手，你才能活成你自己，你也不必再跟着我这样活受了。"

女人惊着，心跳渐渐地剧烈起来，颤着声音问他："你难道是要休了我吗？"

女人是不可以被男人休的，这是最大的耻辱。一向温柔的女人突然爆发了，她转了两圈，不知从哪里找出一条绳子扔在郭守敬的跟前，接着又拿起一把剪刀，对准了自己胸膛，怒吼着："你要再敢说一个休字，我就死给你看！"

女人的话，似掴在郭守敬脸上的巴掌，白白亮亮地脆响。郭守敬被吓坏了，他怔怔的似一根木头，脑子里一片空白，他想不到一向温柔的女人还有这么厉害的一面。

接着，他仿佛看见当年青草拿着剪子，对准村人王树的可怕样子，他看到了一地的血水，青草的剪子插入了王树的胸膛……

他想，他一定得离开这个女人。

可是他却做出了相反的决定，那一晚上，郭守敬主动要与女人同床，这是女人等了很久的一刻，女人反而推开了他，缩在被子里哭了一通。女人看了出来，他是在应付她，是完全的不得已，并非夫妻间的恩爱。这让女人反而觉得冰冷无望，她接受不了这种讨来的施舍。

这一来回，让女人更加看清，郭守敬对她没有一点感情，早就对她死了心，或者说，他从来就没有给过她。

六

几天后，茫然无助的女人把自己的遭遇说给街上的瞎子听，以寻求解救的方法。那瞎子以算命为生，男女间的悲剧，听得千千万万。瞎子对她说，有一招儿可以试这男人是不是真的对你死了心，如果按我说的，他确实如此，就真的是死了心，再也挽救不回来了。

瞎子把自己的想法说给女人，让女人一试。女人听了却使劲地摇头，说做人怎么可以这样。

瞎子说，那就没有办法了！

这一天，郭守敬从外面回来，发现有个陌生的男人，正从自家的院门里出来，看到郭守敬，那男人便露出慌张之色，迅速地走掉了。这一天，女人似乎也很反常。

郭守敬没有在意，他的河渠图就要画完了，不几日，就可以交给皇上看了。他心里因此而兴奋着，在他的世界里，现在还有什么比这张图更重要的呢！

晚上，女人莫名其妙地又哭了起来，还是缩在被子里。郭守敬不知女人为何伤心，问女人倒是为了啥，女人半遮半掩，说出了自己与另一个男人暗中有了来往，请求郭守敬杀了她。

郭守敬听得没头没脑，他想不明白女人发生了什么事。女人的如此表达，让他觉得困惑异样，他怔了好一会儿，终于道：“你不是故意的，算了，不用那么伤心，我就当作不知道吧。”

郭守敬的话，平静得让女人心里打了冷战，女人彻底地绝望了。在这一刻，她决定放弃这段婚姻，她认定，郭守敬的心早就死了。女人擦了眼泪，冷冷地道：“白天你看到的那个男人，是我找来的，是要试试你，看看你的心，看你对我怎么样！”

女人的话，让郭守敬难以捉摸，无话可说。他甚至没有弄懂女人这是要干吗，他有什么可试的呢，他难道有什么不一样吗？是的，他对这个叫佳芳的女人一直都是一样的，冰冷无情！

次日，女人去找吕万荣了，她抽泣了一阵后，提出要回娘家，这一次是女人自己提出来的，她是那样坚决。

吕万荣知道，侄女早晚也是这一步，不然就是一辈子生不如死。可是，侄女还没对他有一点贡献呢。他问郭守敬的河渠图画得怎么样了。

侄女说，好像画完了，我不管它什么河渠图，我只关心我的事！她问吕万荣，她的事该怎么办，吕万荣心里有些惊讶，他没想到郭守敬这么快就画好了河渠图，幸亏侄女告诉了他。

他让侄女把图偷来，时间紧迫，他没工夫和侄女婉转了。他的话把侄女吓了一跳。侄女佳芳怎么也醒不过闷儿，这到底是哪儿对哪儿啊。吕万荣真的没有工夫解释了：“给你一万两银子！”他说，他抬高了价钱，用钱来解决一切，包括费神的解释。

“一万两银子！”侄女佳芳张着惊讶的嘴巴，半天都没有闭上，就那么停留着，是再也不会合上的样子。

“对，一万银两子！”吕万荣说，然后回身，从桌上的盒子里拿出五千两银票，“这是五千两，先付你五千两！”吕万荣的手上端着五千两银子，“你只需把你家的门打开……”

这一天，张文谦为河渠图的事来找郭守敬了。院门敞开着，阳光不动地照射在院子里，几只麻雀在院子里跳来跳去，听到脚步声，忽地从地上飞到矮树上，四下更显得静静悄悄。张文谦走进院子，院里的房门也是半开着的。此刻接近了晌午，阳光把院墙的阴影重重地铺在地上，让人觉得日子的平坦与闲在。

张文谦站在墙壁投下的影子里，影子很暗，连他自己也看不清自己，他以为屋子里没有人，刚想叫一声，突然看到屋里郭守敬的女人背影一闪，这女人正将铺在桌子上的一张纸拿起来，卷成了卷，塞进了一个纸筒里，然后又将那张纸拿了出来，原样铺在桌子上，好像是在试那纸筒是否合适。

起初，张文谦并没有太在意这女人是在干吗，那女人听到了院子里的脚步声，被吓得猛然向外探了一下头，一脸惊惧地看着张文谦。这女人如此慌张的神情，让张文谦不觉一愣，他这才警觉起来，想，她在干吗呢，为何如此慌张？

这时郭守敬从院外走了进来，看到张文谦站在院里发呆，道：“张大人来了，怎么不进屋呢？”

张文谦被唤醒了一样，赶紧把自己的神情收拾干净，笑道：“我也刚进院子。”

郭守敬将张文谦让进屋里，进了屋，张文谦才看到铺展在桌子上的纸，原来正是白浮泉的河渠图，但怎么也看不见刚才女人拿着的那个纸筒了。张文谦心里更加生疑：这女人刚才是在干吗呢，她为何如此慌张呢？

女人端出茶，道：“张大人请用茶。”

张文谦笑着谢了她，抬头的一瞬，他再次小心地观察这女人，见她脸上还是存有慌乱之色。

郭守敬道：“张大人，您一定有什么事吧？”

张文谦告诉郭守敬：是皇上旨意，皇上听说河渠图画得差不多了，这几天随时都会看这图，让郭守敬有个准备。

郭守敬道：“其实图已经画完了，正好请张大人指点。”说着站起身，引张文谦来到桌前看那图。

懂得图的人，也就可以透过这张纸墨，看到一条真实的大河，看得久了，似乎还能看到河水的白浪与河上的船帆。图的两侧标注着所到之处的位置，是田地，还有村庄，是林木，还有坟茔，详详细细，密密匝匝，没有百遍千遍的来回，不会画得这样熟溜。可见郭守敬下了多少功夫。

张文谦借着看图的工夫，心里依然在琢磨刚才郭守敬的女人是在干吗，她为何如此慌张。终于，他想到了事情的要害，心里被吓了一跳。他抬起头道：“守敬，我能不能先将图拿走，今晚好好地琢磨一下，明早一定奉还。”

郭守敬没料到张文谦要将图拿走，心里觉得蹊跷，他迟疑了一下，但还是同意了：“好吧，还请张大人多多指点。”

张文谦拿走河渠图后，郭守敬的心里突然有些没着没落的不安，整个世界都被人拿走了一样，他总觉得哪里不大对劲儿。

好在第二天早上，张文谦就送回了这张图，笑着对郭守敬道：“这张图，真可谓千秋伟业！可你知道，你这左一笔、右一笔的，碎了多少人的梦，毁了多少人的事吗？”张文谦的声调有点怪。

郭守敬道：“修河造渠，且又是如此长的一条河，怎么能没有损失呢！”他没明白，张文谦说的是众臣的利益，而不是沿河的百姓。

深夜，大地沉寂，站在旷野里，能听到来自天籁的声音，繁星似瀑布一般，从天空上倒挂着倾泻下来，无比壮观，这该是梦的时刻。

郭守敬还是没有和女人睡在一起。梦里陪伴他的女人不是身边的这个佳芳，而是摸不着、够不到的青草，这已经是那么多年了。

依然如故的梦，依然如故的场景，一次又一次地如期而至，从不走样。青草站在他的桌前，正看着他的河渠图……那图突然闪闪发光，似洒了天上银河的金金银银，青草的手指轻轻一碰，那图就飘了起来，轻盈地飞过屋顶，飞过田野。再看青草，已经是观音菩萨的影像了。她身披白纱，手挥柳枝，柳枝所到之处，便是那条宽阔的大河了。河上船帆点点，一片繁忙景象。

而此时的客厅里，却显得十分零乱，一条黑影在客厅里悄悄地走动，然后小心地打开房门，又打开院门……

第十章

一

天明的时候，吕万荣的家中，聚集着五六个朝臣命官，人人脸上都凝着冰冷的神色，正围着郭守敬的河渠图看个仔细。

高素仁高大人，似受到了深深的惊吓，长叹一声，拉了哭腔儿一般：“天哪，果然是占了我的琉璃窑！你们看，在这儿，他果然占了，是全都占了，这该死的！”

在图上，杨永年也看到了自己的林地：“这是我的林子，这是专门和我过不去啊，这可是果林，河道怎么非要穿过这片果木林子！不是有人故意唆使吧！”他惊呼着，尽管他事前知道大概要占，可还是惊讶不已，不敢相信。

齐大人一阵摇头，绝望地道：“王八蛋！他小子怎么不懂得一点人情。他真不知道我齐家的老宅子就在这儿吗？”

吕万荣来回走着，一下子站住：“他就是个呆人！当然全不知道，这跟全知道有什么两样！好了，好了，你们谁还有我的损失大。这条河道越是往南，占的朝廷官员的财产就越多，你们都记好了，明天要告诉赵大人、何大人、马大人……他们的财产可也都被占了。这么多人，难道还想不出一个办法对策。”

“只有让他去死！我说是让他一死！”高素仁咬着牙。

河渠图上，那圈圈点点中并没有王柄南的什么实际损失，可如此的郭守敬，却在威胁着儿子王炎的地位。儿子和郭守敬一同被皇上招进朝廷，十几年中，由于郭守敬的存在，儿子已经越来越成了一个摆设。如今的郭守敬，已经是三品官位的朝臣，儿子却还是来时的模样，反而被人忘得干干净净。如此下去，别说儿子不会有什么作为，说不定，还会因了什么事，有被赶出朝廷的危险。

“这真是造孽啊，整条河所经之处，都是各位官家的房产、田地。这不是故意又是什么，我也怀疑有人在背后唆使。”王柄南说。

吕万荣拿起图：“你们都看清了吧，记在心里就是了，这图千万不能留了，留着是祸。”说着，他将图丢在铜盆里，点燃。河渠图顷刻之间，便冒起一缕白烟，化为了灰烬。几位大人愣愣地望着火盆，神情呆滞，似烧了自家的财产没有两样。窗外远处，传来第一声鸡鸣，跟着便接二连三响起来了。

清晨，郭守敬在女人的一声惊呼中醒来：“快起来，有贼了！咱家进贼了！”

郭守敬猛地爬了起来，在女人的叫喊声中，他奔到客厅，那时房门大开，眼前一片零乱，到处都是被翻找过的迹象。桌子上的河渠图不见了。

郭守敬立在桌子旁，惊得醒不过神来，他两眼盯着空空荡荡的桌子，还在极力地想，那图呢，图哪儿去了？

这时院门外响起差人的声音：“郭大人，皇上谕旨，请郭大人带上河渠图，即刻前往大明殿议事……”差人随着自己的声音来到郭守敬的近前。

郭守敬吃惊地道：“现在？”

差人：“是，郭大人，现在！”

大明殿，早朝的时候，殿内站满了文武百官。

皇上忽必烈在龙椅上威严而坐，他清一清嗓子，声音洪亮地对各位道：“众爱卿，今天第一件事，就是大家跟朕一起，听一听郭守敬的河渠图是如何设计的，倒是怎么个走法，这是眼下大都城最紧要的一件事，大家都要议一议。”这时忽必烈似乎才觉察到，下面并没有郭守敬。

他的目光在众臣里找寻，还是没有看到郭守敬：“郭守敬哪？今儿个可是他的主角儿。他人哪？”忽必烈焦躁起来。

人们四下张望，都在找郭守敬。

一差人匆匆跨进大殿，行礼后道：“禀报皇上，郭守敬说那张图昨夜里不见了，说是夜里有贼去过他家，图被偷了！”

忽必烈的身子猛地往前一倾，一脸的愕然，完全没有料到地道：“什么，被人偷了，他人呢？”

差人：“来得晚了，就在门外。”

众臣一片嗡嗡的嘘声，脸上挂着疑惑和不解，在这个节骨眼上出了这事，众臣都被吊起了精神，看着这出戏倒是怎么收场。

忽必烈喝声道：“还等什么，进来啊！”

郭守敬闻声迈进大殿，单腿跪地：“皇上圣安！”他用余光看了一眼皇上，忽必烈仍是一脸的诧异。

“起来说话，朕问你，怎么回事？那图怎么会被人偷了？”忽必烈拧着眉毛，一脸的难看。

边上的吕大人、王大人等相互会意，都是幸灾乐祸的暗喜。

郭守敬慌张地：“皇上，今儿个早上，微臣家中的房门、院门，都被人撬开了，屋里一片零乱，怎么也找不到那张图了。”

忽必烈心里一团疑云，奇怪道：“你说是被人偷了，偷这张图，可有何用处吗？”

郭守敬答不上来，木着。此刻，他也云里雾里地摸不着头脑，想不出贼偷他的图干吗。他用目光在众臣里扫视，他是在找张文谦，以求帮他说句话。

忽必烈很是不满：“郭守敬，你找谁呢？朕在问你话呢！这可是天大的事了，图被偷了就完事了吗？”

张文谦没想到，事情真的发生了，他迈出队伍，上前一步：“皇上，微臣有话要说。”

忽必烈知道张文谦是要替郭守敬说话，很是不快。心想，你还能把图找回来不成：“你说吧。”忽必烈明显地有些不耐烦。

“我这里倒是还有一张图。”张文谦轻轻慢慢地说。

忽必烈没听明白：“你那张有什么用啊！”忽必烈白了他一眼。

“我这张是前两天，从郭守敬那里借来的图，我照着又描绘了一张，两张图是一样的。”张文谦说着，从袖子里拿出一个纸卷，变戏法一般。

忽必烈惊得呆住。

众臣也都呆住，片刻的宁静后，又是一阵嗡嗡之声。吕万荣等人的脸色变成了硬石头。

郭守敬也傻着，他怎么也没有想到，张文谦竟有这一手。他虽然一时没弄明白，但心里却涌出一股热辣辣的感激之情。张文谦这是雪中送炭，救火一般啊！

二

张文谦展开图："皇上，这一张就是按郭守敬绘制的那张原图描绘的，只是粗糙了点儿，但却是一样的。"

忽必烈提着的心放了下来。他看看张文谦，又看看郭守敬，心想，俩人这是演的哪一出啊！朝里不知又出了什么事，不然不会这么巧。一定是朝里出了事，而不是外贼。忽必烈立马也就转过了这个弯儿。

忽必烈故意地道："张文谦，难道是你偷了郭守敬的图？"

张文谦脸上挂了一丝不易察觉的笑："皇上，事儿是这样的……"他平静地说，"前两日，微臣做了一个梦，梦见有人要拿走郭守敬的河渠图。目的有两个：其一，是想对照这张图，看看是占了谁家的地，谁家的房，谁家的财产。总之，是要看一看谁家因为这条河而吃了亏，有了损失，然后想办法以对策。其二，是想毁了这张图，虽然郭守敬还可以再画，但至少可以赢得时间，再做周旋……我这是一个梦，醒来后，我觉得好玩，就真的向郭守敬借来这张图，又画了一张，以备发生不测。"

忽必烈哼了一声，心想，这个张文谦，不说实情，反而跟朕讲故事，看来朝里真是有人暗中捣鬼，拿走了郭守敬的图，这能是谁呢？他的目光扫向众臣，众臣都是一个表情，看不出来什么。忽必烈道："张文谦，你可算得真准啊！真个神仙一般了！"

张文谦笑了："皇上，有人早就说过，微臣也算是大都城里的半个大仙呢。微臣得意自满的时候，自己也觉得是。有时就想测试一下自己。这一次借图，就是微臣对自己的测试，您看，微臣还真是半个大仙！起码这次是算准了。”

边上的吕万荣恨得咬牙，他没想到张文谦事先已看出端倪，先出一手。眼下，他也只能装出轻松没事的样子，脸上的肌肉却止不住地一上一下地抽动。

王柄南听到张文谦的如此这般，心里也不免一颤，他知道事情坏了，被张文谦抓住了辫子，但他不知问题是出在哪里，张文谦怎么会知道有人去偷图，难道是出了内鬼不成！

郭守敬站在一旁，他仍然惊讶张文谦怎么会想到要再画一张图。张文谦的这番话，他却听不出一点弯转儿，他甚至还想，难道张大人有神通吗？他是傻。

这会儿，忽必烈心里全都有了数，道：“张文谦，把图拿过来给朕看看。”

张文谦还没迈步，太监何方续已经两步迈到了他的跟前。平日里，何方续并不站在张文谦一头，他是拿了吕万荣好处的人，当然是站在吕万荣的一边。他伸手接过张文谦的图，小声责怪道：“少给皇上讲故事！”转过身，快步将图递到皇上的跟前。

张文谦伸着脖子道：“皇上，微臣手上的这一张，没有郭守敬的原图细致，不过也差不太多。还请皇上与各位大人过目。”

忽必烈已经完全冷静了下来，他看着图，心中暗想，看来这条河还未开挖，就已经妨碍了一些人的利益，既然张文谦什么都想到了，那么偷图之人，大概也就跑不出这朝廷众臣的范围了。外人偷它又有何用？

忽必烈也就更加警觉起来，他不禁抬起头，目光冷冷地扫视着众臣，从一张张脸上扫过，很是缓慢，是故意缓慢，似要找出谁是那偷图之人。

皇上眼中的意思，众臣也看得分分明明，全都低下头去。吕万荣的汗都下来了，但却极力镇静着。

忽必烈自然找不到偷图之人，他将目光拉回，道："张文谦，你也不必和朕转弯子了，照你这么说，朕也就有了几分明白，看来确实有人想要阻止这件好事了。"

忽必烈将目光再次转向众臣，威严道："朕以为，这偷图的人，十有八九就是朝中之人，最少也是受了朝中之人的指使所为。是谁这么大的胆子，能不能站出来，自己说一说理由啊，也让朕进一步明了你肚子里的委屈，说不定，朕也许还会改变主意，不挖这条河了。"

下面无人敢答，众臣把头垂得更低，躲着皇上的目光。整个大明殿，突然就有了寒意，阴森森的有些可怕，人都像被自我捆绑了一样，一动不敢动地僵着，只等着皇上的转变把他们暖热，化开。

忽必烈默了一阵："如果没人说话，就证明不是朝中人偷的图。"他果然有了转变，又把话找了回来，因为他突然想到，反对修河建渠的人，大概不是一个两个。他也不想得罪太多的人："既然偷图之人，不是朝中之人，那大家就和朕一起，议一议这张河渠图吧。"

忽必烈起身，拿着河渠图，走下龙座，来到郭守敬的身边，将图递给他："郭守敬，你看一看，这张图，和你的那一张，有没有出入，有多大的出入？"

郭守敬感激地接过图，从上到下看了一遍："皇上，一点都不错，一样的，只是稍小一些罢了，谢皇上！"

忽必烈终于轻松下来："你要谢张大人才对！那就让大家一起

看一看吧。”

郭守敬两手将图展开，面对着满朝众臣。

忽必烈也向众臣道：“来，来，都一起看一看吧。”

众臣围了上来，一边看图，一边称赞皇上建渠英明，说些“浩大工程，百年贡献”的赞扬之话。

而那些因建渠有了损失的官人，则把目光死死地盯在图上的每一个圈圈点点上，扯都扯不下来，倒是看这河渠占了自家的多少田地、多少房产……神色冷得凄寒，只是不敢吱声罢了。

忽必烈站在郭守敬的身边，不断询问着看图的赵大人、李大人……可否满意，对河渠经过的地方，可否还有异议或是改进？大家都是一片称道之声，谁还敢反对呢。

忽必烈开心地笑着：“好，好，既然如此，朕就听你们的！”他听谁的？自然是大家听他的。

三

退朝之后，忽必烈让郭守敬、张文谦留下。忽必烈的笑容消失了，取而代之的是一脸的忧郁。他问郭守敬些丢图的细节，如何发现的有人偷图，可有什么迹象，或怀疑什么人偷了图？

郭守敬却是一问三不知，他愣愣怔怔，仿佛是个旁人、外人，真是一个呆子！

忽必烈无奈，让郭守敬先退去，再好好想一想，想起什么，随时都可来禀报。

郭守敬走了，忽必烈望着郭守敬的背影，觉得这个人真怪，这是发生在他家里的事，他竟然没有任何的怀疑对象。如若不是一个极善良的人，怎么会没有丝毫的怀疑对象呢？

忽必烈转身问张文谦：“朕就问你，你怎么会事先知道有人要偷这张图呢？”忽必烈的话，更像是要知道此事今后会有多大的麻烦，还会有多大的事情。

张文谦明白，谨慎道：“皇上，朝廷的官员，不少人暗中都和这条河的走势有利益关系，有人在白浮村一带就有房产、粮田，甚至祖坟。所以，他们并不愿意开河建渠，而郭守敬不懂这些，他是一个简单的人，他要顾及这些，也就早放弃了从白浮泉引水的设计。微臣是感到了有人早就想得到这张图，以查清自己的损失，然后再想办法阻止建渠，所以就去偷这张图，他们没想到皇上会召集大家一起看这张图。当然，偷图之人，也想毁了这张图，毁了这件事。”

忽必烈点头：“幸亏你补了一张，不然事情就更复杂了。”忽必烈轻叹一声，不觉感慨起来，“朕是皇上，都说皇上一手遮天，可朕却也常常受到众臣的挤压、胁迫，他们暗中也在左右着朕，竟然也有左右朕的办法，难道不是吗？”

张文谦不说话，心里跟皇上却是同感。不错，皇上常常并不能一手遮天，也不能事事都做了天下的主。说是皇上，说是万人之上，但被人左右的事，甚至是被人做主的事，也并不少见。

忽必烈说罢，深深地叹了一声，叹得毫无隐藏，无比地坦白，是在告诉张文谦，他是真的无奈。于此，张文谦也就看出，皇上真是动了情。

忽必烈道：“朕其实也知道，开挖这样长的一条河渠，总要侵占一些人的利益。郭守敬不顾这些，自然也就把事情揽到了他那里。这些日子，也不断有人和朕拐弯儿抹角地说这事，不过也好，郭守敬这样呆头呆脑，比朕直接下令还要强了许多。如果是朕直接下令，众臣嘴上一定全是赞同，暗中却是不服，给朕制造种种麻烦也说不定，到时朕或许就不会知道是为何了。现在那些不满之人，可以借着反对郭守敬而反对建渠，郭守敬倒是帮了朕，让朕擦亮了眼睛，也算是朕的福分吧！”

张文谦说：“是这样，皇上，郭守敬不同于旁人。在臣看来，他的单纯真是一种宝贵！”

忽必烈深有感触地道：“朕喜欢这样的人！朕的身边，聪明人真是太多了，让朕不放心、不轻松，朕也不喜欢。朕其实也是喜欢单纯的，正如你所说，郭守敬是多么的宝贵！就是不要让他那样复杂，就让他这么真情着、简单着，一切有朕在后边给他做主撑腰！”

张文谦道：“微臣一定向他转告皇上的旨谕。”

忽必烈笑了：“你怎么转告他，说朕让他永远做个傻子吗？有这么转告的吗？”

张文谦也笑了：“微臣告诉他，皇上喜欢他的简单。”

忽必烈知道张文谦办事牢靠，满意地哼了一声，继续道：“要是想想，郭守敬是够可爱。朝廷众臣，要是都像他一样，咱大元朝的事也就好办了。他往往吃了亏还不知道是谁让他吃了亏，这就是好人、善良之人。不过，朕今后也要抓住实事，办他几个暗中阻拦者，看他们谁还敢乱来！”

说罢，忽必烈沉了沉，突然眼睛盯着张文谦，似乎已经看到了什么：“朕再问你，你可知道，偷图人是何许人也？朕怎么觉得，你是知道那偷图之人倒是哪个？”

张文谦心里一怔，躲避着皇上的目光，他感觉到了皇上正在捕捉着什么：“皇上，微臣并不知道具体是什么人偷了这张图。”张文谦撒了谎，他不想说出心中的怀疑，他担心那样事情会更加麻烦。他知道，眼下，他正如履薄冰。

郭守敬从大明殿出来时，仍是心魂未定，脑子里还是一团乱麻，他想不出来，倒是什么人偷了这张图，又奇怪张文谦的如此先知。朝廷的事情，确实与民间不同，有人放着财宝不拿，却来偷他的一纸河渠图，而张文谦竟然又会早知道，暗中又给他画了一张备着。

多有意思啊，而他这个局内人，却想不出来一个究竟，反像是一个局外的看客。

郭守敬一路琢磨，也就赶上了前边的众臣。众臣没一个理他，都匆匆地快步躲着他，仿佛他是一个怪物。他还不知道，他在人们的眼中，早就不正常。他不懂世事，缺乏常识，连得罪了谁，伤害了谁，都没有感觉。

郭守敬看着从身边匆匆走过去的一双双脚，像是要判定到底是哪一双脚，迈进了他的宅院，哪一个人，偷走了那张图。

四

事情已经到了火烧眉毛的时候，吕万荣、王柄南等人都明白，再不定夺，想出个办法，怕是什么都晚了。几个人出了大明殿，脚步都变得急促起来，他们相互示意，径直来到了老地方——一家叫

“香满阁”的小馆子里齐聚。

落座之后，王柄南已经变得粗声大气起来，他实在压不住心中的烦躁，两眼直直地瞪着吕万荣：“吕大人，你不是早有办法吗？说只要皇上到了龙山，敬了香，你必有主意。现在皇上龙山也去过了，香也烧了，事情过去这多天了，你这锅盖怎么还不揭呢？”王柄南的口气里带着明显的不满。

吕万荣本是等着别人把事情说破，但这些天了，谁都不再言语。朝中之人，平日多的就是相互防备，遇事先得自保，自然是各有各的心术，各有各的鬼胎。尽管大家的利益一致，但谁也不肯为他吕万荣当枪。

这会儿的吕万荣，也已经看透了各位的心思，他把心一横，只好挑这个头了，道：“不是说过了吗？文章就在那庙子上，只要那庙子出了事，起了火，皇上便会觉得不祥，一准会改变主意。”

刘大人听出曲折原委，却冷声讽刺道：“吕大人，你不是真打算烧了那龙王庙吧？”

王柄南也觉得这是笨招儿：“这怎么可以，早年皇上定夺襄阳一战，就是因为拜完的庙子着了火，才改变了主意。如果还这般地复制，皇上难道不会警觉吗？有这么傻的招吗？这万万使不得。”

朝中各位考虑事情，左左右右都是想得极细、极全的，最少也要看出三步才会行动，自然都觉得吕万荣的主意不妥。

吕万荣却极为冷静，道：“各位说得极是，正因为这样，我才觉得可行。如果复制，反而不易被人怀疑了，谁会这么傻地复制一件人人全都知道的事呢？正因为谁都认为不可以、不可能，才有可能。”

刘大人、王大人等相视而望，心中全都一愣。这一刻，几个人的脑子都在转着这个弯儿。

刘大人意味深长地道：“也是这个道理，谁会傻到如此地步呢？”

王大人还是疑虑未消：“是不是还是简单了些？”

杨永年终于想明白了，道：“也许真来一场大火，皇上反而不会怀疑有人敢如此地复制！”

吕万荣诡异地一笑：“就是这样，如果复制，自然要巧，各位大人一直问我还等什么？”

几个人几乎是同时地道：“等什么？”

吕万荣坚定而大声地道：“等一声响雷！”

几个人神情茫然，一时间还是没有弄懂。吕万荣凑近大家，低声耳语，几位听了都点头首肯。

忽必烈一直没有放弃追查偷图的人，他是想弄清，朝廷中到底是谁，如此在暗中反对从白浮泉引水修渠。当然，反对之人不止一个两个，但敢如此偷图的人，真是太大胆了。此人如此大胆，让他不能放心，他是想到有朝一日，这胆大之人，兴许还会带领众臣谋反，推翻他的位子。此人必须铲除！

随着追查的进展，各种消息不断地传来。郭守敬实在不敢想象，贼人就是吕万荣的远房侄女儿，自己的女人佳芳。

本来就心情抑郁烦闷的佳芳，听说皇上已经责令刑部的冯大人追查此事，心里充满了惊恐，她怕郭守敬想到是她配合吕万荣偷了图，怕刑部的人真的查到她。她一个无辜女子，怎么会一下子陷进了这么深的泥潭。其实她和郭守敬一样，都是单纯可爱的人。正如此，才会被人利用。何况，还有那一万两银子。何况，吕万荣与她说好，只是用这种法子借去看一看，过个一两天，一准将图悄悄地送回来。

但她不了解朝廷中的事情，更不了解叔叔吕万荣为她选择的这个婚姻目的有多么可怕，事情过了好几天，那图并没有送回来。

佳芳去找吕万荣，目的是要回那张图，吕万荣不敢告诉侄女那图已经烧了。他觉得事情比他想的严重了许多，他不该烧了那图，这一次他做得真是太失算了。看着侄女一脸惊恐的神情，吕万荣意识到了侄女随时都会把事情说出去。于是，当侄女再次提出要离开郭守敬时，他的眼睛反倒一亮，他想，侄女一定要尽快离开郭守敬，也许这才会避免后面的麻烦。

三天之后，女方全家都同意佳芳离开郭守敬，这真是一反常态，一反大元朝的民风。他们还主动写了一份休书，让郭守敬在上面签字画押。

这是一件最令人感到奇怪的事，郭守敬却没有多想。他在休书上签了字，结束了这段古怪的婚姻，他又成了孤家寡人。说是婚姻，他却连这个女人的手指头都没有碰过一下。

可是，天下确有很精明的人，朝廷里突然传出一种说法，那偷图的人，会不会就是郭守敬自己的女人。不然，她为何会是这般的做法？女人是不能被男人休的，她却急急忙忙地主动离开了郭守敬。

这说法引起了刑部冯大人的重视，他早就调查过这个女人，也怀疑过她。冯大人来找郭守敬了，确切地说，是来再找这个女人。

郭守敬听了冯大人的怀疑，认为不可能，女人佳芳是那么地诚实、弱小，目光里时时闪烁着对真情的渴望，她万万也不会做这种事：

“万万不会！”郭守敬一口否认，满腔都是对女人佳芳的保护。

冯大人又去找这女人了，却再也找不见她了。

几天之后，人们在一口井里找到了女人佳芳的尸体。

郭守敬久久地呆愣在这个消息中，他难以相信会发生这样的事情。事情是这样的不合逻辑，超出了寻常，他飞跑着去看女人。

在一块茂盛的菜地里，一口老井的边上，郭守敬看到了一块白布遮盖着的一团儿。

兵丁和差人们挡着他，不让他上前。微风吹来，那白布的一角儿一动一动，似乎那女人还活着，只是那样地睡了。

郭守敬望着那活物一样的白布，不觉想，会不会是自己杀了她呢。一时间，他被深深的悲凉与自责包裹着，让他觉得是那么的冷，在白布的下面，仿佛是他躺在那里，而不是刚与他分开的女人佳芳。

女人佳芳的离去，是这样的古怪，难以捉摸。让郭守敬觉得，他与她之间，自始至终都是那样的陌生，令他迷惑。

五

已是六月底七月初了，时令到了雷雨的季节，天空中常有大团的阴云集结。阴云越铺越厚，横横竖竖地挂满了天际，又像是谁刷上了大块的墙灰，随时都会吧唧一声掉下来。遥远的地方，时隐时现地传来隆隆的雷声，一声连接一声，此起彼伏。

人们知道要下雨了，且都耐心地等待着。

这天夜里，雷声不再是挂在遥远天边的虚幻，而是一声声炸在了人们的头顶，闪电划过长长的夜空，把漆黑的夜色照得如同白昼，刺人眼疼。豆粒大的雨点，终于噼里啪啦地落了下来，一时间，漫天漫地的便都是雨了。

一条黑影飞快地在山林中移动。此刻的都龙王庙，四下一片漆黑。殿内，供桌上光亮微弱的蜡烛，经不住从门窗的缝隙里吹进来的阵阵劲风，摇摇欲坠，随时都会掉下来。

正堂大殿里，空空荡荡，只有一尊尊泥佛威严不动，还是百年千年的模样，该笑还笑。

西屋里坐着几个还在坚持打坐的和尚，和尚们闭着眼睛，双手合十，似在顽强抵抗着屋外的电闪雷鸣。此刻，雷雨更大更猛了。

庙外，黑影跳进院子，从正殿的门缝儿向里看了看，然后又快步走到西屋的门外，从门缝儿里观望了一阵，屋里传来木鱼的声音，快一阵，慢一阵，声音流出门处，便一下子被风雨吞没了。

黑影快步离开，躲在角落的背风处，点燃手中的火把，绕到寺庙的后边，将火把扔到大殿的屋顶。那火把是浇了油的，任凭风雨吹打，仍然烧得旺盛。一时间，都龙王庙大殿的屋顶上大火顿起，火光冲天。

此刻，雷声滚滚，炸得令人惊惧，一声比一声更近、更低，一声未歇，一声又起。庙顶上的大火，越烧越旺，很像是被雷电击中的一般。

西屋里打坐的几个和尚，在如此的雷鸣风雨中，脸上全是掩饰不住的惶恐，一个小和尚再也撑不下去，睁开惊惧的眼睛，他看到了窗外的火光，吓得不敢相信，晃着身子站起来，走到窗前，向外观看。这回他看了个清清楚楚，惊叫着：“火，火，着火了！”

和尚们这才睁开眼睛，看到了窗外的火光，都慌慌地跑出门外，大声呼喊着：“着火了，着火了！救火。快救火啊！”深更半夜，山上除了这几个和尚，哪里还有人呢。

在白衣庵，青草和尼姑小雪都靠在床上，在轰轰的雷声中睁着眼睛，没有一丝的困意，从山上断断续续传来的呼喊声，也就分明了，俩人下床跑出屋子，清楚地看到了山顶上都龙王庙的火光，俩人提着水桶，往山上跑去。

山林中，那放火之人，连跑带跳地已经飞奔到了山下，跑得上气不接下气，刚刚停下来喘息，却见一持刀人横在了他的面前，他心中即刻明白，这是来索他性命的。他转身又往山上跑，谁想，前面又有一人挡住去路，他稍一迟疑，被一刀毙命。

都龙王庙的火势被扑灭了，正殿的屋顶被烧毁了大半。和尚们确信无疑，这场大火是被雷电击中所致，如同他们亲眼所见的一样。

也是这风雨交加的夜晚，郭守敬为死去的女人佳芳点了长香，将香插在供台上。高高的供台上，是女人佳芳的一张淡淡的画像，两条白纱，从供台上垂下来，让人感到垂得是那么地长。几朵硕大的纸白花，系在供台的中央，让人感到这花是那么地大。

一切都是因为太静了，静把景象拉长，把事物推远，让一切变得模糊异样而又不真。

郭守敬双手合十，在供台前闭眼默念：“请菩萨保佑她吧，让她的灵魂安息吧，在阴间的日子里，不要让她再被打扰……”

此刻的窗外，狂风吹着大雨，拼命地拍打着窗子，似鬼魂的撕扯呼喊，响声令人畏惧。

郭守敬对女人佳芳没有感情，但女人如此的命运，却令他十分地悲凉难过，他觉得是自己的过错害了这个女人，因此，他一直无法安心。

六

两天之后，都龙王庙失火的消息传到了朝廷，传到了皇上的耳朵里，事情是在不经意间被忽必烈知道的。

这天早上，忽必烈走出紫檀殿，正要去大明殿上朝，忽听得殿外一个小太监和一个老太监的对话，小太监道："听说了吗，白浮村的那座龙王庙失了火。"

老太监说："我好像也听了一耳朵。"俩人有一搭无一搭地说着走着，是轻轻慢慢的那种，是再无事情的闲聊。

忽必烈听到龙王庙失火几个字，猛地一愣，不觉站住了脚步，他欲上前去问个究竟，但两个太监边说边走得远了。作为皇上，忽必烈毕竟不好去追这两个太监，但这突然的消息，却让他好一阵焦虑，心想，自己没有听错吧，难道都龙王庙真的起火了吗?

忽必烈不知，如此随意的对话并非是一种巧合，而是精心安排好的，且是事先收了银子的，是专门讲给他听的。

忽必烈心神不定，快步来到大明殿，以至跟随在身后的几个差人都有些追不上他。

众臣们早就齐齐地在大明殿里等候了，忽必烈实在忍不住，他刚一坐上龙椅，便开口问道："各位爱卿，你们可有人听说了，这两日白浮村龙山的都龙王庙失火一事？"

众臣都面面相觑，有些摸不着头脑，因为没有谁听说过此事。

少顷，刘大人上前一步，脸上是并非情愿的神情：“禀告皇上，昨天微臣家中有一下人听街上人传，说是白浮村的都龙王庙前天夜里被雷电击中失火，不知是真是假。”

忽必烈厉声道：“你既然知道此事，为何不及时禀报！”

刘大人故作不解，一脸冤枉地看看左右众臣，做出胆小怕事之神色：“皇上，微臣以为，大都城每隔几日就有火患发生，听那下人说，都龙王庙的这次失火，并不严重，只是被雷电击中，当时又是大雨，一会儿也就被扑灭了。说是只烧了正殿的屋顶，微臣又怕此说不实，毕竟没有查证，不敢乱讲。微臣这次记住了，日后一旦听到火患，一定即刻禀报皇上。”

刘大人这么一说，忽必烈心里也觉得是错怪了刘大人。大都城隔三岔五便有些或大或小的火情，要是天天都向他禀报，确是有些不妥，如若不是牵扯到白浮村都龙王庙，如若不是自己刚刚去过这都龙王庙烧香，没事总向他禀报火情，确实是显得多余。

此时站在下面的张文谦却觉得事情有些蹊跷，尤其是刘大人，既然要说，却又做出漠不关心、勉勉强强的样子，这是为何？

如此感觉，让张文谦心里飘过一丝微微的不祥，那火会是有人故意放的吗？他盯着刘大人的一张脸，极想找出究竟。然而刘大人也是身经官场多年的老臣，从那脸上倒也看不出太多的问题，那是一张极为自然平静的脸。

这一刻，忽必烈的心里已经十分地烦乱，疑问道：“怎么朕刚刚去了那里，那里就失了火呢，是有什么不祥之兆吗？”他不知是在问谁，像是随口而出，却说中了要害。

下面无人应答，静静的，静得让人觉得有一些难熬。

吕万荣、王柄南等人心中有数，垂头等待着。下面的事，就要靠皇上自己去决断了，他们是要引导皇上的想法，这一步已经完成了。

郭守敬也在下边，他没有什么感觉，一场失火与引水开渠有什么关系。他想他的事，他还在想女人佳芳怎么会跑到井里，是自己掉下去的呢，还是有人把她推了下去？

他的眼前是盖着女人尸体的那块薄薄的白布单。他突然又想，那布单下的女人，会不会是青草呢？多少年了，他还在为青草担心。他又走神了，魂儿又不在跟前了。

忽必烈自嘲地冷笑了一下："都龙王庙失火，难道是上苍要对朕给予什么暗示不成，你们怎么看呢？"

下面还是没人作声。默了一会儿，在忽必烈目光的追问下，吕万荣向前一步，又想退回去，似乎也很勉强。

忽必烈道："吕万荣，有话就说。"他希望他说。

吕万荣违背了自己，他本想让别人多说，可他还是有些冲动，他不想再放过这样难得的机会，他要再往下拉一把皇上。白浮泉的引水开河是在要他的命，这时他站出来，的确是有些冒险，可他真顾不了那么多了，所以他格外地小心，并做出不得已而为之的样子："皇上，如按刚才刘大人的说法，事情并没有太大的损失，只是烧了那寺庙的顶子，修复了也就是了，皇上不必忧心。当然，都龙王庙是皇上新赐予的福名，又在白浮泉的源头之水上，皇上自然有些牵挂。要是臣，臣也会如此牵挂……"吕万荣说得自然而然，像是在劝皇上，却点到了白浮泉，点到了皇上的题字，他这是在给忽必烈心上扎刺添堵呢！

忽必烈听了这劝人的话，心里就更觉得事情别扭了。

这会儿，他极想有人和他对话，一直说下去，直到解了他的心宽：“朕就是问的这件事，你们觉得，从白浮泉引水，难道真有什么不妥之处吗？为什么朕刚拜完了那庙子，就起了火呢？”忽必烈越来越希望有人站出来，否定这件事了。至少论证一下他的对错，并给予他纠错的机会。

这就是忽必烈的内心。他信鬼信神，容不得风吹草动，这种来回，众臣们都是熟悉的，所以是可以利用的。忽必烈想不到，此刻他正被有心之人把握着。

这会儿，张文谦终于看明白了，心想，这把火，说不定真是有人故意放的。他看看吕万荣，看看王柄南，又看看高大人、刘大人……他突然认定，这里边一定有鬼！

于是他站出来：“皇上，依微臣所见，事情根本没有什么不妥，只要皇上不再为此事忧心也就是了。”

杨永年见张文谦如此口气，恨得要命，一点不容地跟上：“皇上，张大人说得极是，事情没有什么不妥，只是巧合而已，只是都龙王庙是在皇上敬香之后起了火，是这个让皇上心里别扭。微臣平日也读一点经书，知道遇事常要反省的道理。”

听话听音，张文谦知道，杨永年这是在和他唱对台戏，他还在给皇上心里添堵。

忽必烈轻轻地哼了一声：“你们都说得容易，朕这心里能不别扭吗？你们说，这火是不是要让朕改变主意呢？”

朝中之人，什么都明白，平日说话，早已都是半吞半吐，没有人肯把事情说得那么全、那么明。朝中的听者，也全是听话听音，听了一半，那一半就得你自己去想了，不然，你就是个傻子！

郭守敬就是这不灵光的一类。他一直闹不明白皇上这是怎么了，那庙子着了一把火，又没烧到大明殿，又没烧到紫檀殿，老扯它干什么。他不了解皇上对神灵体会的另一面，他更没有想到，皇上这是要改变主意了。

大家说来说去，也是为了让皇上改变主意。这是朝中的阴谋，众臣们并不陌生。

张文谦又想说话了，但被吕万荣发现了，吕万荣更快，他抢在张文谦的前面道："皇上，微臣以为，这场火患并无太大损失，都龙王庙几天就会恢复原状，皇上不必太看重。当然，如果这是天意，皇上也自有明断。"他把天意二字说得特别重。

忽必烈听到天意，心中更加不悦，他不就是怕天意吗！他恼怒了："天意，天意是什么！朕还真没有想明白。天意难道是让朕放弃从白浮泉引水开渠吗？！"

这回郭守敬的心被震了一下，因为皇上说到了从白浮泉引水，他只关心这个。他想，皇上说得对！不能放弃从白浮泉引水。可他还是没有理解，皇上是有放弃的可能的。

郭守敬也向前迈了一步，竟然说了一句："皇上说得对！"

无论皇上，还是众臣，没有一个人能听明白他说的倒是什么意思。

无人说话了，吕万荣、王柄南等一干人都心中暗喜，绕来绕去，总算说到天意上了，皇上最吃的就是这一套，皇上最怕的就是天意。

忽必烈缓了缓，内心的打击已经让他显得有些疲惫了："你们怎么都不言语啊，朕不怪罪你们，说吧，想说什么就说什么。"

然而，到了这个时候，该说的，似乎都说清楚了，都在意思中了，再说，事情也就被说明说破了。于此，也就无人再想说什么了，众臣就那么候着。

忽必烈又有些愤然了：“好了，今儿就到这吧，退朝！”他突然觉得累了。

第十一章

一

郭守敬没有理会皇上的情绪，他看不出来这些，这是他与别人的区别，也是他的福分，他的福分真是太大了。

一连几天，郭守敬都沉浸在对白浮泉泉池的设计中。这个泉，是整个河渠的生命，它将提供整条河渠百分之七十的水源。

于此，他在下笔勾勒它的时候，似乎能听到它的歌唱，它的呻吟，抑或它的哭唤，看到它的跳跃，它的奔跑纵横。它从远古走来，直到再也看不见的衰竭；从涓涓的细流滴水，一直到无比的澎湃。

也许只有郭守敬才懂得它，才能看出它的美妙。现在，他正在拿捏它、规整它、塑造它，这是他的魂儿！

现在，他要先设计一个实用的围堰，把整个泉池用石头围起来，然后在泉眼处修一座假山，让泉水从山石中喷出。可他又想建一座龙头龙嘴的石雕，让泉水从龙嘴里喷出。这些设想让他欢欣鼓舞，废寝忘食，整日沉浸其中。

他再次忘了外面的世界，想不到朝中的复杂，他更不知道人们在拆他的台，要他的命。他缺乏与人的沟通，不懂得除了他是这种简单思维，世上其他人都不是。

这一生当中，他只习惯并愿意陶醉在自己的发现与喜爱中，积年累月，这才是他的世界，他的因果。其他的就是近在咫尺，对他也是陌生的。

以至于这几天，关于皇上要改变主意，停止从白浮泉引水的言传，他丝毫都没有听见，在整个朝廷，他永远是最后一个知道真相的人。

他终于把围堰图画好了，他兴奋得拿着围堰图去找张文谦了，他是要和张文谦分享他的快乐。他的喜悦溢满了他的胸膛，到了不可以不与人分享的程度。

直到他跑去见了张文谦，看到张文谦脸上的不祥之色，他才知道事情坏了，一定是发生了什么不测。张文谦的脸色阴沉，只草草地看了一眼他的图，便又递给了他。张文谦如此的举动扎了他的心，张文谦应该与他同样欢欣鼓舞才对。可是没有，这唤醒了他。

“出了什么事？”他问。

“如果皇上停止从白浮泉引水的计划，你有何想法？”张文谦一字一句，十分认真地说。

他傻着：“怎么会？”难道皇上又改变主意了？他想。

在张文谦冷酷的表情里，郭守敬自以为牢不可破的东西，自以为神圣伟大的计划，自以为一切已经开始并永远都不可改变的事情，正一层一层地崩塌，轰轰隆隆的，震得他无法承受，他的人都似要垮了一样。

张文谦看到了他脸上的抽动，张文谦实在是为了安慰他，勉强地笑了一下：“皇上很犹豫，认定了都龙王庙的失火是一种不祥的暗示。认定了水往西走，是坏了大都城的龙脉，天下不可以这样！”

郭守敬呆在那里，失去了反应。围堰图从他的手中滑落下去，像一片秋风吹落的叶子，在空中打着转儿，让人感到凋零中的冷酷与凄凉，一瞬间里，郭守敬的脸上那么深地留下了无法挽回的悲伤。

张文谦同情地看着他，看到的却是一个正因为希望的破灭而被摧残着的人。他弯腰拾起了地上的围堰图，轻轻地递到郭守敬的手上。

郭守敬神情黯淡，有气无力地喃喃道："一定要找皇上，一定要恳请皇上，万万不可以改变主意啊！"他边说边挪动着步子，两眼痴呆，仿佛正在去找皇上的路上。而这路，却坎坷遥远得无法走到尽头。

张文谦默着，是想还有多少可能说服皇上。

郭守敬开始在心中默念咒语，他在极其无奈的时候，才会借助咒语的帮助："有人正在给皇上施以巫术。"他说。仿佛他亲眼看到了整个过程。

七月的季节，酷热难耐，阳光烈烈如焚。关于白浮泉是否还能作为源头之水的争论，两派于无声之中斗得十分胶着。

以吕万荣为代表的反对派，不断地在朝廷里散布都龙王庙失火是不祥之兆，且潜藏着更大灾难的传言。这让忽必烈心里感到巨大的压力，让他一时间失去了方向。

而张文谦则找了理由，直接来到紫檀殿见皇上。

忽必烈掐算好了张文谦要来，正等着他呢。

这几天，忽必烈一直困惑在疯癫和尚的那段话里：人是生活在自己的欺骗里的。世上没有人强迫你……自己的认定，自己才最相信，才真相信……

这一次，他还是因为相信那个看不到、摸不着的神灵所致，可他辨别不清自己的相信是对还是错。他怕这是又一次的自我欺骗。

因此，见了张文谦，他便直截了当地道：“张文谦，不用说见朕的那些理由了，朕就问你，你怎么看都龙王庙失火的事？它是偶然呢，还是神灵显现？你要是朕，你该如何定夺？”

张文谦微微思忖了一下，再次感觉到了皇上还是要改变主意：“皇上，微臣不懂神道，神的感应，该是深不见底、无边无沿的；微臣只是一般人的见解，如若按照一般人来讲，对都龙王庙失火一事，不会有太大的理会，只是皇上不同，皇上看得更多一些，遇事总要考虑得周周全全。有些事，一般人也不一定能看得这样的周全。”

忽必烈点点头，端详着张文谦，那眼神仿佛是在端详着整个事件的头尾来去，可他依然看不清楚：“朕现在心里确实十分地担忧。你知道，朕这辈子举棋不定的时候就会进庙烧香，朕信服寺庙，依靠佛祖，这的确让朕避免了许多危难，让朕走到了今天。但也给朕平添了许多烦恼，让朕变得优柔寡断。天下人，不论信奉什么，并非事事都灵，时时都能靠得住。”

忽必烈说得十分中肯，他要说的东西是深厚无边的，也确实是无边无际说不清楚的，但他的内心深处还是混乱的，并不清明。

他停下来，看着张文谦，那目光是想让张文谦把话接过去，说说自己的看法。

张文谦被忽必烈的真情和坦诚所打动，动情地道：“皇上，白浮泉一事，本是造福于民，是大都城的一件大好事。我想，如此的好事，苍天大地，都不会为难皇上，皇上不该如此犹豫，本来事情简单，就是一个引水开渠。微臣说一句不该说的话，是皇上复杂了，有人正在利用皇上的复杂，施以巫术。”他想起了郭守敬的这句话。

忽必烈闻言一怔，默了一阵，叹声道：“朕刚刚离开这都龙王庙，没有几天，庙就起了火，朕怎么还能简单得了。难道这不是上天对朕的暗示提醒吗？朕以为，这就是神的言语啊，朕是听到了神的声音。”忽必烈的复杂，正是他由于常常会无端地进入这种神秘幽冥的自我世界，而又没有办法彻底解开所致。

张文谦望着忽必烈，仿佛望着那个他并不懂得的幽冥世界。心想，人是多么的古怪啊，凡是所信，即是所骗。皇上竟然把一场火当作了神的言语，当成了上天的旨意。

张文谦感慨道：“皇上并没有错，不过微臣倒有一个想法，或许可以解救这件事。”张文谦已经思索两天了，这是他最后的一个砝码。

二

忽必烈眼睛一亮，急切地道：“说给朕听听，什么想法？”

“皇上，微臣是想得窄了，微臣就怕是有人故意为之。”张文谦说。

忽必烈瞪大了眼睛，不敢相信地提高了声音：“你是说，有人故意放火烧那龙王庙？谁敢这样大胆，朕刚刚去过，就不怕朕要了他的脑袋！”

张文谦不语，使劲地望着皇上，是让皇上自己再慢慢品味一下有人放火的可能。

忽必烈也确实是在品味着，他的脊背都在发凉。朝廷里，众臣中，竟然会有人如此与他暗中作对吗。真要如此，长此以往，大元朝都会不保，这有可能吗？他不敢想了。

忽必烈抬起头，眼里还闪着几分惊悸，他看着张文谦道：“依你所看，你若赶上这事，该如何是好，先往好里说，会不会是上天让朕再去另找水源呢？这大都城的地界，会不会还有更好的水源呢？”

张文谦感到忽必烈真真的没有了底气，直言道：“皇上，目前只有北面昌平的水源没有被利用，白浮泉是唯一充足的水源地。这个郭守敬已经勘证过了，您也亲眼所见。您心中的疑虑，无非是这场火。这火是否就是不祥之兆，并不重要，重要的是，别人怎样利用，皇上自家怎样去感受看待。”

忽必烈仔细地听着，沉吟片刻：“你是说，朕是庸人自扰了？可不管怎样，朕的这颗心得安顿下来。朕只问你，如何才能让朕安下这颗心呢？朕就是这样一个信鬼信神的人，你让朕怎么办？”

张文谦觉得是时候了，道：“皇上，我倒有一个办法，不知皇上是否认可？”

忽必烈巴不得赶紧有个办法，道：“先说说看，快说说看。”

张文谦提起精神，稳稳地道：“其实皇上也是很相信风水的，为何不请个好一点的风水先生，让他先去白浮泉走一走，看一看，听听他的看法，看看那个地方，风水到底如何？风水一般都是较为长久的，不易变化。”

忽心烈神情一振，眼睛都亮了，一脸的阴云即刻散去，喜上眉梢地道：“好主意，好主意，真是好主意啊！朕怎么就没有想到请风水先生呢。就按你说的，就再论证一次！快去找风水先生，这就去找风水先生！”忽必烈有些手舞足蹈了。天开了，云散了，事情又有了活头！

大都城内，风水先生一大把，不过真正看得好，又能摆在桌子上的，只有两位。一位是张之承，五十来岁，主要看房宅和阴宅，对环境地势等也很有考究。一般大都城内有钱的人家，都请的是他。张之承为人谦逊，做人一向低调，虽说要价很高，但如若对方找上门来，都是可以商量的。另一名叫任棋风，也是五十来岁，专看楼亭、店铺、街巷。如，门朝哪儿开，路从哪儿走，院子几丈几尺，树木栽种得是否合乎方圆等。两人各有偏重，但都算得上是大都城内看风水的大家名人了。

朝廷有事，一般被请的也是这两位。

这一次，张文谦请的是张之承。张之承听说是皇上的事，自然非常认真，表示可以分文不要。

只是现在，皇上对于白浮泉的一举一动，都被人监视着，太监何方续已经完全成了吕万荣的人，凡是关于白浮泉的事，吕万荣都要从他那里得到消息。何方续暗中已经收了吕万荣不少的银子。按说他也是个十分谨慎的人，但这一次，他却一反常态，他恨吕万荣银子太多，贪得太多。

尤其从这次引水开渠的事上，吕万荣的公开反对使自己露了马脚，让何方续暗中看清了他往日是如何侵吞国库银两的。何方续暗中摸了吕万荣的底，吕万荣的财产让他万分吃惊，后就怀恨在心，且恨得是那样深切。

他想好了，或是把吕万荣置于死地，将他的一切禀报皇上，或是干干脆脆、明明白白地从吕万荣的身上分一杯羹。他左思右想，选择了后者，每向吕万荣通报一次皇上对白浮泉的态度，他便要向吕万荣索要五百两银子。

吕万荣猜出何方续的心计，知道何方续是恨他，够狠！他也想好了，只要何方续敢要，他就敢给！大不了鱼死网破。

一方是狠着心地敲诈，一方是心甘情愿地解囊，说是合作，却也相互较着劲哩！这是朝廷里最直接、最坦白、最赌博式的交易了，双方谁都不眨眼睛，哪怕就是之后被人剁了手！

所以，皇上要找风水先生的事，吕万荣次日也就知道了。皇上并未放弃从白浮泉引水的计划，而是要请风水先生，去龙山，等看完风水再做定夺。这实在是出乎吕万荣的所料，他万万想不到，张文谦会给皇上出这么一步棋。

张文谦平日温文尔雅，骨子里却尽是这些让人胆寒的怪招，真可谓含而不露。吕万荣立刻找来王柄南、杨永年等人，商量对策。

朝廷众臣，平日耍的都是心眼儿，心中自有恶鬼帮忙。杨永年听了吕万荣的说法，当即轻轻一笑，道："如果请的是任棋风，事情一定会有转机，任棋风贪财好色，浑身都是毛病，很好利用。他就曾被户部的齐大人利用过，当年齐大人为占有邻居家的一间店铺，曾与任棋风暗中串通合谋，让任棋风将邻居家的店铺说成阴宅鬼寓。三番五次，将邻居吓跑，结果，齐大人便很便宜地得到了这家店铺，与自家的铺子合而为一，这就是任棋风所做的事。他常利用为人看风水之机，进行讹诈，算得上是'艺高人胆大'了。"

吕万荣等人听了，心里也全是诧异。

杨永年道：“如果请的是任棋风，只要咱多花些银子，再搭上一两个女人供他玩乐，让他把白浮泉说得一塌糊涂，事情大概也就成了。反而会让皇上彻底放弃对白浮泉的幻想，属一大好事也。”

吕万荣这才想起来，何方续告诉他，皇上请的是张之承。

几个人听了都心有不甘。王柄南思索一阵，建议道：“能不能请两个风水先生，如果能劝说皇上，再把任棋风也请来，事情就会有利得多。”

几个人听了，都明白里面的转弯儿，吕万荣决定冒险一试，向皇上进言。吕万荣虽然这样说，但心里并没有底，不敢抱太大的希望。几个人心里也都是忐忑不安。

次日早上，文武百官站满了大明殿，又是上朝的时候了。有事的大臣们开始禀报奏折，忽必烈耐心地听着。

吕万荣的心里七上八下的，他小心留意着皇上的表情，觉得皇上今天的心情还不错，大臣们禀报的事情，也是喜多忧少。他眼看着大臣们没得奏了，便大着胆子道：“皇上，微臣还有一事，是对白浮泉的，不知说得说不得？”

忽必烈看他一眼，道：“说吧。”现在忽必烈凡对白浮泉的话题，都感兴趣。

吕万荣恭敬道：“微臣听说，皇上要请风水先生，看一看白浮泉的风水。皇上实在是英明！臣一万个赞同。”他先说得让皇上心里有了舒服，接着又道，“只是微臣以为，不如多请几位，一起听听他们的见解，参考起来，也才更有价值，更为全面妥当。”

这个忽必烈倒没想过，他听得十分顺耳，觉得有道理，他也没发现吕万荣是在使心用计，倒是顺了他的想法，请一个，万一说得不对口味怎么办。忽必烈当即便一口答应："可以，吕万荣说的是理，那就请两位，看他们倒是如何说的。"

旁边的张文谦，警醒到吕万荣这是在施手段，但皇上答应得太快了，一时让他想不出办法应对。看着皇上饶有兴致的表情，张文谦知道，皇上又上了吕万荣的当！这吕万荣真乃阴险之至。

当下谁都知道，如果再请一位，一定就是请任棋风了。

三

退朝之后，张文谦心情很不爽，他面容凝重，不知不觉追上了前面的郭守敬，道："这吕万荣如此诡诈，竟要为皇上再请一位风水先生！"

郭守敬不明其意，不假思索地道："张大人，请两位不是更把牢一些吗？"

张文谦实在想不到，郭守敬这么没有脑子，生气地道："你就知道看星星、修河渠，脑子里再没有一点别的！这是朝廷，学会看人，才是最大的学问！"说完，他又泄了气，上天给了郭守敬超人的智慧，却不肯再给他一点做人的常识，这就是他与别人的不同了，谁又能改变得了呢！

郭守敬望着张文谦一脸的忧闷，惭愧地一笑："张大人息怒，学生一向就是这样愚笨，不会看人。我爷在世时总说，做人一定要单纯、朴实才好。"

张文谦苦着脸道："你不只是单纯，你是愚！"说完又觉得不妥，缓了口气道，"好了，好了，那我告你，吕万荣一定会使银子，利用风水先生，将白浮泉往糟里说，让皇上罢手，到时事情一定是这样。请的这位先生，也一定就是任棋风了。”

郭守敬奇怪道：“风水先生看风水，总是固定的，不能今天一个说法，明天又一个说法吧。”

张文谦笑道：“那是当然，看风水自然不能一天一变，那还叫风水吗？”

郭守敬的眼前突然一片虚幻，他看到整座龙王庙都漂了起来，一条巨龙浮出水面，顿时间，白浮泉变成了一片汪洋，成百上千名和尚站在岸边，双手合十，念诵经文的声音响彻天地。诵经中，一位风水先生飘飘然从天而降。

在这情景里，郭守敬突然有了灵醒，朗声道：“张大人，我们可以先请这位姓任的先生去白浮泉，看他怎么说，他总不能前后两个说法吧。”

张文谦一愣，开始没有听懂，但还是迅速地反应过来，心中一振，惊喜道：“好，好，你这主意实在是太好了！你的灵性属于天道！”

张文谦认真地盯着郭守敬，端详了好一阵，他奇怪地想，眼前的这个人，常常就是一个傻子，可有时候，他又精明得在千万人之上。他怎么能想到这么绝妙的主意！

他掏了心窝子说：“守敬，你的身上必有妖道仙人相助！傻时太傻，精时太精。这些年，我都搞不懂你！我们就赶在皇上请任棋风之前，先请他去白浮泉，他总要以先说的为准！只是，我们一定要找个让他确信的理由，不能让他怀疑才是关键。我们也不能出面。”

郭守敬道：“就找龙王庙的和尚去请他，让他看龙王庙失火修复的事。”

张文谦开心地笑了，这会儿的郭守敬，完全变成了另一个郭守敬，思绪是那样地精灵敏捷：“知道吗，这会儿的你，不再是你了，你这样精明的时候不多，你真要总是这样，我都会被你吓跑了，你还是傻乎乎的好！”

郭守敬也笑了：“学生知道，学生平日自己也喜欢傻一点的自己！”郭守敬知道，他只有在极少的时候，才是现在的这个样子，像是灵魂出窍，神鬼都来找他聚齐。

张文谦也来了精神：“你今天真是奇妙，在这之前，绝不能让任棋风知道朝廷也要请他，咱们请他的时候，他都说了什么，如何的讲究，都要一一记录下来。”

当天张文谦就去办这件事了，他心里火急。谁想，龙王庙的和尚们听了曲折原委，并不同意，认为张文谦的这种手段，属妖念邪道，不予理会。

张文谦费了很大周折，直到说是关于治理白浮泉水患所需，才将云惠和尚说通。时间紧迫，当下张文谦便带着被说服的云惠和尚回城，云惠和尚遵照张文谦的嘱咐，直接去请任棋风了。请任棋风的理由，是因失火，要重修都龙山寺庙，请他看看时日，当然也要再看看风水，哪一天动工为好。

任棋风见了云惠和尚，并不以为然，一个和尚能给他多少银子呢？想不到，云惠和尚将装有银子的袋子放在桌上的时候，也是咣当的一声响亮，就这沉重的一声，让任棋风一下子睁开了眼睛，提起了精神，谁不喜欢听银子响呢。他没想到，和尚也会给这么多的银子。

云惠和尚说，还有一半，事后给。任棋风走南闯北，还没见过这么厚道的和尚，眉眼儿都笑歪了，当下便满口答应。

次日一早，天还没亮，一辆马车便将任棋风接走了。直到这时，张文谦、郭守敬两人才放下一颗悬着的心，不管怎么样，事情是赶在了吕万荣之前，真如赛跑一般了。

任棋风不明就里，到了都龙王庙，将龙山的地理风光赞赏一番，和尚们又将他引到白浮泉，也让他顺便看一看这泉边的风景，任棋风更是觉得这是一块难得的风水宝地。

云惠和尚拿出纸笔，恭敬地请他将所说的写在纸上，以百世留名，还要树碑立传。任棋风不知内中文章，高兴地答应了下来，挥毫洒墨，十分痛快得意！

任棋风拿了银子，当晚回到家中，想不到朝廷的吕万荣、杨大人，竟然坐在他家里候着他哩，这让他好一阵吃惊。朝廷命官登他的家门，且又这样一直等待着，事情也就绝不一般了。

吕万荣说事情紧急，请他去白浮泉的龙山看风水。

任棋风就愣住了，他刚刚从龙山回来，且就是急事，现在又是急事，且都是同一个地方。他心里奇怪，也就觉出了不妙，他脱口而出道："吕大人，杨大人，我就是刚从那里回来啊，怎么又是去看龙山？难道不是同一回事吗？"

吕万荣、杨永年听了也都一脸疑惑，全都愣住，想不到有人也请任棋风去看了龙山，俩人心中不得不起疑，问了半天，才知道是龙山的和尚要整修寺庙，说半月前失了火，要修复，这倒合乎逻辑，但还是太巧了些。不管怎样，俩人总算把心放了下来。

吕万荣拿出一百两银子，推给任棋风，任棋风看到这些银子，心里反而打了鼓，那和尚的银子就很重了，现在又是这很重的银子，这龙山倒是怎么了，难道是出了什么事情？

每逢有人找他看风水，十个人里，六个内里是藏了凶吉的，有很多复杂、很多不宜说破的事。这些，也只有常给人看风水的人才会有体会。

所以，当下的任棋风，便感觉到事儿不一般了，小心机谨地问：“吕大人，为何给这些银子？”

吕万荣故意高了声音压他：“这是皇上的赏银！还有一人也去，你认识，张之承！”

四

任棋风听到是皇上要看风水，吓了一跳，又知张之承也去，心中便觉得十分不妙了，当下便想推掉此事，却又想不出推托的理由。

吕万荣看到了任棋风脸上浮起的难色，道：“任先生，到时你要按我们想的去说才成，我们还会给你五百两银子。”说着掏出一张“春风楼”的票据，放在桌子上，诡异地一笑，“这张票，可去‘春风楼’二十次。任大人笑纳就是了。”

这“春风楼”是大都城有名的妓院，吃喝玩乐一应俱全，二十次的门票，少说也得一百两银子。任棋风心里也就更有了明白，这是一步要他命的险棋，并非什么好事，不觉道：“吕大人，你是让我说好呢，还是说不好？”

吕万荣神秘地一笑，当即脸又寒了：“你要告诉皇上，那地方晦涩、阴邪，是水怪林鬼出没的地方，处处都藏着险恶不吉之气！”

任棋风听着，脸色惨白了，他刚刚从龙山回来，此山明明属于上风上水，阳盛山青，一派动人的秀色，怎能说是晦涩、阴邪、林鬼当道呢，且还是要当着皇上的面，要讲给皇上听。任棋风的心里一阵打战，浑身都冷。

吕万荣见任棋风神色不悦，冷声道："任先生不必过虑，风水轮流转，总有改变的时候。再说，盛绿也会变得枯黄，鲜花终会转为腐烂，天下没有什么事是繁华不尽的。风水这事，也是一时一个看法，哪有什么定论。让你怎么说，你就怎么说，说了又能怎样，除了再得五百两银子，并没有别的麻烦。"

杨永年感到了任棋风的不从，干脆就逼迫了，道："任先生，据我所知，先生又不是第一次按照请家的意思说景了。先生不就是为了银子吗？不成你就说个数！"

任棋风听了这话，脸就黄了，知道杨永年指的是他曾利用风水之说，收受不义之财，心中一阵愤然，但这都太晚了。此刻的任棋风，深深感到来自吕万荣、杨永年的威胁，他似看到了自己的后事一般，突然冷冷地笑了起来。

这笑，让吕万荣、杨永年浑身直起鸡皮疙瘩。

任棋风收了笑，狠了声道："吕大人，杨大人，你们为任某着想了吗？这是说给皇上，是蛊惑皇上，欺骗皇上，有杀头之罪。任某也就只有这一次再收这不义之财了。任某要五千两银子，少一两，任某都不会应允此事！"任棋风的语气，已经是准备一死的架势了。

任棋风的狮子大张口，让吕万荣、杨永年没有一点防备，似乎这才想到，任棋风是冒了杀头的危险的，得有不顾一切、赌一把的准备才成，吕万荣与杨永年你看我，我看你，不知怎么办了。

吕万荣当即站起身，将杨永年拉到稍远的墙角处，俩人嘀咕一阵，又回到原处落座。吕万荣一字一句地道："好吧，任先生，就再付你五千两银子！但你要把皇上说信，让皇上讨厌那个地方，躲着那个地方！"

任棋风麻木而缓缓地点着头，那神情，倒似上刑场一般了。

两天后，张之承与任棋风，正式受了朝廷委托，一起前去昌平白浮泉看风水。任棋风还看什么呢，只是做做样子罢了。次日回来的早上，皇上便与满朝文武在大明殿内，倾听两位风水先生的所见了。

这一早上，大明殿里的气氛显得十分特别，早朝不再有别的事情，就是听两位风水先生讲风水、论阴阳。

七月的强烈阳光，明晃晃地照射在大殿前的青石板上，白花花的刺得人眼疼。事情还没开始，众臣已经感到几分趣味，以往听人讲风水，都是个人的事儿，今天这么多人与皇上一起，专门听两位先生讲风水，对于众臣也是头一遭。

当然，谁都知道，这体现了皇上对此事的极大重视。

此刻，无切身利益者，都轻松着，脸上浮着笑。而吕万荣等人，则忧心忡忡，心里都捏着一把汗。

此时的郭守敬，心里更是紧张，他担心，如果任棋风真如张文谦所说，拿了别人好处，便会把白浮泉彻底否定。皇上听了他的论述，一定会改变主意，放弃从白浮泉开渠引水的主张。当然，皇上还要听张之承怎么说。张之承又会怎么说呢？这个没人知道。

因此，郭守敬的心里忐忑不宁，两手都是汗了。他清楚，一会儿的事情，差不多是要人命了，一旦任棋风把白浮泉说得一塌糊涂，张文谦就会被逼无奈，当场拿出任棋风前两日所说的证据。

如果是这样，事情就被闹大，任棋风就要人头落地了。而这可怕的一幕，只有他和张文谦知道，用张文谦的话说，今天就是任棋风掉脑袋的时候！当然，也是吕万荣等人今生的仕途走到尽头的时候！

而此时此刻，人们并不知道这一切，脸上都是带了笑的，都轻松着，众臣们甚至把听风水当成了一种娱乐，正等着一场娱乐的开始和享受呢，哪里会想到，这是见刀见血的时刻呢！

如此，一会儿的朝廷上，必是倒海翻江的场面，没有人还能这般地轻松说笑，没有人！

郭守敬在心里一遍遍地默念着阿弥陀佛，他见不得朝廷上的这些，在他的心里，永远都喜欢宁静、单纯的日子。什么事都不要太剧烈，更不要那么残酷，就是挫折或是坎坷，也是悄悄的，能让心去适应的那种，而不是如此的刀光剑影。

所以，他更希望这是一场梦，早完早散，早一点过去。

五

此刻，两位风水先生已经在太监何方续的引领下，走进大殿，站在了众臣的前面。众臣窃窃私语，多数人都认得这两位。

郭守敬闭起了眼睛，希望待他睁开眼睛的时候，一切便都平静地过去。不过，他刚闭上眼睛，就清晰地看到了任棋风被砍头的场面，一把冰冷冷的大刀正砍向任棋风，顿时间，鲜红的血水便溅到了行刑人的衣服和脸上，他吓得慌忙又睁开眼睛，去看张文谦。张文谦目不斜视，看着空荡荡的龙椅。

不大会儿的工夫，忽必烈便到了，他径直走向龙椅。众臣欢呼万岁，给皇上行礼，忽必烈庄严地坐在龙椅上，大明殿里顿时一片肃静。

忽必烈看了一眼站在前面的两位风水先生，道：“张之承、任棋风，你们二位为朝廷看过多次风水，都还令朕满意，你们的声望在大都城也算是家喻户晓了。这次朕想知道，昌平龙山白浮泉的风水如何，你们都去看了，现在就给朕说说吧，也让大家都听一听。张之承，你先说。”

张之承面相沉稳，温和地道：“皇上，在下就贸然说几句，昌平的龙山与白浮泉，在下曾去过多次，心中已有所见解。这次皇上旨意，在下前天又去细细地察看了一番，在白浮泉的左左右右、山上山下，走了几趟。在下以为，白浮泉与龙山，是不可分割的一处所在，地貌锦绣，鸟语花香，山水相依，人天契合，有灵仙妙境之气，风水堪称一流，属难得的龙脉之岭。在下前日所见，与往年没有变化，白浮泉龙山仍是大都城的上风上水，是一块稀有的宝地！远看近瞧，给人以神来之笔的享受，不可多得，不可多得！”

忽必烈点点头，脸上露出些许的笑容，他把目光转向任棋风：“任棋风，你可同意张之承的看法呀？你也说说吧。”

任棋风的身子在微微地打战，脸上的汗水都流了下来，他感到此时自己的心跳实在太快了，他已经有些承受不住。他用眼角瞟了一下不远处的吕万荣和杨永年，正好与吕万荣的目光相对，他赶紧扭过脸。

这一刻，大明殿里静得出奇，皇上和众臣都等着任棋风张嘴说话，不知道他为何这样迟缓，虽然只是刹那的停顿，可也显得十分地漫长。谁都看出来了，他是有些难言之隐。

郭守敬也看着他，似乎是等着他的人头落地，因为他看到了那个真实的场景。

任棋风心里一阵的难受，苦得很。他硬着头皮道："皇上，前两年，在下对龙山及白浮泉的看法，也与张之承先生是同样的，只是近一年多来，在下认为，龙山的灵仙之气，已被污浊之气所熏染，尤其南边大片的湿地，长年滋生着糜烂腐败，死尸烂木常有漂浮，使得龙山上充满了阴气晦涩，这次察看，在下还体会到阵阵妖风肆虐，遍地巫鬼横行，山不像山，水不像水，已经乱了阴阳……"

随着任棋风的描述，忽必烈的脸色渐渐发白。

任棋风的说法让一旁的张之承大惊，这完全出乎他的所料。同是风水先生，他不知道任棋风如何这般，如有偏差，还属正常，可今天任棋风是完全走了板。要是平日，他会即刻反驳任棋风，可现在，当着皇上与众臣的面，他只能闭嘴忍住。

任棋风说完之后，垂下头，不敢再看皇上。

忽必烈的心里已是阵阵发凉。

这一刻，众臣静得能听到自己的呼吸声，风从门外吹进来，那本来只有一丝丝弱得不能再弱的声音，这会儿却大得人人都可听见。也许根本没有风，只是各位的喘息罢了。

忽必烈像是挨了当头一棒，张着嘴却没有说出什么。

吕万荣、杨永年、王柄南等人都低垂着头，心里全都怕得要死。直到这时，他们才意识到任棋风如此胡说八道是多么地露骨，多么地弱智。难道没有人听出来这里边的究竟吗？除了皇上，不少人心里都有了判断，任棋风这是被人收买了。

众臣无不诧异，是惊惧任棋风的胆子。

张文谦的心狂跳着，他已经准备上前了，任棋风前天所说的话，写下的字，就在他的袖子里，但他还是有些犹豫，他竟然也看到了任棋风人头落地的景象。

忽必烈长长地叹了一声，声音充满了悲观与无奈：“想不到两位先生所见如此的不同，你们谁说得更有道理呢，朕倒是听你们谁的呢？”忽必烈扫视众臣，没有人言语，大殿里更为肃静。

“这样吧，你俩都先下去，让朕好好地想一想。”忽必烈说着站起身，他一下子变得绵弱无力，晃晃悠悠地有些不稳。

边上的太监何方续看出了皇上的不适，赶紧高起一声：“退朝！”他几步过去，慌忙扶住皇上。

人人都看到了皇上的突然变化，都猜到了这是和任棋风的谎话有关。只是这如此要命的时刻，众臣想的都是明哲保身，赶紧避开。

任棋风在自己的惊吓里一直煎熬着，他里面的衬衣早就湿了个透。他也从众人的眼神中看出，不少人都看出了他是在瞎说，但他狠着心想，你们谁能拿出我瞎说的证据呢！瞎说又怎么样呢，这是说风水，一人一个看法。

他突然得出谁也不会拿他怎么办的结论。皇上大不了不信他的就是了！这想法，让他反而轻松平静了下来，他觉得一切全都过去了。

他竟然独自地笑了，并尽量让这笑长久一些，真实一些，这倒很像是对刚刚被煎熬折磨的心境的一种补偿。

第十二章

一

忽必烈疲惫地回到紫檀殿，屁股还没坐稳，门外差人就报："皇上，张文谦、郭守敬求见。"

忽必烈一愣，刚刚朝上怎么有话不说，反而跑到这里来求见。忽必烈突然意识到，这二位一定是有要紧的事情才敢如此冒昧，不顾礼仪："让他俩进来！"他说，声音里也是等着什么希望。

张文谦、郭守敬被差人引进皇上的寝室，两人给皇上行礼。忽必烈道："免礼，说事吧！有什么重要的事刚才不说？"

张文谦道："皇上，刚才那任棋风，怕是早就被人收买利用了，故意说的那些胡话，皇上万万不可听信！"

忽必烈眨着眼睛，他似乎感觉到了什么："张文谦，你何以见得他是被人利用啊？"

张文谦从袖子里掏出两张宣纸，打开："皇上，这才是任棋风的真实看法，这是前两天，有人请任棋风同样到龙山白浮泉看风水时，他的所见。请他的人，还把他的话写在了纸上，这里有任棋风的亲笔签名。可只过了两天，他却出尔反尔，说的却是另一番景象，让人疑惑不解。"

忽必烈的眉毛飞快地一抖，他快速接过张文谦递上的墨书，从头到尾，仔细地看了一个遍，尤其那日子，他是看了又看，没错，就是前两天的事。他满脸疑问：“这到底是怎么回事？朕反而闹不明白了，他任棋风为什么要出尔反尔。这上面，他说的都是对白浮泉的赞美之言，与张之承说的大体相仿，可刚刚他在殿上，却说的是另外一套！这东西你们是从哪儿得到的？”

张文谦有些激动：“皇上，自从十几年前，郭守敬发现白浮泉，决意引水建渠以来，这背后就一直有人因个人私利，万般阻拦。这次皇上再提要从白浮泉引水，反对者更为猖獗。龙山上的都龙王庙起火一事，微臣就怀疑是有人为之，只是没有证据……”

忽必烈不敢相信地道：“张文谦，你说什么，那火真是有人故意放的？”

“皇上，微臣只是怀疑。这次皇上要请风水先生，本来请的是张之承，这就够了，可有人担心皇上依然要坚持从白浮泉引水建渠，所以提出，要再请一位先生为皇上看风水。微臣便怀疑，此举还是为了阻止皇上从白浮泉引水建渠。”

忽必烈听得十分仔细：“张文谦，既然你看得如此清楚，为何不早给朕说清说透呢？反而还要等到今天！”

张文谦拱一拱手：“皇上，微臣一直没有证据，也就不好乱说。说了皇上也未必信，这就更糟。”

张文谦停了停又道：“这次有人非要请任棋风，微臣便认为是别有用心了。就是为了拿到证据，微臣才趁任棋风没有防备，先于朝廷，将他请去看了龙山的风水，并把他的看法一一记录下来，以便日后对照，以免皇上请他时，他出尔反尔。”

忽必烈听得心惊肉跳：“这么说，今天这一切，你全料到了？”

张文谦道："皇上，确实是这样，不过，先于别人请任棋风去看风水的主意，还是郭守敬想出来的。"

忽必烈的眼里闪过一道惊异，他把目光搁在郭守敬的脸上，纳闷儿地道："郭守敬，你怎么变得这么聪明啊，朝廷里，都传言你是一个呆子。朕倒是没觉得你有多么地笨，可也绝没看出你有这么聪明！当然，天文、水利上的事另说。"

郭守敬一直听着，他同样惊讶吕万荣等人敢于欺骗皇上的胆量："回皇上话，微臣还是比较傻的那种，只是偶有灵机一动的时候。那天微臣只是觉得，一个人说话不能总是变来变去，尤其对这风水之相，不大可能一天一个看法。所以张大人便采纳了本人的建议，先请任先生去了龙山，并让人把他的看法记录了下来。"郭守敬说得一五一十。

"好，好！"忽必烈看着郭守敬，心想：这人平日就是个呆子，关键时刻却又总有大智慧，真乃奇人也！若不是他想到先让任棋风去龙山看一看，并记下笔录，朕一定会被他们耍了。

忽必烈想到此，浑身都出了一层冷汗，他是既感谢郭守敬、张文谦，又对自己好一阵地自责。进而他想到自己的以往，也不是没有被人耍弄的可能。他的心里，是又懊悔又后怕，突然怒从心升，道："朕这次真是大意了。这些混账，也太敢干了吧！竟敢联手糊弄朕，欺骗朕，给朕下套，编故事给朕听，真是反了！反了！"

忽必烈看看张文谦，又看看郭守敬，他的内心突然充满了暴怒，只是还在极力地忍着："朕问你们，这个任棋风是谁请来的？又是谁指使他这样做的？"

张文谦道："皇上，应该说是皇上您请的，但收买者却另有其人。

要想弄清楚，怕是只有问任棋风本人了。”

忽必烈长长地舒出一口气，很不情愿地道：“朕实在没有想到，有人竟在朕的背后做这种肮脏的勾当。朕这些年，改变了许多，不想再治罪、再杀人了，但今天这事，真是逼着朕不得不再治罪杀人啊！”

郭守敬双手合十，轻声而反复地念着：“阿弥陀佛，阿弥陀佛！皇上，也可以不杀人的，治水修河，最不宜见到的就是血水。”

忽必烈一愣，困惑地看着郭守敬，竟一时语塞，好一会儿才道：“郭守敬，朕也信教，却不是你这个信法。如果没有张文谦，都像你这么慈悲，就是朕再有心，怕这白浮泉的事也办不成了！”

郭守敬坦诚而感激地道：“是，皇上！如若不是张大人，微臣许多事都办不成，更不会有微臣的今天。”

忽必烈下定决心地道：“当务之急，是要弄清楚，这任棋风倒是受了谁的指使！”他高起一嗓，“来人！”

差人闻声进来。

忽必烈：“传旨，将那任棋风立即押解刑部过堂！”

刑部受命，于当晚将任棋风捕了，并押进大牢。任棋风哪见过这个阵势，还没等问罪，自家倒先招了，说出是受了吕万荣的指使。而杨永年等人，他却闭口不提，因为杨永年与他沾亲带故。

忽必烈怎么会想不到吕万荣，早想到了。还想到了杨永年，想到了王柄南……但他不能一一治罪，都杀了倒是痛快，可不能，那样谁还敢跟着他，谁还会为朝廷卖力，早跑光了。再说，这些人都是两面派，也有为朝廷、为他忽必烈卖力效忠的时候。

杀一儆百，让他们在背后都哆嗦，小心着，才是道理。坐天下，掌政权，难的就是这些说不明、道不出的弯弯转转。想到此，忽必烈不觉一阵感慨，当皇上的难，平常百姓又有几个能体验得到呢！

二

当晚，吕万荣被押进大牢，手脚都被戴了刑具，属于杀头的重刑犯了。

忽必烈亲自来到牢房，在旁门里听着对吕万荣的审讯。吕万荣不得不坦白交代，这全是因为即将失去陆路运输的权力和利益，他才这般千方百计阻止从白浮泉的引水工程……

忽必烈想不到，跟了他这么多年，被他如此重用的老臣，竟然不顾朝廷利益，使得如此手段，暗中挑头反对他，这真让他伤心不已。但他想到郭守敬的那句话：修建水利，不能见血水。他当即下旨：罚没吕万荣的全部家产，并将他革职发配到宁夏。

而任棋风，当日被斩！

次日，阴云密布，天气灰蒙，吕万荣竟然是被一辆囚车押出了大都城。忽必烈就是要让朝廷众臣们好好看看，看谁还敢欺他、骗他，背地里耍这些手段！

忽必烈命满朝文武，都站在街上，目送吕万荣的囚车出城。众臣战战兢兢，无不惶恐，都早早地站在街上候着，等着那囚车缓缓而来，缓缓而去。

车上，吕万荣披头散发，死闭着眼，被圈在木笼里，像赴刑场一般。街上很静，黑压压地无声，只有那碾过石板路的轱辘声，咯咯吱吱地碾在王柄南、杨永年等人的心上。

吕万荣被革职发配一事，震惊朝野。

而杨永年、王柄南等，在庆幸自己幸免的同时，更加痛恨张文谦与郭守敬，这账，怕是要更长久地计算了。

忽必烈终于理顺了事情的来去，也调整好了自己的情绪，他下旨，从白浮泉引水建渠一事，正式开工。

宣布的那天，满朝文武都聚在大明殿里，有了吕万荣的前车之鉴，谁还敢反对呢，听着皇上的朗朗口谕，文武百官齐声欢呼：皇上英明！

郭守敬站在众臣之间，心中五味杂陈，他万没想到，白浮泉的开工，竟然是这样的沉重。

忽必烈将这条未来的河渠命名为“通惠河”，并亲自写了金匾。金匾就高悬在他的寝室正中，日夜看着，念着，牵挂着。可见，忽必烈是多么地重视这条引水渠。他还下旨，整条河的修建，都由郭守敬全权负责。

忽必烈的这个决定，出乎所有人的意料，众臣没有想到，皇上会如此地不管不顾，把事情做得这样过火。郭守敬怎么会有能力管理这么一大摊子事，他除了看天、看水，其他的就是一个白痴、愚人！

但众臣慑于皇上的威严，面上全都一片赞扬之声。

郭守敬今生第一次有了掌管修建一条大河的权力，可他却茫然，不知该从哪里下嘴。因为这是管人，他木讷内向的性格，让他不知道怎么与人打交道。

谁都看了出来，如果郭守敬想贪，就能贪得手软；如果郭守敬想以此网罗人脉，不知有多少人会讨好他、巴结他，与他共利共赢。

可郭守敬不懂得这些，皇上把如此的权力交给他，就是因为这样的呆人皇上才放心！何况，郭守敬又有极聪明的一面，聪明得举世无双。

通惠河就要开工了，郭守敬的愿望不但实现了，还掌管了如此大权，应该有人来恭喜、庆贺才对，应该是热热烈烈的场面才在理。至少也应该有一点鞭炮彩旗的点缀。

可是没有。

在朝廷，但凡谁有个事情，臣官们都会借了这机会，彼此恭贺一番，赞许几句。闹得再大一点，就要鞭炮红花锣鼓的热闹了。然而到了郭守敬这儿，什么也没有，就无声无息着，众臣都躲他远远的，仿佛他有一身的瘟疫。

该热闹而没有热闹的时候，人就显得格外地孤独了，日子也显出了不应该有的冷清，甚至让人觉得有几分凄凉。

张文谦感觉到了郭守敬的处境，这一晚上，他拉着郭守敬来到了“城满楼”吃饭，说一定要庆贺一下。然而，两个人吃饭又有多大的意思呢。在这里，吃饭的形式实在是大过了吃饭的本身。

两个人坐下之后，都觉得有些异样，单间房里空空荡荡的，反而更衬托出被冷落的滋味。在张文谦的心里，最值得庆贺的就是击败了吕万荣等人，在他看来，这胜于挖河修渠。没有这个胜利，哪有什么挖河修渠！因此，他觉得这个最值得庆贺。

作为郭守敬，再冷清，再没人祝贺，这也是他人生中最辉煌的一页。他望着窗外闪闪烁烁的灯火，它们像是心中被点燃的希望一样灿烂。

他由衷地端起杯子：“张大人，我先敬您！谢谢您对我的栽培，没有您，我哪里会有今天！”他如此的言语，是概括了所有日子里对张文谦的所有感谢。

现在，他深切地体会到，如果没有张文谦，没有皇上，单凭他的意愿，就是发现了比白浮泉更大的水源，也不会有什么“通惠河”。

从进朝到现在，他正在一点点地开窍儿，一点点地懂得了在朝廷做事倒是怎样的一个来回究竟！

这会儿的张文谦，也很感慨，他眯着眼睛，端详着郭守敬，心想，眼前的这个人，可真是有造化，且是天大的造化。朝廷众臣，对从白浮泉引水开渠一事，反对声一片，那么大的阻力，如此，一般人绝不会再有成功的可能，就连一手遮天的皇上，也不一定能成。可这事情沾了他，竟然就成了。你说他用了多大劲吗，又像是没有，却是逢山开路，遇水造桥。他就是傻傻乎乎的一个人，却傻得很是地方。聪明对于他，很像是偶然，而这偶然，却又那么恰到好处，不但可以救他，还可以救事。

三

三杯酒下肚，张文谦道：“麻烦的事还在后边，虽然皇上宣布了开工，但往后的事，谁又能料得到呢。”

郭守敬恭敬而小心地道：“张大人，难道还有什么不测吗？”

张文谦平静地摇着头：“这倒不是真有多大的困难，也许什么也没有。但在朝廷里做事，从来也不会风平浪静，否则，就不是朝廷了。朝廷各位大人，都是把刀藏在心里的主儿，何况，这河渠一开，便要有多少人的真金白银被埋葬。这是在动真格的，事儿能那么消停吗？谁信呢！”

郭守敬深有感触地道:“所以我不能离开张大人,只有张大人在,我这心里才会踏实。”

张文谦收了脸上的笑,老老实实地道:“你别以为我有多大本事,我总琢磨,这世上,傻子固然斗不过聪明人,可很多时候,确确实实是傻子占了上风。在朝廷,输赢的事,瞬间变换,谁称王,谁当寇,就更不一定是个人能拿捏得了的。”说这话的时候,张文谦的眼前闪过的是王大人、杨大人、高大人……他知道,这一次的成功,已经有很多侥幸的成分了。这一路走来,皇上是那么地游移,随时都会改变主意。他想,现在看来,还是郭守敬的执着自始至终起着作用。

郭守敬同样感触良多,这一来回,他似乎也成了风吹浪打过的人了。不觉想起多少年前,疯癫和尚的一句话:世上的所为不顺,都是人心是非,可以没有由来,没有道理,防不胜防,你不去理会就躲过了它,而过分地纠缠,正是你深陷其中的原因。

两个人从酒楼里出来,已是月明天高、万籁俱寂的时刻了,俩人走在一座窄窄的石桥上,四周是夏虫与鸣蛙的叫声,这是一个多么美妙、静谧的夜晚啊。

此刻,却突然从背后传来一阵急促的马蹄声。

没等俩人醒过闷来,一辆飞奔的马车已经到了桥上,一切都晚了,石桥窄得只能驶过一辆马车。就在这一瞬,郭守敬下意识地拉了一把张文谦,俩人一同掉进了河里。河水有三米多深,两个治水修河的人,却谁都不会水。

一切都被算计好了,或被马车轧死,或被河水淹死。

这一晚上，紫檀殿里的蜡烛一直点燃着，墙上重重地映着皇上忽必烈的身影。他表情凝重，一本卷宗，合上翻开，翻开又合上，来来回回的正是他的心事。卷宗上是郭守敬对白浮泉整个工程的细致规划。

首先要关闭离白浮泉最近的那座琉璃窑，这是户部高素仁家的窑，也是专供朝廷制琉璃瓦的窑。其次，是要搬走白浮泉边上的一座庵，这座庵也有上百年的历史了。还要占粮田土地近四百亩，其中，有工部官员杨永年的田地果林。再往后，要搬走三个村子，共48户人家。村人树木508棵，17座老坟，随着通惠河的不断向前延伸，所占的土地、粮田、房屋也就更多了……

忽必烈还是那样忧郁，只要离开众人的视线，他的一生其实都是这样忧郁地过来的。他的心上拧了结，他不知这中间、这往后，还会有多少人因为利益而滋事搅闹。而郭守敬在设计时，是否想到了这些，是否尽量避开了这些？他不得而知。

作为一朝天下的皇上，忽必烈计算人心，总是强于计算实事，所以他看着这些实实在在的数字，看到的都是各色人等，看得他头疼，眼前的句句行行，反而如同泡影虚幻，那么地不实，甚至都是危险。

他希望能从郭守敬的身上，看透这些数字，看透一些利害关系，以便进行调整。可郭守敬不结帮，不拉友，不好客，不娶亲，不嫖妓，温文尔雅，一门心思地就知道治水、看星星，也就看不出他与这些数字背后的复杂关系。也就是说，这其中没有与他个人有关的利益瓜葛，这让忽必烈失去了往日做事的判断，数字干净得让他一笔都动不得。

忽必烈一夜难眠，毫无困意，他喜欢郭守敬这样，可又因为这些数字的清白，让他无法改动删减，如此，各方的损失也就全是真实的，这未免太大了一些。直到远处传来雄鸡的啼鸣，忽必烈才闭了一会儿眼睛。

次日清晨，忽必烈在紫檀殿的后花园，让差人去传唤郭守敬，可怎么也等不来。一个时辰过后，差人慌慌张张地来报，说昨夜郭守敬和张文谦俩人出了事，都掉到了河里。幸亏那桥下不知谁家停了一条船，俩人才幸免于难。这会儿，正有大夫给二人救治。

忽必烈听了不觉愣住，让说详细。那差人才小心地道："张文谦张大人说，是遭人暗算，有人昨夜里想要他俩的命。"

忽必烈大吃一惊。

这时郭守敬也已经赶到了，脸上、头上全是伤，腿也瘸了。忽必烈看着如此惨状的郭守敬，知道是有人对他俩下了手，心里的惊异浮在脸上。他问了前后，听得一脸怒气，立刻传旨，一定要查出那辆马车的下落。

一夜没睡的忽必烈，又经过这一折腾，脸色更加地难看了。郭守敬反而没事了一样，他望着皇上，觉得皇上一下子老了许多，脸上的皱纹又密了一层。他耐不住地想，人，怎么会如此呢？应该慢慢地变老才对，可有时却是这样骤然间就老了，这还是皇上。

半天，忽必烈才想起找郭守敬的目的，问道："郭守敬，你现在无大碍就好。朕昨晚上，仔仔细细地又看了一遍你对这条河的规划，朕对上面提到的要搬走三个村子并要移走十七座老坟的事，忧心忡忡，很是不安。人都是故地难离，你让村人离开祖辈居住的地方就更不容易，而移坟就更不是件小事了，谁家乐意让别人来刨自家的祖坟呢。朕以为，这都是些相当难办的事，更是伤及人心的事。朕不知你是怎么想的？"忽必烈语气诚恳，很有让郭守敬改动的意思。

郭守敬看着忽必烈脸上的愁云，那愁云凝得好重，漫天漫地的那种。一时间，他的内心也很受触动，他想，皇上竟然会如此操心，甚至有些难过，这让他没有料到。

忽必烈提高了声音，似要唤醒郭守敬："朕是问你，你可是经过了慎重考虑，确实要搬走这三个村子吗？"

郭守敬同样十分诚恳地道："皇上，对这三个村子，微臣确实是反复考虑过后，才这样标明的，天下没有一条笔直的路，没有一条路上是没有村子的。"

"没有一条笔直的路！"郭守敬的这句话，让忽必烈一愣，猝不及防，骤然间打开了他的心结，把他从愁苦中解放了出来。是的，天下哪有一条笔直的河呢。他的眉毛一抖："那你给朕说一说，为什么要搬走这三个村子？"

郭守敬如数家珍一样熟溜："皇上，修建这条四十里长短的河渠，先要在白浮泉做围堰，再造一处四百亩的蓄水池，完全把水圈住，并要先开出一条小的泄洪渠，将泉水引进十里外的大沙河，以便防洪、泄水之用。待通惠河的主渠道建好之后，这条小渠既可作防洪泄水之用，又可以随时关闭，使白浮泉一带的水，全部流入主渠道。而整个通惠河，途中要经过不少村落。微臣勘查过几次，为了避免更多损失，才选择了这最少人家的三个村子，不然，就要穿过一座120户人家的更大村子。"

郭守敬平静的声音，让忽必烈觉得舒服，贴心了许多。因为在这声音里，没有一点造作之感，更没有其他大臣上奏时的那种小心谨慎、先为自己着想的套路和隐藏。

郭守敬的语调是那样柔和，没有强调与夸张，让忽必烈感到的是一种祥和日月中的宁静，就像自然的流水，让他完全放了心。他想，看来这真是最小的代价了。

一刻间，忽必烈转忧为喜，脸上放了晴，挂了笑，道：“郭守敬，难得你能这样考虑事由原委，朕这就放心了。”

郭守敬意犹未尽：“皇上，修河开渠，是人间大事，早年师长们就有训教，造福于人的事情，不能以破坏百姓利益为代价，这才是上策。我一直把师长们的话记在心上，请皇上放心。”

忽必烈频频地点头：“好，好，朕把你叫来，并非是要和你啰唆，而是要批你银子，朕的打算是，在别的方面朝廷都可以紧一点、省一点，但在白浮泉、通惠河的开支上，朕就按你的估算，一笔到位，全都批给你！”

四

皇上的话，让郭守敬心里毫无防备地涌起一股感激之情，就像修这白浮泉是他郭守敬自家的事情那样。他声音颤抖地道：“谢皇上！”声音竟因为激动而有些哽咽变调。

如此的郭守敬，也让忽必烈颇感意外，他仔细看郭守敬，发现他眼中湿润，强忍着什么。忽必烈轰然地被触动了，似乎一下子理解了这个书呆子样的人。此人对这白浮泉，对这通惠河的修建，是有着那么深重的感情。在他的心里，这件事，是多么的神圣重大啊，而他如此的内心，又有谁看得出来，看得清楚呢！

忽必烈不错眼珠地瞅着郭守敬，一时间，他为郭守敬做了小小的总结：这样的人，一定是苦也忍着，乐也忍着，不张扬，也不表露。

就那么一心一意地做着他心爱的事情，乃至昨夜里，他险些为这些丢掉性命，而即便是丢掉性命，他也不一定知道后悔。他竟然没有提一句昨夜里差点丢了性命的事，还是说的治水、修渠、白浮泉！

忽必烈也一下子找到了自己为什么愿意和这样的人来往的缘由，因为平日在他的身边，都是经过重重粉饰的人，就是激动万分时，就是悲恸欲绝时，也不一定全是真的！

忽必烈像是突然在这天地间，找到了一个好人的标记、一个好人的参考、一个好人的原型一样，心里满是发现的收获与喜悦。

皇上批复并下拨修建通惠河银两的事，让朝中那些有自身利益牵连的官员彻底泄了气，现在，他们的损失已成定局。

杨永年来找高素仁高大人了，见面便道："高大人，恭喜，恭喜！"

高素仁一脸的茫然："恭喜什么？恭喜个屁！"

杨永年故作惊讶："恭喜你什么都不知道？恭喜你的琉璃窑终于要搬家了啊！"

高素仁苦笑着："杨大人，真有你的！这个时候了，你还逗，亏你还有心思开这种玩笑。你的田地果林，不是也要彻底归了元大都吗！"

杨永年阴阳怪气地："所以我才恭喜你啊！你还能搬家，再建。我的是全部被占有了啊！"

高素仁回过味来："原来如此，怪不得你要恭喜我了！不过，真人不说假话，我问你，如此，你杨大人能甘心吗？"

杨永年反问道："我甘心，你甘心吗？谁甘心？是人皆不会甘心！不都是想不开吗！”

高素仁小心提醒道：“不过，我也摸透了皇上的脾气，他刚刚处治完了吕大人，你说他心里能一点不后悔吗？当年，吕万荣可是对他有恩的，是救过他性命的人。皇上反倒治了他的罪，你说手能不软吗？！”

杨永年眨着眼睛：“你什么意思，还让我挑头闹事？”

高素仁明确地：“这会儿谁再闹，皇上大概也不会再轻易处治谁了，他下不了手啊。”

杨永年叹息地：“现在闹，现在闹还有什么屁用啊！银子都拨下来了！实在是有些晚了。”他突然想起什么，神秘地道，“我说，前两天，深更半夜的，在北海的那座小桥上，有人想要郭守敬和张文谦的命，你知道这事儿是谁干的吗？”

“真不知道，看来有人比咱还恨这俩，是真下黑手啊！皇上正在追查呢，查出来不杀了才怪！”高素仁这话不知是向着哪头说。其实他和杨永年都想到了王柄南，可俩人又都否定了，王柄南虽然有这心，可不一定有这胆儿！

“查出来？那么容易？”杨永年道，“据说桥两边的人家都问了个遍，没有人听到半夜有什么马车声，就连住在桥边上的一位道长，一夜打坐没合眼，也没听见什么响动。真是闹鬼了。”杨永年说罢，才注意到，高素仁的手里拿着一本书，好奇地问，“你这是读的什么书？这个时候了，你还有心思读书？”

高素仁几声苦笑：“我还能有什么心思！什么心思也没有了。我是在看水利，看泉眼是怎么回事，这不还是不甘心嘛！不过，我倒是瞎翻到这么几句话，你看，你看，这书上说，泉眼是可以移位的。”

杨永年不明白："怎么移位？"他拿过书，细瞧起来，每一个字，都似点亮了他的眼睛。看完了，他的眼前全都亮了，脑子跟着转了起来，心里竟产生了幻想的图案，发呆中，他看到他的田地果林又回来了。他的脸上浮现出孩子一般的笑。

高素仁唤他："杨大人，杨大人！你高兴什么呢？"

此刻的杨永年，眼前是一个个泉眼被挪动的画面，那画面古怪而离奇，但却逼真。杨永年完全中了魔，神情恍惚，不可自拔。他迅速地认定，这是一本奇书，如同打开了他的天眼，让他失而复得，看到了另一个世界。

良久，他几乎是跳了起来，狂喜道："高大人，高大人，还有这样的书，怎么会有这样的书！照这么说，咱都有救了，一定是有救了！"

五

这一天，杨永年迈着急而碎的步子，带着一脸抑制不住的兴奋，走东家，串西家，将书上所写的，其实是他自己认为的，不厌其烦地讲给那些与白浮泉有着利益关系的大人听。

他两手比画，眉飞色舞，结果，所有人，都被他的动情所感染，是一同中了魔怔，心窍都被他的描述所迷惑，两眼全都跟他一样，既呆滞又闪闪发光。

人的心，原来是那么容易蛊惑、被蒙蔽，只要不顾一切地沿着一个方向去想，就能看到石头也会开花。

这天早上，郭守敬的宅子里炸了营，一下子拥进来七八位朝廷命官，他们带着礼品，带着笑脸，大意是来看看掉在桥下、要死没死，但也受了伤的郭守敬。

这让郭守敬猝不及防，难以招架，感激中却是满脸的恐慌。这景象太像梦了，郭守敬不知所措，慌手慌脚得连座也忘了让，大家就那么站着，仿佛站着正好，正符合大家激动燥热的心情。

杨永年直截了当，翻开那本书，指着上面的那些文字，问郭守敬，可否能将白浮泉的泉眼向前移呢，让整条河渠向南移个几百米，只要移出三百米，各位大人的损失便会减少许多。他们愿意将这利益的一半，甚至是更多，分给郭守敬。这个时候了，还有什么躲躲藏藏不能说的，什么都能说，什么都可以直截了当！

他们就是来摊牌的。

开始，郭守敬完全被弄糊涂了，好一阵子他才明白各位大人的意思。他耐心地解释，所谓泉眼前移，是将泉眼封住，让泉眼从明水变为暗水，成为地下水。这只适用于非常细小的泉眼，他也正准备采取这种办法，让北面更多的小泉眼，汇集成更旺盛的水系。

可白浮泉是大泉，根本不可能被封住，这是个简单的常识，不应该有人这么想。

各位大人瞪着眼睛，无比认真地听着，孩子一般渴望着。可郭守敬的每一句话都令他们失望，让他们满脸的喜悦失了光彩，进而又转为土灰，最后是浮上一层层的愁云惨雾。

郭守敬平日看惯了各位大臣的冷脸与复杂，不曾看到他们这种单纯的眼神。

郭守敬惊讶地想，如此复杂的人，原来也有如此幼稚天真的一面，这让郭守敬开心得想笑，因为他发现，人一旦天真了，神情便会变得美丽可爱，哪怕是恶人。

各位大臣看出了他是想笑的，他如此想笑，被误认为是对各位的轻蔑、小瞧。郭守敬的不小心，又激怒了众臣，让众臣不快。

“世上有些书，都是随意写的，有时也是写着玩的，骗人的。”郭守敬轻轻慢慢地说。

杨永年瞪着迷茫的眼睛，郭守敬的话让他的目光变得无助而散乱，找不到方向。

大家终于被一点点地唤醒了，却是因为郭守敬的解释打碎了他们的梦。每个人都很泄气，原来是这样，是他们自己的执迷把事情弄错了。

沮丧的情绪，让他们十分后悔，他们都是朝廷老臣，如此的地位，却居然向这么一位愚呆之人来请教，且又让他觉出他们的轻浮可笑，这让他们没有颜面，如同被人羞辱了一番一样。进而让他们更加愤恨，恨这个不知天高地厚，却又受皇上宠爱的人。

当他们迈出郭守敬的院门时，都埋怨不该来的，不该听杨大人的馊主意。杨永年则更是窝火，自然就更恨郭守敬，恨他为什么没有死！

“这个家伙，前两天就该被撞死！就差那么一丁点儿没死！”杨永年咬着牙。

于是，当人们在街上遇到王炎——王柄南的儿子时，就一下子想到了一起：王炎才是最应该站出来和郭守敬较量的人。王炎太软弱了，郭守敬太猖狂了！

如果没有郭守敬，这会儿的王炎，就该是朝廷里最年轻、最有前途的水利、天文名士。如果没有郭守敬而只有王炎，他不一定会把水源选在白浮泉，那就没有白浮泉这码子事。可是现在，王炎就像根本不存在一样。

这也是王柄南说不明、道不出，只能憋在心里的苦和恨。

不错，就是郭守敬挡了他儿子的道，让儿子变得这么不名不闻，无足轻重，可有可无，被人们忘得如此干干净净。

这些年来，儿子王炎的处境，让王柄南十分难过。在这次开渠引水的事件中，王家虽然没有那些实际的损失，但儿子如此，也是无法估量的损失啊。难道这还不够吗？如果能比，也许还是损失中最大的那一个呢！

虽然王炎无名，但如果大臣们肯给他撑腰，他就可以变得强大。天下事，难道不是如此吗？就是如此！何况，儿子总不能老是这么半死不活的啊！

干掉郭守敬，把他打垮，踩在脚下，是那么多人的愿望！且有那么多充足的理由。

六

最先挑起事情的，是高素仁高大人，几位大臣从郭守敬的宅子里出来，走至半路时，高素仁便一眼看到迎面走来的王炎，他觉得这年轻人眼熟，却一时想不起来他是干什么的了。好一会儿，他才想起来，这不就是王柄南的公子吗，也是朝廷招进来的水利名士啊。

于是，他转过身，叫住王炎，居高临下地道："你可是王炎，王大人的贵子？"

王炎站住脚，道："高大人，晚生正是王炎。"

高素仁想，他还记得自己是高大人，心里顿生好感，道：“老夫有一事不解，偌大的朝廷，难道就郭守敬、张文谦两个懂水利吗？难道元大都的河渠水道，就全归了他俩做主吗？”

这样的话，王炎也知道是在挑唆，可他听了这话，心里还是觉得温暖舒服。平日里，就是连这样的话也没有人向他说啊。如今，郭守敬如此地风光热闹，而自己却如此冷清孤独。他每时每刻，无不希望别人记起自己，说起自己，自己也是个天文、水利上的名士啊。虽然进了朝廷，可不但没有尝到一点出人头地的滋味，反而一天天都是名落孙山的感觉。

有时他会故意地在各位大人面前站一站，停留一下，等待着人们发现他，和他打个招呼，彼此问候一声，说几句长短，给他个机会，也让他说一说自己在水利、天文上的见解，哪怕知道他是谁也好。可是没有，到底没有人对他理会，就那么死死地忘记了他是哪一个，他是谁！

在朝廷，总有不少默默无闻躲在角落里，却可以终年终年混饭吃的主儿。有人是希望这样，自认为是福气。有人是不得已而这样，自认为是倒霉。

人与人真是不同，同样的处境，有人美如天堂，有人愁成地狱。王炎是属于后者，自家感觉憋屈死的那种。

几个人听到高大人的挑唆，也都像发现了一块可以一起啃的骨头，七言八语起来，句句切中要害。

刘大人道：“这可是王柄南的儿子？你可得给你爹争气啊，你也是有才华、该闪光的金子啊！不可等闲，绝不可等闲！”

齐大人故意不满地板着面孔，语调训斥地：“为朝廷做事，总要展示自己的过人之处，如若老是默不作声，就等于自己示弱一样，有时还要被人踩上一脚，万不可以，万不可以啊！”

王炎红着脸，无地自容。

王柄南就在大家的后边，他听着各位对自己儿子的打抱不平，心中已久的委屈，再也按捺不住，狠着声儿对儿子道：“大家都是为你好！你也是吃皇粮、拿官银的人！怎么可以整日昏昏沉沉、碌碌无为！”又转向各位，赔不是一般，“我这儿子，天生的老实蔫屁，自己就觉得低人一等，不成气候，不成气候！”

“这怎么可以，皇上如果不器重你，能把你招进朝吗！”

“你就放开胆子做你的，人家发现了白浮泉，你就不能发现个黑浮泉？”

“在朝廷里做事，在于敢言，老闷着怎么成，不拿出点玩意儿，皇上怎么会知道你是谁，又怎么能赏识你？成不成的，自己总要亮亮拳脚才对！”

众人拾柴火焰高，王炎一夜之间，突然明白了该如何去做。皇上对郭守敬的宠爱，确实让他伤感失落，没有人知道，这些年，他是怎么过来的。

王炎对郭守敬，有身为同行的赞许，也有被人踩了一脚、夺去了位置的恐惧。他心里也明白，如今朝廷各位，之所以反对郭守敬，无非是白浮泉伤害了大家的利益。他也去过白浮泉，他发现，只要把源头向西移上几里地，各位大臣的利益损失，便可避免很多，只是，其他地方的水源，都不足以和白浮泉相比。

尽管这样，王炎还是试着画了一张引水图，是从白浮泉往西五里地的百泉庄开始，这就躲过了白浮泉。但他心里没有一点把握，说得更明白一点，这只是在大家怂恿下，他自己的一种解心宽，是让自己好受一点的做法。

“成不成的先亮亮拳脚”，这句话启发了他，还管它实际不实际。当然，他也没想给皇上看。

人很怪，无奈的时候，自己就会在心里去做各种游戏，以便找到出路和安慰。只是，不经意间，往往就会酝酿成惊心动魄的后果，或福或祸，自己不一定会有察觉。

王炎画了一张完整的河渠图，是从昌平的百泉庄开始，一直进入大都城。

他只是想让众人知道，他也是有自己想法的人，也是在水利上有很深见解的人。于是，他把这张画好的图，摆在了自家的案子上，那些来找父亲的官人，自然都可以看到。王炎的做法，是在找回自己的尊严，仅此而已。

人心曲曲弯弯水，世事重重叠叠山。

天下之人，都是各取所需的人，当人们看到这张图时，想的却是如果将它变为现实，那该多么地好！如此，也就躲开了白浮泉，躲开了各位的利益损失。

于是，杨大人等便极为当真，动了心思，还托了太监何方续，告诉他，还有一处水源，也在昌平，让他想法将此事透露给皇上。

太监何方续，平日拿到各位的好处，总是多于为各位办事，要命的事，他一件都不办，鸡毛蒜皮的事，他巴不得多办上几件。于是，他将这件事讲给了皇上。

忽必烈听了昌平还有一处水源，可以作为通惠河的源头，颇感惊讶，心中纳闷，如此设计，既然有许多优点，为何不早说出来呢？

太监何方续，把事情看得轻了，他不以为皇上真会当事。白浮泉已经开工了，再提别的，还有个屁用！他帮着诸位，把话儿带到，讨了好，拿了银子便是。

谁想，皇上却对此事认真起来……

第十三章

一

何方续整日守在皇上的身边，不仅只是言听计从，他的性情，也是天下最通达、最忍事、最能迎合皇上的那种。不然怎么可以整天伴在皇上的左右，而又不被皇上厌倦、错怪呢。

他有一句名言：他就是一款柔软无比、温暖顺手的软缎子。皇上什么时候抹擦，从不扎手。皇上高兴的时候摸它，会助兴；生气的时候摸它，会解愁；烦恼忧伤的时候摸它，便得以安慰。总之，什么时候抹擦它，它什么时候都是那么顺溜、光滑、柔软、舒服。没了它，皇上心里就会缺了点什么的不自在。

何方续的功夫，天下了得！凡自愿做奴才的人，都与何方续一般无二。

所以，当皇上问起事情的来龙去脉时，何方续便顺着皇上的脉，拣那皇上爱听的道："王柄南的儿子王炎，挺早就发现了昌平的百泉庄，只是王柄南一向对儿子很严，这王炎更是生性胆小内向，不善言辞，做事如不是有十分把握，决不肯外露，所以一直犹犹豫豫。"

忽必烈听了道："这些秀才，个个古怪难拿！进了朝廷，不就是要为朝廷献策出力吗？这等的好事不说，还等什么，朕真是费解之至。"

众人终于知道，皇上对王炎的想法也很感兴趣，事情让众臣的脸上有了笑，心里有了晴。天蓝了，花开了，事情似乎又有了转机。

大家都怂恿王柄南，让儿子王炎将图赶紧拿给皇上看。

但王柄南知道，朝廷宫深，人心险恶，真遇了事，谁也不会管他人的死活，都是自顾自的主儿。儿子做的这件事，属于花拳绣腿，只能是秀一秀，不能来真的。如若真的拿给皇上，就成了儿戏，甚至属于自招祸端了。但他又实在不能甘心，成不成的，这总是在皇上面前展示儿子的一个机会。

翻来覆去，想了前后，王柄南决定用点心计，他嘱咐儿子王炎应该如何去做，王炎听了，认为父亲的说法，既可以让他出了风头，引起皇上的注意，又可以不担风险，真乃两全其美。

于是，王柄南放出话去，这张图，谁爱拿给皇上，谁就拿给皇上，他和儿子王炎并不想拿给皇上看，因为此图并不成熟，只能是个参考，比不上白浮泉实在。在这一点上，他当然说的是真话，这就给自己留下了宽宽的余地。

这明明是在推卸，是个诱饵，只是做好了放在那里，目的是提高一下自己的身份，让皇上知道，朝廷里还有一个叫王炎的秀才罢了。

至于那图，值不值钱的，那是别人的事。

有心急如焚的人，就真的不管那么多地当了实事，将这张图托付给了太监何方续。

何方续与送图的人，都不懂得修河开渠是咋回事，又怎么能看出那图有没有实际价值。当天何方续就将此图拿给了皇上。

忽必烈看了图，真是喜不自禁，王炎所画的河渠图，比郭守敬的还细，字迹更为工整，让人有一种赏心悦目之感。

此图不用移村拆户，不用占田移坟。如此的好事，何乐而不为呢。忽必烈也很纳闷，天下真乃无奇不有，怎么在郭守敬的背后还藏着更大的能人，且就在朝廷里，就在自己的眼皮子底下。郭守敬发现的白浮泉，已经属于一个惊奇罕见，这惊奇罕见的背后，居然还有惊奇罕见，且还是这样的不声不响、不急不慌、静静悄悄地就来到了他的面前。

如此善巧又重大的喜悦，真如戏法一样，梦幻一般了。

忽必烈不知道这是戏，他不相信谁敢给他演这么大胆的戏。他忘记了十多年前，正是王炎，在父亲王柄南和众臣的操纵下，提出引滦河水进入大都城的闹剧了。

其实，朝中的老臣们，早就洞悉了许多朝廷的秘密，早就熟悉了其中的弯转，也就不再那么规矩老实了。他们是常给皇上演戏的，只是也有把戏演得过了、演得砸了的时候。

过了砸了又怎样呢？只要能收场，皇上也是很好蒙骗的，他们要让皇上觉得，是皇上自己看错了，听错了，弄错了。自己错了，还能怨别人吗？于此，皇上就不会那么生气，不会那么怪罪谁了。

在朝廷，周而复始，一天天，多少人在给皇上演戏呢，不演戏，这日子怎么能过得下去，连皇上自己也不会答应，也知道真那么清清白白、实实在在的，谁也过不下去。

这一夜，忽必烈想着这张诡秘多端的河渠图睡着了，他梦见一条笔直宽阔的大河，款款地流进了大都城，他清清楚楚地听到了河水声，这水声是黑夜在孕育黎明时分一场小雨的声音，雨正下得淅淅沥沥。

早上，夜里的小雨让满地的花草披了一层鲜亮的水珠，晶莹剔透，闪着光芒。忽必烈的心情格外地好，他在紫檀殿后花园，召集几位大臣议事，对于王炎的这张河渠图，他有话要说。

待老臣们都站稳了，他一边赏花，一边拉家常似的开口道："朕也知道，朝中有些人，曾因白浮泉一带的好风水，早些年就在那里投有资产粮田，如今要引水建渠，自然要有损各位的利益。"他有意顿了一下，看着各位，是想看出各位神情里的内容。

可他什么也看不出来，是谁也不让他看出来。

几位老臣都面带微笑，其实是不动声色，也是要等皇上把话讲得明白透彻了再言语，以免乱跟而错了方向。这都是深宫大院里的经验：语要迟，礼要先，笑要始终挂在脸上。

忽必烈不无通情达理地又道："你们以为，朕想这样吗？朕也不愿意让谁的利益受损失。昨个晚上，朕看了王炎的设计，是从昌平的百泉庄引水，这就避开了白浮泉。如果王炎的方案可行，朕自然更为高兴，朕会马上废弃白浮泉的方案。"

皇上的这番话，让大臣们暗自欣喜，脸上却做出平淡的模样，这是告诉皇上，所谓的利益，与己无关，就是有，也甘愿奉献。以免皇上多虑，猜出他们各自的心思。

忽必烈却很兴奋，一味地说下去，打趣道："朕知道，白浮村还有一些民间特产，比如大都城内，人们吃的粉肠，就是产自白浮村，是一道很好的下酒菜。"

众臣们难得看到皇上如此轻松，这才笑逐颜开，说白浮村一带，确有不少好玩意儿。白浮村的庙会就很有特色，远近闻名，每逢十五，几十里外的人，都会到那儿去赶集，人山人海的热闹。庙会上，不但生活用品较为齐全，还有戏看。大都城里有名的两个草台班子，也是从那里起家的。

忽必烈听着高兴，就提出要传唤王炎，说要见见他，听一听他的主张，让他说一说这张图的来去。还有郭守敬、张文谦，也都一起叫来。忽必烈道："这么好的主意，怎么这么迟才拿出来！"忽必烈无意中也就道出了内心的疑惑。

事情本来是假的，闹剧，却这么一步步地往真里走了。

二

此刻的王炎，正在家里的鱼缸前喂鱼，那鱼悠悠闲闲，上来下去地啄着食。王炎看上去很是悠闲，但此刻，他的心里正忐忑不安地等着什么，他是在等着皇上传他。这要看父亲王柄南的八卦灵不灵了。

王柄南说肯定的，皇上一定会传他，让他等着就行。事情果然像父亲算计好了的一样。

这一早上，门前终于传来了差人的声音，真是皇上要传他，且是即刻就要见他，还有他父亲王柄南。

差人的声音，让王炎心里咚咚地跳个不停，他很紧张，不知是喜是忧。他突然觉得事情有些复杂，担心自己不一定能把握住。不过，他只要按照父亲王柄南说的去做即可，父亲把一切都给他安排好了。只是，听到皇上果真要见他，他还是有些害怕，一时间慌得不行，不知怎好。

王柄南是朝中老臣，他要这一套，游刃有余，但他却忽略了一个关键细节，这是儿子去演这出戏，而不是他。儿子是个连皇上也很少见的人，平日的儿子，也未见过太大的世面，更很少经历朝政上的风云，虽然也在工部混饭吃，却只是个最下等的九品官职，与那些有点位置的差人不相上下。他怎能把握得了这样的重头戏？

王炎还没上场，心里已经乱了分寸，想到自己的河渠图并没有什么实际价值，他就腿软，突然就不敢去了。但不去就是抗旨，他不能违命。

慌乱之中，他看到了桌子上的酒瓶，他竟然抄了起来，咕嘟地喝了下去，本想只喝两口，以酒壮胆，谁知却又没有把握好。喝后，他立即意识到坏了，这是去见皇上，怎么可以酒气醺醺呢。慌乱使他乱了阵脚，出了岔子，可一切都太晚了。

在紫檀殿后花园，郭守敬和张文谦先到了。听说王炎也画了一张河渠图，俩人甚为惊讶，事儿太突然，俩人都摸不着头脑。

这时王炎来了，他如此一身酒气地站在皇上的面前，让众人暗中吃惊，忽必烈寒了脸道：“你就是王柄南的儿子王炎吗？”

王炎的心狂跳不止，回话道：“皇上，晚生就是王炎。”

“王炎，你这是为何，怎么大早上的就喝酒啊？”

“回皇上话儿，晚生早起有些肚子疼，所以喝口酒暖一暖。不知要见皇上，要知道决不敢喝酒，还请皇上恕罪。”王炎的这两句还算靠谱。

忽必烈点点头，拿起铺在石桌上的那张图，左右看着。

王炎本打算仗着酒劲告诉皇上，百泉庄一图，是早在郭守敬之前所画，画后觉得并不成熟，没想拿出来给众人看。而这次拿给皇上看的人，并未征求他的意见……这一切，就是王柄南的安排。

如此的推脱，是让皇上知道，这张图并不现实，是皇上自己要看，是皇上误会了。如此，皇上也就无法过多地怪罪于他，且还可以勾着皇上，给皇上一个念想，让皇上知道，他王炎也是天下的一个能人。

这样的来回，便是王柄南的心计了，也是王炎的愿望，并足以让事情化解。

谁想，王炎见了皇上，又看到众臣满怀希望的目光，他的心里起了变化，他是那样的不甘心。尤其当他看到站在边上的郭守敬时，他心里竟然有了些愤然，十几年来的不公、委屈，在他心里汹涌着。酒助灰人胆，一股热流，不断地撞击着他的胸口。

“王炎，朕问你，这百泉庄的引水图，可是你画的吗？”听得出来，皇上的话语里也是寄托了对他的莫大希望。

王炎竟然说了最不该说的话：“皇上，正是晚生所画，晚生将百泉庄作为通惠河的源头，是因为百泉庄的水，比白浮泉更有优势……”一切都乱了，没有防备。

王炎的话，让忽必烈惊奇，那一瞬间，忽必烈不但听到了又一个奇迹，还发现了又一个人才，是比郭守敬更让他感兴趣的人才。忽必烈瞪大了眼睛看着王炎，他在揣摩着王炎的话，揣摩着他这个人。

王炎的话，同样让大臣们的心中涌起雀跃之情，尤其是杨永年，他心里非常地感慨，他完全没有想到，朝廷众臣，费了那么大的周折，想了那么多的办法，都没有扳倒郭守敬，而王炎一上场，皇上的眼睛就亮了，亮得放了光。这光芒点燃了所有人的心。

王柄南这时也赶到了，他是冒着皇上的怪罪，故意要晚些到的，这样才最好。他刚刚在边上站稳了脚，就听到了儿子王炎的这番话，他大吃一惊。儿子把话说反了，把戏给演砸了。儿子是在要自己的命！汗从王柄南的脸上流了下来。他想上去阻止，告诉儿子千万不能这样说，却不知如何阻止，一切也都太晚了些，他两眼失神，两腿打战，魂儿都不在身上了。

张文谦从王炎一张嘴，就惊讶不已，他紧张地辨别着到底发生了什么事，这背后的起因又是如何。朝廷里常出怪事，今天这事，就邪得厉害，百泉庄怎么可以作为通惠河的源头！亏这王炎还是搞水利出身的。

张文谦的目光一一扫过身边的大臣，他在揣摩谁是主谋，在闹什么事。

忽必烈却听得入了耳，想不到，昌平还有一个有更多水源的地方百泉庄。忽必烈自然不懂水利，外行听内行，永远都无法辨别真伪，且还听得有滋有味，头头是道。

郭守敬看着王炎有些醉意的样子，听着王炎的描述，如在听一场鬼戏。他无法相信这是出自王炎之口。百泉庄怎么能和白浮泉相比，怎么可以作为通惠河的引水源头。他傻在那里，思绪一团混乱，想不明白王炎这是为何，或现在自己是否还在真实的现实里，不会是在一场错乱的梦中吧。他在等着，等梦醒来。

忽必烈的目光落在了郭守敬的脸上，他终于找到了心里奇怪的理由，郭守敬怎么没说过这个百泉庄呢，怎么从来都没有提到过百泉庄呢？“郭守敬，朕怎么事前没有听你提到过这个地方？百泉庄既然如此有名，有如此多的水源，你怎么连提都不曾对朕提起过？”

郭守敬按捺不住内心的激动，颤着声音道：“皇上，百泉庄有许多泉眼不假，但水流都很小，最多也只是涓涓溪水而已，怎么可能以它的水量，提供一条四五十里长的大河呢。臣与王炎是朋友，此前他也从未提到过这个百泉庄。皇上，现在王炎是醉着，应该等他醒了再说。”

忽必烈这才去看王炎，似乎也才意识到，王炎很像是醉了，忽必烈不觉警惕起来。

此时众人一片寂静，似乎也感到了王炎的失态。

王炎只是以酒壮胆，喝了几口，不应该醉的，然而这会儿，由于过分地紧张，他确实是有些醉了。

忽必烈不高兴了，高了声音道：“王炎，朕问你，郭守敬说的可是真？百泉庄的水源到底有多大？够不够这一条河的水源？你说的这些，可都牢靠吗？”

皇上这一问，让王炎有了刹那间的愣神，这时他才看到父亲王柄南就站在他的对面。王柄南已经吓得面色土灰，王炎明显看到了父亲的嘴唇在打哆嗦，他突然醒了过来，自己是在冒着杀头之罪在此信口开河。

他想起了父亲为他安排好的那些台词。现在，他全说错了，他说了完全不该说的话，他脸上露出惊恐的神色，这惊恐，让他一下子彻底醒了过来。

醒了之后的王炎，吓得身子一歪，因为过度地紧张，他全身都晃着抽动起来，接着便两腿绵软，就倒了下去。谁也想不到，这王炎竟然倒在了地上，死去了一般，事情太过突然，人们一片慌乱。

忽必烈也莫名其妙地说：“怎么回事？！”他惊得高叫了一声。

差人们一阵乱哄，跑上去，将王炎扶了起来。王柄南再也顾不了许多，三两步上去，抱住儿子。此时，王炎脸色苍白，不省人事。

忽必烈和众人都被这一幕吓得愣住，这太意外了：“这到底是怎么回事？”忽必烈一点也不明白了。

王柄南趁机道：“皇上，这两天他一直病着，神志常有不清，夜里也是喊些梦话。”

忽必烈挥挥手：“先抬下去，先抬下去。快请御医！”王柄南和差人将儿子王炎抬了下去。

忽必烈擦一擦额头上的汗，这才感到事情有些不对，他看一眼张文谦。张文谦知道这里有鬼。忽必烈又去看郭守敬：“郭守敬，王炎说的这些，你要弄清楚，那个百泉庄到底是怎么回事？此事重大，不可儿戏！”

皇上的意思，是让郭守敬再去好好勘查。郭守敬却立时肯定地回答：“皇上，微臣勘查过百泉庄数次，那里的水量不可以作为开河之源，绝不可以！”郭守敬简单，他就这么简单坚决地否定了百泉庄。

只这一刻工夫，张文谦完全回过味来，这是一场闹剧。他向前站一步：“皇上，微臣愿以性命担保，百泉庄的水量，还不及白浮泉的六分之一。郭守敬之所以不曾向皇上提起，就是因为如此小的水量，不足以作为源头之水。”

忽必烈先前的喜悦，被彻底扫荡了干净，他终于将心里的怒气表现在了脸上：“这么说，这王炎或是一个白痴，或是冒着杀头之罪，在给朕胡说了？可他为何要胡说？今天这倒是怎么回事，朕刚才还兴奋不已，这会儿却让朕如此地扫兴沮丧！”

没有一个人敢吭气，众人都低眉垂眼，似在地上找着什么。

“都散了吧，先散了吧！”忽必烈说罢，气哼哼地先走了。

三

郭守敬站在那里，刚才王炎倒下去的时候，他似乎看到王炎身上有阴魂附体。他想，王炎原来是病了，他一直就病着，他所看到的病，却与王柄南说的病不是一码事。

回去的路上，郭守敬和张文谦俩人还在纳闷，今天这倒是个什么事。“张大人，我看王炎是被神鬼拿住了，他浑身乱颤，抖动不止，似被邪风侵蚀。”郭守敬说。

张文谦不知怎么回答，他也在揣摩王炎这是干吗，又出于何意，可他一时想不透彻。在朝廷，由于人们的各种隐藏，会使事情变得离奇扭曲，找不到头尾，尽是怪象。

“王炎这样乱说，难道不怕皇上杀头吗？他怎么会画了那么一张图呢？”郭守敬像是自言自语，他更摸不着头脑了。

“依我看，他也是被你逼的，这个你没看出来吗？”张文谦说得郭守敬心里一阵打愣。

平日，郭守敬对什么都是迟钝的，不当事的，也不过脑子，可对于水利、天文上的事，他却是敏感执着的。王炎的这一幕，让他死活都放不下了，在心里凝成一团化不开的雾。

这一夜起了风，夏季里如此大的风实乃少见，风声像一瓢瓢稠密的雨水漫天泼洒，一世界都在哗哗啦啦地响动，不时有被大风吹断的枝叶，噼啪地从树上落下来，让人惊惧。郭守敬听着窗外的阵阵风声，就像听着未来通惠河的涛声浪声，想到许多尚未到来、却一定会到来的那些令人担忧的事情。

他一夜没睡，如果王炎还是如此搅闹，就有可能毁了白浮泉的大计，毁了元大都好不容易即将开挖的这条河渠。王炎这是为何呢，就像中了妖魔，染了邪症。

事情憋在郭守敬的心里，让他焦躁又无法忍受。次日早上，他风风火火地去找王炎了，他要弄个明白，是哪里出了问题。

阴晦僵硬的气氛笼罩着王柄南的家，一家人都等待着皇上的处治。现在王炎知道，他在皇上面前的胡言乱语，把自己推向了绝境。眼下，谁也没有办法了，只好等待着噩梦早一点到来，然后早一点结束。

一夜之间，过度的惊恐与酒力，让王炎起了一脸的红肉疙瘩，从脑袋到脖子全都红胀鼓痘，刺痒无比，手一抓就抓出一条条血道子来。

王柄南看着难受的儿子，自己也要崩溃了，时不时地会猛地吼起一嗓："你为什么不按我说的去说！"

王炎不语，脑子里全是木渣。

"这都是因为那个郭守敬！全是因为他。你还不如一刀杀了他，杀了他倒省事！"王柄南在屋里转着磨，像是一只被圈着的困兽。

王炎自己也纳闷，自己怎么演了这么一出自作自受、把自己逼上绝路的戏，让他欲哭无泪，悲叹却无语。现在只剩下了被皇上杀头的份了！

所以这一早上他又喝了酒，疯狂地想，还不如喝死算尿！不知什么时候，他手上还握了一把刀。刀是从什么地方找的，他自己都不知道，他是想自杀，还是想去杀人，他也不知道。反正就那么拿着一把刀。

仿佛这样才安全，或这样才符合他眼下如此暴躁的心情。

这个时候，郭守敬自己送上门来了，就站在王家的大门口，他看着王家红漆耀眼的大宅门，突然有些愣怔，竟然不知道自己是为了什么事来找王炎，其实他是不知道怎么开口了，是问那条河吗？对了，是问百泉庄怎么可以作为引水开渠的源头，他想起来了。

于是他敲响了红漆漆的王家大门，王家差人露出脑袋，问他何人何事，他报了姓名说是找王炎，是朋友。

那差人进去向王柄南禀报，说是门外有个叫郭守敬的要找公子。

王柄南听说郭守敬来找儿子，不敢相信自己的耳朵。这时他才突然看到儿子手里正握着一把刀，他去夺刀："你拿刀做什么？"他一阵惊惧。

"杀人！"儿子说，但一听这声儿，就不像杀人。见父亲来夺刀，王炎下意识地反把刀掖在了裤腰上，掖得结结实实。王柄南抢不动，又怕伤了儿子或是自己，只好算了。

王柄南走出院子，果然看到了郭守敬站在门外，他心里还是很吃惊，郭守敬跑到这里做什么？他没好气地道："王炎不在家，有事跟我说就成。"

醉醺醺的王炎却从王柄南的身后闪了出来，晃着身子，扶着墙，离了歪斜地迈出腿，问郭守敬："你什么事，说！"

郭守敬没看出来王炎又喝了酒，而且已经喝多。郭守敬抑制不住自己的火气，道："王炎，你知不知道，昨天你对皇上说了些什么？百泉庄怎么可以作为开渠源头，你这可是在害大都城的几十万百姓！"

酒已经在王炎身体里烧成了火焰，让他糊涂着，他听不明白了。

郭守敬的话让王柄南一阵困惑，他上下打量郭守敬，他从来没听到过郭守敬用这种腔调跟谁说过话，从来没见过郭守敬这么瞪过眼睛。郭守敬是个书生，是个不会讲输赢的儒雅之人，最少是个表面软弱、说话没有大声的人，今儿个怎么竟是如此的嘴脸！

王柄南愤怒了："你跑到这儿来教训谁！给我滚一边去！滚！"他号了起来。

王柄南的声音让儿子受到了感染，王炎像是被火猛地燎了一下，尖起嗓子痛苦地叫："郭守敬，难道你想杀了老子！那就快来杀啊！你杀啊！"王炎好像一个疯子。

"我就问你，你真不知道百泉庄的水量有多少吗，你到底存的什么心？"郭守敬这才闻到了王炎身上的酒味儿，他愣了一下，心想，大早上的，王炎怎么又喝酒了呢？

王炎肚子里的酒劲更猛地撞了上来，让他心里倒海翻江地难受，意识被酒气冲得四分五裂。这会儿他只想躺下，却扯了嗓子道："我就是想死！想死你懂吗！"

他突然想起腰间的刀，他推开父亲，拔出刀子，猛地刺向郭守敬。郭守敬被他一刀刺中，瞬间倒在了地上。王炎扔了刀，听到咣咣当当刀子落地的声音，他知道一切都解决了，都结束了。

酒真是好东西，杀了人也没有特别的感觉。他这样想，并开始疯跑了起来。

他杀了人！他的意识这样告诉他，他做了天下最疯狂的事，杀人！现在，他只有死路一条，别无他选！他一路踉跄，倒了又爬起来，爬起来又倒了。

其实一切都是他的幻觉，他并没有拔出刀子，那腰间的刀子，实在插得太紧了，还在那里插着。他只是做了拔刀的动作，只是伸手推倒了郭守敬。此刻，他已经失去了本有的意识。

身后的王柄南觉出儿子或许真的是想去死。王炎疯癫的样子已经完全地不省人事。王柄南呼喊着差人："快点把他追回来！"

四

王炎趺趺撞撞的步子，让王柄南感到儿子有多么地痛苦，而这一切，都是因为这个郭守敬！是他毁了儿子，让儿子生不如死。有他在，儿子还有什么前途，还有什么希望！

一定要杀了他！王柄南在心里发誓。

差人和郭守敬在后面追着王炎，街人全都立足观看。王炎神色惊惶，腰上别着一把明晃晃的刀，这让路人惊恐地以为，这一定是一场人命案子。

王炎一路疯跑，没有目的，东一头，西一头，却跑得离皇上的紫檀殿近了。紫檀殿外，忽必烈正坐着轿子，悠悠地过来。兵丁与差人见前面一群疯跑着的人，紧张地拔刀护驾。忽必烈听到轿外一阵嘈杂，他掀开帘子也往外瞧。

王炎已经跑到近前，他没有想到，会撞到皇上。在兵丁们的呵斥下，他干脆扑通一声，跪倒在了皇上的轿子前。太监何方续对他大喊："快向皇上请罪！"

王炎这才看清，这是皇上的轿子，他正想找死哩，道："皇上，晚生请求皇上赐予一死，昨天晚生说了胡话，刚才又杀了人，请皇上快快赐晚生一死！”

忽必烈看着一脸红头鼓胀的这个人，不知他是谁，为何杀人，为何又要赐他一死？太监何方续小声道：“皇上，这是王柄南家的公子王炎，就是画百泉庄河渠图的那个王炎。”

忽必烈半天才认了出来，脸上青一阵、白一阵地难看：“你杀了人？为何杀人，杀了谁啊？”

王家的差人赶紧道：“皇上，他没有杀人，没有杀人。他是喝了酒，全是一派酒话。”

忽必烈终于镇静了下来，道：“你可是王炎，怎么成了这个样子？”

忽必烈一下想起昨天的事，突然疑惑那图可否真的是他所画，不觉问道：“朕问你，那百泉庄的引水图，可是你自己亲手画的吗？你要如实回答！”

王炎道：“回皇上话，是我画的，但只是画着玩的。昨天晚生是一派胡言。”

“你现在承认百泉庄的水量不足以开河，对吗？”

王炎道：“是的，皇上。晚生罪该万死！”

忽必烈气愤地道：“你如此胡闹，倒是何意，你就不怕朕杀了你吗？”

王炎道：“杀吧，皇上！晚生就是来请皇上赐予一死的。”

忽必烈一下怔住了，世上怎么有这样的人，竟以这种方式来求死。忽必烈反而不知怎好了，是一时间准备不足，心里也无法明白这到底发生了什么事，这背后又有何玄机。

朝政涉事之深，让人常常变形，一事遮着另一事，说是东边，其实是掩着西边，这是忽必烈最为清楚的。眼下的这一幕，不知掩盖着多少弯转儿，在没有辨明之前，作为皇上，是不能轻易定罪下结论的。

“先把他捆了，押到刑部严讯！”忽必烈道。声音却并不那么坚定。

何方续没有应声，他有意让事情缓着，心里也掂量，怎么向王柄南交代呢。

在朝廷，人有时只是想理顺一些简单的事情，也是想不到要费尽周折，甚至就是费尽了周折，用尽了手段，也不一定能辨得明、解得开。朝廷之上，尽是些说不明、道不白的糊涂事。

王炎道：“谢皇上赐罪治罪！”

边上的郭守敬听着王炎绝望而凄凉的声音，似忽然听到了人心最深处的呼唤，让他与王炎一下子通了灵性，这就是单纯的人偶然间会有的感应。

一瞬间里，郭守敬清清楚楚地体会到了王炎心里的凄苦，原来王炎是那样地憋屈。郭守敬想起昨天张文谦对他说的话：“他也是被你逼的。”

郭守敬突然就软了下来，一下子就成了一个同情者，道：“皇上，王炎是一时中了阴邪，他是得了幻病，不能自制，还请皇上恕他一罪。”

忽必烈这才看清，同样跪在边上的人竟然是郭守敬。

元大都的人，把精神病一律称为幻病，这个时候，能为王炎解脱的，没有比这个更合适、更有效的了。郭守敬的智慧，往往就是如此地出奇，如此地善巧又关键，且总是恰到好处的神来之笔。

听到王炎是幻病，忽必烈想起昨天跟今天王炎的表现，他的怒气云消雾散，也只有得了幻病的人才能如此。他一下子全通了，嘴上却道："那也得治罪！"

郭守敬道："皇上，王炎在白浮泉一事上，也帮助微臣出了不少主意，也是出过大力的人。"

忽必烈这还是头一次听说。

王炎虽然醉着，但也听得出，郭守敬这是在为他开脱。他想，郭守敬怎么没死呢，刚才不是刺了他一刀吗？他刚才就死了啊！王炎的脑子还是一片的混乱。

忽必烈叹了一声："这大早起的，朕真是不明白了，你们这些秀才，总是跟常人不一样。这朗朗天日，花开草绿的时光，没事竟会来自己找死！王炎，你腰上怎么还插着一把刀啊！"忽必烈突然看到了王炎腰上的那把刀。

王柄南跑得上气不接下气，这会儿总算赶来了，他扑通一声给皇上跪了下来："皇上，老臣管教不严，今儿个他又喝多了。还请皇上息怒。"

忽必烈虽然心中不快，但看到王柄南，也知道这面子总是要给的："王柄南，先把你儿子带回去。等他彻底醒了后，再看他怎么个说法。他是有幻病吗？"

王柄南一迟疑，那跪在地上的差人拉了他一下衣角。他忙回答："是的，皇上，这些日子，他总是一阵一阵地犯病。"王柄南给差人使着眼色，差人站起来，连拉带拽地将王炎弄走了。

王炎一事，也就这样过去，人们都按照郭守敬的说法，他是有幻病。王柄南虽然不情愿，可想想，也只有说儿子是这病，皇上那里才能过得去。

如此的来回，儿子非但没有扬眉吐气，挺起腰杆，反而让朝廷上下，都知道了他是得了精神病，真是偷鸡不成蚀把米。王柄南那个气！

待王炎酒醒后，他听差人们说，郭守敬在皇上面前为他说了好话，说他得了幻病，所以皇上才开了恩。他心里自然感激郭守敬的解救，怨和恨也就平息了一些。以至于后来，父亲加害于郭守敬的一些想法，都被他挡住了。悄然之中，郭守敬也就躲过了一些不幸，减少了些许的磨难。

正如佛家所言，与人为善，福虽未至，但祸已远离。

五

皇上批复了开河建渠的消息，让整个白浮村都在晃动，房倒屋塌般模样。官府要来拆房、占地、挖祖坟的传闻，像七月里的热浪，一波波传着荡着，人们全都愤怒了，空气里弥漫着一股磨刀的紧张气氛，让人闻到了血腥气。很多人都在想，不死人怕是不行了。

村人在疯传，说指使这一切的，不是皇上，而是一个叫郭守敬的疯子。此人的前生就是一个兴风作浪的水怪，转世后，更是以水为乐，一生不是挖河，就是填海闹腾。

他三番五次，施魔咒，念邪法于皇上，一定要在白浮村挖河修渠。皇上被他的妖道所迷惑，一日日，修渠开河的意念深入骨髓。皇上看到他，就抽四六疯，是因为看到了水，他看到皇上，也抽四六疯，也是因为看到了水，俩人死心踏地地在这白浮泉上折腾。只有杀了这郭守敬，皇上才能醒来。

于此，白浮村人烧香敬佛，只是为了一个杀念。

有人把郭守敬做成草鬼，插在地里行间，一次次地将他点燃，让他上天入地，成灰成烬，不得好死!

在白衣庵，尼姑小雪还听说，本庵也在要拆的名单之中，消息让她深感愕然，她不敢相信这样的传言。拆庙毁庵，属天下大忌，是恶业，要遭大报应的，如同双手沾满鲜血，谁敢如此作孽呢？这又怎么可能呢？

小雪将从街上听到的传闻告诉青草。乍听起来，青草也不敢相信会有此事，但如若细想，就不是没有可能，这白衣庵就在白浮泉的边上，离泉池不足三米远近，泉水终年从院中穿过，真要开河建渠，就得先造围堰，那么这白衣庵就一定会有影响。如此，被拆也就在情理之中。

这一夜，月亮倒映在泉水池中，冷月清辉中的白衣庵，显得极为平静，如此，也就更显得即将来临的事情惊心动魄，令人担忧。

小雪对青草说，拆庵会招致鬼神报应，属大劫大难，按说无人下得去手，郭守敬怎么敢做出这样的决定。

青草觉得，天下所谓神鬼报应，更多的只是人心的自我搅动，不一定真有实际的意义。拆庵也不一定就是造孽，如若妨碍了江山社稷，其实拆了也无妨，且在其他地方，也有被拆的例证。

青草的心胸，让小雪看到了一种豁达，只是此番言论，也让她心里倒海翻江，不好接受。突然之间，小雪却得到另一个预感，且十分地坚信。她说：“庵主，如若郭守敬知道你在这庵里，你说他还会拆这庵吗？我想一定不会！”

青草听了此话，心里反而添了一道深重的阴影，她隐约地感到，如果那样，自己反而成了无形的障碍，正横在郭守敬的面前。且这障碍或许大过了整个白浮村的所在，这让她禁不住一阵惶恐。

她看着自己映在墙上的影子，似乎正浓重地暗成了一座阴郁的大山，黑压压地罩着郭守敬，令他动弹不得。他们往日所有的美好、怀念，以及由此组成的日月，都被这一棒子打破了。她突然就叹了一声，是把所有的别愁思念，都消融在了这一声长叹中。她惊得不敢再想，慌忙从这让人寒冷的意识里拔出脚来。

小雪看到青草眼里布满了惊惧，问她是不是看到了什么。

她说："我看到他了。"

小雪问："谁？"

她说："他。"

多少年前，在郭村，青草就曾是郭守敬的眼睛，她能替他看到许多连他自己也看不到的东西，后来她明白，这不是天眼，也不是神通，而是她离他最近的那颗心。现在，她又替他看到了些什么，还是因为这颗离他很近很近的心。

因为近，她看到了白浮村房倒屋塌、尘土飞扬的真实景象。她的心在不住地颤抖，她希望一切都不会那样发生。

在白浮村，人们最担心的事，还是如期而至地出现了，官府的兵丁来到了村街上，开始到处张贴告示。村中的壮汉们也早磨好了大刀、长矛。空气里，已是凄风苦雨的血腥味道。

可是没有人真的动刀动枪，没有人真的敢于反抗，村人退缩了。朝廷的威严，闪闪发光地体现在一排排刀剑上。村人只是瞪大了血红的眼睛看着罢了。

兵丁们分成几路，在村头的高墙上，在庙会的大树上，在龙山的石头上，贴满了醒目的告示，白纸黑字，清楚明了，所有一切都要为修建通惠河让路：占地、拆房、移坟……整个村子都被笼罩在告示的惨白里，因失了血气而寒冷。

村人围在大墙下，看着那刺眼的红白纸印，神色愤然而又呆滞，有那识字之人，将那齐齐整整的圣旨逐字逐句地念了清楚，每个字都是一把老泪，一方坟穴。要动的，竟是万年屋里的祖宗！

人们一片骂声，想好了，早晚还是要动刀动枪，还是要豁出性命。

第十四章

一

在白衣庵的外墙上，兵丁们也贴出了同样的告示。

青草和小雪立在墙下，看着那告示，心上也是百感交集，这白衣庵，果然也是要被拆的。

小雪忍不住地道：“庵主，这世上的事，是多么地鬼怪，多么地有趣儿啊，你怀念，又等待了多少年的那个人，让你什么都没有等到，反而等来了要拆你的庵、赶你走的一纸告示！”

青草说：“是，就是演戏，天下也没有一个人会信的。”然而她这话里，并没有一丝丝的抱怨，而是说的一种无常，一种接受。如此，人生才有安顿，才符合了诸事随缘的彻悟。

说这话的时候，青草的眼里，浮现出的是多少年前，她和郭守敬在村边、在田野、在蓝天下一起遥望远方的情景。天空广阔，视野无边，向往更是没有穷尽。他们静静地坐在村边浩荡宽广的白河堤上，一直坐到满天浮起璀璨的晚霞，直到暮落。

转眼，她又看到郭守敬正指挥着千军万马，修河护堤，那个时候，郭守敬就一直想着要修一条大河。现在，他的愿望真的就要实现了。这情景让青草的嘴角露出一丝欣然的笑。

她甚至深切地知道：正是她的存在，把他送到了春天的路上，让他满怀希望，走到今天。

小雪不解又不满地道：“庵主，什么时候了，你还笑！”

青草轻轻地叹一声：“我们都是僧人，应该知道天下无常的道理。应该知道，水，总是要流向没有去过的地方，我们不该为此事太操心了。”

夜晚，街上灯光暗淡而幽静，在王柄南的家，王柄南、高素仁、杨永年三个人一言不发地站在桌子边上，看着一位画者在桌子上画像。

画者正按照一张小画，把它放大，那正是郭守敬的一张人头像。画毕，画者将画拿了起来，展示给三位大人看：“三位大人，这张像画得像吗？”

杨永年满意地道：“像，很像。”

王柄南也点着头：“嘴角再往上一点就更像了。”

画者又将画铺在桌子上，改了一下嘴角儿，放下笔。王柄南拿出备好的银子推给他，示意他可以走了。画者拿着银子，拱一拱手：“谢王大人！”说着走了出去。

此刻，从偏门里闪出了地痞许二。许二这人，天生是个死鬼挨刀的货，长得一脸烂柿子相！头发且稀且黄，软趴趴贴在头皮上，如那还没出齐就遭涝的麦秧子，东一绺，西一绺，乱垄倒伏。一颗牙长在了嘴外边，可一张嘴，里面却又少了仨。

王柄南拿起案头上的几张画好的人头像，声音要多冷淡有多冷淡：“许二，事儿都交给你了，你看着办。你办得好，多加银子。”

高素仁有些不放心，冷着声音道：“可说好了，不管什么时候，不管发生了什么事情，都是你一人扛着，我们从不认识你，也没见过你！听明白了吗？”

“我也不认识三位大人！”许二说得更干脆，浑人浑蛋那劲！

杨永年道：“这就好！拿了银子得知趣！”

许二又软了口气：“三位大人放心吧，许二我烂人一个，这些年，混的就是一个铁嘴钢牙，被人剁成肉泥，挖了心肝，都不会认得谁是谁！天下第一的没娘养的！”

次日，天刚刚破晓，东方的天际上，还有太阳的一点潮红，在白浮村，冷清的街上空无一人。许二沿着墙根儿，偷偷摸摸，将郭守敬的画像，贴在了官府告示的边上，并列的两张白纸，显得十分怪异。郭守敬的画像，很像是那正在通缉的人犯一般。

在郭守敬的画像下，一行大字醒目：此人即是妖魔郭守敬！杀了他，来生自有福报！

白天，过往的村人发现了告示边上又多了一张人像，看了之后，便往那画像上扔泥巴、抹狗屎，以泄私愤。带头的就是地痞许二，他开始在白浮村村街上挑拨滋事。

中午时分，高墙之下，出现一个狂人，此人见了郭守敬的画像，情绪激动异常，狂躁不已，两手比画，呼天抢地：“郭守敬，你要敢动我老李家的祖坟一根蒿子，我就一刀捅了你！我这就去杀了你！去杀郭守敬啊！”他哈哈地狂笑不止。

此刻，许二正蹲在一棵树下躲着日头，见此人疯疯癫癫，敢说敢做，狂呼乱喊，比那城里的混混小痞还要有胆有趣儿可爱，且精力无穷无尽，便知道此人可以利用。

许二走过去，将这疯狂之人拉到一边，见机行事地掖了他些银两，又掖了一把菜刀给他。告诉他，只要听话，天天都有银子花。此人便服服帖帖地成了一头顺毛驴。

狂人也有其温顺的一面，这要看谁使唤。许二一天到晚，专与这种人渣无赖交道来往，自然熟路。

许二告诉他，如若敢去城里杀那郭守敬，必有重银奖赏。那人见了银子，看了许二长相，比他更丑、更凶、更浑的劲儿，当下便点头气顺。许二手里虽然没有绳子，但已经知道，此人如同用了绳子，已可牵着走哪儿是哪儿听话！

次日，此人便在许二的引导下，握了菜刀，一路进城，二百五样，去找郭守敬拼命了。

街上，晴空朗日之下，人们见一手握菜刀的疯癫之人，且一脸的仇恨模样，都觉得稀奇好玩，便远远地跟着。不知这人要闹啥事。人们也就越集越多，黑黑压压，形成浩浩荡荡的队伍，闹得尘土飞扬，有些惊天动地的模样。

就有那好心人，暗中报官，说光天化日之下，街上有人提了菜刀凶器，不知是要杀谁。

二

郭守敬一早出门，人没在家，等他返回来的时候，看到自家宅前，已围了人山人海，乱糟糟一片。围观之人，都是些胆大不怕事的爷们儿汉子，且离那狂癫之人不远不近。郭守敬不明情况，看不到里面，只是心里发慌，不知道出了啥事。

他匆匆扒拉开人群，挤到门前去看，只见那疯癫之人，正在众人的取笑叫喊声中，举着菜刀，扭着身子舞蹈，怪样百出。此时，许二也看了出来，此人原来是一个神经，一个人来疯，早已忘了是来干吗。那菜刀不再像一件凶器，而是与他一起舞着跳着，成了一件道具。

就这时候，有人看到了郭守敬，对他喊："郭先生，快跑，他是来杀你的！"

许二也就看到了郭守敬。对那疯癫之人道："你还扭个屁！要刨你家祖坟的就是他！"伸手一指郭守敬。

那疯癫之人，立刻收了满脸的嬉笑，挥舞着菜刀，直奔郭守敬冲来，嘴里狂喊："还我李家祖坟！"

郭守敬本能地扭头就跑。那疯癫之人，在人们的叫喊声中，已冲动到了极致，几步就要追上郭守敬，只等手起刀落，闹一场人命案子没错！

幸亏这会儿，接到报案的衙门兵差已经赶到，眼看那疯癫之人，手举刀落，郭守敬的性命危在旦夕，兵丁们一拥而上，用那长枪逼住这疯癫之人，将他摁倒在地，五花大绑捕了。

人们都等着这疯癫之人反抗叫骂，或有更激烈的行为，谁想，没有，一点也没有，他一屁股坐在地上，娘们儿样，竟然呜呜咽咽地哭了起来，鼻涕眼泪一把，说："我要回家。"

许二万没想到，如此狂人，原来就是个这，还不如一个屁！他气得上前，啪啪地扇了那狂人两记耳光，声音清脆白亮，一波波荡得谁都可以听见。

许二就像是好人打那坏人一样，街人也都这样以为。但不是，他是嫌这狂人白拿了他的银子！打完，许二钻进人群，溜了。

很快，在朝廷，皇上忽必烈便听说了这骇人的一幕，有人竟然手持菜刀去杀郭守敬。忽必烈又惊又怒，拍了案子！让刑部立即去审，这是何许人也，青天白日，怎么竟敢在街上杀人，倒是跟郭守敬有何冤仇。

人们很快也就得知，这持刀的疯癫之人，虽然口口声声称是因为白浮泉占地移坟一事闹腾，但家中并无坟可移。原来此人已半疯半癫多年，常会在街上莫名地疯跑，每天都会定时定点地狂呼乱喊，胡言乱语一阵。或是打人，或是被人打。让他交代，这次杀人，受谁指使？他两手比画，却不知道许二叫啥，来自何方，又去了哪里。

衙门怕他再去惹事，将他投入大牢，准备关到通惠河修完再放，省得他疯疯癫癫，到处惹事添乱！

事情远未结束，许二只要闹上一次，就会得到一笔银子，他何乐而不为呢，真是乐事幸事，桩桩都是便宜。事情也就一件接了一件地折腾。

银子能使人很快地聪明起来，聪明人又会很快地知道怎么才能挣到银子。这个世道，就是这样一天天如流水一般地奔腾向前。有人叫作进步，有人叫作混沌。叫啥都行，事儿都是一码事情！

许二绞尽脑汁，常于半夜三更，想那邪招儿、歪招儿，且常常就有灵感上头。

他想，不如让村人在纸上画押，摁些手印子，然后递给朝廷。在纸上写些人们对开河挖渠、占村拆房不满的话，然后领着众人去闹腾。

王柄南几人听了许二的点子，非常赞赏许二的才干。说你要不是长得歪瓜裂枣，又混混人渣，若是在了朝廷，就是皇上，也会赏识提拔你哩！你如此聪明能干，却狗屎般的烂命，今生真是被糟蹋、被委屈了。看来老天，真是没个公平，见了你，怎么就变了睁眼瞎！

这不知是贬、是夸的话，说得许二心里暖热，就差张口叫爹叫娘了。

银子与利益，使朝廷臣官和街头混混走到了一起，成了一家亲。天下常是这样，不分三六九等，你我高低，银子对谁都一个样哩！

在白浮村，凡是摁了手印子的人，每人可领到二两银子，如同白捡没有两样。穷苦百姓，上哪儿去挣银子呢。谁不干呢！谁都干得，不干白不干！所以都干！

一时间，白浮村的村头，景象非凡，热闹无比，太阳都是笑脸。天上掉馅饼啊！街上的叫花子，平日的小混混，摁了一次，还要摁第二次，都当了天下的便宜。有人还叫来亲戚，亲戚又叫来亲戚，都来沾光就是了。拦都拦不住的。

两天工夫，竟然有六百多号人在那要命的纸上画了押，摁了手印子，且要去见皇上。

事情真是闹大了。王柄南、杨永年等虽然喜欢，却也怕引火烧身，别再搂不住，毁了自己。

几个人商量，万一收不住咋办。是没想到，这一个街头地痞，这大的能耐，天才也！杨永年道："我看着都怕，这是要出事啊！"

王柄南道："是让人有些提心吊胆，先让他小子这么闹腾着，到了时候，真要搂不住，咱就咔嚓一声，送这许二到那头世界得了！"

许二死到临头，还帮着出主意，想点子，继续往大里闹腾呢。钱，就是要人命的东西。

许二的疯劲上来，一往无前，再花银子，组织村人，凡是敢去大都城找郭守敬算账的主儿，每人再给二两银子，老弱病残者优先。

不就是去一趟大都城嘛，报名者十分踊跃，还怕许二不要呢。一时间，白浮村被一种怪异荒唐的氛围所笼罩，地没占，房没拆，祖坟没刨，家家却先都得到了银子。真是福兮祸所伏，祸兮福所倚。事情是喜是忧，该喜该忧，人们已经分不清了，所有人的心都被搅乱了，全都当了一件便宜。

在白衣庵，青草感到了深深的不祥，这几天，她去过白浮村两次，感觉气氛很是不对，街上反而人人都是笑脸，一点不像拆村占地。一种就要出事的征兆就在眼前。如同大雨来前刮起的一股凉风，虽然爽人舒适，但却酝酿着祸端。

这几天，到庵里来烧香、求佛的人也格外地多。每逢天下糟乱之时，人心不稳之际，或是要出事之前，前来寺庙庵堂里烧香敬佛的人就特别地多。

三

炎热的想象，让遥远的事物变得近在眼前，更使人平添了几分无端的担忧与焦虑。青草虽然与郭守敬多年未见，但眼下，白浮村的乌烟瘴气，又把他们拉得很近很近。

在白衣庵，每日前来上香敬佛人的言语神情，都在诉说着白浮村的凶吉与不测，这让明天的日子充满了未知，也让青草更为郭守敬的安危担心。她从来没有像现在这样的身心不宁。

这一夜，她在大殿里点起了长明灯，摆下法阵，穿上与平日不同的长衫，开始为郭守敬施法，这是占卦的一种，是心灵的渠道。她闭起眼睛，长时间地诵经、观想、调动意念，以达到想要达到的目的。意念中，她以数不尽的法器驱散着头上大团大团的黑云，以数不尽的供品献给百万活佛，请求他们与她一起共同驱魔降妖，让这法术上天入地，所向披靡。在她的法术里，她听到了震天动地的鼓声，听到了灵性聚足的喇叭声，可谓惊天动地。

为此，她劳累得出了一身又一身的大汗。可是，她还是看到有人躺倒在地、奄奄一息的情景。那会是郭守敬吗？她不得而知，不敢想象。

要出事的感觉是那样强烈而又分明，她心急如焚，自从念佛进庵以来，她的心，还不曾这样忐忑不安过。

她把在作法中看到的情景告诉小雪，她认为朝廷里一定有人在暗中搅闹，阻止着白浮泉的引水开渠。她说她看到了郭守敬头上的雾障，黑云密布，虽然不断被驱散，但又不断聚拢，刀枪似雨。

小雪说："现在的白浮村，每天都有人施以阴毒邪术，整个村子都在沸沸扬扬，燥热难耐。每天也都有不同的响动与传闻，去杀郭守敬的叫喊，一天比一天高涨。"

青草破天荒地决定，要去大都城找郭守敬，亲自告诉他白浮村的一切。

小雪很不放心，决定和青草一同去找郭守敬。于是，白衣庵自落成以来，第一次闭了庵堂的大门。

次日的早上，青草和小雪俩人都换了便服，雇了一辆马车，匆匆赶往大都城。事情从这一刻起，便变得很不畅顺，她们和白浮村去大都城闹事的村人，几乎是同一时间出发的，目的都是去找郭守敬。而村人的行动更快了一步。

七月的季节，到处都是浓绿欲滴，花草的气味裹着湿热的泥土气息迎面扑来，翠绿的林地，蓝莹莹的庄稼，暂且地缓解了青草心头的焦虑。

小雪的心情也不再那么沉闷，有说有笑起来，她憋不住地问青草："庵主，有一件事，我不知该问不该问？"还没等青草回答，她便不管不顾地问了起来，"你想过要还俗的事吗？一会儿你就要见到郭守敬了……"小雪问得意味深长，语气里似乎断定了事情的结局。

这一问，让青草的内心更加复杂了，她注视着七月路边的景色，麦子已经发黄，一片又一片，无边无际地伸向远方，与天边的青雾汇成一线，让人感到无限的深远辽阔，心都被带到了远方。

青草的内心，如同这麦浪一样起伏翻腾。她仿佛看到往昔的情景，尘埃飞舞出灿烂的金星，艳阳的天际下，她和郭守敬在村头麦海里奔跑，在欢畅的河边采花，在烈日阳光下编着草人……那时的天空同样透明似水，照彻着美好的光阴岁月。有了那一刻，往后的人生，也才有了闪闪发光的等盼，正因为有了那一刻，她才死死地不肯放下，也才不愿意再有任何的改变，以至于苦了那么久。

这会儿，再一次的体验真让她有些受不了。顿时，一种彻心透骨的感觉哩哩啦啦地漫过她的全身，竟让她的眼角滴下一滴泪来。

而此时，在城里，郭守敬的宅前，却是两重天地，门外突然扬起的尘土，让日光蒙羞般昏暗下来，树上的鸟儿呼呼啦啦地飞到了更远的地方叽喳。一瞬间的征兆让这里变成了不祥之地。

屋里，郭守敬正聚精会神地摆弄着一件天文器械，他突然听到街上一片嘈杂之声，院门外乱哄哄的尽些吵闹，他不知发生了什么，疑惑地走出屋子，推开院门的一瞬，那由声音组成的气浪猛地撞了进来，让没有一点准备的他本能地退了几步。

门外已是黑压压的一片人头，三四十位村民正堵在他的宅门前叫嚷，人们手里的木棒、铁器把平坦温和的日光搅动得有了阴冷杀气。

那一瞬间，双方都有了一刻的愣怔，吵闹的人群一下子静了下来，村民们想不到，这郭守敬竟是一个文弱书生的模样，一脸的和蔼呆滞，甚至有些木讷。这与他们欲与之大干一场的那个恶人、歹人实在是差了太多太远。如此模样的人，似乎不应该如此这般地对待，更用不着这样兴师动众地来这些人。这样的人，能惹得起谁，打得过谁，经得起什么呢？！

但也只是一刻，村民们便想起自己的利益，想到房倒屋塌的情景。有人高起一嗓：“你就是王八蛋郭守敬吗？！”那愤怒之声仿佛在说：你这样的人还敢骑在别人的脖子上拉屎!

此时的郭守敬，又显出了通常的迟缓愚笨，他不应回答，本应关了院门，插死门闩，躲避一阵，想想该如何办法更为妥当。谁想，他就站在那里,迎着那些木棒铁器,本能地点着头,似招呼大家进院，屋里坐哩!

人群中响起怪怪的声音：“你为什么让皇上拆我们的房，占我们的地，扒我们的祖坟，你个找死的祸害！”

郭守敬这才明白，这是白浮村的人。他心里一阵惊讶，他去过多次白浮村,感觉白浮村人并没有这么大的嗓门儿,他们本分、温和，且是带了一点当地的柔润口音，而刚刚响起的声音，却离了白浮村很远，硬硬邦邦的不大像。

郭守敬的以为是对的，白浮村的村民不善于如此。叫喊的人是许二在大都城里雇来的混混，是来带头滋事捣蛋的。

声音和白浮村人的差异，让郭守敬有些不知所措，他因为对不上号而有些不能明白。天性的单纯，让他对于声音和时间的辨别，一向十分准确灵敏，他常能闻到隔年的某种气味，能辨别出未来的某一时间与另一时间的远近。

四

郭守敬心里没着没落的，他很想和村人说几句啥，可是他温柔的禀性，与不争的脾气，总是让他做事太慢，还没容他找到合适的词儿，人们已经在许二的鼓动下，大吵大闹起来，黑压压的人群往前拥着，郭守敬像是随时都会被挤倒的样子，他不得不放弃了文雅，高起声音喊："拆了谁家的房，朝廷都会补偿的，告示上都说明白了，皇上答应的，一定会给银子……"他的声音被淹没在一片吵闹叫喊中。

"那点银子够盖个狗窝！"一块石头重重地打在郭守敬的身上。

远处，王柄南、杨永年躲在墙角处，面无表情地注视着。

杨永年忧郁地道："王大人，这么个闹法，能有啥用，皇上还怕几个草民闹事？杀几个全老实了。"

王柄南无奈地狠声道："走一步，算一步吧，总不能让事情这么容易就办成，说不定哪一壶就管用了呢！"

郭守敬的门前，人们吵闹着，拥挤着，郭守敬的鞋子已经掉了："我的鞋！"他竟然还想找鞋，他离了歪斜地被人挤在了院门上，两手死死地抠着门框，以防倒下。

就这要命的时刻，青草和小雪赶到了，这情景让青草吃惊，怎么会呢，没错，眼前的这个人就是郭守敬。青草从那张布满蹉跎的脸上，还是迅速地认出了少年郭守敬的特征。只是多少年过去，她所看到的场面，一点也不是梦中千百遍重复过的缠绵、美好和感人的情景，而是这般的混乱、扭曲和狼狈。

人，谁能预料到将来的样子、将来的自己呢。青草完全呆在了这个没有防备的情景里。这太离奇，太难以让人想象了。

就在这个时候，更加出人意料的一幕发生了，人群里，突然有个女人的声音响起，尖厉得压过了所有的叫嚷："柱儿他爹不成了！"声音充满了恐慌和惊惧。在女人的惊叫中，一位老者已经倒在了地上，大口喘着，脸色铁青。人群一阵骚动，闪开一块空地，那老者头一歪，竟然一动不动了。

有人高起一嗓："死人了，死人了！"

人们惊慌四散。

刚刚还是热闹非凡的郭家宅院门前，转眼间竟变得空空荡荡，一片沉寂，光秃秃的让人觉得恍惚而又没有道理。太阳下，只剩下了躺在地上的死者和死者的儿子。

郭守敬慌慌地迈下台阶，几步奔到死者的跟前，他不以为是死了人："怎么了，快扶他起来，进屋喝口水吧。"他说。

"他起不来了！"老人的儿子吼一声，汹涌的泪水已经流了一脸。

郭守敬瞪大了眼睛，这才有了明白。他抬头对着还没跑远的人群喊："快去叫大夫，快去叫大夫啊！"

远处的杨永年、王柄南也被这突如其来的意外吓得面如土灰。王柄南将信将疑地道："死了人？"

杨永年道："像是死了人！"

俩人对目相视，瞬间转身，仓皇而去。

原来这老者早就有病在身，却为了多得几两银子，也来参加了这场闹剧。想不到，却把一条老命落在了这里。

青草和小雪怎么也想不到事情会闹成这样，梦一样不敢相信，青草即刻想起来，昨天作法的时候，她看到过相似的景象。不过，躺在地上的并不是郭守敬。

青草从昨天的法事中灵醒过来，她上前去见郭守敬。

世事无常，郭守敬做梦也不会想到，青草竟会在这个不合情理的时刻出现，这是多么地古怪，多么地不可思议啊。

此刻，只要郭守敬抬头，就会看到他千思百想、只有梦中才会出现的青草。可他眼下顾不得这些了，他正因为这突然的事件而两腿打战哩。

小雪拉住了青草，轻声而坚决地阻止道："庵主，你不能去，官兵来了。"

身后，几十名官兵赶来。

王柄南、杨永年已经躲进了小胡同。王柄南气急败坏地道："这是谁的嘴这么快，报官干什么！"

杨永年讥讽地道："还能有谁，你啊。你不是说好了，这个时候要报官吗？这是你王大人事先安排好的啊！好叫皇上知道呀。"

王柄南这才恍然，苦着脸："谁想到这个时候会死人呢。"

杨大人语带埋怨："都是你这高明之人出的好主意！"话音未落，他又转忧为喜，"好啊！死了人，事儿才显得大！死了人多好啊！"

王柄南也明白过来：“真是的，想要都要不到的景！”可话音未落，他又担心起来，“死者家人可干？”

杨永年也意识到了危险：“赶紧用银子堵嘴啊！”

郭守敬的院外，官兵已经到了跟前，那扶着死者的中年男人，一指郭守敬，愤怒地道：“他杀了我爹！”

郭守敬张着嘴，傻在那里，他目光困惑，完全不知所措。

五

下雨了，一下就是两天三夜，整个大都城都笼罩在霏霏的细雨中，人们都等着雨后放晴，然而没有，雨后的天气依然是阴着沉着，整个世界都是灰蒙蒙的一层，泥土与雨水的腥气味，浓重地弥漫在空气里，让日子变得绵软而又悠长。

早朝的时候，满朝文武在大明殿里站得溜直。因为阴天，整个大明殿里显得比平日昏暗了许多。高处的蜡烛一层层闪闪耀耀，反而比平日明亮了许多，让人疑惑地以为这是黑夜。如此，气氛也就更让人感到压抑和不适。

忽必烈眉头紧皱，他手里翻着折子，神情是一副不知怎么开口的样子。众臣就那么静静地等着，殿里死静死静的，能听到前几天的剩余雨水从外面顶子上的偶然滴落声。这声音来得极为不明，听着反而让人有些揪心，也让大殿里显得更静，仿佛掉根针都能把人惊着。

忽必烈扫视众臣，目光无助，他像是轻叹了一声，又像是没有。

他手中的折子，是关于白浮泉的，村人恳请皇上，撤掉白浮泉作为引水开渠源头的旨意。折子上的字句并不长，后面却附着好几张摁满红红手印子的纸页，哩哩啦啦地吓人。忽必烈看着这些红红的手印，如同真真切切地看到了村民们上访的长长队伍，看到了他们呼天抢地的一张张泪眼模糊的脸。

忽必烈没想到事情会这样，这实在出乎他的所料。他终于还是长叹了一声，这一声，众臣们都听到了，大家反而把头埋得更低了。忽必烈知道，这时他咳嗽一声，都会有人被吓出汗来。所以他尽量放缓了声音，温和地道："谁知道白浮村一带，到底有多少村民，怎么会有这么多人摁了手印子，白浮泉修河建渠，到底占了几个村子，竟然牵扯到这么多的人？"

下面无人吭声，还是一片死静。

"郭守敬呢，他是又没来吗？"忽必烈的目光没有找到郭守敬。

离着皇上最近的太监何方续，赶紧往前凑了几步，神色慌张地道："皇上，奴才还没来得及向皇上禀报，前儿个早上，白浮村有几十位村民来找郭守敬滋事。有一老者，突然猝死在了郭守敬的家门前，其儿子称，是郭守敬在推搡之中，使老者倒地而亡。郭守敬昨天和今天，都在与死者家人交涉，那死者家人找了七八个汉子，不让郭守敬出门。"

忽必烈的身子往前一探，厉声道："什么，还死了人？"

众臣也惊得发出一阵不大不小的嘘声。王柄南、杨永年等神情紧张。张文谦心里一惊，他本能地注视着王柄南几个，心想这事儿怎么一点没有听到呢，真的死了人吗？是谁又在闹鬼呢。

此刻，忽必烈面容凝重："把郭守敬找来，现在！看谁敢阻拦他！朕要问他话，白浮村倒是有多少村民，不是四十八户吗？怎么倒有六百多人请愿，摁这些手印子！”忽必烈把那印满手印的折子一抖，那折子便散了，红红的纸印，天女散花一般飞舞起来。

何方续吓得一哆嗦：“是，皇上。”他迅速闪到边上，嘱咐差人带兵去找郭守敬。

众臣一下子都来了精神，是因为死了人，因为有人缠着郭守敬不让他出门而有的看了。

忽必烈闭了一下眼睛，像是闭了很长的时间，像是要让这烦心的一刻赶快过去，然后他又慢慢地睁开，话像是从很远的地方飘来：“建水利，修河渠，虽说是百年大计，要有代价，但也要尽量考虑民生民意，能不能把占地、迁移这些事，尽量缩小一些。怎么会影响这么多人呢？死了人就更不应该了。”忽必烈的话里，分明有一种希望众臣回应的需求。

王柄南、杨永年、高素仁等迅速地对视了一个会意的眼神。朝廷里的人，都练就了一种在皇上面前如何捕捉机会的本领，何时说话，说什么话，更是一种特别的功夫，也是一种智慧的迎合。

王柄南更懂得，无论什么时候，什么事情，只有去迎合皇上，才是最稳妥、最有意义的做法，且还永远都不会有风险。

王柄南上前一步，乘虚而入地：“皇上说得极是，据微臣所知，只要白浮泉的源头，向南再移二三里地，便可躲过这三个村子，许多问题，便可迎刃而解，更不会占用这些民房田地。”

忽必烈微愣，也就瞬间，他又半信半疑地道：“真是这样吗？如果真是这样，为什么非要死心眼子呢？”

杨永年也站出来，煽风点火般：“皇上，微臣虽然不懂得水利，但白浮泉一带，方圆二十里的地界，到处是水，处处有泉。往前往后，往左往右，移个二里三里，应该没有那么严格……”

张文谦忍无可忍，心说，这简直就是满嘴胡吣！他往前一步，瞪着王杨二人：“皇上，微臣治水，已有三十余年，修这样一条重要的河渠，绝不可随随便便，信口开河。据我所知，白浮村就是四十八户人家，怎么会有这么多人摁了手印子。以微臣所看，这事十分蹊跷。分明是有人从中作梗，有意讹诈。”

忽必烈闻声又是一愣，他冷眼看了一下王柄南和杨永年，突然想起来，这王柄南、杨永年都是这次挖河建渠的损失者，恍然间也就有了警醒，断喝道：“王柄南，朕问你，白浮村四十八户人家，怎么会有这么多人摁了手印子？”皇上的声音响亮而坚决，仿佛是他王柄南捣的鬼。

王柄南吓得一激灵，这件事情，皇上本不该问他，皇上如此发问，显然是对他已有了不满。王柄南神情慌乱，支支吾吾地道：“皇上，微臣不知这些，微臣不管水利。不过，这个好查，一查也就明白。”他的声音已经虚弱得低了八度。他自己的汗水快把他自己淹死了。

六

郭守敬出现在大殿外，他神情沮丧，不知是进还是不进。

忽必烈抬起头，看到门前的郭守敬：“进来吧，说说怎么回事。”

郭守敬脚步踉跄地走进大殿，行礼道：“皇上，昨儿个早上，白浮村人到寒舍前闹事，是为拆房占地。有一老者突然倒地，暴病而亡，要不是刚才差人兵丁们护着拦着，微臣还被他们困在家中。”

忽必烈心说，这倒霉的，怎么就不知道找人报个信呢：“朕怎么听说，那老者是在你的推搡之下才倒地而亡啊，倒是谁先动的手啊？”

郭守敬怔一怔，突然有些生气了，心说皇上你又没在跟前，凭什么说我推搡了那老者：“皇上，微臣没有记得有何推搡。不过，微臣愿意赔偿死者，并给那老人送葬。”

忽必烈心里轻叹，是没有料到，心想，这个郭守敬，还不知道是不是自己的责任，就要赔偿人家，还要给人家送葬。也就是这个郭守敬吧，真是个呆！但当着这么多众臣，忽必烈却不好说什么，道：“毕竟是死了人，是不是你推搡的，也没人为你做证，你处理好了就是。不成，朝廷为你出面了断。朕现在要问你，那白浮泉，也就是通惠河的水源源头，有没有可能再往南移上几里啊？朕是问，能不能躲过那些村房田地呀？”

郭守敬心想，这是哪儿对哪儿啊！他不假思索地道：“皇上，这怎么可能？万万不可，万万不可呀！”

忽必烈要的就是他这两句话，满意地点点头：“好了，既然你说不可以，就不可以了！”忽必烈如此之问，就是为了给王柄南等人听。这会儿的他，心里已经有了明白，自己差点又上了王柄南等人的当。进而又想，这么多人摁了手印子，会不会也有朝廷大员们的背后鼓捣呢？

王柄南是聪明人，皇上一张嘴，他就知道皇上这是在敷衍他。心里也就有了明白，闹来闹去，这村民上访的招数，怕是又没了戏。

忽必烈的神情渐渐地轻松下来，又抖了抖那手中的折子：“郭守敬，朕再问你，那四十八户人家，怎么会有六百多人摁手印子请愿啊，那村里倒是有多少人？”

“皇上，大概是为了多得银子吧。一定是有人在背后撒了银子。”郭守敬脱口而出，根本不假思索。那一刻，他似乎真实地看到了村人领银子的场面，那队伍哩哩啦啦，排得长龙一样。银子的光泽，碎而明亮，把人心搅得阴鬼邪迷。

众臣闻声，全都心头一惊，这本该是心里的揣摩，没有证据，怎么可以张嘴就来地说出口呢。

忽必烈也没想到，郭守敬张嘴就来。心想，难道真是有人使了银子吗？即刻，他也就相信，一定是有人做了手脚。忽必烈把目光搁在对面众臣的身上，一个个地扫过，似在找寻那做手脚的人。心里却想，这郭守敬，这会儿可真不像个傻子！反倒是聪明得让人怕呢！

王柄南、杨永年等听了郭守敬这吓人的话，全都勾了脖子，垂下头，心里已是战战兢兢，唯恐郭守敬再说出点别的什么。此刻边上突然有人忍不住地咳了起来，王柄南听着如同打雷，吓得全身激灵一下，尿都要出来了。

郭守敬的话，把事情点得透亮透亮的，不用再说啥了，满朝文武都看得清楚，事情一定是有人捣鬼，撒银子闹事。

张文谦很满意，心说，也就是郭守敬才会这么没心没肺，不管不顾，傻了吧唧地一针见血。

郭守敬是简单的人，简单的人，总在不留神中，一语揭穿事情的全部，却又不知道顾及左右。常常连皇上也要绕个弯子，郭守敬却是个直筒子。

那一刻，朝上谁都不想再说什么了，事情被端端正正地摆在了那里，再说什么都多余、都没用、都废话了。

忽必烈突然也不想说啥了，玩这些的，一定都是跟随了他多年的老臣们，这让他有些不好办，他沉了沉，用收场的语气道：“白浮泉的事，朕已经下定了决心，诸位就不要再忙活了。退朝！”他站起身，先走了。

郭守敬望着皇上的背影，一脸的呆滞，心里觉得皇上今天做事，似乎还缺了点什么，他门前聚众闹事的事，死人的事，皇上应该多说两句，给他一个明确的主意才好，或是用点更严厉的手段才对。这虽然是他的事，可也是白浮泉的事。

他哪里知道，忽必烈也想到了这点，不是不管，是有意让他受受罪，遭遭难，也好让那些受了损失的大臣心里舒服点，有个出气的地方。说不定，郭守敬宅前的闹腾，就是这些人故意安排找碴儿呢！

作为皇上，忽必烈什么不知道呢，全知道的。只是在大臣们之间，在左与右之间，在反对者与赞同者之间，他也要左右逢源罢了。在朝廷，铁腕用得久了，才会懂得，凡事不能都用铁腕，不能都是杀头。

第十五章

一

等郭守敬回到家时，那死者儿子及众人，已经在差人们的劝说下，暂且离开了，但放下了话，事情还是没完！让他准备好银子赔偿。

隔天早上下了雾，整个白浮村都被埋在大雾里，人都像是白毛鬼。村街上，浓重的雾里，浅浅淡淡地钻出十几号人，披麻戴孝，凄凄惨惨，全是那死者的家人。人们将死者放在破门板上，门板由四个汉子抬着出村，一路匆匆忙忙，不是来找郭守敬，而是去找许二的。死者家人商量好了，凡是和死者沾了边的，就都有份，都算杀人，都得赔偿！

摇摇晃晃的破门板，似在惊涛骇浪上走，四五个女人跟在门板的左右，悲凄地拉着长调，似哭似唱，声音不停，间或拍着大腿，拍着胸脯卖力，搅得一街筒热闹。这是欠账还钱、欠命抵命的做法，不给，就让死者臭在你家！

许二远远地来了，人还没到跟前，那手里摇晃着的钱袋子声便先到了。本应大闹一场，你死我活的事，愣让许二迎了回来，摁了下去。女人不哭不唱了，男人们服服帖帖地放下了门板，都是因为听到了银子声，这世界，这声音最好使！

许二拿了三十两银子封嘴，这自然是王柄南等人的主意。穷苦人家，想不到会得到如此的银两，一时间，愤恨也就夹杂了感激，本来僵硬不化的事情，自然也就有了柔软，有了缓解。

许二按照王柄南的说法，告诉死者家人，那郭守敬属大都城里的富贾，有皇上的宠爱。这次白浮泉引水开河，最少也贪了上千万两银子不止。家中有的是珠宝钱财，一定得去找郭守敬赔偿，最少也能再要回百十两银子。

死者家人听了百两银子，眼冒金星，热血沸腾，自然信以为真。就按许二所言，赶了马车，将死者运到大都城里，快到郭家宅子时，又换了那破门板，还由那几个汉子高高地抬着，招摇过市，还是那会哭会唱的三五个娘们儿，在两旁伴着，热热闹闹地直奔郭家宅子索要银两。

郭守敬心中惶惶落落，正不知如何赔偿死者家人，想不到，那死者又被抬了回来，横在院门上，女人们一片呼天抢地，竟哭昏过去，僵直了身子吓人，男人们则都是一脸杀气，张口就要百两银子。

郭守敬哪里来的这些银子，一大汉上前道："郭大人，满城人都知道，这修渠挖河，你贪了朝廷千万两银子不止，眼下你又杀人欠下血债，赔点银子，花钱免灾你都不肯，我们可就告你个贪赃枉法，又蓄意杀人。"

郭守敬木着，他从没想到，自己会与贪官污吏拉扯上关系，更不明白什么叫蓄意杀人。

看着郭守敬迷离茫然的目光，那死者的儿子，却以为郭守敬确是有千万两银子，很认真地道："郭大人，我们不管你贪了多少，我们只要百两，你给了银子，我们便不再扰闹。不然，我们就把你贪赃枉法、故意杀人之事，传遍整个大都城。就把我爹，葬在你家门前，堆起坟堆儿，日夜天天伴着你，看你还咋出门！”

郭守敬听得真切，事情明明是众人跑到他家，堵在门上滋事找事，是自家死在了他的门外，他却成了杀人犯，且还是故意杀人。他有些迷惑，下意识地张开两只手，看了一看，似要看一看这手可是那故意杀人的手。他央求道：“可我真的拿不出百两银子啊。”

那死者儿子就阴了脸，愤然道：“郭大人，你还装！谁看不出来，你有千万两银子！”

郭守敬好生奇怪，坦坦地道：“你怎么看出我有那么多银子，你要说得出银子在哪儿，或是翻出这些银子，有多少，你就拿走多少！”

他以为这下堵住了人家的嘴，谁想，那死者儿子只是轻蔑地一笑，道：“郭大人，你住着这么好的宅院，谁信你连百两银子都拿不出来呢。光这宅子就值多少钱？没钱怎买得起这么好的宅院，这宅子怎么也值五百两银子不止！”

郭守敬就怔住，好像第一次发现自己还有这么一大笔的财产，第一次感觉自己是这么的有钱。他重新打量这住了十几年的院落，恍惚间也就有了自己确是富人的那种感觉。是啊，这么阔绰的宅子，没有钱怎么住得起呢，连他自己也觉得不该没有百两银子！

那死者儿子的目光也在说：这不就是银子吗！你还装什么装！

于是，他稀里糊涂也就写下了一张字据——三日之内，赔偿死者百两银子。

时令已经到了炎热的暑期，满树的知了把世界叫得成了一个声音，爆爆烈烈地没有一丝的缝隙。卖房卖院吧，郭守敬想，除此之外，他没了一点办法。

死者家人走了，只等三日后回来拿银子。郭守敬站在院子里发呆，不知这房子值多少钱，又该卖给谁。他心上乱乱的做不下啥，听着满世界的知了声，迷惑地望着从院外伸进来的一棵槐树枝杈，似乎刚刚才注意到，树上的叶子已经碧绿碧绿的不能再绿下去了，他灵醒到，眼下已是满满的夏季了，且是鼎盛一过，马上就要秋天了。

他想，如不抓紧设计出白浮泉的围堰图，事情就有些晚了。设计好围堰，才是开挖通惠河的第一步，皇上也一定在等着他呢，而他却因为没有心思，把如此的大事都耽搁了下来。

这两日的情景，像是过了数月、数年一般，把别的事情拉得年深月久般遥远，他都不知道日子是哪儿挨了哪儿，他得重新理顺才成，赶快卖了宅子才成。

这日早上，郭守敬在院门外，立了一块好大的牌子，刺眼的阳光照在牌子上，把那白纸黑字晃得更加惨白凄凉，上书："卖宅，四百两银子，并送全部家当。"

郭守敬站在牌子边上，像是谁家地里戳着的一根玉秆槐柴，灰头土脸，孤苦伶仃，一副败家的模样。他心想，大概一会儿工夫，这宅子也就归了别人，或是姓张姓李，管他姓张姓李，卖了得了，卖了省心省事。

但是没有，没人愿意买去。

只是偶有路人，探头探脑，往那院里瞧瞧，不像买房，倒像是要弄懂这败家之人倒是遇到了咋样的不测，啥个倒霉事情。

二

近了中午，王柄南几个都听到了消息，心里解气，晃荡着过来，是装作路过的样子，看事情是真是假，看这猖狂之人也有如此的下场，看着高兴。这呆子痴人，就该是这个下场！

王柄南道：“看他那可怜模样，我还是真不忍心哩，我也真想买下这宅子，四百两银子，上哪儿去找这么便宜的事情。这哪是卖房，纯粹是卖傻！”

杨永年道：“要是慢慢等着，卖到八百、一千两银子也不高。可惜，人家只限他三天，谁能这么快拿出这些银子呢。看他那样，确是可怜。”

王柄南冷声道：“我也看他可怜，不是咱嘴茬子损，可怜之人，必有可恨之处，这种人，心疼不得，心疼不得！就是一个该死！”

郭守敬从太阳升起，一直等到暮落，他从四百两银子，降到了三百五十两银子，又从三百五十两银子，降到三百两银子，终是无人问津。

事情引得一街人注意，围观的人越来越多。人们只知前几天，这宅子门前死了人，并不知道这会儿又有人逼债，都说这宅子卖得便宜。但街头百姓，再便宜也拿不出这许多的银子。

其中也有明白事理之人，说出底细：“要买，也得是那有钱之人，或是朝廷官人才能买下，可官人们都恨这郭守敬，一条心地要他的好瞧！谁要买，就是跟朝廷官人们作对结仇哩！谁可还敢买呢！”

三天的时间到了，还是没人应。

郭守敬心里苦着，暗中自家纳闷，大都城的富人都跑哪儿去了，这个价钱真的不高了啊，怎么还是没人买呢。于是，一狠心，提了笔又改了价，卖宅，二百五十两银子。

稍许，就有一人突然从人群中闪出，像是等了好久，终于抓住机会下刀，再也等不及地高喊一声："郭大人，成交！二百五十两银子，你可不能反悔啊！"说着掏出一张银票，塞在郭守敬的手上，似抢似夺那劲儿没差！

于此，郭守敬将整个宅子也就卖了，从此更名改姓，这轩宅雅居，再也不姓郭了。

不几日，郭守敬在一黑黢黢胡同里，用五两银子，租住一间小房屈尊。那房子门窗，黑黑洞洞，远看近瞧，离了歪斜，随时都是要塌要倒那劲儿。房主说了，一百年了，天天都是这要塌要倒的劲儿，可是没塌没倒！你倒是住不住哩？

郭守敬道："要是真倒真塌了咋办？"

房主反而不快："咋你一住就真倒真塌呢，你倒是何人？咋倒霉事都赶在你这儿！"仿佛郭守敬就是那倒霉蛋子、丧门星！

几天之后，张文谦才知道郭守敬的宅子不再姓郭了，气得笑了起来。这时还说什么呢，说什么都晚了。张文谦见了皇上，转着弯儿地将事情告诉了皇上。

忽必烈听了，惊得半天张着嘴，而后深叹一声，心里是又悲怜，又气愤，且也有些感动，他也找不到合适的词儿形容郭守敬了，道："郭守敬也，真个窝囊废！除了修河渠、看星星，恐怕再也干不了啥了，朕不是告诉他，有事找朕吗？天下竟有这种文人秀才，说他可爱，可也可恨，还不光可恨，还可气可怜。除了在水利、天文上的那点能耐，其他地方，真是又拙又愚又笨，让他全占了！”

事后忽必烈做主，朝廷出钱，把那宅子又原价买了回来。

再几日，郭守敬又搬回了这座老宅，依然如此的轩宅雅居，依然如此的是郭家宅子！这回，一直住到了他七老八十，一直住到了他离开这个人世。

早上，白衣庵里，烧香供佛的人还没来，院子里幽静异常，两盆墙角处的万年花，一簇簇正开得妖艳火红，清香里裹着一股醉人的甜味儿，芬芳弥漫了整个院子，让人有一种要深吸一口，努力去品味的冲动。

明亮的阳光，蕴育着全新的一天，让人觉得一切是这样地饱满而有朝气。青草和小雪正在打扫院落，现在，俩人已经知道了郭守敬在朝廷里的地位及一些细枝末节。

这两天，青草完全平静了下来，她放弃了再见郭守敬的打算。抽丝剥茧，她想到了另外一面：朝廷决定修河开渠，是整个大都城的一件幸事，天下如此之大事，怎能没有妖邪魔障的阻碍。这个时候去找郭守敬，也许反而会分散了他的精力，搅扰了他的平静。至于他眼下的坎坷遭遇，自有因缘来去，该出现的魔障，又怎么能阻止得住呢。

尽管如此，青草的心中，还是会时时升起一丝哀叹与伤感。

这伤感，通过多年的修行，显得十分地分明暴露。青草也就从中了解到，自己修行的定力，还没有到那炉火纯青的火候。

外邪来自内扰，她还应好好修炼才是。

这时院门被轻轻地推开，一位进香者，笑容满面地站在门前，原来是林玉堂，他如此地出现，有些异乎寻常。

小雪惊讶一声道："庵主，你看谁来了。"

青草抬头，哥哥林玉堂正沐浴在早晨的阳光中，一身的精气神，似迎了喜事一般，让人捉摸不透。

林玉堂一年半载便会来这白衣庵看一看妹妹青草。有时他是特地，有时则是顺路。而这一次，他来得确有目的。

此时，青草已经感到有些意外，因为这是早晨，这么早哥哥便出现在这里，说明他昨晚上已经到了这附近。青草道："怎么这么早，一定是有事？"

林玉堂道："这次真不是顺路，是为一件大事。"

青草一怔，随即半玩笑半认真地道："天下除了生死，哪有什么大事！别再为大事累着。"

林玉堂一笑，轻松地道："所以我一进你这庵，闻到这香火味儿，便又都放下了。"

三

在大都城，王柄南的宅内，大堂里，一筹莫展的王柄南，因为多日的萎靡，腿还有点瘸了。人要倒霉，哪儿都开始不对劲儿。这会儿，他正自己和自己别扭着，想不到却迎来了满面春风的高素仁高大人。

王柄南看着满脸喜色的高素仁，很是莫名其妙，暗中揣摩，这家伙吃了什么药，跟又娶了一房姨太太一样的喜色。

高素仁看出了王柄南心里的嘀咕，道："甭瞎琢磨，好事，你听了一准也说是好事，大好事！甭老跟要死的似的，且活着哪！"

王柄南苦笑着："我就等死了，活着有什么意思！人不过就那么回事，想想真是没意思！”又一字一句地，“还能有什么好事，真是和白浮泉的事有关系？你还能让河水倒流不成！”

高素仁肯定地：“有关系。当然有关系。如果不是跟白浮泉有关系，我这喜从何来呢？那不是抽疯，吃错了药吗！”他说得底气十足，充满希望。

王柄南看了出来，点点头：“我说这一早上，喜鹊怎么老围着我这宅子一个劲地叫呢，原来是叫来了你。快说说，有什么喜讯。”王柄南望着高素仁一脸的光彩，心里也升起了些许的希望，“能把你这两道扫帚眉挑开了，可真不容易，倒是什么好事？”

高素仁故意凑近王柄南的耳朵：“我打听到一个消息，是个感人的故事，精彩，绝对精彩。”

王柄南不高兴了，猴急地：“别卖关子，再卖关子，事儿得等到明年了。赶紧的，说正事，拣关键重要的说，别老挠我痒痒！”

高素仁却还是跟他绕：“龙山那白衣庵里的尼姑，你见过吗？就是那个长相特漂亮的庵主，你猜她是谁？”

王柄南摸不着头脑了：“尼姑还能是谁？难道还能跟皇上扯上关系？”

高素仁撇了嘴：“你这是哪儿对哪儿啊，猜你就猜不出来。打死你，你都想不到，她是郭守敬自小的相好，情人！现在俩人心里还都没有放下。”

王柄南怔愣了一下，转不过这个弯儿。半晌，否认地道：“不可能，绝不可能，这一听就是人编的，编得太离谱儿。听不得，听不得，我还以为是什么重要的消息呢，原来就是个这！郭守敬是打河北邢州来的，这白衣庵是在昌平，老早就有的，相互说不上话，甭瞎扯！”

高素仁反而更高兴了："怎么样，你看，你连信都不敢信吧。告诉你，天下就有这么绝、这么邪的事，还就在咱的眼跟前。俩人从小就是相好，是好得要死要活的那种！"高素仁的话，反而越来越透着喜悦了。

高素仁如此的喜悦，终于感染了王柄南，让他不得不信了："真的吗？世上有这么巧的事，你说说，他俩怎么能挨得上，挨得上又碍咱什么事？"

高素仁道："挨得上，太挨得上了。而且，到了现在，郭守敬本人也还不知道他的这位情人，就在这白衣庵里。这就可以利用，可以好好地利用！"

王柄南突然又不大信了，他用怀疑的眼神看着高素仁，轻蔑地道："这些你都是打哪儿听来的，听谁说的？"

高素仁手拿把攥地道："就是那尼姑的亲哥哥说的。这庵主姓林，叫林青草，她有一个哥哥，叫林玉堂。这林玉堂听说白浮泉要开源修渠造围堰，便一路来找活儿了，他是个手艺不错的石匠。"

王柄南有些精神了："天下真是无奇不有，你这么一说，倒是有鼻子有眼儿了。那漂亮的庵主真跟郭守敬有一腿？那白衣庵可也是要拆的，她能不反对？"

高素仁眉飞色舞地道："你总算听出点味了吧！我再告诉你，郭守敬为什么至今还没有女人，也不要女人，就是因为心里一直想着这个尼姑。"

"所以他是个呆子呢！一个真正的呆子！往下说，快往下说！"王柄南来了兴趣。

"更绝的是，你知道这尼姑是怎么跑到这儿当的尼姑吗？就是因为当初郭守敬做过两年的和尚，这女子对他痴情得厉害，便满世界见庙就进，找郭守敬。总也找不见，便在这白衣庵里做了尼姑，当了庵主。这如此的命运，都是因为郭守敬！”

王柄南眼睛放光了，兴奋得搓着手，快速地来回踱着步：“原来如此，原来如此！”下面的事，他和高素仁想到了一块儿。

高素仁看着王柄南放光的眼神，知道他在想什么了：“郭守敬要是知道，他的情人就在这白衣庵里做尼姑，他还会拆这白衣庵吗，可白衣庵就在白浮泉的边上，是第一个要拆的建筑，真是邪了！如果要是不拆这庵，白浮泉还能动吗？一切不都成了扯淡！”

王柄南深信不疑地点着头，使劲地点着头：“我总算听明白了，好，真是太好了。真要这样，就算是天晴了，日出了，河水可以倒流了！”

高素仁感慨地道：“咱们费了那么大的劲儿，吕万荣被皇上革了职，差点连命都搭上了。咱来来回回，伤了多少脑子，花了多少银子。要知道这儿有个女人，一直等着郭守敬，咱还费那个劲儿干吗。”

王柄南激动得嘴都在哆嗦，有些说不出话来，半晌才道：“你说这郭守敬要是知道这个女人在这儿，在白衣庵，他能不动心吗？”

高素仁坚信地道：“这就是让人动心的事，他绝对动心。万事只要人的心动了，一切也就动了。以前就是郭守敬的心不动，咱扳着就费劲，现在他自己的心要是动了，还用咱费那个劲儿干吗？只要不拆这白衣庵，这开渠挖河的源头之水，就可以再寻他处，最少可以往前移，咱的田、咱的坟、咱的财产就可以保住！”

王柄南突然想起什么道：“那尼姑的哥哥，你说的石匠现在在哪儿？”

高素仁知道王柄南想问什么：“你猜他现在在哪儿？”

王柄南眼睛一亮：“在哪儿？不会是在你那儿吧？”

高素仁神秘地道：“就是在我那儿，真是在我那儿！在我家，给我家门前打石狮子呢！”

王柄南夸奖地道：“只有你高大人，才会有这神来之笔，真是神来之笔！”夸完了，他心里却突然一紧，是想，这高素仁太鬼诈、太精明，智力在一般人之上，谁也难斗得过他，今后还是要防着躲着他才行。

高素仁反而故作冤屈地道：“王大人，什么神来之笔，你说我没事撑的，打什么石狮子啊，我要那玩意儿干吗。不就是想留下这个人，从他嘴里多掏出点事嘛。不过，这家伙的手艺还真是不错，在咱大都城，也算是手艺高超的主了。回头你看看那一对儿石狮子！”

王柄南竖起大拇指：“高大人，真是有心人啊，不愧为朝中第一妙算，神人也，做事前后呼应，滴水不漏，我说怎么知道得如此详细呢，原来是功夫做到了。”

高素仁目光炯炯：“现在就看那个尼姑了！”

王柄南很有想法地道：“你得先伺候好了她哥，多给银子，留住他。”

高素仁的脑袋摇得像拨浪鼓：“开始我跟你想的一样，可对他太好了，反会露出破绽，差不多就行。”

王柄南一怔，觉得极是，纠正道：“对，何事都不能过了。关键得赶快让郭守敬知道，这庵里的尼姑就是他的相好情人才成。”

高素仁突然收敛了笑容，沉思片刻道：“我活了一辈子，这个世界，真是越来越不敢想了。你说有没有这种可能，如果那痴情的尼姑还能够还俗，与郭守敬成为一家，那一切就更好办了。”

王柄南思索一阵，认认真真地道：“这并非痴人说梦！如果那尼姑真的是因为郭守敬而做了这尼姑，就有可能还为郭守敬还俗！天下事，无论多么离奇，皆有可能，皆有可能！”

四

高素仁家的宅前，大门外立着一对儿即将打造完的汉白玉石狮子。高素仁、王柄南、杨永年等围着欣赏着。

高素仁对林玉堂道：“这几位听了我夸你的手艺，还都动了心，今儿个来，就是特地看看你手艺的。”

林玉堂卑微地道：“谢高大人！谢各位大人！”

王柄南摸着石狮子，夸赞道：“好手艺，是样儿，活儿细。等给高大人打完了，就给我打。”

林玉堂拱拱手：“多谢大人的喜爱抬举。不过，我是为白浮泉挖河建围堰而来，听说那的活儿，价钱不低。”

几个人面面相觑，心里全都会意。杨永年道：“好说，到时我们给你进言，保你揽上围堰的好活儿！”

高素仁道：“一定，一定。这个不用你操心，我们就替你办了。”

林玉堂喜出望外：“真的？那就太感谢几位大人了！”

王柄南突然小心地探问：“听说你有个妹妹，在龙山的白衣庵？”

林玉堂一怔，不明其意，一阵迟疑。

高素仁慌忙接过话茬儿：“王大人就是喜欢进庙子，拜菩萨。”

林玉堂欢喜地道：“那庵的香火可灵，我都是托了它的福。”

王柄南点着头：“好，好！回头一定拜访！”

这一日，风轻日朗，天空透明，蓝得像海。一大清早，两顶轿子便颤颤悠悠地停在了白衣庵的大门前。王柄南与高素仁从轿子上下来，俩人带了不少随从，故意弄得响动很大。

青草和小雪，听到外面人喧马嘶，匆匆迎了出来，见如此气派的官人到此，俩人都觉得有些意外。此庵也常有官人前来敬香拜佛，但官人到此，一般都是素装简行，不爱声张，最少也要换上便衣，更不会这般兴师动众，官样十足地来去。

如此这般的二位，也就让青草的心里，多少添了几分猜测与不适。

两位大人见了林青草，心里也就明白，这长相俊秀的尼姑，一定就是郭守敬的相好了。

尽管王柄南心里已有准备，可见了林青草，他还是很惊讶，他没想到，青草如今仍能如此气度俊秀。不觉暗自感慨，郭守敬这么个傻家伙，怎么会有那么大的福气，竟然有这么美貌的女子与他相好，怪不得要等上一生。可他哪里配得上啊，天下的鲜花都让这种呆人、傻人给糟蹋了！没错，鲜花就是插在牛屎上了！

王柄南就这样不满地想着，被青草和小雪引领着，迈进院里又进了正堂。他和高素仁俩人来到佛前，恭恭敬敬地跪拜了佛祖，然后每人分别敬了三炷长香。

起身之后，高素仁拿出一张银票，虔诚地递给边上的小雪，道：“这是我们供奉佛祖的一点心意，还请师父笑纳。”心里却有一种送上鱼饵的感觉。

小雪看了银票上的数字，当即吓了一跳，像是被烫了手，迅速地将银票递到了青草的手上。

青草本来漫不经心，看了一眼，心里也咯噔了一下：怎么会捐了五十两银子呢，真是太多了些。于是小心道：“谢两位大人恩赐，白衣庵是座小庵，并没有呼风唤雨的能力。想问两位大人，有何所求，我们尽力就是。”

王柄南正等着青草来问，眼里闪着狡黠的光，笑道：“这张银票，并非我们所敬，而是受托于人。”

“这人又是哪一位呢？”如此的弯转，让青草心里突然有了不安的感觉。

高素仁插话道：“朝廷命官，姓郭，叫郭守敬！”随着此话的落地，高素仁、王柄南死死地盯着青草的脸，看她倒是怎样的一个变化。

郭守敬的名字让青草心里轰然一声，一阵震荡。如果这是郭守敬送来的银票，那么郭守敬就知道了自己是在这里。她不知是惊是喜，但只一刻，她又好一阵迷惑，如果郭守敬知道她在这里，为何不自己来呢。事情太突然了些，她有些闹不明白。

从青草惊讶不已的眼神里，王柄南、高素仁也就看清了全部。事情就是这样，这尼姑与郭守敬绝不一般。

青草的目光越过王柄南的肩膀，落在供台上，几炷长香正在燃烧，灰蓝的香火清烟徐徐上升，一瞬间的虚幻将青草完全控制，她的思绪也缥缥缈缈、远远近近地不在了跟前，一时间，她的眼前全是郭守敬了。

她的耳边突然响起佛祖的声音：不管什么事物，因为从来也没有割舍过，所以什么时候都会再被它轻易地抓住，尽管它远在天边。

青草极力地控制着自己，让自己不要这样，但她做不到。

高素仁笑道："郭大人不知受了此庵的什么恩典，对这白衣庵格外地有情，私下常说，他对本庵的一位尊师更是念念不忘，不知这又是哪一位高师？"

青草听着高素仁露骨的美言，感觉到了一种有意的诱惑，只是她还无法理出头绪。一时间，她百感交集，失去了定力，心里突突地跳个不停。

王柄南已经从青草游离的眼神中，看到了未来的景象，他甚至断定，郭守敬一准会死在这一环节上！这开渠引水的源头，也一定会换个地方，不会再是这白浮泉了！

王柄南、高素仁离开白衣庵后，青草依然心神不宁。小雪望着青草有些惆怅的眼神，也觉出事情有些不对，"他们不像是来敬香的，更像是郭守敬派来见你的。"小雪说。

"郭守敬派来的？"青草心里一动，小雪的话，突然让她有了清醒，有什么地方确实不对。这不是郭守敬的做法，青草瞬间得出了结论，郭守敬并不知道她在这里，根本就不知道，她一下子有了明白。

小雪还没反应过来，快人快语地道："郭守敬为什么不亲自来呢？"

青草望着眼前的金身菩萨，轻轻慢慢地道："他根本就不知道我在这白衣庵。郭守敬是个简简单单的人，不会这样复杂。"青草喃喃地，但很有把握地说。

小雪瞪着困惑的眼睛："那他们是要干吗呢？"

早上，明亮的阳光灿灿地从窗子上照射进来，一些小虫，在明亮的光线里飞来飞去，不肯离开那亮儿。郭守敬精神专注而投入，案子上铺着刚画好的白浮泉围堰图，他在仔细查看着哪里还有不妥。

就这时候，院子里传来一阵脚步声，郭守敬抬头，顺窗望去，脸上的表情顿时似凝固了一般。

走进院子的是王柄南和高素仁。郭守敬完全不知发生了什么事，因为这二位是他的死对头，是从不肯迈进他的宅子的，今天太阳真是打西边出来了，郭守敬慌忙迎了出去。

双方寒暄一阵，郭守敬将二位让进屋，在这暂短的一刻里，郭守敬飞快地寻思着二位倒是为何而来，他在心里准备着对策。可他的智商还是不在这方面，一时半会儿，他找不出答案，凡是这方面的题解，他都不会算，答案通常还是零。

这一阵的来回，让他好费脑子。如此这般，他对自己有些厌烦。以前他从不这样费神，朝廷的生活，经常让他变得很难受，他真的很不适应。

王柄南看着郭守敬一脸受了惊吓的样子，便知道他在想什么了，心说，我们不说，你能知道个屁！清一清嗓子道："郭大人，你就别皱着眉头自己瞎猜了，告诉你，我们今儿个来，是要告诉你一件大喜的事。"

高素仁咳了一声，把脸上弄出尽量多的笑容，把口气也变得轻松愉快了一些："郭大人，你可知道，那白浮泉的龙山下，有座白衣庵？当然，这些你全都知道，比我们还知道。只是你不知道，那庵里的尼姑，也就是那个庵主，姓甚名谁吧？"

郭守敬摸不着头脑了，愣着，听着，不明白！

"我告诉你吧。"高素仁说，"她叫林青草！这林青草不是别人，就是你自小认识的那个林青草！"

高素仁说到此，停了下来，是让一世界的事情全都停下来。

确实什么都停下来了。郭守敬更呆地呆在那里。

五

高素仁、王柄南眼对眼地瞅着郭守敬。他们要好好看看这时的郭守敬，以前的那个郭守敬都不算数，现在的这个才是最重要、最有效、最全部完整的郭守敬！

牌要重新翻了，一切都要从头来了！

郭守敬已经成了一根不会动的木头，完全失去了自我。高素仁的话，似隔了千山万水般传来，模糊得让他不敢肯定。郭守敬看着高素仁，高素仁的人是真的，一切都是真的。可他不相信，他还想再听一遍高素仁刚刚说了什么，以便听得更具体一点。

王柄南开心地笑了，他好久没有这样开心过了。尽管一切尚未到来，但开心的日子是肯定已经开始了。

他觉得这一回，郭守敬是被他们装进了网子里，服服帖帖的了，完全可以牵着走了。他的心里一下子豁亮了，世界全都跟着豁亮了起来。

人逢喜事精神爽！他突然想开开郭守敬的玩笑了：“郭大人，看你傻成这样，真是可爱。有人说你傻，我一直都不这样认为，你是世上智慧最高的人。只有今天，这会儿，我却看出你的傻来。但却傻得这样可爱，这样可人疼。一个尼姑，应该说，是一个叫林青草的女人，竟然让你变成了另一个人，你现在要是照照镜子，你自己一定也不认识自己了！”

郭守敬的脑子还是不够使，他暗自思忖，青草怎么会在白浮泉呢，怎么会在那座白衣庵呢，她怎么又会做了尼姑呢？那庵他去过两次了，可他没有见过青草呀。他完全不明白眼前的这二位又在玩什么把戏。在朝廷里做事，常常会有这种令人费解，又让人一惊一乍，却根本无踪无影的事。

郭守敬突然就笑了一下，是天下最傻的那种笑，是完全失去了判断力、不知所措的笑，他只剩下这尴尬的一笑了。这笑，似乎又在表示什么都不存在，连这一刻，连他自己，还有高大人、王大人都不存在。

郭守敬的呆，是众臣都知道的，但从来没见过他这样的呆，这一刻，他呆得连自己都丢了。

两位大人，从这痴痴呆呆的情景中，什么都看到了、看清了，这个叫林青草的女人，就是郭守敬的神！无论是白浮泉，还是通惠河，统统都抵不过这个女人。

王柄南心里彻底地安妥了，他有一种一切都已经解决了、到此了、结束了的欣慰。自从要建通惠河以来，他从来还没有这样的欣慰过。他也变了一个人，也变得柔软了、平顺了。他声音和蔼地道：“郭大人，你自己去看看就是了，我们已经替你捐了香钱，敬了佛祖。她在等着你，你快去吧。”

高素仁也已经清楚地知道，下面的事，大概就是郭守敬自己要去办了，可他没忘了再添一把柴，愉快地道：“郭大人，前些日子，白浮村人禀奏皇上的那张诉状上，也有庵主的签名，庵主也是摁了手印子的，你说那庵还拆不拆？”

似梦似幻中的郭守敬，从牙缝儿里挤出喃喃的声音：“不可能，不可能。”声音遥远而模糊。他说的是青草绝不会在那张状子上摁手印子。

尽管这些年过去，对于青草，郭守敬的心里还是当初的那个以为——青草是和他一条心的。青草绝不会做他不乐意的事，尽管这毫无来由，但这就是郭守敬的以为。因为他爱着她，爱总是能让他得到最真实、最准确的信息。不管他们离得多么远，有没有往来。

不错，郭守敬的这颗心，还停留在几十年前的那个青春岁月中。他从来没有走出过那个繁茂、火红、热烈的青春思念。他还在其中，一直就在其中。

尽管风雨早已经侵蚀了不尽的光阴，一切都被打得七零八落，但郭守敬对于青草的感觉，依然死死地镶嵌在那个季节里，丝毫地不肯蜕变。这，恐怕要直到死了。

就是那句话：因为对你的不变，一生的行为中就都有了你，就全都成了你。这就是郭守敬的呆！学什么佛，念什么经，都没用！

次日郭守敬就去找青草了，临行前，他站在镜子前，把自己左左右右、上上下下地观看了一番。这是他从没有做过的事，他从来不照镜子，他是在替青草看看自己是个什么样子，怕自己老得让青草认不出来。当然，他也担心容貌的改变，破坏了青草对他的记忆。

他看着镜子，觉得镜子里的这个人，还能让人认出几十年前的他来，但他不够自信。

早上，天空蔚蓝，麦海无边，大道黄而明亮，笔直得一直要通到天上去。阳光照耀到的地方，都散发出灿灿的金色，让人目炫。许多生命样的东西，在阳光里闪动。郭守敬今天仿佛是要走很远的路，要到很远的地方去。这是他的感觉。

去见青草的心，让一切变得异样而又新鲜，光阴都退回到了几十年前。

只是还没有走出多远，他的心里已经塞满了千回百折的感慨。一路上，他竟是回到几十年前去找青草的那个心境了，一样一样的，他不是现在的这个郭守敬，而是那时的那个满面青春的青年。他满心都是青草，再也装不下别的了。

他不知道自己是怎样迈进白衣庵的，内心的波浪让他有些趺趺撞撞，东倒西歪。

当他真的看到青草时，他早已做好准备的心，还是猛烈地咣当了一下，被什么东西撞得失去了自然。他僵硬地站在那里。

此刻，青草正在庵堂里静静地擦拭着佛台，把已经烧尽的蜡烛换掉。而此时，郭守敬就站在她的眼前。

青草还是变了，不再是那样柔弱，那样年轻。几十年的沧桑，在她的脸上铺了细细的褶皱，背也微微地有些驼了，一身青色的长衣说明她已经是一名地道的尼姑了。长衣的摆动里，仿佛带满了岁月的痕迹，一种隔了重山万岭的感觉，让郭守敬陌生得不敢开口。

他怔怔地望着她，想法全都空了，就那么什么也不做、什么也不想地望着她。

如此近的郭守敬，反而让青草没有认出他是谁来，她还以为是一个平常的进香客，只是这人的怔愣不动，以及有些急促的喘息声，还是让她觉得有些不寻常。

当她下意识地侧过身子，面对面时，她才看到郭守敬那双满怀深情又痴痴的目光，于是，她也愣在了那里。她曾千方百计寻找着、又一次次要努力忘记的那个人，此时此刻就站在她的面前。竟是这么的近，近得那么的不现实、不应该、不对头，没有一点的过渡。

不过，也许这又是一个千百次梦境中的重复。

于是，青草不动，郭守敬也不动，谁都在想，一会儿就会醒来，于是都等待着醒来。等待使这一刻有了一种永恒的意味，成了一个永恒不醒的时刻。

直到小雪走进来，才打破了这一刻的沉静。小雪轻轻唤了一声："庵主，他就是那个人啊。"

青草醒了，郭守敬醒了，两个人都是一脸的惊讶。

"你是青草，我是郭守敬啊！"郭守敬的声音颤抖着。

"你在朝廷，做了太史令，要引白浮泉水开河建渠？"青草的声音一点都没有变，还似当年。

"我一直都在找你。你，你入了佛门？"郭守敬的眼睛终于动了，他上下打量着青草。

青草不知说什么地道："都几十年了啊！"

俩人的话，都有些颤颤巍巍，心更是澎湃不止，虽然开了口，仍像是千言万语有些语塞，不知从何说起，说些什么。青草的眼角已经挂了泪。

郭守敬傻笑着："这不是梦吧。你是青草，我是郭守敬？"他又不放心地问了一遍。

青草也笑了，想想说："你看到我的这身青衣，该不是梦了。你以前不知道我是这个样子，你的梦里不会出现穿着青衣的林青草。"

是的，郭守敬的梦里，青草总是那熟悉的一身红，红在风里飘得火样，沁人心脾，扎人眼疼。他从未梦到穿了一身青衣的青草。

小雪道："不是不是，不是梦，全都真真的。前些日子，我和庵主还去找过你。"小雪打住话头，突然没头没脑地道，"郭大人，现在白浮村人整天都是惶惶不安的，村子是一定要拆吗？我们这白衣庵也要拆吗？什么时候拆呢？"

郭守敬怔了一下，下意识地道："不拆，不拆。"

小雪疑惑地道："那告示上怎么说要拆呢。"

郭守敬机械而慌张地道："可以不拆吧。"声音里却失去了勇气。

小雪两眼放光，欢天喜地道："真的可以不拆吗？这一带的百姓，都喜欢我们的白衣庵。"

郭守敬看着无比欢喜的小雪，突然意识到自己刚刚说了错话、瞎话，他一阵紧张，神色慌乱。

郭守敬的慌乱，让青草看到了那个与早年一样又不一样的郭守敬，他不会说瞎话，说了就会这般的模样，脸红，难受。郭守敬这瞬间的表情，让青草更明白了真相——庵一定还是要拆的。她轻轻笑了一笑："真的可以不拆吗？皇上恩准不拆了吗？"

郭守敬完全不知怎么回答了。他看着眼前离别了几十年的青草，仍是心潮起伏，他终于真诚地道："我可以去找皇上。"这一句，他说得由衷而诚恳，只是自己也没想到会这样说。

"你还能见到皇上，你能跟皇上说话？"小雪简直不敢相信。

青草平静地道："咱们到西屋里坐吧。"

小雪道："对，对，一会儿就会有来敬香的人了。"小雪在前边引着，三个人来到了西堂里，原来这里才是会客的地方。小雪沏了茶，便去照顾进香的人了。

屋里只留下了郭守敬和青草。郭守敬能听到院外白浮泉的喷涌水声，听到鸟儿落在院子里的叽喳声，静得反而让人有些不自在。俩人坐在那里，目光交织在一起。这时的郭守敬，才大胆地认真地看了青草一眼，这一眼，是那样仔细，似集中了全部的力气，是要看清青草的点点滴滴，几十年的全部来去。青草还是那样漂亮、秀气，只是这一切，都是需要努力辨认之后的结果了，漂亮已是打了折扣的漂亮了。

而此时的青草，也同样在端详着郭守敬，这就是让她苦苦寻找，在心里埋藏了几十年，又改变了她一生的人。只是，他再也不是那个意气风发、笑口颜开的青春少年了。青草的心里，突然挡不住地涌起一股酸楚，是因为他们都已经这般地老了，这引得一股猝不及防的苍凉之感顿时包围了她，让她差点再次落下泪来。

而此时的郭守敬，看着已经苍老了的青草，特别想把她搂在怀里，很想对她说一句对不起。可他不知道这话是打哪儿来，又为什么想说这样的话。他的眼里始终有些湿润，始终是含了泪的，他比青草更为脆弱，更经不住这水深火热般的来去。

院门上，一直有鱼贯而入的香客进出。如果不是有人找青草说法，郭守敬似乎想不起来离开那把椅子。他或许会永久地坐下去，再也不会离开。

第十六章

一

郭守敬告别青草时，已经是近午了，青草让他留下来，一起吃素斋，可他看着不断进出的香客，还是告辞了，他说他还会再来。走出白衣庵，郭守敬的心里更不平静了，先前的感慨还没有散尽，又叠上了相见的激动，心里真乃大洋大海一般的翻腾着。

他浑身都在发烧，火焰样的东西在他身体里乱窜，人像是在幽冥的世界里不能自主。他木木呆呆地不知上哪儿，他竟然没有心思回大都城了，不知不觉，他顺着白浮泉一直向南走。

时令已是七月下旬，整个龙山被越来越厚重的绿荫遮盖，四下里一片虫鸣的声音。此刻没有一丝风，满眼的山林显得矫揉造作，假的一样。

郭守敬走过一个又一个泉眼，每走过一个，他就死瞅一阵，像是看不明白，为什么非要选择龙山的这个泉作为源头呢，难道它的水不是向南流吗？在南边的任何地方，难道不能截住它、利用它吗？

进而他又想到王大人、高大人、杨大人，及朝廷中的那么多反对他的大人。现在想来，他们并非是什么恶人、歹人，只不过，是要把源头再往前移一些，就像他现在这样，只是想向南挪那么一二里。这有什么错吗，有那么可怕吗？

何况，挪一下，大家的损失就会减少很多，挪一下，就可以减少一半村人的迁移，挪一下，就可以不拆白衣庵了。

其实，除了他郭守敬非要如此，并没有人要求他如此，这一切的做法，都是他郭守敬自己的所为。他改变了，一切也就改变了。

他走着想着，想着走着，只消再找个合适的理由，就可以打翻最后的顽固，让一切土崩瓦解，让他和所有人都解放出来。

不知不觉中，他走到了一块湿地的边上，前边没有路了。他坐在一根木桩上歇着想着，直到把太阳也歇到了云彩里，天气都阴了起来。远处，几只野鸭从芦苇荡里飞起来，落到另一片芦苇荡里，水天一色，朦朦胧胧。郭守敬迷茫地望着偌大的水面，他第一次感到也许是自己错了。

进而他想，现在改变计划有多少可能，怎么才能说服皇上。

他渐渐地站在了自己的反面，站在了王大人、高大人等大人们的一边。他甚至希望他们反对得再坚决一点，以给他更多的理由，让他改变自己。这会儿，所有反对他的人，都成了他的亲人、知己、救星。他希望他们帮他。

天上终于下起了小雨，湿地的上空最爱下雨了。雨水细得落不到地上就化成了雾，雾与河水连成一片，分不出哪里是水，哪里是天，世界被融成了一体，没有远近，没有上下，失去了应有的分辨。

郭守敬走在雾里，心和身子都被深深地包裹住，出不来的感觉让他好一阵难受。

这天夜里，他做了梦，梦见一顶大红轿子颤颤悠悠地把青草抬回了家，街道两旁，站满了迎亲的人们。鞭炮在半空中闪亮，声音炸得噼啪，在一阵嘹亮的唢呐声里，他走上前去，揭下青草头上的盖头，与她一起拜天地……青草向他笑着，他牵起青草的手……他终于与青草成为了一家。可景象却不是现在，也不是这个年纪，而是那个老早的时间，是在邢台郭村的时候，是他们二十几岁的模样，天空像海，阳光普照，原野无边。

可是，转眼他又梦见青草是在白衣庵里，他正带着人去拆庵，房倒屋塌的景象。庵被拆时，青草正跪在菩萨前，怎么也不肯起来。她的脸色惨白惨白，如同多少年前，王家少爷死时，她入狱前的模样，凄凉无助。

他不顾一切地冲上去，和拆庵的兵丁们扭打起来，大喊着："不能拆，不能拆啊！"

他听到边上的一阵笑声，有差人笑说："郭大人，难道不是你带我们来拆庵的吗？这是你的决定啊！"接着，差人们脸露狰狞，呼啦上来，把他打翻在地。他看到自己彻底疯了，在庵里转着圈地疯跑起来。于是，兵丁们上来把他摁倒，用一根小绳，捆绑着他，说回去见了皇上再说。

有人提起另一根小绳，走到青草跟前，也要一同绑了去。他焦急之中，使劲挣扎，却听到有人在轻轻地唤着他，是在他的耳边叫着："郭大人，郭大人，不是你让我们来拆庵吗？是你要拆啊！皇上现在问你，这庵还拆不拆？皇上要听你一句话……"他大喊："不能拆！"却听不到自己的声音。他更为焦虑，一下子醒了。

他怔怔地坐了起来，极力想着这是在哪儿，刚才发生了什么。这时窗外远处，响起雄鸡的叫声，一声接了一声，下滑音很长，一声未落，一声又起，就要彻底消失的时候，便又陡然响起一声，更高更亮，此起彼伏。

郭守敬出了一身冷汗，突然就灵醒过来，拆了那庵，青草怎么办呢？她能到哪里去安顿呢？天下虽大，但对一个尼姑，所能去的地方真是很少很少，这，他似乎还没有仔细想过。他看着窗上蒙蒙的白亮，心里寒得悲凄，他隐约再次看到青草手里提了一个准备长久的包袱，脸色惨白，凄凉孤苦地站在那里，是一副要出远门的样子。青草的凄凉，让他扎心地疼痛。

他仿佛也清楚地看到了自己，正死死地拦着青草，夺过她手中的包袱，大声地对她说："你哪儿都不用去！"

二

郭守敬终于说服了自己，那庵是不能拆的，也是不用拆的。作为源头之水，是可以向前移的，没有必要以白浮泉为中心。

事情像是就这样定了下来，于是，他和青草的事儿也就定了下来。一切都定了下来。这世间，还有什么呢，本来也没有什么，心安定了，一切也就安定了。

几十年来，郭守敬的心里都有一种莫名的不安，他总是觉得心里冷。念经做和尚的时候，他才知道，内心深处少了什么的人，就会总觉得冷，他是因为少了青草。为此，他一直有一种颠沛流离、无家可归的感觉。这感觉，经常会从他内心深处爬出来，啮咬着他。现在，这感觉突然就不见了，他再不觉得冷了。他怎么还会拆那庵，再次失去青草呢。

郭守敬离开的那一夜，青草也做了一个梦。她梦见自己欢天喜地地正和郭守敬盖着一座新的庵，新的砖瓦，新的门窗，新的未来。

庵里的菩萨刚刚被镀了金身，金光灿烂，佛性十足。不知什么时候，那镀了金的菩萨笑盈盈地走下莲花宝座，变为了一尊可亲可爱的在世活佛。

活佛扬起手，将千万朵粉红的金色花瓣撒在他俩的头上。即刻，整座庵堂又变成了他们的家，是一间明明亮亮、光光白白的洞房，房里的鲜花芬芳四溢。她看到自己穿了红得似火的新衣，头上依然是那粉红色的花。郭守敬牵着她的手，一切就像在当年的郭村。来喝喜酒的村人站满了院子，人人都是笑脸扬花，一会儿人们又变成无数的仙女和菩萨，在左右陪伴。季节像是秋日，暖阳让人觉得无比的舒心与安逸。日子就永远地被这样固定了下来，单纯而又美丽。

可她突然觉得脚下一阵冰凉，低头去看，脚下全是水了。一会儿工夫，水就变成了汹涌的泉，泉水一个劲地往上冒。接着，便淹没了整个庵，漫天漫地的，世界都被汪洋了进去。她和郭守敬站在水里，无边无际的水，是那么地可怕。她惊得呼喊起来，向岸边跑去，后边的水浪似猛兽一样追赶着她……郭守敬不见了，冰冷的感觉重新包围了她。

她就要被淹没的时候，一下子醒了，心里突突地跳个不停，脸上冰冰的，她用手一擦，自己竟已泪流满面。

这一夜，梦把郭守敬和青草拉入相似的体验，梦中时而是温暖甜蜜的相聚，时而又是凄凉恐怖的分离。如此让人焦虑的梦，把人生的苦乐精炼浓缩到了极致。几十年的动荡，似乎刚刚走到尽头，不确定的预感，又有了新的离别。五味杂陈的梦，给人平添了更为复杂的体会，人生冷暖，变化无常，珍惜拥有的，再不要轻易失去才对。

在朝廷，那些反对以白浮泉作为源头之水的人，已经感觉到了郭守敬的变化。大家通过太监何方续传递的消息，知道了郭守敬正在犹豫，他并没有及时地向皇上禀报修建白浮泉围堰的事，他在拖延。

朝廷里，人们根据一点点风吹草动，都能判断出未来的动向，准得很，这是朝廷臣官们的本事。在朝廷里混，人的这种起码嗅觉都是有的。

按照王柄南的说法：郭守敬正在放弃自己的固执。

无论是王柄南，还是高素仁，其实是所有的反对者，这个时候都知道该怎么做，那就是向郭守敬示好，对他比自己的亲人还好、还热、还亲。示好的威力是无比强大的，比什么手段都灵。

这日，上早朝的路上，王柄南、高素仁追上了前面的郭守敬。高素仁一脸的灿烂，每条皱褶里都嵌满了阳光，自己舒服，别人看着也舒服。他笑着道：“郭大人，郭大人，你在河南建的那个观星台，可是大元朝的一大创举啊，各国使节都很关心这个事，这也是天下名士们等盼着的一件大事，怎么停了呢？”

郭守敬苦笑道：“停下一年多了，本该是地方上筹措银子，可至今都没有到位。”

高素仁老朋友一样地道：“这事怎么可以搁下，这难道不是国家的需要吗？要是因为银子的事，应该禀报皇上，不成就让朝廷出啊，早一天建成，早一天为大元朝献力啊。”

王柄南点着头，随声附和着：“就是就是，大元朝也不缺这点银子啊，应该禀报皇上才对。”

此刻，王大人、高大人对他是那么真诚、友善，仿佛一直就如此真诚一样，彼此从没有过隔阂。就是有，也早已经洗刷得干干净净、透透亮亮的了。

郭守敬很是感动，建这个观星台，观测天体星空，也是他心中惦念的一件大事：“真谢谢高大人、王大人！你们还替我想着这事。”此话一出，他就想起白浮泉，不好意思地道，“王大人，高大人，这几日，我正在勘查有没有更好一些的泉。”他的话有些含糊，可是眼前的二位全听懂了。

王柄南与高素仁两人会意。王柄南平和地道：“郭大人，白浮泉一带方圆十里，几百个泉眼怕是不止，虽说龙山下的那个泉最大，但其他泉也有各自的优势啊。”

郭守敬赞同地：“真是这样，真是这样。”口气里，已经有一种道歉的味道了。

大明殿里，众臣已经到齐了。忽必烈今天也来得准时，几步走上宝座，目光平静地掠过下面的各位，清一清嗓子道：“众爱卿，今天可有什么事情禀报吗？”

忽必烈话音刚落，王柄南便向前一步，跨出行列：“禀报皇上，一直以来，各国使节，都很关心郭大人的提议，就是在河南修建的那个观星台，这是大元朝的一大创举，也是天下名士们等盼着的一件大事。可听说，因为缺少银子，观星台已停工一年之久，天下名士和各国使节都很遗憾。臣提议，朝廷是否可以替地方州府出些银子，早日将这观测日月星辰的高台修建起来，以为大元朝创造奇迹。”

说着，王柄南将手中的奏折递到了太监何方续的手上，何方续又将折子呈在了皇上的台案上。

忽必烈拿起折子翻看着。

郭守敬的心里顿时涌起一股由衷的感激，眼泪都要下来了。他想不到，王大人会是这样地真诚，暗中已经写好了折子，为了他的事，甘愿冒着皇上的责怪。这情感骤然间也就彻底驱散了他对王柄南以往的成见。人，是多么容易被感动、被改变啊！

而改变这一切的，其实是郭守敬自己变化了的心。只是他没有意识到。

忽必烈翻看着折子，心却不在那折子上，而是想，今儿个这王柄南真是怪了，怎么会为郭守敬说话，提那河南的观星台。真是邪了门儿！他要干什么呢？忽必烈一时琢磨不透，道："待朕想想吧，观星台的事，还不光是银子的事，朕知道，还有观测天象的仪器，也还在研究制作中，需要改进的地方还很多，是这样吗，郭守敬？"

"是这样皇上。"郭守敬说，可他心里想的是，还是应该尽早地把观星台先建起来，仪器的事，总是在不断的改进中，不可能一步到位。可眼下正在全力以赴地修建白浮泉，他也不想多说观星台的事。

忽必烈和他想的一样，忽必烈也不想让郭守敬分心，张口道："下一位，谁还有什么可说的？"也就把话岔了过去。

王柄南也并非是真要建什么观星台，那关他屁事！他只是讨好郭守敬，目的达到，他巴不得皇上赶紧说点别的。

三个人目的不同，却想到一起去了。

在朝廷，如何应变复杂的人际关系，精明的人一堆一把都是，要是一个个往下排，郭守敬永远都是属于脑子不够使的那最后一位。

他弄不懂周围的人怎么一下子对他那么好，这几天，谁都对他是盈盈笑脸，谁都主动在和他打招呼，暖暖热热的那么亲。就像是一个娘养的、一个窝里下的一个样。

三

接下来的几天，郭守敬心里充满了幻想，他疯疯癫癫地跑到离白浮泉几十里的马刨泉。在他心里，马刨泉也是一个大泉，水源旺盛。

如果能把马刨泉作为引水的开源地，那一切便可迎刃而解，白衣庵真的不用拆了！朝廷众人的利益也不会受到损失。白浮村人更不用迁移了。这个新的计划让他兴奋不已，似找到了光明，有了出路，一世界都亮亮堂堂地美！

然而这是假想，俗称鬼迷三道。当他真的站在马刨泉时，他愣在了那里，愣在自己的颠倒中，他今生今世没有这样错乱过。

他以为马刨泉要比白浮泉大很多，实际却是小很多。他以为马刨泉的周围也有无数的泉，然而没有，马刨泉就是一个单泉，孤零零的再无依靠。

他不只是大元朝的天文、水利名士，他还是公认的，大元朝有名的数学家，可他竟然不识数，把小当成了大，把大当成了小。

他被自己的想象所欺骗，他像是突然迷了路，走丢了自己，这让他心里发慌、害怕。他终于意识到，自己已被一种莫名其妙的东西掌控了。进而他发现，他心里全是青草的影子，一层层，一摞摞，塞得满满当当，如妖似魔。

青草毁了大都城，毁了白浮泉。

七月的季节，人们本该燥热，他却周身发冷，手脚冰凉。人们常说他神经、疯子，他从不承认，可现在，这会儿，他发现自己就是神经，就是疯了！至少是就要疯了。

他在马刨泉呆呆地坐了大半天，对面的崖上，正有一棵早该凋谢却仍然开放着的梨花树，且是开得那样极盛，白得雪样，晃人眼疼。正像他狂热的心绪，与周围的景色那么不协调。青草的出现，正像这棵意外的梨花树。

他想啊想，他是那么想和青草在一起，那么不顾一切地想得到她。不错，是他自己的想法改变了事情的全部，而不是青草，更不是王大人、高大人等那些朝廷的大人。

他又想起了疯癫和尚的话："人是生活在自己的欺骗里……自己欺骗自己最随时、最方便……因为自己的以为，自己才最相信……"

"如果不把心安住，你便不会再有办法。"进而他又想起疯癫和尚教他如何稳住心的方法。

离开白衣庵的那天，郭守敬答应过青草，两天之后，他会再去白衣庵，看望青草。而两天过后，他却盘腿在家里打坐修禅，再不敢轻举妄动！

在郭守敬的宅子里，在他的寝室，迎面的台案上，供着一尊小金佛，在金佛的照应下，世界变得越来越宁静了，金佛的两旁，青烟缭绕，长香的气味弥漫在一世间。金佛时远时近，亦真亦幻。这一刻，郭守敬希望佛能有猛烈而清晰的教诲给他，让他灵醒。他就那么静静地等待着，然而没有，菩萨并没有给他明确的旨意，他体验到的是自己内心的冲突，难以平静。

他不但没有摆脱青草，反而看到他和青草正在床上的情景。人在拜佛的时候，心往往会更乱。郭守敬知道，这是因为得到了静。

静像一面镜子，彻照着一切，让他看到了自己的心，原来他还是那么希望得到青草。

一连几天，天都阴着，空气里含着湿漉漉的水分，到处都能闻到一股鱼腥的味道，好像鱼是飘在天上。

天空灰灰蒙蒙的，一望无际，又到了洪水泛滥的季节。白浮泉的村民们日日地望天，担心着雨水是否还会淹没粮田或是村庄。

在白衣庵，郭守敬没有如期而至，人在等盼中变得焦虑，让天空更加昏暗。

小雪站在院门上，望着灰蒙蒙的天气道："郭大人不是说好了要来吗？他就是不为谁，为了白浮泉的围堰，也该来了啊。"

青草笑说："他的心一准是乱了。心乱了，还有什么事是可以准时的呢？"青草似乎已经判断出了郭守敬的变化，这是她多年修炼的福德。在自己的镜子里，她不但可以看到自己，还可以看到更多。

"庵主，你是说，他不知道怎么办了对吗？"

青草意味深长地道："我想他现在应该是在定心。他做过几年和尚，懂得这个时候该做什么。我也应该好好定一定心才对。"

"庵主，你也还要再自省吗？"小雪的话里充满疑惑。

青草一笑："自省是最好的出路，也是最好的防卫。"

幽静的龙王庙里，粗壮的榕树给地上铺了一层厚厚的阴凉，让人觉得格外爽然，身穿长衫的青草走进寺院。

院里的小和尚见青草进来，很感意外，语带惊讶地道："是林庵主，快快里边坐。"

虽然龙王庙离山下的白衣庵只隔了百步之遥，但若是无事，和尚尼姑们并不相互走动。住持正在殿里点香，听到外面小和尚与青草的对话，快步迎了出来，双手合十："阿弥陀佛，阿弥陀佛。"他将青草接进西殿。

青草跨进门槛笑说："多谢住持，打扰了。今天尼僧可不是来讨米粮的，尼僧是请住持开导心结的。"

住持听了，甚是惊讶，一愣之后又朗朗笑道："不敢，不敢。难道林庵主的功力还不够深吗，还会有什么妖孽邪魔入侵，小鬼幽灵还敢搅扰不成？"

青草坦诚道："虽然尼僧念经学佛多年，做庵主也有七年的时间了，但也偶有想不通的事情，抛不下的情缘。还需借住持的智慧明灯指引，拨开迷雾，驱散心魔。"

住持双手合十，无比恭敬地道："阿弥陀佛，让我们一起借助佛祖的灯塔，照亮心中的黑暗吧。"

青草坐下之后，坦坦地向住持述说了心中的隐情，住持眯着眼睛，似乎看到了那个被讲述中的化身。只是当青草讲出全部时，她的心中已经豁亮了许多，明辨了许多，已是晴晴朗朗，万里无云的天日了。

住持的眼前也一片豁亮，笑道："看到你脸上的异彩光芒，老僧知道你已经找到了去处，不必老僧开启了。我们也是肉身凡人，有情有意的一颗心，只需稍加管理便罢了。"

青草确似窥破了自己的秘密，爽然地一笑。这一刻，一切都已经散尽。

住持又十分感慨地道："人，年轻时候的路，终将会成为终身的版图。不管走多远、多久，往往走的都是这种内心的重复。"

青草的心里像是吹过了一阵春风，诚恳地说：“只是没有想到，我自己也是这样，并没有真的所谓超脱。今天走近住持，我才被照亮了啊。”

住持满脸的慈悲：“这就是佛的光明，只要我们靠近它，便可得到方便，内心的神智便可以被唤醒。”

在朝廷，忽必烈的心似这雨季的天气，有些沉闷烦热。他也在悄悄地思忖，自己这颗烦闷不安的心，倒是为何？难道身边有什么地方出了纰漏吗？他思来想去，发现自己还是绊在了白浮泉的事情上。

他是因为一连几天听不到白浮泉的动静，而变得有些焦急。忽必烈做事情，一向疑惑，因此，外表反而显得沉稳矜持，以掩盖内心时常会泛起的惶恐与不安。

平日，在他的周围，不知有多少双眼睛，通过他的一言一行，小心地揣摸着他的动向和这个天下，猜测着发生了什么，或即将要发生什么。

作为皇上，忽必烈为了避开人们的猜疑，不得不变得慎言寡笑，何事都不能流露声色，且要把真实的自己好好包住。就是周围出了天大的事，他也都要给人感觉和没有发生一样。因为他太平了，天下就太平了，他没事，天下才会没事。他要是露出不安，天下便会一片慌乱。而他如此地自我束缚，天下又有几个人知道呢。

只是白浮泉的事，还是打破了他的节奏，他还是有些耐不住，心想，这个郭守敬，在干吗呢，竟然还没有把围堰的设计图交上来。通惠河的开工，第一步就是要先建白浮泉的围堰。

四

这天早上，忽必烈坐了轿子，带着几个差人来到了工部，像是随便走到了这里，又顺便迈进脚来。天下是他的，可在这个天下里，他天天都要伪装。

工部是在西合殿，离忽必烈住的紫檀殿并不太远。早上，殿里的几位大臣和差人们正忙着各自的事情，见皇上突然站在了门口，全都吓了一跳，不知发生了什么事，人人一脸的惶恐，慌乱地给忽必烈行礼。

忽必烈的眼睛在搜寻着郭守敬，嘴上道："不必了，不必了，朕只是路过，路过。你们该干什么，还干什么。"可他却没有找到郭守敬，这让他有些失望，他漫不经心地道，"朕来到这里，看到你们，才想起白浮泉的事，白浮泉是由你们工部负责，现在到了什么地步了呀？"

齐大人的心里，还是觉得皇上的到来有些不同寻常，忙道："禀报皇上，此事由郭守敬全权负责。听说，他近日又在察看其他的水源，以做比较。"齐大人略带谨慎的话，说得却很随和自然，他是在给皇上透露一点可能的变故，以试探皇上，看看皇上的反应。

齐大人在朝廷里属于一级的元老了，做起事来，拿捏得很讲究火候。平日，就是忽必烈也难以捕捉到他的真正想法和心思。与他往来，忽必烈也得猜，很费劲的。

忽必烈听了此话，心里突地一下，不大舒服。郭守敬又去勘查新的水源？这个他可一点也没料到，此话让他心里不觉怔了一下，十分地不爽。他再也掩盖不住内心的焦急，高了声音道：“白浮泉不是他郭守敬选好的吗？朕也批了银子，他为何还要重新选水源，他这是干吗呢？！”

齐大人从忽必烈突然提高了的声音里，知道了皇上的不快，立刻弯了身子，小心恭敬道：“皇上，我也只是听他一说，微臣也许听得并不准确。”

齐大人的这副样子，让皇上反而更相信了事情是真：“郭守敬呢？”

“正在家里计算着工程呢，在家里清静。”

忽必烈点点头，追问道：“事儿朕都批了，他怎么反而不着急了呢？让他抓紧，一定得抓紧！”说着人已经走出了工部，只落下了略带不满的声音。如果不是内心急切，忽必烈不会来也匆匆，去也匆匆。

见皇上跨出了门，其他大臣都围到齐大人的跟前。

马大人怪怪地道：“齐大人，我可听说，郭守敬是被白衣庵里的那个漂亮尼姑给迷住了，有些迈不开步了，有这事吗？”

张大人道：“他现在肯定是有些拿不定主意了，不会再重新选个什么水源吧？”

齐大人幸灾乐祸地：“这还看不出来吗，刚才皇上可是对他不满了。现在谁也不知道这郭大人是吃了什么药，要放个什么屁！”

马大人充满怀疑地问：“那白衣庵的庵主，不会是个妖道吧！庙小妖风大，不都这么说吗？”

齐大人对妖道一词很感兴趣：“说不定，谁也说不定。说不定那还真是一个妖！”

忽必烈出了工部，脸上的不快，浓重得更像是一块散不去的阴云了。此刻，他心里越琢磨越别扭，不知这郭守敬倒是在干吗。轿子抬着他一直向回走，轿子里的忽必烈却越来越心烦。走着走着，他实在耐不住，挑开帘子，对太监何方续道："去郭守敬的宅子，朕现在就要见他！"

何方续一愣，即刻做了个手势，早有经验的轿夫们，瞬间将轿子转了个一百八十度的弯儿，转得是又急又快又稳，并加快了步子，直奔了郭守敬的宅子。

皇上的轿子在郭守敬的宅门外停了下来，忽必烈示意何方续，谁都不要出声，不要跟着。他轻轻迈下轿子，又轻轻地推开那虚掩着的院门，一人走了进去，院里屋里都静静悄悄，不像是有人。

忽必烈凑在正屋的窗前，从窗缝儿上向里面观望。

此刻的郭守敬，正在屋里闭着眼睛，双手合十，坐在一尊金佛的对面，整个世界仿佛都跟他一起停了下来，静得一动不动。忽必烈一点也想不到，原来郭守敬正在坐禅净心。这一刻的郭守敬，已沉入深深的禅境，人已不在了跟前。

郭守敬如此的模样，与忽必烈的想象离了很远，全都不搭调了。一瞬间里，也就化解了忽必烈心里的焦虑与迷惑，他如释重负地松了一口气，脸上反而挂了轻松的笑。

作为一个喜佛敬佛的人，忽必烈也是有事要跟佛商量的人，且是时时要与佛交谈的人。一个人，肯在关键时刻，把自己交给佛，大都会有正确的选择，至少不会伤人害己。忽必烈的如此想法，让他放了心。

郭守敬似乎听到了什么动静，他慢慢地睁开了眼睛，这时忽必烈已经推门进来，就站在他的面前。郭守敬吓得张口结舌，以为自己是在禅境之中产生了幻觉。他没有叫皇上，而是愣愣怔怔、迷迷糊糊地看着皇上，他竟然在等着皇上快点消失。

忽必烈道："怎么啦，是还没出境吗，还是不认识朕了呢？"

郭守敬这才灵醒过来，起身忙给忽必烈行礼："臣还以为是虚幻。"郭守敬说。这是该杀头的话，他尽说傻话，说找死的话，忽必烈倒也惯了。

忽必烈摆摆手："罢了，罢了，免礼。朕看见你这个样子，也就放心了。朕没想到你是如此地安详，在静心坐禅。好，这个样子好！遇事先把自己收拾干净了，整好了，一切才能好办！"

此刻的郭守敬反而显得更加慌张，皇上怎么会亲自登他的宅子呢，一定是有事，道："皇上有事，请旨意。"

忽必烈笑得开心："没事，没事，朕只是路过而已，顺便看你一眼，啊，顺便。没想到你在打坐，好，好，真是太好了，凡君子圣贤，做大事之前，都需要这样。不拜佛也要静心，这才是做大事的样子。朕在定夺大事的时候，也有这般明思静坐的习惯。"

郭守敬本分地道："皇上夸奖了，臣这几天心里十分不静，白浮泉的建造是元大都的一件大事。臣唯恐前后有所不周而闪失了，正在前思后想，整理思绪……"

忽必烈倒背两手，踱了几步，转身盯住郭守敬，换了声调，口气似一种警示："以朕的经验，有些事，也不宜过于颠三倒四，否则也极容易失去机会，酿成错误。世上的事，不一定都是想得越多，才想得越明白，也不一定想得越多，就越是好事。"

郭守敬心里一动，皇上的这句话，正切中了他的要害，他知道自己需要的是刹那间的智慧光明，而不是这种昏昏沉沉、找不到答案的淤塞：“皇上所言极是，微臣是多虑了，应该以清明简捷为朴。”郭守敬瞬间接受了皇上的点拨。

忽必烈轻轻地“嗯”了一声，他感觉到了什么，正色道：“所谓明心见性，一定不能复杂。”

郭守敬的心里又动了一下，忽必烈的这两句话都敲中了他。

五

皇上的意外造访，让郭守敬感到了修建白浮泉的紧迫。眼下已是七月底了，本该紧密的事情总是这样等下去，就会让人产生不安与担忧。其实，暗中的忽必烈与郭守敬都已经是这个感觉了。

夜晚，郭守敬梦到了昌平龙王庙里的住持。住持对他开启了一夜，可住持讲了些什么，他醒来后一句也想不起来了。冥冥之中，他感到要去龙山见见住持。

次日清晨，郭守敬放下所有的事，直奔龙山。在龙王庙，住持与他梦里的一样，似乎正等着他哩。其实那时住持正在打坐修禅，等的是任何一个可能前来需要开启的人，结果就等到了他。

郭守敬双手合十，谨慎恭敬地说出他多么希望得到住持的开启。

住持看郭守敬眉宇开阔，平坦无边，不像容易郁结之人，倒是一个简单开朗的性情。问他心中可有旁物，或金钱或女人或权势羁绊。

郭守敬说：“有的，如果开河建渠的源头选在白浮泉，就要拆掉山下的那座庵……”

住持闻声，连身子都晃动了一下，山摇地动一般，即刻想起前两天青草的到来，刹那间也就明白了，青草说的那个人或许正是眼前的这一位。天下真乃无奇不有！他再次被震惊了。

住持瞪大了眼睛，上上下下，重新打量郭守敬，留心着他的一点一滴，似不肯放过他曾经走过的一山一水。

作为一名寺庙的住持，他不知开启过多少男欢女情的曾经，抑或你死我活的来去，却怎么也想不到，这两天的来者，却是这样的特别。一个就是山下的女庵主，且与他修的是同一善行，一个却是要来拆庵的情友，两人恩情似海，都因一个情字而走入佛门。一个虽然已为朝廷做事，却也是以佛家为怀；一个依然是在佛门之中。俩人都因尘世的种子埋得太深太久，而牵扯不断。

住持双手合十，“阿弥陀佛，阿弥陀佛”地大声念诵着，心绪同样难以平静，仿佛这样喊一喊，方能减少心中的震荡。他想到自己当年不也是为了一个女人，才遁入了佛门吗。于是，他闭了眼睛，静默了很长一阵子，这一刻，他几乎把自己的一生走完，走得实在是劳累艰辛。

郭守敬等待着，他看到住持的嘴角在颤，却不知道住持与他有着同样的命运。

住持终于张嘴道：“世间万物，其实都是长在人的心里的。无论什么东西，种下了，就会慢慢地生长。许多年后，自然要根叶繁茂，虽不见踪影，却难以根除，这就是心上的东西，也是挡住我们的一道道墙。如果你不推倒它，它便永远地横在你的面前，挡在你的路上。你要做的，就是拔掉还在生长的那个东西。根不存在了，影子也就不存在了。难的是，这根是长在你的心上、连血带肉的，你如何才能拔掉它呢！”

住持的话，让郭守敬感到身子绵软，没有力气。这些年来，青草一直都在他的心里陪伴着他，他是靠着她的影子活着的，可谓是天涯若比邻。在心里，他有意无意地一直培育着这颗种子，让它为自己嘘寒问暖。他的来去，一直是靠着这颗种子的生长支撑着的。年深月久，这颗种子早已成为了一棵遮天蔽日的参天大树，他怎么可以推倒它、拔掉它、离开它呢。

住持不再言语，等着他，是能等多久就等多久的等待，似要一直到他的醒来。

“我只是要选择一个正确的泉。”他的声音幽灵一般地响起，似从很远的地方飘来。

住持清楚明白地注视着他，和缓地道：“你无法明断选择哪个泉才是最需要的那个泉，你心中的影子遮盖着你。”

郭守敬默着，他听着窗外风吹树叶的沙沙声，山林如海，他如同听着自己心里的声音。一点点，在住持的引导下，他窥见到了那个本然的自己，他小心地看着他。一句话突然从他心里蹦了出来：一切都是你自己的来回。没有别的，人生的根本，就是如何与自己相处。

是的，他要做的，不是选择哪个泉，而是要摧毁这些年月，青草在他心上任意生长、越长越大的那棵树。他要拔掉它，连血带肉。

本来，郭守敬来龙王庙的另一个目的，就是要到白衣庵去看青草。可他没有，他从龙王庙出来后，便从另一条小道下了山。山路很静，头上阔大的叶子铺成林荫，山风吹来，徐徐地让人感到异样。山虽不高，但此刻的郭守敬，感觉就像是走在崇山峻岭之上，正努力地跨过那些沟沟壑壑。

这艰难的感觉，让他的泪水都要掉下来，他是在努力做着与青草的告别。这告别就像一种难忘的仪式，隆重而又悲壮。

此刻，白衣庵离他很近很近，就在几十米外的地方，庵堂的青砖绿瓦，在七月艳阳的照耀下，闪闪发光。郭守敬却努力地不去看，他突然就想到了那句话：放下，你就赢了！

进而他又想到年轻的时候，爷爷郭荣的总结：不少人，都有终生难忘、刻骨铭心的爱，不管是男人还是女人，都觉得对方是那样美妙，至高无上，值得你死去活来。只是这世上，并没有如此美妙的对方，那如此美妙、动人的一切，都是你不断酝酿，反复造作出来的。那不是对方，也不是别人，正是你自己，是你的执着，你的体验，你的这颗心。天下万物，为心所造。所以，只要你扭转了你的这颗心，你就扭转了天下一切。

如此，青草在他的心里被削弱了许多，那个影子也模糊了起来。他瞬间掌握了这个法门，虽然不可能做得完全彻底，但却有了惊人的效果。

他又清晰地看到了事物的原本，选择白浮泉，才是最正确的。那么拆庵，也才是最正确的。

两天之后，郭守敬直接又去白衣庵找青草了。这一次的去和以前的去，完全不同，心的不同，让一切也就都有了不同。

这一次，他心里没有淤塞，阳光普照。他想，其实事情并非像他以为的那样糟，他和青草，并非会因为拆庵而失去从前，他们还会是那个样子，几十年的恩情也并非会因为拆庵而终结，事情不是那样的。他终于全想对了。

第十七章

一

郭守敬迈着大步来到了白衣庵，但他没有想到，青草走了。

青草比他更早地悟出了真相，看到了挡在他心里的那道墙。现在，庵在郭守敬的心里就只是一座庵，而不再是什么别的了。

郭守敬迈进白衣庵时，小雪正在收拾包袱，也是要离开的样子。郭守敬问："青草呢？"

小雪道："已经走了，昨天就离开了这里。你再晚来一步，我也要走了。"

郭守敬怔着，仿佛青草与他做了很长时间的告别。一刻里，他也就意识到，青草比他更早地有了醒悟。

小雪说："她知道你也许会来找她，如果我没走，让我告诉你，你哪里也不必去找她。如果你们有缘分，总还会见面的。"

郭守敬不知道说什么好，心里空空荡荡的。"久别正是为了重逢"，他的心里竟然翻腾出这样一句话。

他谢了小雪，退出白衣庵，站在白浮泉泉边，望着白花花的泉涌，一种被冲刷的感觉让他心里有一种别样。泉水的声音在他心里轰轰烈烈，眼前的浪花碎了一次，又碎了一次……却又无妨无碍地整合在一起，似乎什么都没有变，什么都没有发生，一万年不变的样子。

他举目四望，天空高而远，天边有大团大团的云朵高耸着，让人充满想象。不管怎样，郭守敬的心里还是有些凄凉，但也只是一刻，他便轻松了下来。他知道这是青草最好的选择了，完全为了他。

现在，他不用再做什么了，青草帮他做出了应该做的决定，就是这个决定，这个决定就是那句话：放下，你便赢了！

白浮泉的工程开始了，最先要建的就是围堰，然后才是后面的通惠河。

事情好像全都结束了，落定了。王柄南、高素仁等一干人，都隐身一般地不见了，天下一片清净。

朝廷上下，都清楚皇上对白浮泉的重视，但皇上的重视程度，还是超出了众臣们的想象。皇上下旨，整个龙山也要重新修复，要建造成一座皇家园林般的花园，山上的树木、花草也要更换，即使不能做到四季常青，也要三季有绿。龙王庙也要重新翻修彩绘，作为源头，白浮泉更要修得长久耐用、大气壮观。

开工的前几天，所有人都有一种错觉，从远方源源不断运来的木料、石材，让人以为，这不是在开挖修建一条河，而是在建造一座城市。

从周边广集招来的民工劳力，竟然有几万人。除了白浮泉的围堰，还要同时修一条长达十二里的泄水渠，以防止洪水的泛滥，并作为今后的补水渠。

除了招来的这些壮劳力，朝廷还特地招进了三百名木匠、四百名石匠。青草的哥哥林玉堂也出现了，他一直等着白浮泉的开工。

郭守敬没料到，林玉堂也会在这里，听说他一直在给高素仁家打石狮子。由于时间紧迫，郭守敬没有工夫多问林玉堂咋回事。他更没有想到，王柄南、高素仁已将林玉堂推荐给了负责工地的赵官人。赵官人精明灵透，有王柄南的一句话，就是再烂的人，他也会重用，何况，林玉堂的手艺确实了得。

整个白浮泉的围堰将由石头砌成，泉眼的喷水处，由九条玉龙组成，泉水分别从九条龙的嘴里喷出。此设计，既壮观又实际，可谓天下一绝。

时令已是夏末，白浮村及龙山的周围，住满了来自各地的劳工，帐篷一座连着一座，汹涌似坟包，壮观如海浪。帐篷外，插满了不同彩色的旗帜，风一吹，呼呼啦啦，猎猎作响，场面浩荡宏伟，看一眼，都让人激动不已。

以至于，起初人们还以为这是大元朝的兵营，当人们知道这是要挖一条河时，也就想象出这该是一条多么壮观的河。

忽必烈为了工程的顺利，凡是与白浮泉利益有染的人，统统都靠了边，一个都不用。太监何方续不得不提醒忽必烈，郭守敬是一个钻研技术的人，对于其他，他并不灵光。他本想说的是，他是一个呆子，话到嘴边又咽了回去。

但忽必烈还是从他的眼神中猜到了他想说什么："你是说，他胜任不了这件事？"

"他是名士，计算天地时间，可谓精准，可算钱财，算财产，他又有点不识数。奴才担心，这左一笔、右一笔的开河款，他不一定能算得那么清楚。"

忽必烈赞同何方续所言，人都是这样，算得清这一块，不一定算得清那一块。数学家又怎么样，也尽是不识数的。

于是，忽必烈派了工部的二品官员李子非掌管钱财的分配。

李子非这人不贪，不占，遇事不靠前，不惹是生非，堪称人间典范。忽必烈用他，用得很有心得。

朝中各臣，对于皇上的这一做法倒是早有所料。皇上虽然如此，却也难不倒那些与白浮泉有利益关系的人，他们很利索，很简单地就与李子非有了特别的默契。

李子非心知肚明，晓得眼下有多少人想讨好他，巴结他。表面上他装作糊涂，对各位大臣不理不睬，冷冷淡淡；暗中，自己的女人却与各位朝官家眷们走动很勤，穿针引线，建立好感。他买的是一个来日方长，混的是日后的一个好人缘，他是要把账往长里算。

李子非之所以被皇上重用，是因为他的干净。只要他还这么干净着，就是一个圣人，干净替他遮掩了一切，因为大家都不那么干净！

二

只是，就在他暗自得意的时候，不测却找上了他，这天他回到家中，夫人拿给他一封信，说是一个不认识的差人送来的。李子非不当事地随手将信封拆开，展开纸页，却从信封里掉出一些白色的粉末。

他看了几行，脸就黄了，他两手发抖，两腿打战，竟然有些站立不稳，汗也下来了。

信上提及他七年前下药毒死二夫人的事，当下的李子非惊魂不定，眼就直了。他一直以为，天下绝无人知晓这个秘密，想不到他杀人的把柄，竟然早就被人掌握了，且是这样静静悄悄、不声不响地埋伏了七年，竟然在这里等着他。

接着，他的脸色更为惊惧，因为刹那间，他猛然意识到，刚刚从信封里掉落出来的粉末，正是七年前他杀死二夫人所用的毒药砒霜。看来对方是什么都知道的，包括那些细枝末节。

朝中道术之深，阴邪鬼怪之不可测，总是超出了人们以为的边线。

李子非的眼前又浮现出二夫人的身影，让他不寒而栗。二夫人生前长得如花似玉，自然惹得不少男人对她暗中垂涎，后来一直有传闻，说二夫人在外面与人有染。李子非曾派了人暗中监视过二夫人，却总是似有似无，且还不止一个男人。他受不了这种精神的折磨，才给二夫人下了砒霜，杀死了二夫人。他自以为事情做得天衣无缝，想不到七年过后，人家才给他亮出底牌，对他进行讹诈。

七年来，一个有命案在身的人，自然在做人上小心谨慎了许多。一是杀人使他经常会产生的内疚感限制了他，二是虽说他认为做得滴水不漏，可他又仍是担心，怕事情有一天会突然地败露，就像今天。这就是他为什么要活得“干净”的前提。

从信里看，对方的条件并非是要他多少金金银银，而是让他在“白浮泉”的问题上“听话”。

而怎么才算是听话，听谁的话，信里又没有说。

在朝中活人或是做人，是那么地累，有时人都不想活了。

皇上绞尽脑汁选出来的一个“干净”人，也就这样变得不再那么干净了。

是谁写下的这封信，真是一个谜，字里行间，大有让李子非自己看着办的意思。于此，李子非被一只无形的手牵扯着，这种阴谋般的陷阱，也就在朝廷里才会有，仅是每天的猜疑，就足够杀死李子非了。从此的李子非，惶惶不可终日，每时每刻都活在窒息里。

只几天工夫，他就瘦了一圈，半边的头发突然就白了，他不得不下狠功夫琢磨一个怎么办。

他琢磨出的道道，就是站在白浮泉利益损失者们的一边。此信自然是出于他们之手。不管怎样，他都要扮一个开河建渠的阻挠者。

几天之后，李子非与王柄南、高素仁、杨永年等一起聚会，事情是人叫人的自然聚齐。李子非却以为，这次的聚会一定是为他有意安排的。席间，他看着王柄南、高素仁等，心中一直猜想，这里边，倒是哪一位知道是他杀了二夫人呢？抑或他们全知道？他看谁都像，可看谁又都不敢肯定。

席间人们自然又说到白浮泉，左一句又一句地，他不知道这话里话外，是对他的安排旨意呢，还是随便地说说。他负担很重，提心吊胆，哪还吃得下。他想到信里的那句话："我们要是对你不满意，就把同样的信交到皇上的手上。"

白浮泉开工不久，人们便以为，在不远的将来，一条大河便会从北至南穿越整个大都城。甚至，人们已经看到千帆竞发、百舸争流，一只只运粮船驶入大都城的热闹景象。

然而没有，事情有些怪，不知道什么地方出了岔子，工程进展得很是缓慢，给人一种遥遥无期、越看越看不到头的感觉。

开始，郭守敬一直担心围堰的用料无法保障，唯恐那木料、石材会以次充好，达不到标准。这是在修河建渠、土木动工中最容易发生的事情。那些材料款子，经过一层层的盘剥、克扣，到了最后，材料质量就很难保证了。

但郭守敬想得浅了，白浮泉的工程没有发生这种事，没有人从中克扣。反而给人一种每个环节、每个人都在尽心尽力、一丝不苟的感觉，一切是想象不到的好。

李子非管得很严，他自己两袖清风，更不准别人贪一两银子。每次到白浮泉工地，他竟然都与劳工们吃在一起。那石料、木材都是用了最好的上等材质。

打造喷泉的石头，是用了房山的汉白玉石。比皇上修建紫檀殿时用的石栏，还要好了许多。木料就更是讲究，竟用了最昂贵的千年红松。除了天下广招的劳力，还特地请来了为皇家修护园林的一帮子能工巧匠。

对于这一切，郭守敬甚是惊讶，他一点也想象不到一切是这样的好。

他竟然因为“好”，而心里有了隐忧。好还不好吗？好还要说什么吗？是的，不能再说什么了。他束手无策，不知该怎么办了。

郭守敬哪里斗得过老奸巨猾的朝中老臣们呢。何况，他的脑子也从来不在这些方面，他的性格，更是谁也斗不过的性格。

皇上说龙山上的树木也要更换，可他没想到，要从千里之外去运，因为路途的遥远，运一棵树，就要千两银子，且要等到明年才能运到。这个他就糊涂了。总之，什么都是最贵、最好的。河还没挖，银子倒像水一样全流走了。

开工没有几日，李子非就告他，钱花得差不多了。郭守敬的心不由得一沉，慌慌落落的，他看着李子非，一脸的不明白：“那后面的工程怎么办？”他问。

李子非一脸的无辜茫然，比他还不知道怎么办。

在工部，他想看一看钱都是怎么花的。李子非就希望他知道，随手拿起案头上的账本，递给他看：“请郭大人过目。”

郭守敬翻着账本，一款一款，看得他汗下，两手抖动，对于建河修渠的材料，他还是清楚的，可却想不到，比建那金銮殿还要奢侈：“李大人，怎么用这么好的材料？”他脱口而出，声儿还很高，说完了又觉不妥。难道不是他一再叮嘱李子非，要用最好的材料吗！他生怕以次充好。

李子非很有涵养，不急不慌，语气温和地道：“郭大人，通惠河乃是当前元大都的第一等大事，皇上三天两头便要过问，这等重要的设施，怎能不用最好的材料呢，如在材质上有了闪失，皇上怪罪下来，你我谁能担当得起呢？何况，天下并不缺少这些好材料，这回不用，还用在何时呢？银子不够，可以再去要嘛。”

李子非忠厚的态度、温馨的语言，掩饰了暗中的玄机，如春风化雨一般，打消了郭守敬心里的疑虑，郭守敬反而被李子非如此的尽心尽责所感动。

三

可在背后，皇上听到的，却是另一番言辞。这一晚上，忽必烈在紫檀殿后花园里纳凉，月亮在薄云里游荡，映在泄水池里，青青白白的好看，这让忽必烈想到白浮泉。他问身边的太监何方续：“白浮泉开工有几日了？”

何方续认认真真地掐了指头："回皇上话，应该有十三天了。"

"有什么朕听不到、大家又不好禀报的事吗？"忽必烈平日最担心的就是这个。

何方续故意做得小心谨慎，吞吞吐吐："一切正常，不过……"他说，忙又把话头打住。

忽必烈道："说吧，不过什么，有什么不能说的？"

"倒也不是什么大事。"何方续道，"只是郭守敬这人，谁都知道，他平日不好别的，一心都扑在了天文、水利上。在这些方面，也就不免有些贪大求全，没边没沿儿。本来一个出水的地方，却以建皇宫的标准下本钱，投银子。这得有多少银子给他造啊。再有，他用的工匠，也尽是自己的人，石匠、木匠竟然用的都是邢台他老家的亲戚村人，难免把其他地方的好工匠落下。"

忽必烈自然知道郭守敬在选材上会要求高一些，却想不到工匠用的都是他老家的村人。这让他听得刺耳，不免皱了眉头："他怎么个用法啊？"

何方续以林玉堂为例，虽然几万人里，也就一个林玉堂，但能说出他的名字，便属于有根有据了，道："皇上，比如有个叫林玉堂的石匠，与郭守敬沾亲带故，被他重用，且拿着高饷，是一般石匠的四倍。"

忽必烈微微一愣："这怎么可以呢！这石匠比别的工匠可有什么特别之处吗？"

"回皇上，这个臣没听说，臣一定让人去了解清楚。"

忽必烈没有意识到，自己对郭守敬的不满，就这样一点一滴地开始了。他哪里知道，这些有意无意的只言片语，都是经过策划，有人花了银子，专门让何方续传给他听的。

直到这样的话说得多了，在忽必烈的心里种下了烦恼的种子，他才想看一看白浮泉的账目清单。

这天早上，忽必烈派了差人，到工部去传李子非。李子非听说皇上要看那些采购清单，他一下子想到，这一定是何方续的怂恿。他足足地吸了几口烟枪，提了十二分的精神，把早就准备好的单子卷在手里，奔了紫檀殿。

李子非是一个鬼邪的人，心计很深，看事总能先人一步，他不像其他大臣，对郭守敬见缝儿插针地总是攻击。皇上只要提到郭守敬，他说的都是郭守敬的好，绝没有半点的坏话。

因此，他在皇上心里，一直是一个公正、耿直的人。

在紫檀殿，李子非把清单递给皇上，忽必烈的目光从一款款数字上掠过，神色凝重，越看眉头越紧。看到最后，已经是一脸的不快了，问说："李子非，朕听说这次郭守敬在白浮泉的修建中，没少用自己的亲戚，有这回事吗？"

李子非一脸的憨厚老实："回皇上话，郭大人一向尽心敬业，应该不至于，微臣只知道有一个叫林玉堂的石匠，是郭大人点名来的，别的，微臣没有核实过，不敢乱说。"李子非说的与太监何方续一致，这足以举证郭守敬了。因为他说的是真人实姓，比谣传近了很多。

忽必烈听了，认定事儿就是真了，脸上不露声色，心里却更为不满了。

他沉了一沉，长叹一声，心想，郭守敬也是人啊！也有人的毛病！他本不想再问了，但终于还是问了，他抖一抖手上的账本："为什么要买这么贵的汉白玉石呢，用它来做甚？”

“用在白浮泉的喷水处。”李子非低下头，弱了声音，似犯了错一般。他是要以自己的态度告诉皇上，这的确是一个错误，“郭大人提议，要用最好的石料，用在人们都能看见的地方。”他说得极客观真实。

只是什么叫最好，却没有边际。郭守敬说的最好，似乎就是没有边际的最好！

忽必烈的声音有些抖了，一下子高了起来：“真是太贵了，郭守敬乃一位学人名士，他不喜欢钱财，也不懂柴米油盐的贵贱。可你懂。懂的人，怎么能听不懂人的支使呢？赶紧把花费减下来，天下有些事，不能光听名士们的。更不能由着性子让他们牵着鼻子走，这得花多少钱呢。今后花钱这些事，就由你来做主，不必跟他商量。”

李子非闻声故意不答，迟疑着，把头垂得更低，半天都不吭声，那态度就给人一种他是站在郭守敬一边的，他不能接受皇上的这种安排，他不应该，也不想大权独揽。李子非，也是一个心计非常了得的人！

李子非的态度，让忽必烈不满，却对他更放心了，还就非交给李子非不可了。心里对郭守敬突然就有了戒备，有了失望。怒道：“李子非，难道你没听见朕说什么吗？”

李子非受了惊吓一样，故意哆哆嗦嗦，怕得不行的样子：“是，皇上，微臣一定照办。不过……”他小声道，“还请皇上下旨为好。”

忽必烈哼了一声：“下什么旨？”

“缩减开支，勤俭办事的旨意。微臣一向懦弱，不善管人，今后也好以皇上的圣旨说话撑腰。”

忽必烈听得舒服，其实他也想这样。修这样一条河，款子毕竟不是个小数目，应该有所约束才好：“来人，笔墨伺候。”

身边的差人铺了笔墨，忽必烈写下一道关于勤俭办事的圣旨。

于此，忽必烈也就被这背后的众臣们攥在了手里。

李子非暗中喘下一口气，安稳了许多。他想，反对者们总应该看到他的功绩。

四

李子非回到工部，以皇上的圣旨为名，把工程款子砍了三分之一还多。更恶毒的是，他先把工匠们的银子减了大半，唯独林玉堂的饷银不减。

可巧的是，两天之后，正是劳工们领饷的时候，在白浮泉工地。前来领银子的劳工们在一座帐篷前排成了长龙，事情让人们猝不及防，拿到手的钱，比说好的少了一半。这突如其来的变化，让劳工们不知所措，人们愤怒了。前面的人与发饷的官人争执不休，后面的人听到消息，急得往前挤。长长的队伍也就乱了套，吵闹声、叫骂声、询问声混作一团。

人们往前一拥，黑压压地就挤成了疙瘩，瞬间也就挤翻了那放钱的长头案子，铜钱儿散落一地。拿少了钱的人，就本能地猫腰去抢，官人挥棍就打，火暴性子的劳工们也就扑向了官人。这是点火就着的事。

双方扭打在了一起。转眼间，领饷的现场，也就成了见刀见血的地方。

那天，一共死了五个劳力，两个官人也被打成了重伤，乱哄哄的无法收场，上万的劳力聚集在一起，讨要说法。劳工们没有得到回响，反而得到了鞭子。于是，愤怒之中，有人把刚刚建好的围堰又给拆了，大水顿时间淹没了村人的田地。

官府派来更多的兵丁镇压，当天傍晚，有人便点燃了帐篷，一时间火光冲天，火海一片，工地上人心惶惶。一些靠手艺吃饭的工匠们，见势不好，惶恐中，便纷纷逃离。

李子非没料到事情会闹成这样，完全失了控，他压下不报。心中猜疑会不会是王柄南、高素仁、杨永年几个推波助澜，暗中做了手脚。

谁想，被淹了田地的村人又集结在一起，进城与朝廷讨要说法。

忽必烈听说有人扒了白浮泉刚建起的围堰，气得拍了桌子，下旨严查，并立即传唤郭守敬一问究竟。

郭守敬却不在朝廷，而是正在去白浮泉的路上。

皇上又让太监何方续传唤李子非，李子非知道事情坏了，他问何方续怎么办。

俩人都想到了一块儿，叫人抬来那两个工地受伤的监工，让他们一五一十向皇上说个明白。所谓一五一十，又是经过安排叮嘱的。

受了伤的监工，正憋屈得没地方申冤，李子非转弯抹角地答应要给他们补偿，俩人也就会意。见了皇上，便说那挑头扒围堰的人，都是郭守敬郭大人招来的老家村人，平日就好吃懒做，总嫌工钱太少，仰仗着认得郭大人，总是闹事，这次干脆扒了围堰。

皇上听得火冒三丈，心里骂郭守敬，怎么可以这样做事！郭守敬在皇上心里的好感，一下子减了大半。

时值九月，天气凉爽了许多，树上的蝉声也一天天弱了下来，只等得再一场秋雨，便全歇了。这样的天气，本该是挖河建渠的最好时候。郭守敬还以为，白浮泉该是一片热火朝天的景象，然而没有。他来到工地时才发现，到处一片冷清，劳力们竟然在树荫下纳凉，东一堆儿、西一群地无事闲扯。

郭守敬既惊讶又好奇，他走到劳工们的跟前，问说：大家为何都这样坐着，难道没有活儿干吗？

一汉子气哼哼地道："给钱才能干活，饭都吃不饱，哪有力气干活儿！"

郭守敬这才感到是出了事，他一下子想到林玉堂，便匆匆去找林玉堂了，他也更想向林玉堂打听一下青草的下落。

林玉堂正在帐篷里急急地收拾着包袱，他情绪很差，是马上要走的样子。郭守敬见状，更吃惊了，林玉堂和他简短地说了事情的原委。郭守敬听得心惊肉跳，发生了这么大事，他竟然一点都不知道，更没有想到，劳工们因少发了工钱，而扒了围堰。

他想自己报的款子，皇上一分不差地都批了呀，现在虽然钱紧，可也没听说要减劳工们的工钱。

郭守敬问林玉堂拿多少工钱？林玉堂吞吞吐吐。郭守敬并不知道，林玉堂不是因为拿得少要走，而是因为拿得多要走。工地上的人，对他一片愤恨，说他仰仗了朝里有人，贪赃枉法。他再不走，性命都难保了。

起初，他还以为，这是郭守敬给了他这么高的饷银，郭守敬这一问，他才觉得事情一定有诈，当下便向郭守敬告辞，头也不回地钻出了帐篷。

郭守敬追上去，扯着嗓子喊："青草现在在哪儿？"

林玉堂反而心中不满，他想不到郭守敬竟然真的拆了白衣庵，让妹妹流离失所："你拆了她的庵，你还问我！"他说罢便快步地走了。

郭守敬望着神色慌张的林玉堂，觉得事情不对头了。

他急急地去看围堰，被扒了口子的地方，虽然已经被堵上，但肯定还得重修。

他慌慌地赶回朝廷，直奔工部找李子非，并向李子非讲述工地上的情况，他以为李子非跟他一样，并不知道这一切。李子非却平静地拿出皇上的谕旨，道："白浮泉的工程开支太大，皇上已下旨，让把款子减半。"

蒙在鼓里的郭守敬惊在那里，这才看到皇上的圣旨，上面竟然已是责成李子非管理全部的钱财，他的权力已被剥夺了。他傻在那里，脑子里一片空白。

此刻的李子非，不但没有一点大权在握的专横，反而是一脸的可怜相。如此，就是他获得再大的权力，再不择手段，也让人恨不起来。

郭守敬从工部出来，不知该去哪儿。本来钱就不够，皇上怎么把不多的钱又给减了。郭守敬被两面夹击，神情恍惚，他站在工部的门前，傻傻地理不出个头绪。

九月的天气虽然已经凉了许多，但在太阳底下如此地站着，时间久了，还是让人受不了。郭守敬的脸上挂满了汗水，却不知道这是晒的。他心急如焚，却没有办法。他心里突然升起一股恼怒，这恼怒竟然是对着皇上的。心说，这等大事，皇上怎么能如此出尔反尔，这般地糊涂！

这一想不要紧，他竟然有了去处，当下便去找皇上了。他的脚步飞快，像是自家宅子着了火。是的，事情太火急了，一切都该问问皇上是怎么回事。

此刻正是晌午，忽必烈正在寝室半卧半躺地准备休息，门外的差人苦着脸进来报：“皇上，郭守敬在外面求见，奴才挡了半天，他就是不走。”

忽必烈听着心中不快，这大晌午的，谁敢在这个时候来找朕呢，也就是这个不懂事理的郭守敬吧！道：“朕还没有找他，他倒自己先来找朕了。这人！”忽必烈想想，像是咽下了不该咽的东西，不情愿地道，“那就让他进来！”

郭守敬慌里慌张地走进来，给皇上行礼。忽必烈看他一眼，压住心里的火气道：“起来吧，郭守敬，朕正要问你，白浮泉的围堰是被人扒了吗？现在施工的进度倒是如何呀？”

郭守敬擦一把脸上的汗水，情绪激动地道：“皇上，微臣正是为这事而来。劳工们都拿不到工钱，不干活了，工程进度很慢。听说是皇上减了部分工程的款子，还减了劳工的工钱……”他突然失去理智般高声道，“皇上，不该减工程款子啊！”

忽必烈听减了劳工们的工钱，心里也微微一愣，本想问问原因。可郭守敬咄咄逼人的口气，又让他反感不适，心里更气。心想，要不是你郭守敬乱花银子，买那么贵的材料，事情怎么会弄成这样，要不是你用的都是老家的村人，谁敢扒那围堰呢。竟然还敢当着朕的面指责朕，你就不怕朕怒了，砍掉你的脑袋！

忽必烈本要发脾气，想到郭守敬的忠诚为人，和他对白浮泉的贡献，还是忍了，但这已经是一忍再忍的做法了。

忽必烈缓缓地出了一口长气，让自己平静下来，道：“郭守敬，虽然白浮泉的工程关系到大都城的长远利益，确是一件天大的事情，但花钱也不能由着性子来。像那围堰出水用的石料，像那暂时替换用的闸门木桩，没有必要用那么贵的东西，这得花多少银子啊！”

郭守敬听着，觉得皇上正说出了自己要说的话，附和地道：“皇上说得极对！微臣也有同感，不该买那么贵的材料，今后绝不能花这些冤枉钱，买这么好的东西全糟蹋了，一定得省着花。”

忽必烈听郭守敬这样一说，心里反而摸不着头脑了。心想，你明明知道这是冤枉钱，怎么还要如此乱花呢。一时间，俩人全都误会了，谁也想不到，这是有人从中故意作梗。

这让忽必烈更来气了，脱口道：“郭守敬，那你为何还要买那么贵的石料木材呢？”

郭守敬被皇上问得一愣，怎么成了他要买？这些难道不是皇上你的旨意吗？他一时语塞，不知说啥。他发现，今天跟皇上有些讲不明白了。

忽必烈也发现，怎么跟郭守敬越讲越费劲，这个呆子！他想。他困意上来，打了哈欠，道：“好了，好了，你知道就好了，今后要尽量从俭就是。工地上用人，也要少用自己的亲朋好友，省得别人闲话。”忽必烈就这样把郭守敬打发了。

郭守敬退出来，感到心里那么憋得慌，他还是想不出来这是怎么了。尤其皇上说让他少用亲朋好友，他用过谁呢，就连林玉堂也是王柄南、高素仁介绍的。而他想让皇上拨款子的事，还没说呢。

他想再回去找皇上，却知道已经十分地不妥。

他突然就想到张文谦，他好久没有去找张文谦张大人了。他应该向他说说这一切，说说心里的苦处。每当他束手无策的时候，张文谦都会出来帮他，他好像有些日子没有见到张大人了。张大人跑到哪里去了？他想着便迈开脚，直奔张文谦的住所。

到了张文谦的宅子，他才从差人的嘴里知道，朝廷已经派张文谦去外省公务了，要等几个月才能回来。

五

郭守敬站在张府的门前，半天醒不过闷儿来，他怎么也没想到，张文谦去了外省，按理应是告他一声的，他也好去送送行。可是没有，郭守敬就是愣在这个“可是没有”里想不明白。

他怎么也不会想到，张文谦虽然鼎力支持他，可白浮泉一事，他郭守敬太抢威风，整天一世功臣的模样，他的影子遮住了所有的人，他的光芒，让所有人都暗淡了下来，这让张文谦也有点受不了。人心是那样复杂，郭守敬怎么可能弄懂这些，又怎么有精力去弄懂这些。张文谦是那么器重他、呵护他、支持他，可他却不知道分享给张文谦一点点名誉，哪怕真就是一点点！

一个人的痴和傻，并非就都是优点，确是有让人讨厌的地方。

张文谦临行的时候，确实也想告诉郭守敬一声，可想了想，不知怎么还是没有告诉他。

郭守敬望着张文谦的宅子，愣愣怔怔地站了好久，直到差人又告他一遍，张大人不在，确实是离开了大都城，他才抬脚走了。

郭守敬第一次感到了自己是那么孤单无助，孤苦伶仃。但通惠河总要修建下去啊。皇上这是怎么了，张文谦又是怎么了，人都是怎么了？

两天后，郭守敬得知，整个工程的款子真的花完了，可李子非并没有再向皇上去要，郭守敬心里很急，他催促李子非快去找皇上。李子非却吃了凉柿子一样说不急，别惹恼了皇上，那样事情就更不好办了。

郭守敬哪里等得了，急得什么也做不下去，整天在屋里转磨，心上像爬了无数只蚂蚁。这天晚上，他实在耐不住，又去催李子非了。

想不到李子非却去了戏园子听戏，这是什么时候，李子非怎么可以这样悠闲！

郭守敬心里很气，他火火地追到戏园子里，李子非正优哉游哉地半躺在长椅上喝着茶。郭守敬还没开口，台上先响起了一阵紧密的锣鼓声，一声急似一声，就像敲在郭守敬的心上。他哪里受得了，大声对李子非说："李大人，还得和皇上要款子啊。"他的声音被台上的锣鼓家伙声淹得连他自己都听不见。

李子非看着他的口型，却也知道他在说些什么，大声道："这时见皇上不妥，要不，你向皇上写折子，你的折子皇上一定会看！"李子非说罢，又将目光转到了台上。台上几个武将正在开战，刀刀枪枪地比画着，仿佛正戳在郭守敬的心上。

郭守敬只好退出来，他想，李大人说得对，不见皇上，也可以写奏折嘛。于是，他回到家里，当即写了折子上奏，说明挖河开渠的银两已经用在了修建围堰和龙山上，请皇上务必再批银两，他把"银子已用完"几个字，写得又粗又重，以引起皇上的注意。

次日，太监何方续将郭守敬的折子转给了皇上，忽必烈接到郭守敬的折子，看到“银子已用完”五个字，当即恼怒了，大声地道：“那么多的银子，河渠还没有开挖，竟然就用完了！这郭守敬，朕刚刚对他说好的，要省着银子花，他就告诉朕用完了！”

太监何方续低头不语，知道还没有到说话的火候。折子上的字字句句，都在逼迫着皇上快给钱，一点没有婉转，一点也不客气，更没有其他众臣与皇上来往时的那种卑微的感觉，倒是趾高气扬、理直气壮，一点不拿皇上当皇上。

忽必烈也知道，应当尽早地再批银子，可郭守敬如此生硬的口气，让他失去了皇上的尊严。

作为郭守敬，一个名士学人，自然没有能力把握这些节奏分寸，他也没有感受到皇上的感受。

其实，郭守敬和皇上，平日也是这样的关系，有时比现在还要过分，可那时皇上不理会，没有不快的感觉，现在皇上对他有了看法，有了变化，郭守敬再这么直来直去、随随便便，皇上就挑理了，嫌他了。

再说，郭守敬做得确实有些不妥，皇上刚刚和他说完，要省着银子花，他扭头就告诉皇上银子用完了，这简直就是和皇上对来！事情搁了谁，谁都知道得缓一缓，郭守敬就没这个脑子。

忽必烈摇头皱眉，郭守敬的折子，滑落到了地上。

太监何方续将折子捡起来，轻声道：“皇上息怒，郭守敬就是这么一块料！我听下边人说，那泄洪渠，并非是主河道，只不过就是用来排一排洪水的，郭守敬却也要挖个十几米宽，弄得像一条大河，就不知道为朝廷省些银子。凡是关于白浮泉、通惠河的事，郭守敬便要件件讲个排场。”

何方续的话，声音不大，效果不错，再次点燃了忽必烈心里的怒火：“这个郭守敬，除了他那点爱好，别的事情都不灵通。修建白浮泉，也该像自家过日子一样，该省得省，可他哪懂得过日子啊！朕给他的那个宅子，少说也值了千两银子，他却二百两就给卖了！天下还有比他再愚的人吗！”

忽必烈说起那宅子的事，反而提醒了自己，他心里猛然一动，不觉就想，郭守敬真的不知道什么东西该是什么价。这样的人，朕怎么可以把财权交给他呢？

想到此，忽必烈不免愣住，他突然发现是自己错了。

何方续见皇上脸色凝重，解心宽地道：“是，皇上，郭守敬一个名士，确实不会算账，渠还没挖，钱却都花在了石头和那些木头上，大家都说他败家子！”

忽必烈听出了何方续有挑唆之嫌，可还是入耳，如此用郭守敬，他心里确有些悔意，道：“朕再批他银子，也备不住他这样乱花啊，虽然朕让李子非把握财权，但李子非也要和他商量，不如收了郭守敬的权力，换个人管管这事。”

何方续飞快地接过话茬儿：“圣明，皇上圣明，反正整个设计都完成了，不如就换个又懂水利，又能估算材料的人试试。”

忽必烈点头：“你看谁合适呢？”

“那个王炎怎样，王柄南的儿子，在水利上仅次于郭守敬。”何方续说。

忽必烈不觉想到王炎发疯胡来的那一幕，心里并不情愿，可想想，再没有其他人了，其实张文谦最为合适，可张文谦不在身边：“那就这样吧，让李子非还管财务，让他与王炎一起选购材料。”

忽必烈就此下旨，可他并没有撤换郭守敬，只是不让他管财务，忽必烈怎么可能撤换郭守敬呢！

但在朝廷，但凡皇上模棱两可的话，大臣们都会钻空子，且会利用得淋漓尽致。这，就是朝中的秘密了。

工部的几位大臣接到皇上的谕旨，就把事情变了味，郭守敬说的任何事，都没有人再听了，王炎接替了他，他被革职了一般。

郭守敬傻了眼，他万万想不到事情会这样。

夜晚，黄花楼内，王柄南、杨永年几个人在请太监何方续。大家喝得痛快，都说，还是何公公的本事大。

何方续已经喝得多了，一向谨慎的他，也开始卖弄起来：“皇上是个疑心很重的人，脾气又说来就来，办这种事，就得等他脾气上来，一迎合就行，关键就是这迎合！”

杨永年道：“何公公真是精明，运筹帷幄，不愧是朝廷的好当家！”

“郭守敬个呆子，要不是皇上护着他，朝中他斗得过谁！谁都可以捏咕他！”何方续道，他早看出了这一步。

第十八章

一

突然就没有人搭理郭守敬了，他再痴再钝，也感觉到了，他有些烦闷，不知问题出在哪里。他想起李子非前几天的话“你先歇歇”。这节骨眼上先歇歇是什么意思？他还是没有醒过闷儿。

他想去找王炎问问究竟，王炎毕竟与他同行。谁想，王炎倒先来找他了。

按照父亲王柄南的看法，王炎与郭守敬，永远都该是冤家才对，永远都该把郭守敬往死里整才是路！可王炎却有敬佩、感激郭守敬的一面，他与父亲王柄南不同。

这天中午，王炎像个幽灵一般，静悄悄地走进了郭守敬的宅子，那时郭守敬家的院门四敞大开着，是开得不能开的那种，仿佛这样，他的心里才能透过一些气。

王炎在门上站了站，才小心地迈脚进来，他寻思郭守敬这会儿的心情怕是不会太好受。他轻轻的步子，像是怕踩疼了郭守敬受伤的神经。从这点看，他是个懂得照顾别人情绪的人。

郭守敬从窗子上见到迈进院子里的王炎，很是意外，急忙奔出门，迫不及待的脚步，反而让王炎觉得诧异。

“王老弟，真是幸会幸会，我正要去找你呢。”郭守敬热切地抓住王炎的衣袖儿，像是抓住了所有的问答。

王炎却不肯往屋里迈步，不好意思地道：“郭大人，我真不是来抢你饭碗的，更不是来和你争功绩的，我替你，确是皇上的旨意。”

听到王炎已经接替了自己，且是皇上的旨意，郭守敬的脑袋嗡的一声大了不少，他完全不能明白发生了什么，不能相信皇上的这种安排。

王炎急急地道：“郭大人，我冒昧而来，不是要告你这些的，是告诉你，李子非李大人已经决定，排洪渠从你设计的十三米宽，改成了六米，减少了一半还多。我无法阻拦李大人，是来找你想办法的。”

王炎的话里充满了隐忧，在这一事上，他是坚定地站在郭守敬一边的。他也是搞水利的，知道这有多么的危险。

郭守敬听到泄洪渠减少到了六米宽，眼睛一下子直了，那抓住王炎的手，下意识地松开了，像是丢掉了所有的指望，一阵昏天黑地。他感到身子都凉，像是泡在那个早晚要来的漫天漫地的洪水里。他喃喃地道：“怎么能这样，绝不能这样，绝不能这样啊！”

王炎使劲地点着头：“是的，是的，郭大人，六米宽，真是太窄了，如果洪水一来，两岸所有的村庄都要被淹，这可真是太危险了，比没有泄洪渠还要危险。所以我来找你，李大人不懂水利，他想不到这会出多大的麻烦。”

“你应该拦住他！你懂水利！”郭守敬吼了起来。

王炎打心眼儿里愿意郭守敬这样吼一吼，只有懂水利的人，才会这样发怒，才会这样地吼叫：“李大人说就是杀头，他也不会改回来！我是担心皇上已经恩准了他！”

“皇上，皇上怎么可以改变河渠的宽度？”郭守敬拉着王炎就往外走，是急急地去找李子非了。

在工部，李子非看到气急败坏的郭守敬迈进门，心里很不舒服，心说，让你歇歇，难道你还来打架不成！他没想到郭守敬是因为泄洪渠而来。

郭守敬眼里冒火，一把拽住李子非的衣袖，声嘶力竭地苦苦哀求，像是死了自家老子:“李大人，泄洪的河道万万不能改窄啊。那样，不但起不到泄洪的作用，反而是要助水为虐，非坏事不可。到时河水泛滥，一准会淹了两岸的村庄，你是不懂水利上的事，你要懂得，万万不敢这么做！”

李子非本来还忍心听着，听到他不懂水利这一句，一下子愤怒了，他甩开郭守敬抓住他的手，瞪着郭守敬，心说，你竟当着老子的面，斥责老子不懂水利！我自然不懂。可谁又能这么当着人的面，打人的脸呢！

李子非一脸的怒火，鄙视而愤然地道：“郭大人，你现在算是什么？你还来操这份心！我李某虽然不懂水利，皇上却让我负责水利。皇上就是不想让你这个懂水利的人再插手！说白了，就是让我这个不懂水利的，不要再听你这个懂水利的支使！你明白了吗！”

郭守敬急得喊:“李大人，这可是人命关天的大事啊，那泄洪渠，无论如何不能缩窄啊！”

李子非一脸嘲笑地哼一声：“你吓唬谁，有本事再去找皇上呀。皇上对你最为宠爱，最喜欢听你这一套，最喜欢你跟他装傻！去找皇上，再装装傻啊！”

郭守敬没想到李子非完全和他翻了脸，他真傻了，傻在那里不知怎么才好。他脸色涨得通红，急得浑身都是汗，汗水顺着他的脖子，行军样地大队大队地涌下来，让他心里、身上一阵难受。

王炎把他拉出了工部，好心地道：“郭大人，咱不能当面说李大人不懂水利呀，他最不爱听这个。”

郭守敬蒙着，心想，难道李大人也懂水利吗？他什么时候懂得的呢？郭守敬还是转不过这个弯儿。他望着远处紫檀殿的辉煌大顶，太阳的光芒正在上面跳跃。他自然而然地又想到皇上，皇上就在那顶子的下面，这事还得是皇上说了算，还得去找皇上。他转身就走，步子越走越急，竟不顾一切地小跑了起来。

仿佛那泄洪渠已经垮塌，猛兽样的洪水正追着他的屁股。

二

郭守敬跑着，样子疯癫，他再次看到漫天漫地的大水汹涌而来，大水溢出了窄窄的河道，瞬间淹没了大片的田地与村庄。人与牲畜的尸体漂在水面上。他听到了女人和孩子们的凄惨哭声。

紫檀殿前，兵丁和差人拦住他，他说有急事要见皇上，差人告诉他这会儿正是晌午，皇上正在歇息呢。

郭守敬忘了时间，他晕头转向，没有想到，他又是在晌午来找皇上。他迟疑一下，不得已地往回走。

只走了几步，又不甘心地扭了身子回来，仿佛那六米宽的河道已经开挖。他不能等，皇上正歇息又能算什么呢，皇上自家一定也是这样认为。皇上自然要以天下百姓为重，难道不是这样吗，皇上自己也是天天这样说的呀！

他在门前喊：“我要见皇上，快让我进去见皇上！他们开始挖泄洪渠了，只挖六米宽，六米是要死人的！”在自己的喊声里，他看到了劳工们正在挖那泄洪渠，一锹一锹正挖在他的心上，让他浑身抽搐。

差人们拦着他，却又不敢下死劲，因为连差人们也知道，皇上对这个不大拿皇上当事的人，反而宠爱得没有规矩，不然，谁敢大晌午的，这般地搅扰皇上。郭守敬甩开门口的差人，冲着皇上的寝宫奋力地喊：“皇上，皇上，那河道不能缩窄啊，那是要出人命的！”

忽必烈确实已经歇了，蒙眬中听得外面的喊叫声，一下子醒了，他以为是梦，可不是，就是有人在喊。忽必烈坐起来，问是谁这样大胆搅闹，差人吓得跪在门前，不敢抬头，小声回报：“皇上，是郭守敬，郭大人在门外要见皇上。”

忽必烈一愣，想起早上，太监何方续还向他提起过郭守敬，说派了王炎过去，郭守敬耿耿于怀，闹脾气，不到工部露面了。何方续是将这种猜疑，当了真事儿告诉了皇上。忽必烈听后自然不快，心想，这会儿八成是找朕讨要说法来了，生气地道：“不见不见！把他轰走。这大晌午的！”

门外的郭守敬却已经挣脱了差人，闯了进来，就立在门口。忽必烈见郭守敬这般无法无天，一时大怒：“郭守敬，你如此这般，到底有何重要的事啊，天塌了吗？！”

郭守敬扑通一声跪在了忽必烈的面前：“皇上，那泄洪渠万万不可改成六米宽啊！怎么也得十米以上！皇上。”

忽必烈看着一下子跪在地上的郭守敬，不觉一愣，心里多少有些新鲜。在朝廷，臣见皇上，都是单腿跪地足矣，忽必烈看着郭守敬想，你也有双腿屈膝，给朕跪着的时候？突然也就发现一种他从来没有发现过的秘密：

这郭守敬，看似软弱，其实一直都是那么强硬，咄咄逼人。且是说咋就咋，一直都在强迫朕听他的支使。这次只是改了一下泄洪渠，省了几个银子，他便这般地搅闹，不依不饶，死死地缠着朕不放。进而他也找到了自己的不是，谁让朕每一次都是听他的来着。朕对谁这样依从宽松过呢！谁又敢对朕如此呢！

忽必烈看清了这点，幡然醒悟中，心里更不痛快了，甚至对郭守敬有了一种冰凉陌生的感觉。

人若是心上有了改变，做法也就改变了，忽必烈平日看郭守敬，只是看到他的执着可爱，可眼下，他竟一下子把郭守敬看成了一个无赖。不觉厉声道："把他给我轰出去，轰出去！"

郭守敬被差人们拖了出去。郭守敬这才晓得，刚才差人们是不敢真动他呢，这会儿，只一个差人就把他夹了出去。他小孩子一样地蹬着腿，还在叫着："皇上，皇上，那泄洪渠不能缩窄啊！"

忽必烈已经再无睡意，气得一抬手，摔了桌子上的茶杯。听着那茶杯的爆响，他更气了，他在屋子里烦躁地走来走去，自言自语地怒道："这个郭守敬，竟如此疯癫，如此痴迷，如此地强迫朕！天下哪个敢这样对朕！"

他真不知这气怎么才能消。他走到桌边，已经气得两手发抖，他提起笔，哆哆嗦嗦地写了几个大字"将郭守敬立即赶出朝廷"！写完，他把笔往地上一扔，吼道："来人！"

差人跑了进来。

"传朕的旨意！"忽必烈再也不管不顾了。

郭守敬怎么也想不到，一瞬间，他竟然被皇上革了职，赶出了朝廷，结束了他的朝廷生涯。这么突然，这么没头没脑，没有前后。别说他，连做出这决定的皇上自己都没有料到。

这就是朝廷，今天绝不知明天，这会儿绝不知待会儿。升迁与结束，乃至人头落地，都可能只是一瞬间的事。昨天那门口的差人、丫鬟，还给你跪着，见你还颤颤巍巍的模样，今天你就成了他们的笑柄，被他们指指点点，还不如了他们！

这一切，就像是一场梦，没有弯转，没有过渡，也不用想明白，因为谁也想不明白！

眨眼之间，郭守敬就成了一介布衣、一个草民。虽然他还叫郭守敬，但和昨天的那个郭守敬，和刚刚的那个郭守敬，已经差了两重天地，不再是一个人了。

郭守敬接到皇上的圣旨，还以为自己是睡着，等醒来就好了。于是他不急不忙，按着梦里的模样，不声不响地等着。当天他还收拾了东西，次日醒来，还真的离开了自己的宅子，离开了大都城。他还是当作梦里的事情做着，梦里该怎样，他还是怎样，等一切做完，走完，也就醒了，到时他该回哪儿，还回哪儿就是了。不管多么离奇的梦，梦里多么不着边际的事，谁没有做过呢。反正这些全是假的。

然而这次全是真的。

他走出城门的时候，正巧遇到王柄南和高素仁，两位就站在不远处。他的不幸，朝廷上下都知道了。大家也像是梦着，也有梦的感觉，不真。

皇上会对郭守敬这样吗？怎么会呢？越想越不会才对，可皇上真就这样了。

什么叫喜怒无常，什么叫不按顺序，又不管常理，如果这三样都赶上了，人或升迁或倒霉！比什么都准，这在朝廷，早已不是什么特例了！

三

王柄南、高素仁看着郭守敬，开心地笑了。他们是特地追到城门口，看事情是真是假的。

事情是真，真真的！俩人的笑，再也不用隐蔽，再也不用粉饰。该啥意思，就是啥意思！是无比高兴、幸灾乐祸的那种笑，是天晴了、日出了、全妥了、太爽了的那种笑！

王柄南奇怪地道："怎么这么巧，就像他跟咱俩说好的一样，让咱俩到这儿来送送他！"

高素仁也有些搞不懂了："他怎么会有今天，皇上昨儿个是怎么了，做了这么让人高兴的事！"

"都是他自己作的！他要自己不作，放着好好的日子不过，能有今天这下场吗？皇上这就算对他客气了。"

郭守敬望着两位大人一脸得意的笑，尽管他多少还以为这是梦，或抱着幻想地当作梦，心里还似打翻了五味瓶。他能说什么呢，他也想到了，这一切都是他自己找的，自己作的。可那泄洪渠，是万万不能缩窄的！想到此，他还是不死心，咽不下这口气，他站在那里，心事重重的还是想去找皇上。可他要不是这样非去找皇上，能如此下场吗？即便是梦，他能做这么倒霉要死的梦吗？！

眼下自己已经被皇上赶出了朝廷，怎么还是不长记性呢，他真想扇自己两耳光，扇这个不长记性的！他有些梦醒了。他一咬牙，头也不回地出了大都城。

在紫檀殿，过了气头上的忽必烈，猛然醒悟过来，怎么可以把郭守敬赶走呢，真的把他赶走了吗？他惊在自己的做法里。

他知道自己做得过了，他喊来差人，让其立即去叫张文谦，张文谦一定会为郭守敬求情，他便可以借着给张文谦的面子，赶紧把郭守敬找回来。可差人提醒他，张文谦还在外省，忽必烈忘了，他是糊涂了。

忽必烈心里感到一丝的不妙，他喊来太监何方续，对何方续道："你说这个可恶的郭守敬，朕真是拿他没有办法，他把朕气得糊涂了，不然朕能赶他走吗？"

忽必烈是想，只要何方续说说郭守敬如何傻，如何只是一个痴呆，别和他计较这些话，他便可以就坡下驴，以不和他计较为由，赶紧再把他叫回来。

可是何方续没有说郭守敬傻，也没有说他呆，何方续对忽必烈的了解，胜于忽必烈对他的了解。忽必烈怎么想的，他天天都在揣摩，看得透透亮亮的，有时他还能想到忽必烈的前面去。他知道忽必烈后悔了，他也知道忽必烈是想让他说两句什么，说得心宽了，再把郭守敬找回来。忽必烈尽弄这事，说了不算，算了不说。还要把这来回来去的事，归在下边人的身上。

何方续看得里外三层，明明白白的。

所以，何方续不说郭守敬傻，他早知道忽必烈要他说什么，他偏不说。而是道："皇上，这郭守敬可是装傻啊。他要是真傻，怎么能给他的亲戚比别人多好几倍的工钱呢。圣上您说他傻吗？"

忽必烈眨着眼睛，想听何方续说些别的。

何方续却又道：“皇上，前几天，劳工们闹事伤人，纵火的原因查清了，就是因为郭守敬的那个亲戚拿得太多，大家不服气。别人的工钱减了，他的亲戚却拿的是天价。事情不大，但一传十，十传百，就有了民愤，不闹事才怪。这都跟郭守敬有关！别看事不大。”

忽必烈心里一阵惊讶：“这事有凭有据吗？不是什么人胡捏吧？”

何方续道：“皇上，奴才不敢胡言，不是说过嘛，这人叫林玉堂，发饷的签单上，有他亲自摁的手印子，现在人已经跑了。”

“跑了，跑什么呀！”忽必烈不明白。

“是呀，您说，要是没事，他跑什么啊！有人还说，这人的突然失踪，是郭守敬指使，里边一定还有事，不光是这一件事。”

忽必烈一脸的愕然：“还有什么事？李子非为何不早说。你们为何都不早说！”忽必烈又气了。

何方续小心恭敬着：“皇上，大家都是看在您与郭守敬的来往上，谁敢轻易开口说郭守敬呢，这不找死！也就是奴才我这么没脑子，斗胆说上一两句吧。”

忽必烈心中愤愤然：“这个该死的！”找回郭守敬的想法，又被这愤然之气冲得云消雾散，无影无踪了。

几天之后，灰头土脸的郭守敬回到了邢台老家，回到了他自小生活过的郭村。

在村里，村人大都不敢认他，待努力认出他来，又不大敢相信，这难道就是传说中的那个郭守敬吗？

他不是挣了大钱，做了大官，伴在皇上的跟前吗？他应该是飞黄腾达、耀武扬威的郭守敬啊，怎么竟如此这般，无精打采，没头没脑地回来了呢。且是这般的沮丧，写了一脸的悲伤忧愤。

就有话多的村人问他：“郭先生，您这些年，是在朝廷里做事吗？”是根本不相信的语气。

郭守敬回说是的。回答得缺力短气，很是勉强。

村人就接着问下去，朝廷是个啥样子，皇上到底有多少个媳妇，听说一夜要睡三四个呢，皇上是这样吗，忙得过来吗？是吃的饭菜里都带了金、裹了银吗，这些都是真的吗？

对于这些，郭守敬真的答不上来，别说皇上的女人有多少，就是对于朝廷里的许多平常事，他都不知道，也从没有留过心。

他被村人问得不知所措，这才恍然，他进朝廷这些年，却没有半点在意、领略过朝廷里的荣华富贵，以及皇上的生活倒是个什么样子。他的脑子里，压根儿也没有这些。他只有天文、水利，更多的就是白浮泉了。

村人似乎察觉了出来，问他些更简单的问题：“大都城的城门往哪边开呀，朝廷的大门往哪边开呢？”

他是个路痴，不分南北，想了半天，真就说不清楚朝廷的大门是朝哪边开。

村人就嬉笑，就逗他，说你不是个骗子，就是个呆子，你天天进出朝廷，跟自家的一模样，怎么能不知道自家的门是朝哪边开呢。

郭守敬就仔细地想，想那门倒是往哪边开呢，可他仍然搞不清楚是往哪边开。他是个极认真的人，不认真，他不会有那么大的学问，不认真，他不会被皇上赶出朝廷。可他如此认真，还是想不起来朝廷的大门朝哪边开。于此，他才醒悟，知道村人是在笑他，笑他不诚实，笑他是个骗子！

这让他心里充满了委屈。他是个温和的人，是从不会与人打架的人，可面对村人的这种嘲笑，他却莫名其妙地愤怒了，因为他真想不起来朝廷的门是朝哪边开。

他突然就对村人吼："谁是骗子！你们见过什么是骗子吗？朝廷里，那些大忠臣才是骗子，是天下最大的骗子！"

村人被他的话吓坏了，惊恐地道："郭先生，这可喊不得。万万喊不得！如果被歹人听到，是要杀头的。"

他更怒了："杀头，皇上早说过要杀我的头！我怕过吗，我还怕歹人，还怕杀头！我在朝廷，天天和歹人们在一起，经常被他们算计。不然我会回来吗，我就差点被皇上杀了头！"他想起他的离开，一定是被歹人所害。他离得朝廷远了，反而清楚了朝廷里的那点事。不错，他一定就是被他们害的！

见他怒成这样，村人全都怕了，一下子散了干净。大家得出结论，郭守敬八成是神经受了刺激，患了疯癫。于此，村人见了他，都远远地装作看不见他。人都说，郭村又多了一个疯子，神经！

四

直到他在村里买了一座小院，一切都平静了下来，村人才相信，他还属那正常。这时人们才想再听他说点什么。可这时的郭守敬什么都不想说，什么都不说了。还说什么呢，天下有他这么背兴的吗！

何况，他已经离开了朝廷，他不再属于那里，现在他是一个村人，一介布衣，再说那些还有什么意思。现在，他还不如朝廷里的一个差人、一个丫鬟有资格论谈朝廷呢。

郭守敬买的小院，临他原来的郭家很近。他常站在那里，呆呆愣愣，顺墙头望着那几十年间都没有一点变化的村街土路、灰墙破瓦，以及屋顶上长着的、随风而去的稀松黄草。这一切，竟与他几十年前告别时的情景一模一样。可他毕竟已经这么老了，他心里止不住地一阵阵凄凉。

原来眨眼之间，他只是做了一个梦。他回想起自小和爷爷学习天文、水利的那些情景，仿佛又回到了那个无忧无虑的少年时光。

他想起和青草在田野里奔跑玩耍的情景，那时天总是那么高，蓝蓝的水样，什么都是那么清澈，那么美好！也没有这些乱事烦心，更没有朝廷。是的，他去朝廷干吗！他见皇上干吗？！

他这样一想，就又想到白浮泉，他还是那么想白浮泉！想得撕心裂胆，不甘心。他还想小时候，想青草，想老早的那些事情。

于是，他常常身不由己地走出村子，走到田野上，走进那个时候的光景，让一切都是那时的感觉，那时的模样。就待在那个时光里不出来，使劲地享受着那时的一切，努力地忘记现实的日月。他常常看见青草的红衣长衫，他在和青草说啊说的，从早到晚。

他整天就这么久久地和青草在一起，与自己的幻觉在一起，沉浸在其中。

他无所事事，整日站在村外，不想回村，甚至不想转身。他知道，只要一转身，他就又回到凄凉寒冷的现实中。现在他这个模样，落得这种田地，举目无亲，生活无着，只有梦会让他好受一些。

村人望着整日麦秆一样戳在村外路旁的郭守敬，无不为他叹息。都说，这蔫屁之人，还是中了魔，着了邪，神经了。

接下来的日子，郭守敬以给村人看井打井为生。他去过县府，到过省府，是打听有何事干，他是否能为当地的水利再做点事情。

开始，他的出现，让县省两府官人又惊又喜，他这样的人才，世上难寻，问他何以回来，他一五一十，说得清楚明白。县省两府官人，本是都要留他，可听说他是被皇上革职，赶出了朝廷，都吓得胆战，猜测他背后一定涉水很深，不定出了什么事情，也就再无人敢问敢用。至尾，热情全都变成了冷屁股，村人一样地躲着他，回话都说，暂且没有位置。

郭守敬是傻，但凡动动脑子，也该知道，哪些说得，哪些说不得。他是自家把好事说得没了。这回他身边没有奸臣，没有坏人歹人，全是他自己把自己说到了这种田地。从这一点看，以往也并非都是那些坏人、歹人毁了他，还是他自己有些问题！他要不傻不痴，能到这个份上吗？绝对不能！

郭守敬不知道下半辈子靠什么打发。

他就为人做起了家具，当起了木匠，似要以此为生，却又没有完全想好，就那么浑浑噩噩地度着日子，过一天算一天。

他还想着河南的那个观星台，那个台子是那么地重要，如果搭好了，架了仪器，说不定还能把天体的运转搞得更清楚些，一年到底是多少时间，大概还能运算得更准确些。他心里杂七杂八，放得下的，放不下的，其实还是都放不下。

村人见郭守敬这把岁数，人都六十岁了，还是一个光棍，也就有那没事的闲人，没事找事地给他寻亲找友，问他身体怎样，夜晚可受得住，经得起女人的折腾？话糙理不糙，是要给他介绍女人，也好从他身上弄俩小钱。他毕竟是做过官的，告老还乡，多少总要有些银两。

于是，便不断有媒人上门搅扰，今天是张家寡妇，明天是李家姑娘。哪个眉眼漂亮，哪个温顺贤德，整天全是这些。

郭守敬哪有这个心思，越说这些，他心里越想青草，整天恍恍惚惚，做梦都是不定哪天，他就娶了青草。现在青草在哪儿，人在何方？他却一点不知哩。

但有一样事情他能肯定，那就是如果现在青草就在跟前，他一定大胆地对她说出埋在心里、又憋了一辈子的话！只要青草愿意，他一定娶了她。他人生已经如此，还有什么可顾虑，还有什么不能放开、不好意思的呢。

再说，俩人都老到了这个岁数，再说，人家都说他是个傻子、疯子，他就不能真的疯上一次吗？他自己想着是可以的。

他甚至还大胆地想，如果现在青草就在跟前，他就一把把她搂在怀里，脱掉她的衣服，把她摁在床上！不能再那么腼腆，不能再那么文绉绉地让自己都讨厌！就来一回粗鲁的，干脆的。他也做一回不是郭守敬的郭守敬！

他思来想去，颠三倒四，在媒人们踏破门槛的日子里，他满脑子反而更是青草了。在最寂寞、最无望的日子里，青草再次成了他度日的心灵伴侣，整日陪伴着他，让他本没有去处的心，又有了去处和安放。枯死的日子，又有了清泉活水一般的动力，他到头来，是整整一生，还是靠着青草支撑着、活着的。

冬天比秋天来得还快，天上落了薄雪，天地冷得到处都成了硬邦邦的灰白色。冬天的村人，都猫在家里闲着，只有村头的老李家是另一番模样。那铁匠棚里的炉火，在寒风里烧得正红正旺，暖暖和和得没有了冬天。棚外雪花落不到顶上，就都化成了水。

郭守敬路过老李家，看着那一把把出炉的锹，就想到白浮泉，想到通惠河。他想，这该是劳力们日夜要用的挖河锹呀。凡是见到与挖河有关的物件，凡是听到与流水有关的声音，郭守敬都会情不自禁地想到白浮泉。

他想，冬天了，那通惠河倒是修得怎么样了，那泄洪渠，也该是挖完了。如果真是六米宽，一场洪水，就会要了两岸人家的命。他唉声叹气，还想着通惠河，想着白浮泉。是那么地想，不能不想，他甚至想,哪一天偷偷地回去看看。神不知鬼不觉地去看看。那怕啥，不怕啥！

春天，大都城里下了一场雨，整整下了三天，下得不像是春天的雨，倒像是六月夏季里的大暴雨。忽必烈想到了白浮泉，想到了那本该十三米，后被改为六米宽的泄洪渠。

其实那些心里有鬼的大臣，也都想到了这条渠。郭守敬说过，这样窄的泄洪渠，一遇大水，必定要河水泛滥。

可是没有，一切都好好的，没有发生任何的不测。雨过天晴，人们的心都放下了。忽必烈的心也放下了。郭守敬言过其实，居然也会说瞎话。忽必烈暗想，这个郭守敬，非要多花银子，挖一条更宽的泄洪渠，看来此人也有不靠谱的时候。这让忽必烈一直后悔把他赶走的内心，又稍许得到了一些安慰。

张文谦从外省回来了，这已经是来年的夏天了，张文谦万没料到，郭守敬竟然被皇上革了职，赶出了朝廷。而除了白浮泉围堰和一条泄洪渠，通惠河的整体工程尚未动工。

尽管郭守敬不懂为人世故，也让张文谦对他有了些许的不满，但张文谦毕竟了解郭守敬，毕竟知道郭守敬是个简单、纯朴又本分的人。

五

张文谦第一面见到忽必烈时，便急不可待地问起了郭守敬："皇上，郭守敬是走了吗？"

忽必烈语气复杂："怎么了，早就被朕赶走了！"

张文谦掏了心窝子般地道："皇上，微臣以为，郭守敬是天下难得的天文、水利名士，是朝廷少有的大学者。这样的人，再有毛病，也不该让他流于民间而不用。"

这时的忽必烈，心里已是深深的悔意了，叹一声，对张文谦道："你当时要是在场，对朕说两句这话，朕也不会把他赶走。你知道吗？朝廷上下，竟然没有一个人替他说话。"

张文谦有一说一地道："皇上，白浮泉的修建，损失了多少朝廷官人的利益，大家暗中都恨他不死，谁还肯为他说话。就是那些于己利益无关的人，也不会站在他一边，而得罪其他人啊。"

忽必烈点头道："这个朕心里有数。正因为如此，朕才一而再，再而三地袒护着他。可他从来不知道朕对他有多好。花了那么多银子，白浮泉只是建了围堰、修了条泄水渠，就是不知道给国库省些银子。"

张文谦耐住性子，从语气里，他知道，皇上心里是在认错，皇上喜欢郭守敬，是又喜又恨的那种，道："皇上，微臣回来几日，多少有些耳闻，白浮泉围堰的石料、木材，用的是贵了，本没有必要这么花钱。但这些并非郭守敬所为，是有人在背后故意为之，以让皇上对他不满。”

忽必烈眨着眼睛，沉思地道：“朕后来也想到了，可他的一个亲戚，一个石匠，却拿了那么多工钱，竟然是别人的几倍，这难道和他没有关系吗？”

张文谦心里一笑，知道这更是他人的诡计了：“皇上，微臣回来听到最多的就是这件事，我暗中调查了一下，事情和郭守敬真是毫无关系。现在看，他对此事根本不知情，而是其他人利用他和石匠的关系，故意提高石匠的银两，您不觉得这是陷害吗？”

忽必烈听了心里不觉一愣，他似乎从没有这样想过，真要这样，他就上了下面人的当:“这个朕可一点不知,真的像你说的这样吗？”忽必烈这才有些醒了。

张文谦肯定地：“皇上，事情真就是这样，郭守敬并不管劳工们的开支，更不管发饷钱的事。有人故意如此，就是有意让人这样去联想，让郭守敬遭恨！”

“照你这么说，凡是花钱的事，并不一定都是郭守敬所为了？”皇上的目光里，又满是疑问了，“既然不是他乱花的银子，他为何不为自己辩护呢，难道他没有嘴巴吗？”

张文谦笑道：“皇上，难道郭守敬不是这么一个人吗？他在有些方面愚得很。好多事，他根本就反应不过来。他是个书生、名士，除了他自己的那一套，别的他都不放在心上，他自己也未必清楚，背后有人给他栽赃。就是清楚，他也不知道该怎么办。”

忽必烈又长长地叹了一声，像是替郭守敬把这一年的冤屈都吐了出来，嘴上却道：“郭守敬会有这么可爱吗？”问后，他自己反而点点头。心想，郭守敬确是这么可爱，是又可爱又可气！

可他突然又想到那条泄洪渠，心里又有了些不快，道：“张文谦，你也总是站在他一头、替他说话的人。朕问你，那泄洪渠，他设计了十多米宽，确实没有必要，属乱花银子，后来改了六米，前几天的大雨，下得比六月的暴雨还大，却安然无恙！”

张文谦道：“皇上，他完全是按照最大洪水的流量设计的河道宽度。我昨日亲自察看过了，有些地方，还不足六米宽，窄得只有四米，就是一条沟，一定是有人暗中吞了施工的银两。只要是工程，不论大小，总有人里外勾结，暗中发财，还请皇上彻查。”

忽必烈默了一阵：“张文谦，你说得轻松，为什么只挖了四米，查起来就一大堆的说法，张三告李四，李四告王五，再不成，就推到挖河人的身上，成千上万的挖河人，一个案子，查它个一年半载，也不一定能查得清楚。朝廷官员的精力，都浪费在这方面了。郭守敬的事，朕再考虑考虑。朕是怕他一回来，又跟朕来那一套，你知道吗，他大晌午的，像个疯子一样，来朕的寝室搅闹。满朝文武，哪个敢呢，也就是他郭守敬敢吧！”

张文谦笑了，他知道很快郭守敬就会被召回。他似乎又看到了那张又呆又痴的脸。

七月，气候本该暑热，空气里却含了丝丝的凉意，似布满了大量的水分，头上的阴云低而浓，灰灰沉沉，给人一种伸手便能够到的感觉。又像一块抹布，随手拧一把，便能拧出水来。

人们已经半个月没见到太阳了。无论是城里，还是乡下，人们都备好了雨具，惶惶地等着暴雨的来临。

果然就等到了，先是从远处天边，响起隆隆的雷声，雷声闷得像是被捂在了被子里，一点也不痛快。待痛快了，便漫天漫地的响得吓人，接着便是豆粒大的雨点落了下来，一下就又下了三天三夜。

大都城的街道上，到处都是水，满地都是河了。

有人来朝廷禀报，城外四十里，昌平沙河一带，全都淹成了汪洋，房倒屋塌，人死八百有余。

忽必烈听了震惊，在张文谦等人的陪同下，亲自到昌平视察灾情。只见大水白浪滔天，一望无际，白花花满眼都是水的世界。水上漂着死去的牲畜、树木、草席、锅碗……景象惨不忍睹。像是世间所有的东西都要在水上漂一遍才成。

忽必烈神情惊惧，脸色寒冷，对张文谦道："怎么能淹成这样，今年的洪灾为何这般猖獗？莫不是开发了白浮泉，触动了龙脉，惹怒了龙神？"忽必烈每遇天灾，还是迷信。

张文谦望着茫茫大水，实话实说地道："皇上，今年的水患洪灾，确实与白浮泉的围堰有些关系，北面的水，全被郭守敬利用，并引了过来……"

忽必烈听了张文谦这番话，脸上的表情更为凝重："这么说，还是不该在白浮泉引水开渠了？"忽必烈完全理解错了。

张文谦温了声音道："皇上，白浮泉的开发，本来是件大好的事情，尤其是泄洪渠的开挖，就是为了防止这样的水患。只是河道太窄，泄洪受阻，加之雨水过猛，那窄窄的泄洪渠，反而成了引水闹灾的首犯，成了一道孽障。如若按照郭守敬的设计，这洪水就可以痛痛快快地流入大沙河，再流向东南方向无疑，彻底起到泄洪防洪的作用。可惜，现在河道不到六米宽，太窄了，它自己先被堵住了。”

忽必烈听了，幡然醒悟，嘴上虽不承认自己当初缩减银两，改窄河道是个失误，但心里已是万分的懊悔。

看到如此大的灾难，忽必烈突然想起，郭守敬那次中午，发了疯似的找他搅闹，告诉他这万万不行……这会儿的忽必烈，反倒惊愣在那天的情景里，惊愣在那个特别的晌午。他似乎又听到了郭守敬的叫喊："皇上，这万万不行，万万不行啊！"

他万分感慨，突然就想：朝中有哪一个人，能像郭守敬这样，为了天下人的安危，不顾自己的生死，敢这样对他喊叫。去年的事，今天忽必烈才被触动，才明白郭守敬的道理，且是这样被深深地感动。

只是，忽必烈自己也明白，这感动，这醒悟，是来得太迟、太晚了一些！

不错，忽必烈依然喜欢郭守敬，只是此刻，他才真正地看清，他为什么喜欢郭守敬。看清了这个，忽必烈自然也就看清了围绕在郭守敬身边的那些谁是谁非。只可惜，看清了谁是谁非，是需要这样长的时间，且要经过这样惨重的代价和教训。

"郭守敬现在在哪儿，让他这就回来！"忽必烈望着眼前的茫茫大水，声调里有一种悲愤。他再也不想隐藏自己的想法，再也不顾自己的脸面了。

"我马上派人去找！"张文谦说。

忽必烈下定决心地道："朕当初最少批了泄洪渠六米宽，现在有些地方，为何只有四米？查明是谁吞了国库的银两，一定严办，朕决不姑息！"

忽必烈终于要严办了，他不再怕麻烦，不再觉得这是浪费精力。

第十九章

一

暴雨擦亮了忽必烈的眼睛，他感觉到了自己对朝臣们的让步并没有为他赢得什么，反而纵容了他们与自己对着来的胆量。

隔日早朝，众臣们在大明殿内站了一片。忽必烈坐在龙椅上，俯瞰着下面的众臣，他脸色铁青，是暴怒前的样子。众臣们都看到了，自觉不妙。

忽必烈心说，天下这么大的水患，你们个个居然都没事儿人似的平静，他心中更加来气，厉声道：“众爱卿，今年的雨情，大家以为如何啊？”

众臣不知道皇上问的是啥意思。每逢这时，众臣便一致地不张口，不看皇上，等着。待皇上自说自话，说完也就罢了，以免跟得不对，反而麻烦。

忽必烈平日倒也惯了，他常利用上朝之际，自家唠唠叨叨，说东说西，说够了便罢。只是今天不一样，今天他见众臣都不吱声，不但没有消气，反而更来了火气，大声道：“朕昨日出城，到昌平一带视察水患。真是水天一色，大得很哩！今年的水患死了那么多人，朕心上疼痛。可朕看你们，怎么就一个个地都不当回事，不疼不痒啊！”

他一出口，众臣就嗅出味道不对了，人人身上都开始发紧。

“朕今天要严查一件事，是谁当初怂恿朕，要把郭守敬设计的十三米宽的泄洪渠，改成六米的？”

忽必烈说到此，有意停顿下来，目光冷冷地扫视着众臣。

大明殿里一片死静，众臣们的心里，却全是倒海翻江的响动。大家知道这事坏了，今天一定得有人倒霉。有关的几位大臣，已经脸色发白，手脚打战。

忽必烈冷冷地笑了。这笑，更是让人感到一股杀气。

忽必烈笑罢又道：“只改成六米，朕也不怪，谁让这也是朕的主张、朕的错呢！只是，谁又将朕批的六米宽的河道，改成了五米、四米。朕这一回，一定要查个水落石出，治罪严办，决不姑息！”皇上的声音一声比一声高，越说越气，那愤怒之声，撞在大殿的四壁上，嗡嗡荡起了回声。

众臣吓得都低了脑袋。工部的李子非两眼发绿，站立不稳，似要倒下一般。

忽必烈怒道：“刑部赵义天，朕命你，从即刻起调查此事，一定要查得清清楚楚，明明白白！这次无论是谁，无论多大官职，无论与朕什么关系，朕都不给面子，谁也不准私下说情袒护！”

刑部赵义天向前一步：“臣遵旨，一定严查！”

忽必烈大声地：“退朝！”气哼哼地起身大步走了。

众臣们等着忽必烈不见了身影，才慌慌落落地纷纷退去，那沉重的步子，分明是因了恐惧的震慑。

在大明殿外，王大人、高大人、杨大人几个，脚前脚后地赶在了一起，像是自自然然地走近，其实都是心中有鬼。几个人神情沮丧，谁都看了明白，今天皇上的语气，是要大开杀戒了，如此，怕是谁也无法逃避这场严厉的追查了。

王柄南走到杨永年的身边，低声道：“告诉李大人、高大人，一会儿咱都在‘九月楼’见。”说罢，他不等杨大人回话，快步先走了。

在“九月楼”内，僻静的单间房里，气氛紧张，几个人相互指责埋怨，都觉得当初这事做得太过于轻率，留下了明显的破绽，以至于有可能牵出更多的麻烦。他们跟随皇上多年，深知皇上的性情，他或是不做，要做就翻个底朝天。

眼下，刀已经架在脖子上的感觉，让几个人心神不宁，无比烦躁。

大家都指责李子非，说他太不谨慎，应该事先就找个替罪羊，把事情平了，不该留下这么大的隐患。现在闹成这样，再找人顶罪，怕是已经太晚了。

这时店小二进来送茶水，本来平平静静，谁知那门帘一挑，茶杯茶壶，竟然咣咣当当，全都从那盘子上滑落下去，一股脑儿地碎在了地上，就像那盘子上立着一群小鬼儿，一时间响声震天，吓得几位心惊胆战。

其实是几个人脸上浓浓的杀气，吓着了店小二，他手一抖，茶杯全碎在了地上。

二

碎了一地的茶碗，让几个人感到不祥，心中更加地别扭有气。

高素仁越说越对李子非不满，声音也高了八度：“这事可是你李大人一手包办的，当初商量都不和我们商量一下。十三米宽的河道，你改成了六米，是太窄了些。有的地方又仅剩下四米，这么窄，能不出事吗？真是狗脑子！”

杨永年也觉得事情闹得过了：“李大人，你是精明人啊，一向小心谨慎，可你不懂水利，怎么能如此任性，改得这样窄，实在是太大意了些。这简直不像你李大人做的事！”

李子非也知道自己做得过了，但他也受不了别人这样的指责，愤愤地回敬高素仁和杨永年：“高大人，杨大人，这难道不是你们逼的吗？”他是指的那封恐吓信，可他又不能直接说出口。

王柄南冷笑：“李大人，这话怎讲。当初你可并没和我们商量要这样干。”

“当初你们可不是这样说的，全都恭维我有功，说我智慧超人。现在出了事，你们反而指责我。我虽然如此，可我一两银子都没贪。你们里外里拿了多少，反而事儿像是我做的，可要查起来，却是你们贪了银子。到了时候，还不一定谁的罪过大呢！”

李子非这样一说，就很不客气了。其他人也就更气了，几个人争争吵吵，全都拉下了脸。

王柄南道：“我说各位，咱都小点声，再让门外的人听见。齐大人，你是管理监工的头，当初挖这条泄洪渠，来去你最清楚，你看怎么办？”

齐大人可怜巴巴地道：“真是小河沟里翻船！我怎么摊上这么个倒霉事。咱这样吵，能有什么用，刑部的追查就在眼前了，现在大家还是想想怎么办吧，如果能想出个好的对策，咱就都有了救。不然，都一块儿完蛋！我看皇上这回真是要杀人了！”

几个人一下子都默不作声，真就低头冥思苦想起来。然而一时半会儿，谁也想不出啥。

杨永年一声叹气："谁也不是神仙，现在还能想出个屁！只能怪在挖河劳力们的身上了。"

王柄南自嘲地："皇上能信吗，咱自己都不信！其实，以往很多事，皇上也不信，只是弄来弄去，皇上也就没了精力，没了脾气，事就那么着了。这次皇上是真要往下查，真想办人了。再说，没有上边监管的话，劳力们怎敢把六米挖成四米，劳力们怎么会有这个胆儿！"

王柄南这样一说，几个人都面露绝望，如同等死一样了。可是谁真会甘心等死呢。

好一会儿，高素仁的眉毛突然一抖，看了一眼李子非，一脸神秘难拿那劲儿，终于张开嘴："上策没有，我倒是有个下策。"

李子非急迫地："下策也说说，只要能救了大家。"他还不知道，高素仁这一招是要把他送进虎口。

高素仁吞吞吐吐，有些困难地道："如果刑部查到我们几个，大家就得一起倒霉，轻则坐牢，重则抄家，甚至砍头。这就要看皇上有多恨这件事了。所以我想……"他突然打住话头，看着李子非，那眼神怪怪的。

李子非感觉到了不妙："你老看着我干吗，好像我是那挨刀的！你想说什么？有话就说，往下说呀。"

高素仁尽量平静地："那我可就说了，李大人，要是说得不对，千万别怪罪我，就当我什么都没说。我是想，要是有一个人能站出来，全部承担下来，也就免去了另外几个人的麻烦。谁愿意一人承担下来，我愿意把家产的一半送给他。感谢他的大恩大德，我说到做到！”

李子非突然明白过来，瞪大了眼睛，惊恐地道：“高大人，亏你说得出口！你可真够狠毒！你不是让我李子非一个人承担吧？”

高素仁转弯儿抹角地道：“李大人，这不是商量嘛，咱是商量。”

几个人你看我，我看你，各自心怀鬼胎，自然明白了高素仁说的是什么，脑子里都在转着自己该怎么办，都在想着自己怎么才能脱身。

李子非脸上的肌肉抽动着，他突然斜眼看着杨永年：“杨大人，我记得缩窄泄洪渠的主意，当初还是你提醒的我。”

“我出过这馊主意吗？”杨永年躲避着，“不过，李大人，谁要愿意承担这件事，我愿把家产的三分之二都送给他！”

齐大人唯恐让自己去顶罪，明确地道：“我可不去当这挨刀的，以前的事，我掺和得最少，这次是让我摊上了。要说平素，我也是拿得最少，只是吃个瓜落儿。让我去顶罪就太不应该了。”他突然就觉得自己最冤，好像他真的要去顶罪了，声音都变了哭腔儿。

几个人不约而同地还是把目光落在了李子非的脸上。

王柄南把语气弄得格外贴心：“李大人，我倒是突然想，你平日两袖清风，干干净净的一个人，连皇上都敬佩你三分。如若你真能站出来，有所担当，皇上怕是不会再追究下去。皇上也不信，你一个光明磊落之人，怎么会为区区小利折损名誉。”

李子非快被气死了，平日他躲事躲得最干净，除了暗中毒死二夫人，真算是一身清白了，没想到这次却陷得最深。他肝火大发，怒道：“让我顶罪，亏你们也想得出来，平日我给你们带来多少好处。到了这会儿，你们怎么能这么狠心！狼心狗肺的！”他简直就是在哭号了，“真是危难之时见人心啊！你们真就做得出！”

王柄南还是轻声细语，却是软中带硬了：“李大人，可我们即便什么都不说，这次也是你的主意啊。满朝的人都知道，这事就是你的事啊。这个连皇上也知道，刑部追查下来，能放过你吗？第一个查的就是你啊！”

刚才还是朋友的几个人，这会儿已经变成了仇人！看谁能杀了谁的仇人！天下事，就是这样迅速，这样变化无常。现在几个人都想到一起了：这世上，谁都靠不住！

李子非浑身哆嗦，像是这就要跟谁玩命，大喊道：“王大人，你怎么也与他们一起，栽赃于我？”他突然就想，说不定那封恐吓信，就是出于王柄南之手！冷不丁，他不觉心里一颤。

“李大人，这不是再也没有更好的办法了吗。你先别急啊。”王柄南看到了李子非眼里的凶光与杀气，他心里也一哆嗦。

其实谁都看到了，这会儿的几个人，就差拔刀了。

李子非鱼死网破地道：“行，行，你们有种！不然咱就都到皇上那儿招了。你们平日谁吞了多少，拿出多少，让皇上判定，该杀该剐，我认了。下辈子做鬼，我也不再和你们这些没良心的来往了！”李子非说罢，气愤地站起身，推开门，蹬蹬地往外走。他想，大不了是个死！

高素仁站起来去拉他：“李大人，李大人，你急什么啊，这样不是更坏事嘛。咱是商量，没准儿会有更好的主意呢。李大人，李大人！”

三

跨出门的李子非，感觉到了自己的失控，脚步渐渐缓了下来，嘴上道：“我是内急，去去就回，你别管我！”他给自己找了个台阶，话可还是带着气儿的。

后边的高素仁，不知李子非是不是真的内急，紧紧地跟着他。

此刻，“九月楼”里十分地肃静，还远没到饭点的时候。

“九月楼”一共三层，是大都城里最高，最好的一家酒楼，平日也是达官贵客们用来观赏风光的地方。站在楼上的最高处，极目远眺，可以从窗上看到大都城的全貌。晴好的天气里，能望到几十里外的青色山脉。只是今天，几个人都没有这个心情。

高素仁追着李子非，他下意识地往楼下看了一眼，不觉有些头晕。怎么这么高，他想，好像第一次才发现这里是这么高。他看看四下，远近无人，静得很。他心想，李子非要是能掉下去摔死就好了，那就省事了，大家都有救了。他突然那么希望这种情况发生。

刹那间，他竟然心生歹意，一系列的想法让他变得神色狰狞，他的脑海里浮现出李子非坠楼的一幅幅惨景：李子非嘴鼻出血，当场毙命。

高素仁急忙追上李子非，伸手就可以够到李子非了。他下意识地又往楼下看了看，真的就伸出了手，动作是去推李子非的动作，但即刻，他又将手缩了回来，他再次小心地观察四周，整个酒楼里还是那么静，走廊里空无一人。

“九月楼”的楼廊很长，得拐三个弯儿才能走到楼梯口。前面的李子非嘴里不知说着什么，现在的高素仁已经完全顾不得听他说什么了，他只听到自己的心在狂跳。

还有十来米，李子非就要下楼了。这会儿，高素仁的神情异常紧张，脚步已经快迈到李子非的身上了。

这一刻，时间显得那样漫长，似乎是有意要留出足够的时间与等待，让一个人做好杀掉另一个人的准备。

单间房里，王柄南也站起身，他想，其实让李子非顶罪，是最好的主意了。大家赔他银子就是了，皇上不一定会把他怎样。可这怎么会呢，搁了谁，谁也不会愿意。他边想边挑开门帘，看着在楼廊上，急走的李子非和身后的高素仁，他似乎观察到了高素仁行动的诡异，他一脸的疑惑和惊讶。

杨永年道："王大人，你看什么呢，高大人还没把李大人追回来吗？这个李子非，他还真急了！不过他要肯替大家顶罪，当然是最好的主意。"

王柄南挑着帘子，一动不动，眼睛紧紧地盯着急步走在楼廊上的李子非和高素仁。

走廊上，前面的李子非已经走到了楼梯口处，就要下楼了，身后的高素仁知道还不动手，也就失去了机会。他紧追一步，伸出双手，这回是真的。他的心都要跳出了嗓子眼儿，他猛地一推，前面的李子非没有一点防备，瞬间从高高的走廊上翻了下去。

掀着门帘的王柄南看得清清楚楚，他一脸惊愕，吓得本能地放下了门帘，惊恐地"啊"了一声。

杨大人一惊："怎么了，王大人？"

齐大人也一惊："出什么事了？"

王柄南还在惊惧中："没事，没事，我肚子突然疼了一下。怎么一下这么疼！"他慌乱地说。心想，杀人了，真的杀人了，高素仁竟然杀了李子非……他有些反应不过来。

楼下，眼前的情景和高素仁想象中的一模一样，李子非躺在楼下的地上，嘴鼻出血，脸色铁青，一动不动。

高素仁喊声顿起："不好了，快来人啊，来人啊！"可他的喊声却不大，反而像是怕被人们听到。

他一边喊，一边飞身下楼，他伏下身，小心地查看着李子非是否已经死了。他又抬头观看，见四下还是没有人，他抓住李子非的头发，猛地往地上撞了几下。然后，他终于大喊起来："来人啊，有人跳楼了，有人跳楼了！"

这时，楼上房间里的人才有了反应，纷纷跑了出来，都往楼下看，于是，人们看到了躺在地上的李子非，惊叫声四起。

李子非一动不动地躺着，脑袋边上一大片黑红的血迹。

"九月楼"里一阵大乱，客人、厨师、伙计，男人女人，全都跑了出来。

王柄南几个也匆匆跑下楼，人人都是一脸的惊怕，这太恐怖了。

高素仁装得更惊讶，满脸的不可思议："李大人竟然自己跳了下来，我抓都抓不住。你看这人，竟是这样的想不开。要知这样，咱什么也不跟他说，还得好好劝劝他。"

王柄南心领神会："我刚才就觉得他不对劲，他两眼发直，脸上一副想不开的样子。"

高素仁听着反而一愣，他感觉到王柄南像是知道了什么，不然怎么会这么快地就配合着他。

整个“九月楼”里一片混乱。

王柄南趁人不备，将高素仁拉到一边，向他悄悄地竖起大拇指。

高素仁脸色苍白：“王大人，你这是什么意思？”

王柄南低声道：“你放心，我什么也没看见，真的没有看见。”可他和高素仁的心里都已经十分地明白。

无形之中，王柄南实实在在地拿了高素仁一把，高素仁的杀人把柄，已经握在了他王柄南的手里。虽然两人现在是一根绳上的蚂蚱，王柄南也不会轻易地去给他乱说，但高素仁知道，狗急了总有咬人的时候。

他心乱如麻，突然想到，除了王柄南，不会再有什么人看见吧，要是那样，可就糟了。这会儿他才奇怪，今生今世，他怎么会干了这么一出让自己吓破胆的事！

杀人，本该是一场精心策划，也不一定真敢去实施的事情，而他只是在瞬间，从起念动心，到实施，只是在这一瞬间。他许久地惊愣在自己的行为里醒不过来。

他抬头观察四下人们的动静，心里的后怕让他全身都是冷汗。

在朝廷，一日日里，人们的弦都是紧绷着的，人人心里都有仇恨，说不准谁对谁，谁对谁都有可能。或许，谁也都想到过要杀了谁。这是一种储备，一种关系。杀人，大概谁都可能做得出来。

四

忽必烈当天就接到了太监何方续的禀报，工部的李子非，因为贪污修河的款项，畏罪自杀了。

忽必烈听了，好一阵震惊，他几乎不能相信自己的耳朵。他心生疑团，很是纳闷，这李子非，平日可是最怕死、最惜命的一个人，怎么就会突然自杀呢，况且，就算他是私吞了国库的银子，朕也不一定就治他的死罪。再说，此人平日一向干净守法，他怎么就这么快地认定自己是死罪呢？忽必烈思来想去，也想不明白，他觉得这里面一定还有事，只是不知事在哪里。

何方续谨慎道："皇上，有人还怀疑，李子非二夫人的死，也与他有关，传言是李子非下毒所致。"

忽必烈"啊"了一声，又是好一阵惊愕。良久，他没头没脑地问："何方续，自打白浮泉开工以来，这是死的第几位朝廷官员啊？"

何方续想想说："回皇上话，还没有死过人，这才是第一个。"

忽必烈轻轻地点点头，他奇怪，怎么在他心里，像是死了好几个呢。他语气中满含了无奈与复杂："只要第一个开了头，后面就说不定了。待通惠河修成之日，不定还有多少人要死！"

忽必烈又突然想到郭守敬，问道："郭守敬回来了吗？"

何方续知道这是挡不住的事，顺情道："张文谦安排人去找了，也就这两天吧，很快就会回来。听人说，他走得并不远，是回了邢台老家的郭村。"

忽必烈有意无意地问："这半年多了，他在老家做什么呢？"

"本来谁都不知道他干什么，可巧了，有人前些日子去邢台，说是碰到了郭守敬，他正在乡下做木匠活儿，给人家打家具，当了木匠，是靠此为生。"何方续眨巴着眼睛看着忽必烈。现在，他不再敢说郭守敬坏话了。他知道，说人也要看时机，说不好，就是在给自己找麻烦挖坑。

忽必烈瞪大了眼睛："什么，什么，他一个朝廷名士，上知天文，下知地理，这么大的本事，怎么会在乡下做木匠。你们怎么不早说呢！"忽必烈竟然有些急了。

他觉得要是如此，就太亏待了郭守敬。又道："朕不用他，省府也可以用他，省府不用他，县府也可以用。他怎么就那么笨，就不会自己去找找看吗？都说艺不压身，他那么大的本事，怎么就做了个木匠！"

何方续缓声道："皇上，依奴才看，要是省府、县里知道他是被皇上革了职，恐怕他再大的本事，也没人敢用他了。"

忽必烈一怔，半天没说出话，他想起下边确实这样，只要是他下的旨意，天下都会依旨办事，谁还敢用呢。"不说了，不说了，待他回来，让他马上见朕。"忽必烈后悔问这个了。

两天之后，郭守敬又回到了朝廷，又迈进了大都城。

郭守敬见皇上的那天，他在大明殿的门口，略略地，也是有意地停了一下脚步，他四下观望了一阵，终于弄清楚了，这象征朝廷的大门，是向北开的。他恍惚中想的是，如果他哪一天又被皇上革了职，又回到了乡下，村人如若再问他，朝廷的门是朝哪边开时，他一定要和村人说清楚：朝廷的门，是向北开。没错，就是向北开！

当然，他还要弄清楚，皇上每天都吃些什么，饭里是不是真的带金裹银，以及皇上的身边倒是有多少女人。也许，这些是朝廷众臣们早都知道的事情，只有他不知道，他怎么什么都不知道呢！

他也对自己不满，身为朝中之人，他怎么什么都不知道呢！这次回来，他要全知道，什么都要知道，有如不能枉来一生一样地要全知道。

当这一切感慨完了，他才把自己的念头拉回，迈脚走进了大明殿。

忽必烈看到站在自己跟前的郭守敬，心情很是复杂。虽然只有半年多的时间，但郭守敬却显得苍老了许多，背也比去年驼了一些，人也黑了不少，这让皇上想到乡下那些干粗活的辛苦人。郭守敬如此大的能耐，却因为这次的革职，天下没有谁再敢用他，竟然在乡下干了大半年的苦力。忽必烈看着他苍老的面容，突然就有点想落泪的感觉，他抑制住自己，脸上挂了更温和、更亲近的笑。

郭守敬给忽必烈行礼时，忽必烈竟然少有的玩笑了起来，道："郭守敬，朕听说你不是做木匠去了吗，怎么还没忘记给朕行礼啊！都说你这人愚呆，爱忘事。朕就不信，你看你看，你并没有忘记朕是皇上啊，还没有忘记要给朕行礼嘛。"忽必烈的话，透着极度的轻松愉快，站在边上的张文谦等都笑了起来。

郭守敬望着皇上，想的却是，他还会把自己革职吗？他想到"人生无常，谁也靠不住"的佛家教诲。他还有点挑衅性地想，无常又会怎样呢，自己不是又回来了吗？那么再回一次乡下去，再做一回木匠又怎么了。人生无常，不过如此，不过如此啊！他的心，倒又敞亮了许多，像是死过一回的人，再活过来，许多事，更不会当事了！

忽必烈笑着道："郭守敬，你走的这些日子，没有记恨朕吧，当然，就是记恨，朕也不知道。记恨就记恨吧，这全由你！"

郭守敬听着，任忽必烈尽情地发挥，只有忽必烈高兴的时候，才会如此这般。等忽必烈的话落了，郭守敬才道："微臣感谢皇上恩典！微臣不记恨皇上。"

忽必烈收了笑，转了正题："郭守敬，朕让你回来，自然还是因为白浮泉的引水开渠的大事。这回，朕把一切都交给你办，你是统管。你回来了，也就是通惠河的主渠道开工的日子。朕明年就要看到大都城内千帆驶过的景象，绝不能再等了！”

郭守敬的心中，早已经是一片千帆竞发的壮丽景象了，大声地道：“是，皇上，微臣一定全力以赴！”

忽必烈想想又道：“这次主河道的开挖，朝廷所有的大臣、差人，都要参加，这也包括朕，朕也要去亲自挖河，都听你的安排，都归你管。要声势浩大，以此告诉全天下的百姓，这通惠河有多么地重要！”

郭守敬明显地感觉到，忽必烈已经憋足了劲，真要大干一场了，道：“谢皇上！那就请皇上明日亲自去白浮泉挖河，做个人中表率，以振奋人心，鼓舞士气！”

忽必烈闻声一愣，他没想到郭守敬明天就让他去挖河。他心说，朕是你吗，只有挖河一件事，朕一天到晚多少事情。可他又爽然一笑，道：“你看你看，你又来了不是，别人谁敢这样命令朕呢。”又自嘲地道，“好，好，朕说了，挖河的事，朕也归你管，朕也服从你，朕明天就去昌平，去白浮泉，去带头挖河！”

五

郭守敬回来的第二天，通惠河的主河道就正式开工了。工地上，人山人海，千面旗帜在风中舒卷飘扬，人心都被鼓动得热热烈烈，一切都放不下了的那种。

河道上，皇上手持铁锹，亲自取土挖泥。左右大臣们谁都不敢怠慢，人人干得汗流浃背，气喘吁吁。许多百姓，站在远处好奇地观望着，有人指着那挖土的身影道：“听说那就是皇上。”

有人反对：“怎么会是皇上，别瞎扯！”

“真是皇上，没错，皇上有旨，大都城内，无论官人还是百姓，无论穷富贵贱，都要参与这通惠河的修建。”

远处，忽必烈见一挑土的劳力走得吃力，上去将劳力的担子接了过来，挑在自己的肩上，大步而去。保护皇上的几个兵丁，差人急急地追在左右：“皇上，皇上，不可这样用力。”

太监何方续，早跑得上气不接下气，他跟在皇上的身后，几次险些滑倒：“皇上，您做做样子便可，做做样子便可，不能真使力啊，小心龙体！”

忽必烈有些不悦：“这成千上万人看着，朕怎么能装装样子呢！”挑着担子大步走了。

远处，河堤上，站满了更多的村人百姓，大家终于认出了那挑担的人就是皇上，惊惑凝在人们的脸上，人们想不到，皇上真的也来挖河修渠了。

通惠河主河道的开工，已经一个月之久，时至九月，天高气爽，明朗的阳光在大地上尽情地流淌，到处都是无遮无拦的空旷，给人一种无限放纵、无比豁达、畅通无阻的感觉。

河堤上下，每天都是人头攒动，叫声、喊声、笑骂声此起彼伏。热闹的景象，沸腾的喧嚣，热浪一般，让人兴奋。人们仿佛因为通惠河的开挖，而有了新的内容，生活像被揭开了一层盖子，充满了新鲜与活力。

忽必烈每天都要听一听来自通惠河上的消息，他似乎上了瘾，着了魔，对每天开挖了多少，甚至，谁是当天挑石担土最多的人，都要知道详细。

每个夜晚，他都会趴在案子上，聚精会神地看着地图，用笔标着瞄着，看这几天，是进展了二百米，还是三百米，乐在其中。

偶有时候，他还会因为激动，情不自禁地在图上画一只船，眯起眼睛看着，似乎真能听到那哗哗的水浪声，看到那运粮船正乘风破浪驶入大都城的情景。

兴致高涨的忽必烈，怎么也想不到，如此平展顺利的通惠河，还会有不测发生。人在想得太好、太美的时候，也是极容易发生事情的时候。

在离白浮泉七里的地方，土质发生了变化，赶上了粗沙带，刚刚挖好的河堤，一会儿工夫就会因为沙土松软而垮塌。

事情到底遇到了魔障，鬼门关在这里静静悄悄，不声不响地等待着郭守敬，等待着所有人。

垮塌的消息，一波一浪，传得三里五里，迅速传遍了整个工地。消息让人失去了活力，似被一下子抽去了精气，断掉了经脉。

如果垮塌不解决，通惠河的整个工程就将宣布失败。

郭守敬没有想到，会是这么大面积的垮塌，铁锹一碰，那沙土便会抖落下来一块，甚至谁也没有动它，只一阵风吹，沙土也会哗啦一声倒下来。像是有什么灵性的东西藏在沙土里，有个看不见的活物儿在来回地窜动，窜到哪里，哪里就哗啦一声，似一堵墙样倒下一块一片，有时还没有一点声音，反而更吓人，简直像是闹鬼，怪异得谁也无法解释。

郭守敬的脚步开始变得慌乱，脸上挂了一层青色的病锈，如此的季节，他的身上竟然出了一层又一层的冷汗。

其实这些日子，他一直沉浸在不可言说的喜悦中，像皇上一样，只等着河渠畅通，大船进发了。大概正是这种持续的喜悦一直不肯退去，他心里倒也出现过一些担忧，甚至夜里做过不祥的梦。

因此，当他站在河道里，看到这一幕时，心里更加惊惧不安，如此垮塌的景象，似乎在他的梦里出现过。这让他毛骨悚然，似乎看到了事情的结尾，那是一种不治之症。

事情像是被拧死了一样，没有了一点缝隙。

郭守敬只能用最老的办法，让劳工们用新土培起新的堤岸。然而，垮塌仍在继续，那个乱窜的幽灵仿佛还在。

一天过去了，两天又过去了。郭守敬在急急地寻找着对策，张文谦和其他的水利官人也都先后赶来，大家议论了各种办法，都一一试过，全都不灵，就是闹鬼了！

幸亏忽必烈也已经有些疲惫了，尽管他已经三天没有得到通惠河的消息了，但他还以为一切正常，不正常为什么没有消息呢。他还是沉浸在美好的向往中，人在这个时候，都会变得麻痹。忽必烈也不例外。

起先，人们以为很快便会找到办法，待一切如常后，再报皇上不迟。

可是三天过去了，仍然没有办法。一切都僵死在了那里，天和地，人和事，一点儿都动弹不得，就是死了的模样！

那些因为这条河而背幸的人，这下都活了过来，脸上都有了光彩，心里都放了晴。还说什么呢，什么都不用说了，老天爷报应啊！

人算不如天算，不是不报，是时候未到。

水是不该往西面流的，更是不该往高处走的，这是逆天！是大逆不道！人怎么可以跟天斗，这是找死！

元朝之初，或在元朝之前，大规模挖河失败的例子有许多次。在忽必烈登基，做皇上的最初日子里，玉泉营的开河引水，就因为淤泥流沙的堵塞而失败。每一次的失败，都是巨大的损失，都会引起人们心里的恐慌，都是对皇位朝廷的重创。

作为皇上，玉泉营河的开挖失败，忽必烈一直记忆犹新，也是埋藏在他内心深处的一个结。所以开挖白浮泉，用以弥补玉泉营过失的想法，也一直督促着忽必烈，一定要把白浮泉的事办好，所以他才那么谨慎，甚至几次反复。

可他想不到，这一回，通惠河又要失败了。

第三天的傍晚，郭守敬宣布停工了，那是黄昏日落的时刻，也是人们的情绪最为低落的时刻。

整个通惠河的工地，就像瞬间被埋葬了一样，又如同那刚刚搭起的戏台子，热热闹闹地刚开了场，就突然落幕了一般。

还没有完的事物突然间地完了，是天下人最不好接受的事！

日日喧嚣的通惠河两岸，突然寂静无声了。上万只小推车，倒在了河渠里，上万支铁锹插在了泥土上，上万只箩筐扣在了沙地上，所有能动、能跑、能响的物件全都变成了死物，失去了灵性，这场面让人看一眼，不能不呆住，想到天地间的末日。

冷清凝重的气氛，全是出于热烈的心火被熄灭得猝不及防。

这回没有人作梗捣乱，没有人暗中陷害，是老天爷不答应。是的，自古没有水往高处流的！

大地之甘露，昌平白浮之水，世世代代都是由西向东而去，郭守敬非要让它倒流，如此倒行逆施，天理哪能容他！

一时间，鬼神妖道，歪魔邪障，全都出来兴风作浪。有人说：“那垮塌的地方，坟包最多，是个灾难深重的地方。每晚都能听到冤魂的哭哭唤唤，只要想看，就能看到那些可怖的阴魂，如烟似雾，堤上堤下，到处都是。”

有人咬着牙：“活人不该惊动死鬼，这是阴魔跑出来与活人作对！等着吧，大乱子还在后头呢！”

也有人说，郭守敬就是天下最大的魔，最邪的妖！

在朝廷，那些真正反对开渠修河的人，这回反而什么都不说了，还说什么呢，还用说什么吗？喝酒吧！只要痛痛快快地喝酒就够了。

只有王柄南王大人，敢公开地把不满挂在嘴上，他整日斜着个膀子，咧着个嘴，先哼哼唧唧地弄出点儿戏词响动，等人们有了注意，他才说那正经事：“怎么样，我王某人以往无非是说了几句公道话。现在看看吧，多大的损失，又要写进历史了，是失败的历史，是作为教训，不得不被写进历史的历史！”

王柄南说得唾沫星子满天飞，好像是个功臣，是个伟人。

说这些话时，他人都横着走，边说边走，趾高气扬。他一点不怕被人传到皇上的耳朵里，他巴不得呢。他知道，皇上马上就会想到当初反对开河修渠的人，马上就会明白，谁是对的，谁是错的，谁是有病神经的！

作为皇上，忽必烈确实又要再一次翻盘反悔了！

第二十章

一

晌午，辉煌的紫檀殿静静悄悄，格外地宁静。一群鸽子在紫檀殿的上空翱翔，飞远飞近，风把鸽群吹成美丽的弧线，像是一幅幅粘贴画。鸽子的哨声让蓝天更蓝，让阳光更加明亮。

正在午睡的忽必烈，在鸽子的哨声中醒来，他觉得这个午觉睡得格外香甜，比昨夜里睡得都好，他为此而心情愉悦。

谁想，这个本该让忽必烈舒心懒散的晌午，却被太监何方续急促的脚步声打乱了。何方续神情紧张地出现在寝宫的门口，他是来禀报不幸的消息的：通惠河因垮塌而停工了。

这让忽必烈没有料到，他似乎还没有从梦中醒来。听了何方续的话，他想怎么会有这种事，他有些疑惑："什么时候停的工？"他面带惊惧，感到事情有些不真。

"已经是第四天了，皇上。"何方续小心地答。

"为何现在才报？"忽必烈全醒了，他极力抑制着情绪。

何方续支支吾吾："回皇上，奴才也是刚刚听说。"

这令人不安的消息，完全改变了忽必烈的愉悦心情，但他尽量稳着声音："垮塌到什么程度，何以要全面停工？"

何方续望着皇上骤然发暗的脸色，害怕地道："皇上，说是遇到了大面积的垮塌，足足有好几百米长，谁也没有招儿了，不得不先停下来。”

忽必烈感觉到了事情比他想象的还要糟：“赶紧带朕去看！”忽必烈突然急了，爆发一样地吼叫起来。

“现在？”何方续惊讶地抬起头，下意识地看了一眼窗外的太阳，此时已经过了晌午。

“现在！”忽心烈的语气不容置疑。

“是，皇上，奴才这就去备轿！”

一顶大黄的轿子一路颠簸出城，当即火速赶往昌平。轿夫们跑得东倒西歪。要是平日，忽必烈早就骂这些该死的轿夫了，可是今儿个，他宁可被如此颠簸着，也还是嫌慢，不时地探出身子：“快，快啊！”

轿夫们早跑得上气不接下气了。

轿子在暮落之前，赶到了白浮泉。忽必烈走下轿子，站在河堤上，看着大片垮塌的堤岸，满脸困愕。

他没有想到，情况会是这样的严重，河堤不像了河堤，而像了一片片沙坑。他呆呆地怔着半天不语，仿佛要沉默到年深月久。他心上一阵冰凉，难道又是失败了吗？他悄然地这样问着自己，心里惶惶落落地塞满了凄惨的味道。

郭守敬骑着一匹白马，从远处赶来，皇上的突然到达，让他更加慌乱。他下马行礼，叫了一声：“皇上。”便不知说什么了。心里突然就有一种罪人的感觉。

今天的郭守敬，与往日很是不同，以往他在皇上面前，似乎什么都不会在乎，皇上说什么，他也不会像别的大臣那样往心里去。

说实话，他从没有真正地怕过皇上。倒是总嫌皇上说话太长，有时还啰唆。每逢此时，他会先打个盹儿，瞌睡一下儿，可今天不行，今天他心里七上八下的很是紧张。因为这是他认为最有价值的事情出了麻烦。恐惧清楚白亮地挂在他的脸上，让他汗润额颊。

以至于忽必烈也看得明白，今天的这个郭守敬与往日判若两人，他竟如此地战战兢兢。忽必烈在心里狠狠地说：原来你也有怕朕的时候！

半晌，忽必烈终于哼了一声，威严但还算友善地道："郭守敬，说说吧，这到底是怎么回事？"

四下站着木头样的人们，没一个敢吱声，都看着郭守敬，仿佛整个事件都是他的责任，他该是头一个挨刀才对！

"皇上，是突然出现了垮塌，面积很大，一时间没有办法。"郭守敬把没有办法说得很轻，心里却很重。

"郭守敬，朕那么信任你，你难道没有想到会发生如此的情景吗？听说已经三四天了。三四天还没有找到办法吗？"

郭守敬不敢看皇上，他感到了自己今天的懦弱，浑身绵软。此刻他的胃里直冒酸水，像似堵了一团乌黑的淤泥："皇上，微臣在勘查中，看出会有垮塌，但没料到如此地严重。"

忽必烈的脸色越来越沉了，冷冷地道："你明知有问题，为何还要冒这么大的风险？"他的目光掠过几百米垮塌的河岸，"你说没有办法是吗？"

"皇上，是还没有想出办法。"郭守敬的声音似从很远的地方飘来，没有一点底气。

忽必烈真想发作了，要是别人，他早就怒骂了，可眼前的这个人，他总是骂不起来："你还得用几天时间啊？是不是就真的彻底没有办法了？"

"皇上。"郭守敬不知怎么答，他感到自己的叫声生硬枯燥，自己都不知在说什么。此刻他只想避开皇上，避开所有人，找个地方躺下睡一会儿，他已经三天没有合眼了。

忽必烈把目光搁在更远的大堤上，整个工地空空荡荡，冷冷清清的死寂，他想到前些天，这里还是一片沸腾的场面，锣声鼓声，充满了喜庆，且到处都是人欢马叫的笑脸。现在则是满眼衰败肃杀，让人绝望。

忽必烈的目光下意识地掠过天空，注视着一缕飘动的云，他想到冥灵中的怪象，那些不好解释的东西。进而他想到了妖鬼作祟。忽必烈相信，万事之中都有神灵或是妖鬼，所以人做事儿时，才要谨慎，这也是很多时候，他都不敢把事情想得太好、太美、太顺的原因。而这一次，他偏偏却想得太好、太美、太顺了。

这会儿，他不得不把事情归为是自己太如意的心智上，是自己的心，过于溢满了，这就等同于张狂。人如此地张狂得意，自然是要招致恶鬼的报复。忽必烈的唯心所造，是那样地严重，他竟把如此的挫折归为自己的心智。大堤的垮塌，竟然是他的心智造成。从另一方面看，他又是一个多么不自量力的人。

"郭守敬，你让十几万人就这么停下来，你知道这一天得多少消耗吗？何况还要这样等下去。"

郭守敬无语，不知怎样回答皇上，他突然有些头晕。几只小虫在他的耳边飞来飞去，吱吱地叫着，远了近了的就是不肯离去。郭守敬似等着皇上说下去，又似等着那飞虫何时落在脸上，他想好了，就是飞虫落在他的脸上，他也不轰不打。他不能再造孽杀生，仿佛他有一身的罪过，才造成了今天的这个模样。其实他和皇上一样，有时也是相当地唯心。

眼下，他就被一种深深的罪恶感包围着。他想，如此严重的垮塌而又没有办法，一定是跟人的业力孽障有关。这是对他的惩罚，在他的身上，或是他的前世，一定恶障深重。或许还不是他一个人，而是更多挖河人的业力阻挠。

按照菩萨的教诲，没有人平白无故地会遇到这么大的困难，一定是有个因，结了现在的这个果。

忽必烈看着郭守敬神不守舍的样子，知道他的魂儿又不在跟前了。

此刻，忽必烈突然奇怪地想，眼前的这个人，是个什么人呢，他总能把朕降住，且能让朕跟着他跑，他说白就白，说黑就黑。他说建白浮泉，朕就蒙了头地要建白浮泉。他说水往西边走，朕就相信水往西边走。他说水能往高处流，朕就点头说可以往高处流。

忽必烈回想自己的一生，除了这个郭守敬，还真没有谁能让他这么听话好使过！真是一物降一物。忽必烈的思绪也跑了，也跑得不在了跟前。

但只一刻，忽必烈又回到了现实中，他隐约而真实地感到，躲不开的失败，大概已经来临。他心里突然就痛了一下，那么地不好受。那是一种苦，一种无法解救的苦味道。

或许，引水开渠的计划又一次要成为世人的笑柄了。

这想法，让忽必烈的心口又一阵不适，他觉得有些憋闷，唯恐自己再发脾气，让自己更为不适。他尽量缓了声儿道：“郭守敬，朕就给你十天时间，你若想不出办法，朕便要治罪于你！”忽必烈说罢，转身示意回府。

太监何方续做了个娴熟的手势，差人们早做好了起轿的准备。何方续扶着皇上往堤上走，只几步远的距离，皇上的身子却显得有些吃力。

人，一旦精神垮了，一切便呈现出衰败凋谢的模样，遮不住的。忽必烈的精神似乎已经垮了。

大堤上，响起何方续习惯性的声音："圣上回朝，起驾！"

二

皇上走了，堤岸上的人也都赶紧地散了。此刻，谁还愿意待在这种倒霉的地方，掺和这种倒霉的事呢，都躲得远远的才好。

大堤上只剩下郭守敬一个人和他孤零零的影子，无依无靠的那种。等人们都走得远了，他一屁股坐在地上，再也不想起来。

九月的季节，傍晚的太阳本应艳红，这会儿却有些疲弱，软软塌塌的缺少光泽，让人很容易想到寒冷冬日里的那幅日落图。

远处，最后留守的几个劳工，也已经踩着日色，相互唤着"大哥、二叔"收工了。那远远的身影在暮色的余光里混成一团儿，又小成一点儿，终于全都消失在了傍晚的雾蒙里。整个工地也落入了一片沉寂的昏暗中。

郭守敬听到了自己唉声叹气的声音，其实没有，只是这情绪，只是比这唉声叹气更为糟糕的那个自家感觉。

日头完全落下了山，四下咣当一声，黑暗得失去了轮廓。郭守敬突然就有些怕，他望着黑暗里那些如坟茔一样的土包，下意识地想，不错，这就是个巫灵妖孽居住的地方，孤魂野鬼横行的地带。说不定他们很快就会出来，张牙舞爪，把他吃掉，或让他中病发疯。再不走，真就晚了，他一屁股爬起来，骑上马，一鞭子跑走了。

这一夜，忽必烈睡得很不好，他听到了自己痛苦的呻吟，梦里感到浑身都凉，他看到自己被大水渐渐地淹没，他拼命地挣扎呼喊着，可还是被漫天漫地的大水冲走了。大水里，他死命地抱住了一棵树，却看到郭守敬也抱住了这棵树。

他大喊：这是朕的救命树。可郭守敬并不当事，就像平日，他说什么，郭守敬都不当事一样，反而笑着伸手来抓。结果大树又被洪水连根拔起，他们一起被冲进水里……

忽必烈一下子醒了，他瞪着眼睛，神情还在惊惧中。窗上泛着微微的一层白蒙，天还没有透亮，他却再不敢睡了，他不喜欢这种孤冷无助的梦，他怕再睡着时，又回到这个可怕的梦境里。他干脆爬了起来，在寝宫的外面溜达。

他望着远处灰灰蒙蒙的天色，不觉就想，这个郭守敬，真是一个鬼！他也意识到，这几年，郭守敬在他心里，要比其他朝臣占据的位子都重。他从没有像今天这样依赖于郭守敬，就像刚刚的梦境，他把自己的性命也吊在了与郭守敬同样的一棵树上。可是，他又模糊地感到，现在他又是那么想摆脱郭守敬，摆脱眼下的这个烂摊子。

自然，忽必烈知道，把他与郭守敬拴得如此之紧的，并非是他们彼此，而是白浮泉，是通惠河！

早膳之后，忽必烈依然心绪不宁，他一直耐着性子等着上朝的时间。今天他要和众臣一起，议一议通惠河的事，他要好好听一听众臣们的真实想法。

他想好了，今儿个人人都要张口说话，个个都要表态，以供他参考。他得拿个主意，通惠河一事，绝不能这样拖拖拉拉，不行就快刀斩乱麻，彻底停工，然后再从长计议，以免造成更大的损失。

早朝的时间终于熬到了，大臣们一一迈进大明殿，站在各自该站的位置上，人人都感觉到了今天有些异样，但却说不出哪里不寻常。大概是今天皇上早早地就坐在了龙椅上，且一动不动，一声不吭。

这样子含了许多细微的东西，只有天天在朝廷上混的人，才能体会出其中的奥秘。今天有事，一定是要发生点什么事才对。皇上还没开口，众臣已经是这个感觉了。

礼毕之后，大明殿里静得鸦雀无声。忽必烈扫视众臣，众臣照例都深深地埋着头，以示卑微，更是躲避着皇上的目光，以免没事找事找了麻烦。

忽必烈先是看到了郭守敬，郭守敬的头，垂得比平时要低，平时他是众臣里把头仰得最高的一个，甚至敢看天。

忽必烈也就知道，郭守敬还是没有想出办法。忽必烈当然希望郭守敬还是把头抬得高一点，还是那样在天上找东西最好。那样，通惠河一定就有救了。可事不遂愿，郭守敬就那么垂着头。

忽必烈无奈地在心里轻轻地叹了一声，开口道："众爱卿，今天都把别的事放一放，有奏折也等到日后再说。今天就议一件事，白浮泉，通惠河的事。"

下面依然鸦雀无声，众臣都静静地听着。忽必烈的口气虽然沉稳，却还是透着一种急切焦虑，很不寻常。

忽必烈继续道："想必大家都知道了，现在通惠河出了问题，大堤因为土质松软而一再垮塌，且面积很大。到现在也没有什么好的办法，朕想听听众爱卿的意见。今天诸位都得说一说，都得表明一下自己的态度，是继续往下修呢，还是就此停下来。今天朕听大家的。”

没有人说话。谁也不想说话。

“谁先说啊？现在说吧。”

郭守敬上前一步，昨夜他没睡，他想了一夜，风了雨了想了个全乎。这会儿，他想当着一朝众臣表个态。事儿他担着，成与不成，他一定给大家一个话儿，他要请求皇上，请求大家，再给他一个机会，再给他多几天时间，事儿还没完，现在还说不上是成是败，也还没有到说那治罪杀头的时候。即便是杀是剐，也轮不到别人，他郭守敬一人挨刀也就够了。主意虽然还没想出来，但他心里很不平静，哩哩啦啦地满怀了情感。他想当着众臣，好好地表表衷肠，也慷慨激昂一次。

然而皇上却不给他机会：“郭守敬，你不要说，你今天要听大家的。”忽必烈偏偏不让他说。谁都可以说，他却不能说，今儿个事儿邪了！

下面静得出奇，人都戳在那里不张嘴。整个大明殿里静得能听到风从门外吹进来的声音和又溜走的声音。

忽必烈似乎早想到了会这样，他不动声色地道：“那就这样吧，主张继续往下修的，站在左边，主张现在就停工放弃的，站在右边。这个容易吧。”

忽必烈看着众臣，众臣却不动，仿佛这个也难，其实就是难。不难忽必烈也就不让大家迈这一步了。虽然只是一步，众人却不知怎么迈，往哪边迈。迈完了是对是错，皇上会不会翻脸错怪。

如此，反对者就更不想先迈这一步了，那样就会被皇上看破了心机。皇上要是耍手段，整治人呢。所以，无论如何也不能先迈这一步。

人这一生，很多时候，往往真是迈一步都难！

忽必烈也没想到，这一步这么难：“都怎么了，你们怎么还不动啊，这有多难吗，只是抬一抬腿，挪一下脚的事，难道你们都不会迈步走道了吗？！”

众臣这才不情愿地挪动脚步，相互看着，慢慢地，一点点地分为了左右两边。

大臣郑玉荣先是站在了右边，后又站到了左边，后又站回到了右边，来来回回地拿不定主意。除了他，还有几个人也是如此，来回地跑。弄得本来就心绪烦躁的忽必烈气不打一处来。

忽必烈耐不住，斥责道：“郑玉荣，你这颠三倒四的干什么哪！朕看得头都晕了！你倒是想好了没有？你倒是要站在哪一边呀，是分不清左右吗？！”

郑玉荣害怕地：“皇上，微臣只是一时半会儿拿不定主意！”

忽必烈想怒，心说这有什么拿不定主意的，可他突然就意识到，自己不跟这郑玉荣一样，也是因为拿不定主意才让众臣如此的吗？自己的心里，也是这左左右右的不知怎好。想到此，他熄了心里的怒气，长长地叹了一声。看来，这一步真的是难！

忽必烈数着人数，其实不用数，一看就知，还是反对继续修下去的人多。这让他的心情更为沉重：“郑玉荣，你为什么站来站去，现在又站在了主张停工的这一边呢？你给朕说说你的理由，倒是为什么。”忽必烈的口气是温和的，却也是无奈的、强迫的。

郑玉荣含含糊糊地道：“皇上，微臣其实也愿意修下去，如此，既能解决大都城百姓的引水问题，又能解决漕运粮草的大事，实现南北大运河的贯通，这事天大了。谁不高兴呢！只是，微臣心有顾虑……”他不知怎说了。

“说，往下说！”忽必烈不想放过他。

郑玉荣无奈：“这垮塌的情景如此严重，就算现在想出法子修补上了，将来真的通了水，一旦再垮塌，那损失就更大了。谁能保证将来万无一失呢。微臣是出于这种担心，所以又站在了这边，并不是真想否定修建这条河。微臣是主张继续修的，只是担心罢了。”

郑玉荣的话，说得十分中肯，反对者们的脸上都露出赞许的神色，似乎他们已经胜券在握。

接下来众臣一一表态，虽然两边的看法不同，但说得都有道理，反对者的说辞似乎更为充分。

忽必烈还是拿不定主意，愁死了！

其实，既然反对者占了大多数，就此停下来，该是忽必烈要的结果。可如此重要的工程，真要就这样终止了，他又不甘心。看来他还是不想停。

这会儿，众臣们不再那样紧张了，开始微微地活动着站累了的腿脚，忽必烈看着轻松下来，且晃动着身子的众臣们，就像看到了河堤上的一座座沙包，在他眼前晃来晃去地不能安定。他的心更乱了：“那就退朝吧！”他突然没头没脑地宣布。

众臣全都一愣，是没有想到要退朝，事还没定呢。脑子灵的人也就感到了皇上是因为心烦意乱而失去了主张。

“郭守敬，你留下。”忽必烈又补了一句。

三

众臣退去，唯独郭守敬一人被留了下来。

偌大的大明殿里，只剩下了皇上和郭守敬。人都走了，空空荡荡的大明殿里，风有了流动，空气有了新鲜。忽必烈像是终于喘上了一口气，情绪似乎比刚才稳定了一些。

渐渐地，他也就拿定了主意，他谁的也不听，只听自己的。他是皇上，谁能做得了他的主呢！即便是整个工程失败，他如此为难又有何用，还是应该振作一些。难道他不是为了大都城的百姓吗？难道他不是为了大元朝的事业吗？如此，他何罪之有呢？！

于是，他迈下龙椅，倒背两手，走到郭守敬的跟前。

郭守敬站着，轻声道：“皇上。”他觉出皇上很难。觉出这么多年来，皇上第一次这么地犯难。

此刻，拿定了主意的忽必烈，口气变得柔和了许多。心里反而非常地坚定了。这坚定，并非是有了什么主意的坚定，而是一种鱼死网破，都无所谓了的态度。

忽必烈用一种郭守敬从来没有听到过的语气道：“郭守敬，现在朕不做主张，全由你来拿主意。你要说这通惠河往下修，朕就听你的往下修。你要说不修了，朕就收场，明天就告知于天下。事你决定！”

郭守敬望着忽必烈，忽必烈今天的做法与往日很是不同，如此重大的事情，他却如此轻巧，异乎寻常地甩了手，而是让别人拿主意。这本该仔仔细细谨慎地来回，他却突然间像丢一粒骰子一样任意了，随便了，不管不顾不在乎了。

朝廷里的游戏，郭守敬玩得太少，他没见过这么说事办事的，何况这人是皇上。他人都傻掉了一样张着嘴不知说啥。

忽必烈没等他开口，又道："但是，你听清了，朕说的是但是，但是失败了，朕也只有把事情归在你一个人的身上，因为事由你定的，朕只能杀你的头，把你视为罪人，你听明白了吗？"

忽必烈知道郭守敬不会放手，郭守敬是个榆木疙瘩。他能放弃好多事，但修水利、看星星的事，他不会放弃，通惠河他不会放弃，他也放不下，所以跟他下这盘棋，忽必烈知道结果。

郭守敬对于杀头的话倒没有在意，皇上随时都会说杀这个杀那个的，杀不杀，谁也弄不清楚。况且，说了杀的不一定杀，没说杀的，倒也被杀了。郭守敬只是揣摩不透忽必烈这是唱的哪一出。他喃喃地道："皇上，通惠河的工程不能停，微臣一定再想办法。"

忽必烈要的就是这句话。听了这话，忽必烈的心里更是吃了定心丸，可他不顺着郭守敬说，他释怀地一笑，反而道："如果朕是你，现在就停手，或许还能落个不杀之身。现在的损失毕竟还小。"

郭守敬看着皇上，皇上的表情，似隔了千山万水，远远近近的看不透。这会儿，皇上的话儿全都失了真，似一种谜藏，全都不叫了话。只剩下了那个味道，让人琢磨。

"皇上，总会有办法的，总会有的。"郭守敬自言自语，再次强调着，是不肯放弃地把心都想端了出来，红红艳艳地给皇上看。诚恳执着得不要命。

忽必烈看出来了，你就是杀了他，他也这模样！这人，绝对是又臭又硬的茅坑石头！

忽必烈本来是走来走去的，这回站定了，像是为了做最后的祷告：“好，好。朕听清了。朕真是服了你！朕今儿个就全由着你！朕也豁出去了，你傻也好，精也好，朕全听你的！咱就往下修！不过，你得给朕写下点什么，一旦有了闪失，你得拿命来抵。朕跟你赌一把，朕把宝都押在你身上。不成你赔上一条命，大元朝赔上百万两银子！朕赔上一世的骂名！”

郭守敬木着，没有完全反应过来，嘴里机械地道：“好，皇上。”

忽必烈崩溃了，他发现他根本斗不过眼前的这个人，这个人什么都不吃！

忽必烈无奈了，突然高起一嗓：“来人，纸墨伺候！”

郭守敬吓了一跳。躲在门外的一个老太监应声道：“喳。”人已随声到了跟前，风一样快，又风一样轻。眨眼间，纸笔已经铺在了桌子上，如此利落，真是功夫。

在朝廷，任何一个混饭吃的角色，都要有自己的功夫，这功夫都是来源于心计。皇上整天和这么多有心计的人打交道，就要更有心计。他如此这般地与郭守敬来回，也是出于心计。

忽必烈把笔递给郭守敬，郭守敬茫然地接过笔，却不知道干什么。

忽必烈道：“你或是为大元朝献出一条河，或是为大元朝献出你的人头，两者都是壮举，这还不好写吗？写吧！”

郭守敬反应了过来，提笔写下了类似的军令状，大意是：他要确保通惠河的建成开通。如若有闪失，他甘愿承担一切责任，并以性命担保。

忽必烈看着墨书未干的两行大字，点点头，故意发狠地道：“郭守敬，这就是朕到时杀你的依据了，你可掂量仔细了！”

郭守敬不语，只要能让他继续修河造渠，杀不杀头那是今后的事，明天的事，明天怎么样，谁可知道呢。他也坦然了，释怀了，安心了。

这一切，其实都是忽必烈为了让自己下定决心的一个过程。人的心，不可或缺的往往就是这些过程，走完了，折腾够了，再也无奈了，也就任它去了。

忽必烈自己也明白，他要有这般的一个来回，心里才会迈过这道坎。现在，他真是听了郭守敬的。现在，真是郭守敬在拿大元朝的主意了。

郭守敬单纯，忽必烈复杂。平日，两人再有磕碰，再有分歧，到了最后，心还是贴着的，劲儿还是往一块儿使的。

忽必烈满足了。此刻，他的心里晴朗了许多，道："郭守敬，咱俩都染佛教，也都喜读经文，按说还是教友。只是你更容易按照佛的旨意行事，可以内外如一，始终如善。朕却不成，朕很麻烦。朕是皇上，皇上做不到时时处处都按教化办事，不然怎么管理天下。所以，朕有时要扮恶人，做魔鬼。你看，你帮着大元朝修水利，建河渠，也就是帮着朕治理天下，可朕却要杀你。如此，朕难道不是恶人吗？当然，你失败了朕才会杀你。你要成功了，朕还要奖赏你！"

郭守敬听着有趣，好像要被杀的那个人是别人，而不是他郭守敬。

忽必烈缓一缓，接着道："朕如果不这样，朕就没办法治理天下，那么人人都可以失败，都可以不负责任。谁还怕朕，朕是代表天地的，谁还畏惧天地呢。人无了畏惧，天下就要大乱！所以，你活着是为了朕，你死了也是为了朕！活着你是为了大元朝，死了你也是为了大元朝！功臣也！不过，你就是死了，朕也要奖赏你。说吧，你有什么要求，有什么愿望，朕一定满足你，现在就说吧。"

郭守敬愣着，他没想到皇上到时有可能真会杀了他。他是呆！皇上杀人还讲交情吗？

可他有啥要求呢，这个节骨眼儿上，他只想着赶紧想出办法，治理垮塌的流沙。

忽必烈看着郭守敬迷茫的眼神，道："朕可是认真的，你心里有什么愿望，再难，朕都会替你办，也一定会为你办到！"

郭守敬还是想不起来自己有什么愿望。"没有。"他说，只是他突然想到青草，是那么地想，念头猛烈得差点把他击倒。

他想，自己要是真的死了，青草会知道吗？最好让她知道。要是有人能告诉青草一声，他是何年何月死在什么地方就好了。可他又想，连他自己都不知道何年何月死，怎么就惦记着让青草知道呢。如果有愿望，他就是这个愿望了。可这个愿望太可笑了，如是讲给皇上，皇上又要说他呆了！

忽必烈笑了："你可真是简单啊，好，好！活得干净利索，孤家寡人一个，连个愿望也没有，都让朕省了。那就去修河吧，想法子把那流沙治住！治住了咱都好活，治不住，你就先死！"忽必烈说完，再也不想说了，他等着郭守敬说两句。

郭守敬不想说，他给忽必烈行了礼。一步步退出去。忽必烈看着他，心想，这天大的事，死活就看他了！

四

这一晚，忽必烈辗转反侧，又是一夜无眠。夜里，黑暗让他想到妖鬼，想到邪恶，那段垮塌的河道，一定是有妖孽横行，他猛地坐起来，突然想到，应该及早地捉鬼降妖才对。

于是，次日早上，忽必烈便做出了一个前所未有的决定，下令大都城内外的所有寺庙，都要点起长明灯，日夜通明，以显佛法威力。并请来上千名和尚，在通惠河两岸摆开阵式，共同诵经作法、念咒、除魔、降妖、斩鬼。

于是，通惠河的两岸，出现了上千名和尚共同作法诵经的奇观场面，上百支唢呐对天长鸣，把大地吹得颤颤巍巍，几百面红鼓，敲得山河震撼。

夜晚，整个堤坝上，到处都是点燃的篝火。百名巫师举着怪异的旗幡，把身体涂抹成褐色，围着火堆转着圈子，嘴里念着谁也听不懂的咒语。由巫师组成的驱鬼阵，舞着跳着，呐喊着。每个巫师都戴着不同的面具，或青面獠牙，或狮狼虎豹，比想象中的妖鬼还要可怕了许多。如确有妖鬼，怕是也很难在此安生了。

六天之后，郭守敬终于找到了办法，那就是人们一直沿用至今的，用镂空的砖石先把河堤固定住，再用编成网状的绳子将整个堤坝护住的办法，上面可铺上泥土沙石，一层不行，就再来一层。现在看来十分简单，那时却是惊人的创举。

只是当时，并没有镂空的砖石，郭守敬就用种花草的泥瓦盆代替，先将上万只泥瓦盆插在泥土里，护住堤坝，再铺上网状的绳索，然后再用石料泥土加工。

通惠河顺利地往下延伸了，天空海蓝，阳光普照，妖魔鬼怪都让开其路，十里，二十里，再无阻碍，河道途经瓮山泊、海子、积水潭……一路就拐进了大都城。

两岸的百姓，看着这壮观的场面，抑制不住激动，随时都有人兴奋地拿起家伙，参与到挖河运土的大军中，景象热闹非凡，到处都是吉祥喜庆的场面，天天都如盛大的节日。

1292年的秋天，当金色的阳光铺满大地的时候，从白浮泉源头开始的通惠河，终于与通州大运河贯通了。从此，彻底解决了大都城的漕运问题，解决了城内七十万人的饮水问题，彻底完善了整个大都城从北向南的水系建设。真乃千秋万代，丰功伟绩。

秋天的大都城阳光灿烂。开闸放水、通船的那一天，皇上兴奋到了极点，他里里外外都换上了新衣，脚下更是蹬了一双崭新的鞋子。据说，忽必烈只有在重大的日子里，才会穿新鞋子，以预示着天地万物的更新景象。

早上，忽必烈带领着众臣来到昌平的源头白浮泉，他望着白花花的泉水，感慨万千。此刻，已是万事俱备，只等着他一声令下。郭守敬走到忽必烈的身边，一字一句地道："皇上，可以开始了。"说得深情、郑重。

忽必烈把手扬起来，扬得那样高，那样不寻常。所有的人都注视着他，盘古至今，开天辟地，因为有了这条河，从此的大都城不再一样了。千年百年，这座城都不再一样了！

忽必烈大声地宣布："开闸放水！"随着忽必烈的朗朗口令，通惠河上的第一道闸门被缓缓地提了起来，顿时间，强大的水浪汹涌地翻腾着，顺着河道奔跑起来。像是一首欢畅的歌，一路奔腾向前，再也不停，永远不停！

一时间，两岸彩旗飘扬，鼓乐喧天，鞭炮声、唢呐声、欢呼声惊天动地，人人都是盈盈的笑脸，天都似翻了个个儿。

皇上与众臣，沿着堤岸向前走去。此番此景，让郭守敬激动不已。

这一刻，往昔的所有来回，都萦绕在他的心头，让他有些说不出话来，喉头一阵阵发紧。

皇上望着一波波奔腾的水浪，兴高采烈地道："郭守敬，今天的这番景象，你的功劳该属第一。今天朕要当着众人，宣布两件事，第一件，朕要重重地赏你，赏你三万两银子。"

郭守敬道："谢皇上，这实在太多了，这三万两银子，就用于今后的治水吧。"

皇上道："大元朝不缺你这三万两银子！这是第一件。朕还要宣布第二件，朕早知道，你这辈子有一桩心愿，朕费了好大的劲才知道，又费了好大的劲，才给你搭上了桥。朕说过，你有什么愿望，朕都会答应你！"

郭守敬没想起来自己有什么愿望。

"我知道你想不起来。朕告诉你，你拆了人家的庵，怎么也不知道赶紧给人家盖啊！"忽必烈说到此，抬手往远处一指，"郭守敬，你认得那个庵主吧？朕批了人家银子，你得亲自去给人家盖一座庵。是永久的，再也拆不动的一座庵！"

郭守敬顺着皇上的手，看到了身穿青衣的青草。青草向他缓缓地走来。

惊讶堆在郭守敬的脸上，让他永久地固定在那个醒不过来的样子上。

忽必烈笑道："郭守敬，朕没有亏待你吧！"

青草走到近前，给皇上行礼："谢皇上！"

"好了好了，郭守敬，朕怎么也没想到，你这一生，还有这么一段！真是够痴，也真够精彩！"

郭守敬呆呆地看着青草，心想，如果这还是一个梦，该是梦过多少次了呢？

忽必烈道：“郭守敬，这可不是梦。朕看你的眼神，就知道你不相信这是真的，朕实在是太知道你了。你醒醒，今天什么都不是梦，都是真真的！你们俩好好叙，好好叙。”忽必烈说着，带着众臣去巡河了。

青草走到郭守敬的跟前，千言万语却一时语塞，眼里已是含了泪水。

四周又响起了阵阵的锣鼓声，响得铺天盖地，淹了一切。一时间，郭守敬百感交集，似乎看到眼前的青草又是一身红衣红盖头，鼓乐声中，他们正牵着手，双双步入洞房。无数的鲜花在半空中飘舞，纷纷扬扬，落在他们的头上。

锣鼓声渐渐地息了，青草说：“郭守敬，等盖好了新的庵，我就要还俗了。”

青草还俗的话，把郭守敬唤醒，他当即也就明白，他真的可以和青草成为一家了。皇上说得对，今天的一切都是真的，再不是梦。

青草轻声道：“今天真是一个天大的日子，你从小最大的梦，就是修这样一条很大很长的河。”

郭守敬颤颤巍巍地说：“是，可我从小还有一个梦，就是娶了你！和你一起走进洞房！”郭守敬从没有这样大胆，这样痛快，这样想怎样就怎样地对一个女人这么说过话。这在梦中说过千百遍的话，本该说得熟溜顺畅才对，想不到，却还是那么磕磕绊绊。

说完了，他自己先笑了，是很不好意思的笑。他傻的时候通常不笑，也就没有这么傻地傻笑过。笑的时候，他突然就有了一种特别的感觉：

他的一生，终于有了圆满，有了了结，有了去处。该办的，他似乎都办到了。那是一种从一个久已不适的，总想挣脱、总想实现什么的愿望里，终于挣脱出来的愉悦轻松感。他有一种解放了、崭新了、自由了的感觉。

后人都说，郭守敬的一生，始终都是一个赢家，他想办的，其实全都办到了！如此的人生，世上罕见，真乃大造化，大顺者。

其实，他也有许多困厄不幸，只是他的开朗，将它们一笔勾销！

他这一生，发现、发明、创造了许多天下的第一。1970年，国际天文学会以他的名字，为月球上的环形山命名，就叫“郭守敬环形山”。他平和的心态，小人物式的生活理念和方式，使他生活得快乐单纯。享年八十六岁。

图书在版编目（CIP）数据

白浮泉 / 星竹著. — 北京 ：北京十月文艺出版社，2020.1

ISBN 978-7-5302-2008-5

Ⅰ. ①白… Ⅱ. ①星… Ⅲ. ①长篇小说—中国—当代 Ⅳ. ①I247.5

中国版本图书馆 CIP 数据核字（2019）第 232569 号

白浮泉
BAIFUQUAN
星竹 著

出　版　北京出版集团公司
　　　　北京十月文艺出版社
地　址　北京北三环中路 6 号
邮　编　100120
网　址　www.bph.com.cn
发　行　新经典发行有限公司
　　　　电话（010）68423599
经　销　新华书店
印　刷　北京盛通印刷股份有限公司
版　次　2020 年 1 月第 1 版
　　　　2020 年 1 月第 1 次印刷
开　本　850 毫米 × 1168 毫米　1/32
印　张　14
字　数　290 千字
书　号　ISBN 978-7-5302-2008-5
定　价　52.00 元
质量监督电话　010-58572393
如有印装质量问题，由本社负责调换。